SARAH MORGAN

Noches de Manhattan

Editado por Harlequin Ibérica.
Una división de HarperCollins Ibérica, S.A.
Núñez de Balboa, 56
28001 Madrid

© 2016 Sarah Morgan
© 2017 Harlequin Ibérica, una división de HarperCollins Ibérica, S.A.
Noches de Manhattan, n.º 129 - 21.6.17
Título original: Sleepless in Manhattan
Publicada originalmente por HQN™ Books

I.S.B.N.: 978-84-687-9490-7
Depósito legal: M-7909-2017

Querido lector,

Siempre me cuesta decidir si soy una chica de campo o una chica de ciudad. Si habéis leído alguno de mis libros, sabréis que me encanta la montaña (sobre todo las montañas nevadas) y la playa. Me encanta respirar aire fresco y estar cerca de la naturaleza y, si me seguís en Instagram, habréis visto muchas de mis fotos de playa y montaña. Pero lo cierto es que también me encantan las ciudades. Adoro la energía, los sonidos y el ritmo de vida que hay en ellas.

Cuando mi editora (se llama Flo y es brillante en todos los sentidos) me sugirió que mi nueva serie se desarrollara en la ciudad, no me quedé muy convencida. «No sé si puedo escribir sobre una ciudad», le dije. Y ella me respondió: «Pero no vas a escribir sobre una ciudad. Vas a escribir sobre amor, amistad y sentimiento de comunidad, que es sobre lo que siempre escribes. Y, además, te encanta Nueva York».

Tiene razón. Me encanta. He tenido la suerte de visitar Nueva York en varias ocasiones y cada vez me ha resultado más emocionante que la anterior. Ya que Nueva York aparece en muchas de mis películas favoritas (Cuando Harry encontró a Sally y Hitch, por nombrar unas pocas), siempre tengo la sensación de estar caminando por un plató de cine. Tengo que controlarme para no ir señalándolo todo con la boca abierta de asombro. (Y por si os lo preguntáis, lo que más me gusta es el Edificio Chrysler. Es mágico y, sí, aparece en este libro).

Las ideas para los personajes surgieron con facilidad y Nueva York resultó ser un escenario tan bueno que acabó convirtiéndose en un personaje más. Le dio una chispa urbana a cada historia y cuando mi editorial me propuso los títulos, me hicieron mucha ilusión. Noches de Manhattan *es la historia de Paige y arranca en un momento de su vida en el que todo está a punto de derrumbarse.*

Espero que os enamoréis de estos personajes y que disfrutéis siguiendo sus aventuras mientras se enfrentan al amor y a la vida en la Gran Manzana. Si queréis ayuda para visualizar el escenario, ¡echad un vistazo a mis tablones de Pinterest! Están llenos de fotos que usé como inspiración mientras escribía esta serie.

¡Bienvenidos a Noches de Manhattan!

Con cariño, Sarah
Besos

Este libro está dedicado a Nicola Cornick, una autora maravillosa y todo lo que debe ser una amiga

Hay algo en el aire de Nueva York que hace que dormir sea inútil

Simone de Beauvoir

Capítulo 1

«Cuando estés subiendo una escalera, siempre supón que alguien te está mirando la falda».

—Paige

–«Ascenso». Creo que puede ser mi palabra favorita. No tenéis ni idea de cuánto tiempo he estado esperando esto –arrastrada por la marea de personas que se dirigían a sus trabajos, Paige Walker seguía a sus amigas, Eva y Frankie, por las escaleras del metro. Al salir, se topó con un cielo azul y un sol brillante. Alzándose ante ella, los rascacielos de Manhattan parecían tocar las mullidas nubes; un bosque de acero y cristal que centelleaba bajo el brillante sol de la mañana y en el que los edificios competían entre sí por ser el más alto. El Empire State Building. El Rockefeller Center. Más alto, más grande, mejor. «Miradme».

Paige miró y sonrió. Había llegado el gran día. Incluso el buen tiempo parecía estar celebrándolo.

No existía en el mundo una ciudad más apasionante que Nueva York. Le encantaban su vitalidad, su ritmo y lo que prometía.

Había conseguido un empleo en Eventos Estrella nada más salir de la universidad y apenas había podido creerse lo afortunada que había sido, sobre todo cuando sus dos mejores amigas consiguieron trabajo también allí. Trabajar para una gran empresa con sede en Manhattan era su sueño. La energía de la ciudad se le colaba en la piel y en las venas, como una inyección de adrenalina. Ahí podía ser quien quisiera ser. Podía vivir su vida sin que le preguntaran veinticinco veces al día cómo se encontraba. En ese intenso bullicio que era Nueva York, la gente estaba tan ocupada pensando en sí misma que no tenía tiempo para pensar en los demás. Las relaciones eran superficiales y nunca iban más allá. Se entremezclaba con la multitud y estaba encantada con ello.

Paige no quería destacar. No quería ser distinta o especial. No quería ser un modelo de valentía para nadie.

Quería ser anónima. Normal, fuera lo que fuera eso. Y ahí en Nueva York por fin lo había logrado.

El caos urbano ofrecía su propia clase de privacidad. Todo se movía más deprisa.

Todo, excepto su amiga Eva, que no era una persona muy madrugadora.

—Pues «ascenso» no es mi palabra favorita. Puede que «amor» sea mi palabra favorita —dijo Eva entre bostezos—. O tal vez «sexo», que es lo mejor que hay después del amor. Creo. La verdad es que no lo puedo recordar porque hace mucho que no lo practico. Me preocupa que se me hayan olvidado los movimientos. Si vuelvo a estar desnuda con un hombre, creo que voy a tener que comprarme un libro de instrucciones. ¿Por qué en Manhattan a nadie le interesan las relaciones? Yo no quiero una aventura esporádica, quiero un compañero para toda la vida. Los patos pueden hacerlo, ¿por qué nosotras no? —se detuvo para ajustarse la zapatilla y unas suaves ondas de cabello rubio le cayeron sobre los pechos, tan generosamente curvados como una magdalena bien rellena. El hombre que avanzaba en su dirección se detuvo en seco, con la boca abierta, y otros cuatro hombres chocaron contra él.

Intentando evitar una gran colisión en cadena, Paige agarró a Eva del brazo y la llevó hacia ella.

—Eres un peligro andante.

—¿Es culpa mía que se me desaten los cordones?

—Tus cordones no son el problema. El problema es que acabas de anunciar ante todo Manhattan que hace años que no practicas sexo.

—El problema —dijo Frankie acercándose a ellas— es que ahora hay un puñado de banqueros haciendo cola para gestionar tus activos. Y no me refiero precisamente a tus finanzas. Arriba, Bella Durmiente. Yo te ato la zapatilla.

—No tengo finanzas que gestionar, pero al menos eso significa que no me despierto por las noches preocupada por los intereses y las tasas de rendimiento. Eso es un incentivo, aunque no precisamente el incentivo al que esos banqueros están acostumbrados —dijo Eva incorporándose y frotándose los ojos. Tenía problemas para centrarse antes de las diez de la mañana—. No tienes que atarme la zapatilla. No tengo seis años.

—No eras un peligro cuando tenías seis años. Es más seguro si lo hago yo. No tengo un escote que debería ir acompañado de una advertencia sanitaria ni un cerebro incapaz de filtrar lo que me sale por la boca. Y échate a un lado. Estamos en Nueva York. Es prácticamente un delito bloquear la corriente de trabajadores —hubo cierto tono de enfado en la voz de Frankie, el suficiente para hacer que Eva frunciera el ceño al echar el pie adelante.

—No te pueden demandar por estar en mitad de la calle. ¿Qué te pasa esta mañana?

—Nada.

Paige miró a Eva. Las dos sabían que «nada» significaba «algo», y las dos sabían también que era mejor no forzar las respuestas. Frankie hablaba cuando estaba preparada para hacerlo y eso solía suceder después de haberse estado conteniendo un rato.

—Bloquear el paso de los viandantes podría ser considerado una provocación —dijo Paige—. Y sí que era un peligro de pequeña. ¿Has olvidado su octavo cumpleaños cuando Freddie Major amenazó con pegar a Paul Matthews si ella no accedía a casarse con él?

—Freddie Major —el recuerdo le arrancó una leve sonrisa a Frankie—. Le metí una rana por dentro de la camiseta.

Eva se estremeció.

—Eras una niña malísima.

—¿Qué puedo decir? No se me dan bien los hombres de ninguna edad —Frankie puso su lata de refresco en la mano de Eva—. Sujeta esto, y si lo tiras a la basura, será el fin de nuestra amistad.

—Nuestra amistad lleva sobreviviendo más de veinte años. Me gusta pensar que sobreviviría aunque tirara tu comida basura a la papelera.

—No sobreviviría —atlética y flexible, Frankie se agachó—. Todo el mundo se puede permitir algún que otro vicio. Comer de un modo poco saludable es el mío.

—¡Un refresco de cola sin azúcar no es un desayuno! Tus hábitos alimentarios son un riesgo para tu vida. ¿Por qué no me dejas que te prepare un delicioso batido de col y espinacas? —le suplicó Eva.

—Porque no me gusta vomitar el desayuno una vez me lo he comido y porque mis hábitos alimentarios no suponen un mayor riesgo para la vida que tus hábitos a la hora de vestir. Y, además, hoy no me apetecía desayunar —añadió Frankie atando los cordones de las Converse verdes de Eva mientras un río de viandantes fluía a su alrededor en un intento de llegar a su destino lo más rápido posible. Puso cara de dolor cuando alguien se chocó contra ella—. ¿Por qué nunca te haces nudos dobles, Ev?

—Porque cuando me visto aún estoy dormida.

Frankie se levantó, le quitó el refresco de la mano y, al hacerlo, su melena rojiza le cayó sobre los hombros.

—¡Ay! ¡Vaya, perdón! —dijo colocándose las gafas y girando la cabeza hacia el hombre trajeado que se alejaba—. ¿Sabes que es de buena educación anestesiar a alguien antes de extirparle los riñones con tu maletín? —frotándose la zona con la mano farfulló amenazas de todo tipo antes de añadir—: Hay días en los que me gustaría volver a vivir en un pueblo pequeño.

—Tienes que estar de broma. ¿Volverías a Puffin Island? —preguntó Paige cambiándose el bolso de hombro—. Yo no, ni siquiera cuando voy en el metro tan apretujada que parece que me está abrazando una boa constrictor. Y no es que la isla no sea bonita, porque lo es, pero... Es una isla. Sobra decir más —se había sentido aislada de la civilización por las aguas agitadas de la Bahía Penobscot y asfixiada por una tupida manta de inquietud paternal—. Me gusta vivir en un lugar donde la gente no conoce cada detalle de mi vida.

En ocasiones le había parecido estar viviendo bajo una paternidad colectiva. «Paige, ¿por qué no te pones un jersey?», «Paige, he visto al helicóptero llevándote la hospital otra vez, pobrecita». Se había sentido atrapada, como si alguien la hubiera estado sujetando fuertemente para impedir que escapara.

Todo el mundo había estado pendiente de que estuviera bien, a salvo, protegida, hasta que había llegado el momento en que quiso gritar esa pregunta que había ardido en su interior durante gran parte de su infancia: ¿De qué servía estar viva si no le permitían vivir?

Mudarse a Nueva York era lo mejor y más emocionante que le había pasado en toda su vida. Era un lugar absolutamente distinto a Puffin Island en todos los aspectos posibles.

Algunos habrían dicho que era un lugar peor.

Pero ella no.

Frankie estaba frunciendo el ceño.

—Todas sabemos que no podré volver a plantar un pie en

Puffin Island. Me lincharían. Echo de menos algunas cosas, pero una cosa que no echo de menos es que todo el mundo me mirara con desagrado porque mi madre estaba teniendo una nueva aventura con el marido de otra –se apartó el pelo de los ojos y se terminó la bebida. Rabia, frustración y tristeza irradiaban de su rostro, y cuando aplastó la lata vacía con el puño, los nudillos se le pusieron blancos–. Al menos en Manhattan hay unos cuantos hombres con los que mi madre no se ha acostado. Aunque, oficialmente, hoy hay uno menos que ayer.

–¿Otra vez? –por fin Paige entendió por qué su amiga estaba tan irascible–. ¿Te ha escrito un mensaje?

–Solo después de que no respondiera a sus catorce llamadas –respondió Frankie encogiéndose de hombros–. Me preguntabas por qué no tenía ganas de desayunar, Ev… Al parecer el hombre en cuestión tiene veintiocho años y se lo hizo con la misma fuerza con la que la puerta de un granero da portazos durante un vendaval. El nivel de detalles me ha dado ganas de vomitar –su tono frívolo no logró ocultar lo disgustada que estaba. Paige se agarró a su brazo.

–No durará.

–Claro que no durará. Las relaciones de mi madre nunca duran. Pero durante el tiempo que esté con él logrará despojarlo de una importante cantidad de sus bienes. No sintáis lástima por él. Tiene tanta culpa como ella. ¿Por qué los hombres no pueden aguantar con la bragueta subida? ¿Por qué nunca dicen «no»?

–Muchos hombres dicen «no» –Paige pensó en sus padres y en su largo y feliz matrimonio.

–No los hombres con los que se lía mi madre. Mi mayor temor es que algún día me encuentre con alguno de ellos en algún evento. ¿Os lo imagináis? A lo mejor debería cambiarme el nombre.

–Jamás te los encontrarás. Nueva York es una ciudad abarrotada.

Eva agarró a Frankie del otro brazo.

–Algún día se enamorará y todo esto terminará.

–¡Vamos, por favor! Ni siquiera tú podrías idealizar esta situación. Esto no tiene nada que ver con el amor –dijo Frankie–. La ocupación de mi madre son los hombres, de ahí salen sus ingresos. Es la directora ejecutiva de Corporación DALH, también conocida como «DESPLUMA A LOS HOMBRES».

Eva suspiró.

–Tiene muchas preocupaciones.

–¿Preocupaciones? –preguntó Frankie deteniéndose en seco–. Ev, mi madre dejó atrás las preocupaciones hace ya mucho tiempo. ¿Podemos hablar de otra cosa? No debería haberlo mencionado. Es el modo más seguro de estropearme el día, y no es que sea la primera vez que pasa. Vivir en Nueva York tiene muchas ventajas, pero poder evitar a mi madre la mayor parte del tiempo es la mayor de todas.

Paige pensó por millonésima vez en lo afortunada que era por tener los padres que tenía. Sí, cierto, se preocupaban en exceso, y eso la volvía loca, pero comparados con la madre de Frankie eran unas personas maravillosamente normales.

–Vivir en Nueva York es lo mejor que nos ha pasado. ¿Cómo hemos podido sobrevivir tanto tiempo sin Bloomingdale's y sin la pastelería Magnolia?

–O sin dar de comer a los patos en Central Park –añadió Eva con melancolía–. Es lo que más me gusta. Solía hacerlo los fines de semana con mi abuela.

La mirada de Frankie se enterneció.

–La echas muchísimo de menos, ¿verdad?

–Estoy bien –respondió Eva con una débil sonrisa–. Tengo días buenos y días malos. Pero no estoy tan mal como hace un año. Tenía noventa y tres años, así que no me puedo quejar, ¿verdad? Pero es que se me hace raro no tenerla cerca. Era la única constante en mi vida y ahora ya no está. Y no tengo a nadie. No tengo ningún vínculo con nadie.

—Con nosotras sí —dijo Paige—. Somos tu familia. Deberíamos salir este fin de semana. ¿De compras? Podríamos asaltar los mostradores de maquillaje de Saks y después ir a bailar.

—¿Bailar? Me encanta bailar —dijo Eva sacudiendo las caderas provocativamente y a punto de provocar otro choque en cadena.

Frankie la hizo avanzar.

—No hay suficientes plantillas de gel en el mundo para poder soportar compras y baile en un mismo día. Además, el sábado toca noche de pelis. Voto por celebrar un festival de cine de terror.

Eva retrocedió espantada.

—¡Ni hablar! Me pasaría la noche despierta.

—Yo tampoco le doy mi voto —dijo Paige haciendo una mueca de disgusto—. A lo mejor Matt nos dejaría tener una noche de pelis de chicas para celebrar mi ascenso.

—Lo dudo mucho —respondió Frankie colocándose las gafas—. Tu hermano preferiría saltar de un tejado antes que acceder a una noche de pelis de chicas. Gracias a Dios.

Eva se encogió de hombros.

—¿Y si salimos esta noche en lugar del sábado? Jamás conoceré a nadie si no salgo un poco.

—La gente no viene a Nueva York para conocer a alguien. Viene por la cultura, por la experiencia, por el dinero… La lista es larga, pero conocer a un hombre con el que casarte no entra en ella.

—¿Entonces tú por qué has venido aquí?

—Porque necesitaba vivir en un lugar grande y anónimo y porque mis mejores amigas estaban aquí. Y porque me encantan algunos sitios. Me encantan el High Line, los Jardines Botánicos y nuestro pequeño rincón secreto de Brooklyn. Me encanta nuestra casita de ladrillo rojo y estaré eternamente agradecida a tu hermano por dejarnos alquilársela.

—¿Has oído eso? —preguntó Eva dando a Paige con el codo—. Frankie ha dicho algo positivo sobre un hombre.

—Matt es uno de los pocos hombres decentes que hay en todo el planeta. Es un amigo, nada más. Me gusta estar soltera. ¿Pasa algo por eso? —preguntó con tono tranquilo—. Soy una mujer autosuficiente y me siento orgullosa de ello. Gano mi propio dinero y no tengo que responder ante nadie. Estar soltera es una elección, no una enfermedad.

—Y mi elección sería no estar soltera. Tampoco pasa nada por eso, así que no me sueltes un sermón. No puedo evitar deprimirme porque el preservativo que llevo en el monedero se me haya caducado —Eva se colocó un rebelde mechón rubio ondulado detrás de la oreja y con gran habilidad cambió de conversación esquivando el asunto de sus relaciones—. Me encanta el verano. Vestidos de tirantes, chanclas, Shakespeare en el Parque, navegar por el río Hudson, quedarnos hasta tarde por las noches en nuestra azotea. Aún no me puedo creer que tu hermano la construyera. Es tan inteligente.

Paige no podía negarlo.

Su hermano, ocho años mayor que ella, había salido de la isla mucho antes. Había decidido abrir su empresa de arquitectura paisajista allí mismo, en Nueva York, y ahora era un negocio próspero.

—La azotea es una maravilla —dijo Frankie acelerando el paso—. ¿Qué pasó con ese gran negocio en Midtown? ¿Se lo han dado?

—Aún no le han dado respuesta, pero la empresa le va muy bien.

Y ahora le llegaba el turno a ella.

El ascenso era el siguiente paso a dar en su plan de vida. Y, con suerte, sería un paso más para curar la tendencia de su familia a sobreprotegerla.

Tras nacer con una enfermedad coronaria, la infancia de Paige se había basado en visitas al hospital, médicos y unos padres cariñosos que se habían esforzado por ocultar sus preocupaciones e inquietudes. Según crecía, se había sentido despojada de sus derechos y el día que había salido del hospital, después de la que todo el mundo esperaba que fuera su última operación, se había jurado que eso iba a cambiar. Afortunadamente, exceptuando los ocasionales chequeos, ahora estaba bien y se había liberado de constantes intervenciones médicas. Sabía que había tenido suerte y por ello estaba decidida a aprovechar al máximo cada día. El único modo de hacerlo había sido salir de Puffin Island, y eso era lo que había hecho.

Tenía una vida completamente nueva y las cosas le iban bien.

—Tenemos que darnos prisa. No podemos llegar tarde —dijo Eva interrumpiendo sus pensamientos.

—No nos puede soltar el discurso de la «media jornada» cuando todas hemos estado trabajando hasta la madrugada.

A Paige no le hizo falta preguntar a quién se refería. Se trataba de Cynthia, directora de eventos y lo único que a Paige no le gustaba de su trabajo. Cynthia se había incorporado a Eventos Estrella un año después que ella y el ambiente en la empresa había cambiado de inmediato. Era como si alguien hubiera vertido desperdicios tóxicos en un claro arroyo de montaña y hubiera envenenado a todo el mundo que había bebido de él.

—Aún no me puedo creer que haya despedido a la pobre Matilda. ¿Sabéis algo de ella?

—No he parado de llamarla —dijo Eva—, pero no responde. Estoy preocupada. Necesitaba el trabajo desesperadamente. No tengo su dirección, pero si la tuviera iría a visitarla.

—Sigue llamando. Y yo voy a intentar convencer a Cynthia para que cambie de opinión.

–¿Qué le pasa a esa mujer? Está enfadada todo el tiempo. Si tanto odia el trabajo, ¿por qué no se marcha? Cada vez que la veo me entran ganas de pedirle perdón incluso aunque no haya hecho nada mal. Me siento como si ella fuera el gran tiburón blanco en lo alto de la cadena alimentaria y yo una pequeña foca a la que se va a comer de un solo bocado.

Paige sacudió la cabeza.

–No se irá jamás, y esa es otra de las razones por las que quiero este ascenso. Tendré menos contacto con ella, más responsabilidad y mis propias cuentas –había ido ganando experiencia y algún día, con suerte, no muy lejano abriría su propio negocio y sería su propia jefa. Sería ella la que estaría al mando.

Era su sueño, pero no se limitaría a soñar.

Tenía un plan.

–Serás una jefa brillante –dijo Eva con cariño–. Desde el día en que organizaste la fiesta de mi octavo cumpleaños, supe que llegarías lejos. Aunque claro, no es complicado ser mejor jefa que Cynthia. El otro día oí a alguien decir que no está contenta hasta que ha hecho llorar a todo el mundo al menos una vez –añadió Eva haciendo una parada de emergencia junto a otro escaparate; el nirvana consumista hizo que focas y tiburones quedaran en el olvido–. ¿Creéis que ese top me cabría?

–Tal vez, pero es imposible que quepa en tu armario – respondió Paige alejándola de allí–. Tienes que tirar cosas antes de comprar algo nuevo.

–¿Es culpa mía que me una emocionalmente a las cosas?

Frankie se situó al otro lado de Eva para impedir que siguiera mirando escaparates.

–¿Cómo puede alguien unirse emocionalmente a la ropa?

–Es fácil. Si me pasa algo bueno cuando llevo algo en concreto, me lo vuelvo a poner si necesito sentirme positiva. Por ejemplo, hoy llevo mi camiseta de la suerte para asegurarme de que el ascenso de Paige vaya acompañado de un impresionante aumento de sueldo.

–¿Cómo puede traer buena suerte una camiseta?

–Porque me han pasado cosas buenas llevando esta camisa.

Frankie sacudió la cabeza.

–No lo quiero saber.

–Bien, porque no os lo pienso decir. No lo sabéis todo sobre mí. Tengo un lado místico –dijo retorciéndose el cuello para alcanzar a ver los escaparates–. ¿Podría…?

–No –respondió Paige dándole un tirón–. Y no tienes ningún lado místico, Ev. Eres un libro abierto.

–Mejor eso que ser cruel e inhumana. Y, además, todos tenemos nuestras adicciones. La de Frankie son las flores, la tuya son los pintalabios rojos… –la miró–. Por cierto, ese tono es muy bonito. ¿Es nuevo?

–Sí. Se llama Triunfo de Verano.

–Muy apropiado. Deberíamos celebrarlo esta noche. ¿O crees que Cynthia querrá sacarte por ahí?

–Cynthia no se relaciona con nadie –Paige había pasado horas intentando comprender a su jefa, pero no había logrado nada–. Nunca la he oído hablar ni de nadie ni de nada que no tenga que ver con el trabajo.

–¿Pensáis que tiene vida sexual?

–Ninguna tenemos vida sexual. Esto es Manhattan. Aquí todo el mundo está demasiado ocupado como para practicar sexo.

–Exceptuando a mi madre –murmuró Frankie.

–Y a Jake –interpuso Eva rápidamente–. Estuvo en la fiesta de Adams la otra noche. El tipo más sexy del lugar. Y además inteligente. Se acuesta con muchas chicas, pero supongo que estar buenísimo y tener ese cuerpo de impresión ayuda. Entiendo por qué estabas tan loca por él cuando eras adolescente, Paige.

Paige se sintió como si alguien le hubiera dado un puñetazo en el estómago.

—Eso pasó hace mucho tiempo.

Imaginarse a Jake acostándose con una mujer no le molestaba; no debería.

—El primer amor es muy poderoso —dijo Eva—. Es un sentimiento que nunca desaparece.

—Y también es poderosa la primera decepción. Ese sentimiento tampoco desaparece nunca. Lo de estar loca por Jake terminó hace mucho tiempo, así que ya podéis dejar de mirarme así.

Sin embargo, la relación con él no era sencilla.

Había días en los que deseaba que Jake no fuera el mejor amigo de su hermano.

Si hubiera sido algún que otro chico de su época adolescente, podría haber seguido adelante, podría haberse reído de lo sucedido y haberlo olvidado, pero en lugar de eso estaba destinada a llevar a cuestas ese embarazoso recuerdo. Siempre estaba ahí, siguiéndola.

Incluso ahora, tantos años después, se estremecía al pensar en las cosas que le había dicho. Y peor aún, las cosas que había hecho.

Se había desnudado…

El recuerdo le hizo desear que se la tragara la tierra.

¿Pensaría él en eso? Porque ella pensaba mucho en lo que pasó.

Eva seguía hablando.

—Seguro que aparece en la lista de deseos de millones de mujeres.

Frankie sacudió la cabeza con incredulidad.

—Cuando la gente redacta esas listas suele elegir cosas como el paracaidismo o un viaje a Machu Picchu, experiencias de vida increíbles, Ev.

—Estoy segura de que un beso de Jake Romano sería una experiencia de vida increíble. Mucho mejor que hacer paracaidismo aunque, claro, a mí me dan miedo las alturas.

Paige seguía caminando. Jamás lo averiguaría porque Jake nunca había hecho el más mínimo intento de besarla, ni siquiera en aquella ocasión en la que se había abalanzado sobre él.

Había soñado con verlo invadido por el deseo en lugar de verlo apartarse delicadamente de su cuerpo como si le molestara y se la quisiera quitar de encima.

La paciencia y la amabilidad con las que había reaccionado habían sido el golpe más humillante de todos. No se había resistido al deseo, se había resistido a ella. La había evitado.

Era la primera y única vez que le había dicho «te quiero» a un hombre. Había estado tan segura de que sentía algo por ella que el hecho de haberse equivocado tanto había marcado su relación con los hombres desde entonces. Ya no confiaba en su instinto.

Ahora cuidaba mucho, mucho, su corazón. Hacía ejercicio, comía cinco porciones de fruta y verdura al día y se centraba en el trabajo, que siempre resultaba más emocionante que cualquiera de las pocas relaciones que hubiera podido tener.

Se detuvo en la puerta de las oficinas de Eventos Estrella y respiró hondo. Lo último que necesitaba era pensar en Jake justo antes de enfrentarse a la reunión más importante de su vida. Él solía hacer que se le derritiera el cerebro y que las rodillas le temblaran como si fueran gelatina. Tenía que centrarse.

—Ya está. Basta de risas. La diversión no está permitida dentro de estas paredes.

Cynthia las estaba esperando en recepción.

Paige se sintió molesta.

¿Es que esa mujer no era capaz de esbozar una pequeña sonrisa ni siquiera en un día como ese?

Por suerte, Cynthia no tenía la capacidad de arruinarle
su trabajo porque lo adoraba. Ocuparse de cada detalle y
hacer de cada evento una ocasión memorable era divertido.
Lo más importante para ella era ver feliz a un cliente. De
niña le había encantado organizar fiestas para sus amigos;
ahora esa era su profesión y su carrera estaba a punto de
dar un gran salto.

Imaginarse el nuevo nivel de responsabilidad que asu-
miría le subió el ánimo y, con una sonrisa, cruzó el vestíbulo.

Directora de eventos sénior.

Ya tenía planes. Su equipo trabajaría y se esforzaría mucho porque querría y no porque temiera las repercusiones.
Y lo primero que haría ella sería encontrar el modo de volver a contratar a la pobre Matilda.

—Buenos días, Cynthia.

—Por lo que recuerdo, en tu contrato no se especifica
nada sobre tener media jornada.

Si alguien podía destruir la emoción del momento, esa
era Cynthia.

—El evento de Capital Insurance no terminó hasta pasada la medianoche y esta mañana el metro estaba abarrotado. Estábamos…

—Aprovechándoos —dijo Cynthia mirando el reloj de la
pared a pesar de saber perfectamente qué hora era—. Tengo que verte en mi despacho ahora mismo. Acabemos con
esto.

¿Iban a reunirse para hablar de su ascenso y le había
dicho «acabemos con esto»?

Las chicas se dispersaron y Paige oyó a Eva entonar
suavemente la sintonía de *Tiburón*.

Eso le levantó el ánimo. Trabajar con sus amigas era
una de las mejores cosas que tenía ese empleo.

Mientras seguía a Cynthia hacia su despacho se cruza-
ron con Alice, una de las jefas de cuentas junior.

Al ver que tenía los ojos rojos, se detuvo.

—¿Alice? ¿Va todo…?

Pero Alice siguió avanzando rápidamente.

Paige decidió que iría a buscarla después para saber qué había pasado.

¿Tendría problemas con su novio?

¿Problemas en el trabajo?

Sabía que varios empleados habían quedado horrorizados después de que a Matilda la hubieran despedido tras su desafortunado accidente con una bandeja de champán. Había generado una atmósfera de inquietud general y ahora todo el mundo se preguntaba quién sería el siguiente.

Tras seguir a su jefa hasta el interior del despacho, cerró la puerta.

Pronto estaría en posición de tomar sus propias decisiones en lo que respectaba a la contratación de personal. Mientras tanto, había llegado su momento. Había trabajado mucho para conseguirlo y pensaba disfrutarlo.

«Por favor, que el aumento de sueldo sea bueno».

Eva tenía razón, lo celebrarían. Se tomarían unas cuantas copas de algo frío y espumoso y, luego, tal vez, incluso irían a bailar. Hacía años que no salían a bailar.

Cynthia agarró una carpeta.

—Como sabes, hemos estado buscando formas de mejorar Eventos Estrella y reducir gastos. No hace falta que te diga que nos movemos en un mercado complicado.

—Lo sé, y tengo algunas ideas que me encantaría compartir contigo —iba a sacar algo del bolso cuando Cynthia sacudió la cabeza y levantó la mano.

—Te dejamos marchar, Paige.

—¿Marcharme? ¿Adónde? —en ningún momento había pensado que el ascenso implicara un traslado a otra oficina. Y solo había otra oficina. La de Los Ángeles, al otro lado del país. Eso sí que no se lo había esperado. Le encantaba Nueva York, le encantaba vivir y trabajar con sus amigas—.

Daba por hecho que me quedaría aquí. Trasladarme a Los Ángeles supone un gran paso –aunque si quería el ascenso, probablemente debería estar dispuesta a aceptar un posible traslado. Tal vez debería pedir algo de tiempo para pensárselo. Era algo razonable, ¿no?

Cynthia abrió la carpeta.

–¿Qué te hace pensar que vamos a trasladarte a Los Ángeles?

–Has dicho que me dejáis marchar.

–Te dejamos marchar de Eventos Estrella.

Paige se la quedó mirando con cara de estúpida.

–¿Cómo dices?

–Estamos haciendo recortes –añadió Cynthia, que ojeaba el archivo en lugar de mirarla a los ojos–. Dicho llanamente, el negocio se ha venido abajo. Todo el mundo en la industria de los eventos sociales está despidiendo personal y reduciendo horas.

La estaban despidiendo.

No la ascenderían ni la trasladarían a Los Ángeles.

La estaban despidiendo.

Le zumbaban los oídos.

–Pero… En los últimos seis meses he conseguido nueve clientes importantes. Casi todo el crecimiento de negocio que hemos tenido ha sido gracias a mí y…

–Hemos perdido a Construcciones Adams.

Se quedó impactada.

–¿Qué?

Chase Adams, el propietario de la empresa de construcciones de mayor éxito en Manhattan, había sido uno de sus mejores clientes. A Matilda la habían despedido precisamente tras la celebración de un evento para su empresa.

Era el karma, pensó Paige. Primero Cynthia había despedido a Matilda y ahora Chase Adams los despedía a ellos.

Y ella era una víctima de toda esa situación.

–No he podido discutirle nada –continuó Cynthia–. Esa estúpida de Matilda le arruinó el evento.

–¿Por eso nos ha despedido? ¿Por un accidente?

–Tirar una copa de champán puede considerarse un accidente, pero tirar una bandeja entera se aproxima más a una catástrofe. Adams insistió en que me librara de ella. Intenté convencerlo para que se lo replanteara, pero no lo hizo. Ese hombre es dueño de medio Manhattan. Es uno de los tipos más poderosos de la ciudad.

–Entonces no le hacía falta hundir a la pobre Matilda –se le ocurrieron unas cuantas palabras para describir a Chase Adams; ninguna de ellas halagadora, precisamente. De ningún modo culpaba a Matilda.

–Eso ya es agua pasada. Por supuesto, te daremos referencias excelentes para tu próximo trabajo.

¿Próximo trabajo?

Quería ese trabajo. El trabajo que adoraba. El trabajo que se había ganado.

Tenía la boca tan seca que le costaba hablar. El corazón le palpitaba con fuerza; un brutal recordatorio de lo frágil que era la vida. Esa mañana se había sentido como si fuera la dueña del mundo y ahora le habían arrebatado ese poder.

Otras personas estaban decidiendo su futuro. Puertas cerradas y conversaciones. Gente esperando que luciera una expresión valiente.

Y en eso era una experta. Lo hacía de forma inconsciente siempre que la vida se le complicaba, igual que un ordenador entraba en modo de reposo automáticamente.

Sabía cómo ocultar sus sentimientos y ahora lo estaba haciendo.

«Mantén una actitud profesional, Paige».

–Me dijiste que si mantenía mis objetivos de rendimiento, me ascenderíais. Y los he superado con creces.

–La situación ha cambiado y como operación comercial necesitamos reaccionar ante las necesidades del mercado.

—¿Cuánta gente? ¿Por eso estaba llorando Alice? ¿La habéis despedido? ¿A quién más? —¿les pasaría lo mismo a Frankie y Eva?

Eva no tenía familia a la que recurrir y Paige sabía que Frankie dejaría de comer antes que pedirle a su madre un solo centavo.

—No estoy en posición de hablar contigo sobre la situación de otros empleados.

Paige se quedó ahí sentada, sin moverse, impactada. Se sentía mareada, como si estuviera perdiendo el control.

Había confiado en sus jefes, que le habían hecho grandes promesas. Les había entregado su tiempo, había trabajado cumpliendo unos horarios espantosos y había puesto su futuro en sus manos. ¿Y así le devolvían esa confianza? ¿Sin previo aviso? ¿Sin la más mínima señal?

—Esta empresa ha crecido gracias a mí. Puedo mostrarte cifras que lo demuestran.

—Hemos trabajado como un equipo —dijo Cynthia con frialdad—. Eres buena en tu trabajo. Tienes tendencia a ser demasiado agradable con la gente que trabaja para ti y deberías decir «no» a los clientes con mayor frecuencia. Aquella vez en que hiciste que a aquel hombre le llevaran el traje a una tintorería exprés en mitad de una fiesta fue más que ridícula, pero quitando eso, no tengo quejas. Esto no es por tu trabajo.

—Lo hice porque se le había caído la copa encima y estaba intentando impresionar a su jefe. Después de aquello, nos dio una cantidad de trabajo enorme. Y soy agradable porque me gusta trabajar con un equipo de personas alegres y en un ambiente positivo.

Algo que Cynthia desconocía.

Mirar a su jefa era como mirar una puerta cerrada con llave. Nada de lo que dijera la abriría. Estaba perdiendo el tiempo.

En lugar de un ascenso y una subida de sueldo, había perdido el trabajo.

Tendría que recurrir a su familia. Una vez más, preocuparía a sus padres y a su hermano y ellos querrían protegerla.

Se le aceleró el corazón e instintivamente se llevó la mano al pecho. A través de la tela de la camisa sintió la forma del pequeño corazón de plata que a veces llevaba oculto bajo la ropa.

Por un momento se vio de nuevo en la cama del hospital, con diecisiete años, rodeada de tarjetas y globos que le deseaban una pronta mejoría, a la espera de una cirugía y aterrada. Su cerebro había estado imaginando terribles escenarios justo cuando la puerta se había abierto y un médico había entrado con una bata blanca y una carpeta.

Pero entonces, cuando ya se había mentalizado para someterse a más pruebas, a más dolor y a más malas noticias, había reconocido a Jake.

—Como no me dejaban entrar porque ya no estamos en horario de visita, he quebrantado las normas. Llámeme doctor Romano —le había guiñado un ojo y había cerrado la puerta—. Es hora de su medicina, señorita Walker. Y nada de gritos o le sacaré el cerebro y lo donaré a la ciencia.

Siempre la había hecho reír, aunque la presencia de Jake le provocaba otras cosas también. Cosas que le habían hecho desear llevar puesto algo ajustado y sensual en lugar de una camiseta gigante con la imagen de un dibujo animado.

—¿Vas a operarme tú?

—Me desmayo solo con ver sangre y no sé distinguir un cerebro de un trasero, así que no, no te voy a operar yo. Te he comprado una cosa —había metido la mano en el bolsillo trasero de los vaqueros y había sacado una caja pequeña—. Será mejor que lo abras rápidamente antes de que me arresten.

Durante un momento de locura había pensado que le

estaba regalando un anillo de compromiso y el corazón, ese corazón que tan mal se estaba portando, le dio un vuelco.

–¿Qué es? –con manos temblorosas, había abierto la caja y allí, sobre una base de seda azul noche, había encontrado un precioso corazón de plata unido a una fina cadena–. Oh, Jake…

Y grabadas en la parte trasera, tres palabras.

Un corazón fuerte.

–He pensado que al tuyo le podría venir bien un poco de ayuda. Llévalo puesto, cielo, y considéralo como un refuerzo cada vez que el tuyo tenga problemas.

De acuerdo, no era una alianza, pero la había llamado «cielo» y le había regalado un collar.

Y eso tenía que significar algo, ¿no?

Al instante, había dejado de preocuparse por la operación y desde ese momento solo había pensado en Jake.

Y así, cuando fueron a buscarla para llevarla al quirófano, ya había diseñado todo un futuro junto a él e incluso había puesto nombre a los hijos que tendrían juntos.

Ya en el quirófano, le habían tenido que arrancar el collar de la mano, pero después, en cuanto pudo, se lo había vuelto a poner.

Un corazón fuerte.

Siempre lo llevaba cuando necesitaba valor y hoy se lo había puesto.

Se levantó por inercia. Tenía que empezar a buscar trabajo. No podía desperdiciar ni un solo momento y no perdería el tiempo luchando contra lo inevitable.

–Deberías recoger tu mesa hoy mismo –le dijo Cynthia–. Por supuesto, te daremos una indemnización por despido.

Indemnización por despido.

Si «ascenso» era su palabra favorita, «despido» era la que menos le gustaba. Se sentía como si la estuvieran sometiendo de nuevo a una cirugía mayor con la diferencia de que estaba vez el bisturí estaba haciendo una incisión en sus esperanzas y sus sueños. Adiós al ascenso. Adiós a los planes de llegar a crear su propio negocio en un futuro.

Salió del despacho de Cynthia y cerró la puerta.

La realidad se cernió sobre ella. De haber sabido lo que iba a pasar, no se habría comprado ese café de camino al trabajo ni se habría comprado otro pintalabios cuando ya tenía muchos. Se quedó allí de pie, paralizada, lamentando cada centavo que se había gastado en los últimos años. En los momentos más oscuros de su vida se había prometido que viviría cada momento al máximo, y eso había hecho porque nunca se había imaginado que le pasaría algo así.

Recorrió un pasillo vacío en dirección al lavabo más cercano; lo único que se oía era el eco de sus zapatos.

Apenas una hora antes se había sentido entusiasmada con su futuro. Optimista.

Ahora estaba desempleada.

Desempleada.

Sola en el frío cuarto, finalmente se quitó la máscara.

En sus oficinas con fachada de cristal, y sentado con los pies sobre el escritorio, Jake Romano escuchaba a medias al hombre que hablaba desde el otro lado del teléfono.

Frente a él, una joven periodista rubia miraba la hora con disimulo. Jake no solía conceder entrevistas, pero de algún modo esa mujer había logrado colarse esquivando a su ayudante. Y ya que sentía cierta admiración por la tenacidad y la creatividad, no la había echado.

Ahora lamentaba no haberlo hecho, y estaba seguro de que ella también. Los habían interrumpido en tres ocasiones y la chica se estaba impacientando cada vez más.

Y dado que hasta el momento sus preguntas habían rondado la intromisión, decidió hacerla esperar un poco más y centrarse en la llamada.

–No necesitas a un experto en estrategia de contenidos para el rediseño de una aplicación ligera. Lo que necesitas es un redactor inteligente.

La periodista agachó la cabeza y repasó sus notas.

Jake se preguntó cuántas interrupciones más soportaría la joven antes de largarse de allí. Bajó los pies de la mesa y decidió terminar la llamada.

–Como sé que eres un hombre ocupado, voy a interrumpirte aquí. Entiendo que quieres un diseño precioso, pero un diseño precioso no vale una mierda si tu contenido es malo. Y la teoría es genial, pero lo que importa es resolver los problemas reales para la gente real. Y hablando de problemas, si decido que somos los adecuados para el trabajo, hablaré con el equipo y hablaremos cara a cara. Déjamelo a mí –y colgó–. Lo siento –añadió dirigiéndose a la periodista.

La sonrisa de la joven resultó tan falsa como la disculpa de él.

–No pasa nada. Es usted un hombre de difícil acceso. Lo sé. Llevo cerca de un año intentando concertar esta entrevista.

–Y ahora lo has logrado. Bueno, ¿hemos terminado ya?

–Tengo un par de preguntas más –se detuvo como para reorganizarse–. Hemos hablado de su negocio, de sus objetivos filantrópicos y de la ideología de su empresa. Me gustaría que les hablara un poco a nuestros lectores sobre Jake, el hombre. Nació en la peor zona de Brooklyn y lo adoptaron cuando tenía seis años.

Jake se mantuvo impertérrito.

La periodista lo miró expectante.

–No he oído su respuesta…

–No he oído ninguna pregunta.

Ella se sonrojó.

–¿Ve a su madre?

–Continuamente. Regenta el mejor restaurante italiano de Nueva York. Deberías ir a probarlo.

–Está hablando de su madre adoptiva... –y tras consultar el nombre, añadió–: Maria Romano. Me refería a su verdadera madre.

–Maria es mi verdadera madre –quienes lo conocían habrían reconocido ese tono y se habrían puesto a cubierto, pero la periodista siguió allí sentada, ajena a ello, como una gacela que no es consciente de que la está acechando un animal que está por encima de ella en la cadena trófica–. ¿Entonces no está en contacto con su madre biológica? Me pregunto cómo se sentirá ahora que usted dirige un negocio multimillonario.

–Eres libre de ir a preguntarle –dijo Jake levantándose–. Se nos ha acabado el tiempo.

–¿No le gusta hablar de su pasado?

–El pasado es historia –contestó con un tono frío–, y a mí siempre se me dieron mejor las matemáticas. Ahora, si me disculpas, tengo clientes esperando que los atienda. Clientes que pagan.

–Por supuesto –la joven se guardó la grabadora en el bolso–. Es usted un ejemplo del sueño americano, Jake. Una inspiración para millones de norteamericanos que tuvieron una infancia dura. A pesar de su pasado, ha levantado una empresa de gran éxito.

No «a pesar de», pensó Jake, sino «gracias a».

Había levantado una empresa de gran éxito precisamente gracias a su pasado.

Cerró la puerta a la periodista y fue hacia el ventanal que ocupaba dos laterales de su despacho en esquina. El sol se colaba por los cristales que iban de suelo a techo. Como si fuera el rey Midas contemplando su montaña de oro, contempló Downtown Manhattan, que se extendía bajo sus pies.

Le escocían los ojos por la falta de sueño, pero los mantuvo abiertos mientras se empapaba bien de las vistas y lo invadía la satisfacción de saber que se había ganado cada deslumbrante pedazo de ese paisaje.

«No está mal para ser un chico de la parte mala de Brooklyn al que le decían que nunca llegaría a nada».

Si hubiera querido, le habría dado a la periodista una historia que habría salido en primera plana y que, probablemente, le habría hecho ganar un Pulitzer.

Había crecido mirando al prometedor Manhattan desde el otro lado del río. Había ignorado el incesante ladrido de los perros, los gritos de la calle y las bocinas de los coches y había contemplado con envidia una vida diferente. Al otro lado del East River había visto edificios tocando el cielo y había querido vivir allí, donde se levantaban los rascacielos y donde el cristal reflejaba la luz y la ambición.

Le había parecido un lugar tan lejano y remoto como Alaska, pero había tenido mucho tiempo para contemplarlo. No había conocido a su padre e incluso siendo muy pequeño había pasado la mayor parte del tiempo solo mientras su madre adolescente trabajaba en tres empleos distintos.

«Te quiero, Jake. Somos tú y yo contra el mundo».

Jake miró el entrecruzado de calles bajo sus pies.

Hacía mucho tiempo que nadie la mencionaba. Y había pasado mucho tiempo desde aquella noche en la que se había quedado sentado, solo, en las escaleras que conducían a su apartamento esperando a que volviera a casa.

¿Qué le habría pasado si Maria no lo hubiera adoptado?

Jake sabía que tenía mucho más que un hogar gracias a ella.

Desvió la mirada hasta el ordenador.

Era Maria quien le había regalado su primer ordenador, un equipo viejo que había pertenecido a uno de sus primos. Jake tenía catorce años cuando *hackeó* su primera página web y quince cuando se dio cuenta de que tenía habilidades de las que otros carecían. Al cumplir los dieciséis, eligió la empresa con las oficinas de fachada de cristal más grandes, se presentó en su puerta y les dijo lo vulnerables que eran ante un ciberataque. Se habían reído hasta que él les había demostrado la facilidad con la que podía colarse en sus sistemas de seguridad. Después, habían dejado de reírse y le habían escuchado.

Se había convertido en una leyenda de la ciberseguridad; un adolescente con carisma, con confianza en sí mismo y con un cerebro tan genial que había mantenido conversaciones con hombres que le doblaban la edad y que sabían la mitad de lo que sabía él.

Les había demostrado lo poco que sabían, había expuesto sus debilidades y después les había enseñado a solucionarlas. En el colegio siempre se había saltado las clases de lengua, pero nunca las de matemáticas. Los números sí que los entendía.

Había salido de la nada, pero se había decidido a llegar a alguna parte y a hacerlo rápido para dejar a los demás atrás.

Gracias a cómo había explotado esos dones había podido ir a la universidad y, mucho después, le había comprado a su madre, porque así era como la consideraba incluso desde antes de que lo hubiera adoptado oficialmente, un restaurante donde pudiera compartir sus aptitudes culinarias con la buena gente de Brooklyn sin tenerlos metidos a todos en su cocina como sardinas en lata.

Con la ayuda de su mejor amigo, Matt, había creado su propio negocio y había desarrollado un programa de encriptación que más tarde adquirió una importante empresa de defensa a cambio de una suma de dinero que le aseguraba no volver a tener preocupaciones económicas en toda su vida.

Ahora ofrecía desde contenido creativo hasta diseño de usuario, aunque aún aceptaba algún que otro encargo privado como consultor en asuntos de seguridad cibernética. Y había sido precisamente uno de esos encargos lo que lo había mantenido despierto hasta la madrugada la noche anterior.

La puerta del despacho se volvió a abrir y Dani, una de sus empleadas junior, entró con un café.

—He pensado que lo necesitarías. Librarse de esa chica ha sido más complicado que apartar a un mosquito de una bolsa de sangre.

Llevaba calcetines de rayas pero sin zapatos, un código de vestimenta que seguían al menos la mitad de sus empleados. A Jake no le interesaba nada cómo se vistieran para ir a trabajar y tampoco le interesaba en qué universidad hubieran estudiado. Solo le importaban dos cosas: pasión y potencial.

Dani poseía ambas.

La joven dejó la taza sobre el escritorio. El aroma, fuerte y acre, atravesó esas nubes que le copaban el cerebro y le recordaban que había estado trabajando hasta las tres de la madrugada.

—¿Te ha hecho preguntas?

—Unas mil. En especial sobre tu vida privada. Quería saber si la razón por la que no sueles salir dos veces con la misma mujer tiene su origen en tu malograda infancia.

Él levantó la tapa del café.

—¿Le has dicho que se meta en sus propios asuntos?

—No. Le he dicho que la razón por la que no sales dos veces con la misma mujer es que, según el último recuento, hay unas setenta mil mujeres en Manhattan y, si empiezas a salir con ellas más de una vez, no vas a poder salir con todas —con gesto de diversión, le entregó una pila de mensajes—. Tu amigo Matt te ha llamado cuatro veces. Parecía muy agobiado.

—Matt nunca se agobia —respondió Jake tras dar un sorbo de café y saborear el aroma y la tan necesitada dosis de cafeína—. Es Don Tranquilo.

—Pues hace un momento parecía Don Agobiado —Dani recogió los cuatro vasos de café vacíos del escritorio y los apiló—. ¿Sabes? No me importa cebar tu hábito de café, pero de vez en cuando podrías comer algo o dormir por la noche. Eso es lo que hace la gente normal, por si te lo preguntas.

–No, no me lo pregunto –lo que sí se preguntaba era por qué su amigo lo había llamado en plena jornada laboral. ¿Y por qué le había dejado cuatro mensajes a su ayudante en lugar de llamarlo directamente? Al levantar el teléfono y ver seis llamadas perdidas, se preocupó–. ¿Te ha dicho Matt de qué se trataba?

–No, pero quería que lo llamaras lo antes posible. A esa periodista le ha impresionado que hayas rechazado trabajo de Brad Hetherington. ¿Es verdad? –preguntó agarrando un vaso que casi se cayó de la torre–. Es uno de los tipos más ricos de Nueva York. Leí ese artículo en *Forbes* la semana pasada.

–Y también es un imbécil egocéntrico y yo intento no hacer negocios con imbéciles egocéntricos. Me pone de mal humor. Un consejo, Dani: nunca dejes que el dinero te intimide. Sigue tu instinto.

–¿Entonces no vamos a trabajar con él?

–Me lo estoy pensando. Gracias por el café. No tenías por qué hacerlo –le había dicho lo mismo cada día desde que la joven había empezado a trabajar para su empresa. Aun así, ella seguía llevándole el café cada día.

–Considérame un regalo inagotable –Jake le había dado una oportunidad cuando los demás le habían dado con la puerta en las narices y ella eso nunca lo olvidaría–. Anoche trabajaste hasta muy tarde y esta mañana has empezado muy pronto, así que he pensado que te vendría bien algo que te despertara.

Su mirada le decía que habría estado encantada de encontrar otros modos de despertarlo.

Sin embargo, Jake ignoró esa mirada.

Con mucho gusto rompía las reglas marcadas por otros, pero nunca las que marcaba él mismo, y el primer puesto de su lista lo ocupaba la norma de «No te lleves tu vida privada al trabajo».

Jamás haría nada que pudiera poner en peligro su negocio. Significaba demasiado para él. Y, de todos modos, por muy genio que fuera con los ordenadores, era el primero en admitir que sus habilidades no se extendían a las relaciones.

En cuanto Dani salió del despacho, llamó a Matt.

–¿Cuál es la emergencia? ¿Te has quedado sin cerveza?

–Imagino que no has visto las noticias empresariales.

–Llevo de reuniones desde que salió el sol. ¿Qué me he perdido? ¿Alguien te ha *hackeado* la página web y necesitas un experto? –conteniendo un bostezo, pulsó una tecla del ordenador para activarlo y deseó poder hacerlo también consigo mismo–. ¿Otra absorción empresarial?

–Eventos Estrella ha despedido a la mitad de su plantilla.

Jake se espabiló al instante.

–¿No han ascendido a Paige?

–No lo sé. No responde al teléfono.

–¿Crees que ha perdido el trabajo?

–Creo que es posible –respondió Matt, tenso–. Es probable. No responde al teléfono y eso es lo que hace cuando está en «modo valiente».

A Jake no le hizo falta preguntar a qué se refería. Había visto a Paige en «modo valiente» a menudo y lo odiaba. Odiaba imaginarla asustada o en apuros y disimulándolo.

–Joder...

–¡Con lo que ha trabajado para ganarse ese ascenso! No ha hablado de otra cosa en el último año. Tiene que estar hundida.

–Sí –y él habría hecho cualquier cosa por evitar que Paige sufriera. Por un instante se planteó cuánto tardaría en cruzar la ciudad y darle una paliza a alguien–. ¿Y Eva? ¿Y Frankie?

–Tampoco responden. Espero que estén juntas. No quiero que esté sola, aislándose de todo el mundo.

Él tampoco lo quería.

Jake se levantó y, dirigiéndose a la ventana, pensó en las opciones.

–Haré unas llamadas. Me enteraré de lo que está pasando.

–¿Pero por qué no responde al teléfono? –bramó Matt–. Estoy preocupado por ella.

–Tú siempre estás preocupado por ella.

–Es mi hermana…

–Sí, ya, y la tienes entre algodones. Tienes que dejar que viva su vida. Es más dura de lo que piensas. Y está fuerte y sana.

Aunque no siempre lo había estado.

Guardaba un recuerdo muy claro de Paige de adolescente, pálida y delgada en la cama del hospital esperando a que la sometieran a una cirugía mayor de corazón. Y también recordaba a su amigo, más nervioso que nunca, con los ojos hundidos tras noches sin dormir; noches que había pasado junto a la cama de su hermana.

–¿Qué haces esta noche? –le preguntó Matt, que parecía cansado.

–Tengo una cita –aunque no estaba seguro de que fuera a poder despertarse para cumplir. Su amigo no era el único que estaba cansado. A ese paso podría convertirse en el primer hombre de la tierra en practicar sexo estando en coma.

–¿Con Gina?

–Gina fue el mes pasado.

–¿Alguna vez sales con una mujer más de un mes?

–No, a menos que pierda la noción del tiempo –continuó. Así era como le gustaban las relaciones.

–¿Entonces no es amor verdadero? –preguntó Matt riéndose–. Lo siento. He olvidado que no crees en el amor.

¿Amor?

Jake miró por la ventana y vio una ciudad bañada en la luz del sol.

–¿Sigues ahí? –preguntó la voz de Matt atravesando sus recuerdos.

–Sí. Sigo aquí –respondió con tono ronco.

–Si no es amor verdadero, cancela la cita y ven. Si las tres han perdido su trabajo, no quiero ocuparme de la situación solo. Mi hermana es complicada cuando está agobiada, sobre todo porque insiste en fingir que se encuentra bien. Intentar que admita que está disimulando es imposible. No me importa que actúe así con mi madre, pero me cabrea cuando lo hace conmigo.

–¿Me estás pidiendo que rechace una noche de sexo con una sueca rubia para ayudarte a convencer a tu hermana y a sus amigas de que sean sinceras con sus emociones? Llámame aburrido, pero no me parece una oferta tentadora.

–¿Es sueca? ¿Cómo se llama? ¿Dónde trabaja?

–Se llama Annika. No le he preguntado su apellido y no me importa dónde trabaje con tal de que no sea en mi empresa –volvió a su escritorio y, cuando se sentó, la mujer en la que estaba pensando no era Annika. ¿Dónde estaría Paige? La imaginaba vagando por las calles, deprimida. Sola. Ocultando todo lo que sentía. Mierda. Agarró un lápiz y garabateó sobre un cuaderno–. No se me dan bien los llantos.

–¿Alguna vez has visto llorar a Paige?

Jake agarró el lápiz con fuerza.

Sí, la había visto llorar.

Había sido él el que la había hecho llorar.

Pero Matt no sabía nada de eso.

–He visto llorar a Eva.

–Eva llora con películas tristes y con atardeceres bonitos –dijo Matt–, pero no faltó ni un solo día al trabajo cuando murió su abuela. Salió de la cama cada día, se maquilló y fue a trabajar a pesar de estar hundida. Esa chica es muy fuerte –hubo una pausa–. Mira, si hay llantos, yo me ocupo.

Jake pensó en su cita de esa noche y pensó en Paige. Paige, a la que, a base de esforzarse mucho, veía únicamente como la hermana pequeña de su mejor amigo.

Hermana pequeña. Pequeña. Pequeña.

Si repetía esa palabra lo suficiente, con suerte al final su cerebro acabaría creyéndolo.

Podía negarse a ir, pero entonces no podría ayudarla, y estaba decidido a hacerlo. La situación era complicada porque sabía que Paige no querría ayuda. Odiaba que la protegieran o consolaran. No quería ser motivo de preocupación para nadie.

Y él lo entendía. La entendía.

Y precisamente por eso estaba decidido a estructurar su ayuda de un modo que a ella le resultara aceptable.

Lo primero que tenía que hacer era sacarla del estado de conmoción y hacerla reaccionar y actuar.

—Allí estaré.

Su noche de viernes de entretenimiento físico se esfumó.

En lugar de pasar la noche con una rubia impresionante, la pasaría ejerciendo de hermano para una mujer a la que intentaba evitar siempre que podía. ¿Por qué la evitaba?

Porque Paige Walker no era una niña pequeña. Era adulta, toda una mujer.

Y lo que sentía por ella se alejaba mucho de lo fraternal.

—Gracias —respondió Matt aliviado—. Ah, Jake...

—¿Qué?

—Sé amable.

—Siempre soy amable.

—Con Paige no. Sé que los dos ya no os lleváis muy bien —de nuevo, Matt parecía cansado—. Normalmente no me preocupa porque... bueno, ya sabes por qué. Hubo una época en la que pensé que estaba enamorada de ti.

Había estado locamente enamorada de él.

Se lo había dicho, con una voz entrecortada y cargada de esperanza y con una mirada llena de finales felices.

Y en aquel momento, además, había estado desnuda.

Se oyó un crujido y Jake vio que había partido el lápiz por la mitad.

—No tienes nada de qué preocuparte. Está claro que Paige no está enamorada de mí.

Tal vez no había sido capaz de solucionar su problema de corazón, pero eso sí que lo había solucionado.

Había tenido la precaución de acabar con cualquier sentimiento que hubiera podido albergar por él. Y ahora la única emoción que Paige sentía en su presencia era una irritación extrema. Fastidiarla era una forma de arte y había días en los que, incluso, fingía divertirse con ello.

La mantenía enfadada.

La mantenía irritada.

La mantenía a salvo.

—Me alegra saberlo porque eres la clase de problema que mi hermana no necesita en su vida. Me prometiste que no le pondrías un dedo encima, ¿lo recuerdas?

—Sí, lo recuerdo —esa promesa lo tenía atado de manos desde hacía una década. Eso, y saber que Paige no podría sobrellevar lo que suponía tener una relación con él.

—Oye, eres mi mejor amigo. Eres como un hermano para mí, pero los dos sabemos que le darías problemas a mi hermana. Aunque tampoco es que estés interesado en ella. Ambos sabemos que no es tu tipo.

—Eso es —respondió Jake con voz monótona—. No es mi tipo.

—¿Me haces un favor? Esta noche necesito que encuentres tu lado sensible. No te metas con ella ni la provoques. Sé amable. ¿Podrás hacerlo?

Amable.

Abrió un cajón y sacó un lápiz nuevo.

—Claro que podré hacerlo.

Sería amable durante cinco minutos y después lo compensaría sacándola de quicio.

Lo haría por Paige, porque se preocupaba por ella, y lo haría por Matt, porque era lo más cercano a un hermano que tenía.

Pero también lo haría por él mismo porque, en su opinión, el amor era una lotería y el único riesgo que no estaba dispuesto a correr.

Capítulo 2

«Cuando la vida cierra una puerta, siempre te puedes colar por una ventana».

—Eva

—Tienes que quemar tu camiseta de la suerte.

Paige estaba de pie en la azotea de la casa que tenían en Brooklyn, mirando hacia los brillantes rascacielos de Downton Manhattan que se alzaban tras amplias y ondeantes zonas de césped. El sombreado jardín resultaba un exuberante y fragrante oasis en una ciudad dominada por acero y cristal.

Su hermano, que era paisajista, había visto potencial donde otros no lo habían visto y había comprado la destartalada casa de ladrillo rojo por solo una pequeña cantidad de su valor de mercado. Después la había convertido en tres apartamentos, cada uno de ellos con su propio encanto. Pero la joya de la corona era la azotea. De un modo casi mágico, Matt había transformado ese deteriorado espacio en desuso en un relajante refugio. Altas coníferas rodeaban la terraza de piedra azul y daban cobijo a las jardineras de madera hechas por encargo llenas de eneldo, mirto y rosas. Era invisible desde la calle e inimaginable para cualquiera de los miles de turistas que intentaban respirar en las aglomeraciones de Times Square. Hasta que no se había mudado a la ciudad no había descubierto el mundo secreto de azoteas que poseía Nueva York, una miríada de jardines elevados que coronaban los edificios como la decoración de una tarta de bodas.

En verano todos se reunían allí después del trabajo, se tendían en las tumbonas y sillones, bebían y charlaban. Los sábados celebraban la noche de películas, invitaban a sus amigos y las veían en una pantalla improvisada mientras el mundo pasaba bajo ellos.

Era el lugar favorito de Paige.

Unas velas titilaban dentro de tarros de conserva y el aire olía a lavanda y a jazmín. Era una tranquila escena de verano que se alejaba mucho de la locura urbana de Manhattan. Estar ahí arriba casi siempre la relajaba.

Pero no ese día.

«Desempleada».

La palabra le llenaba la cabeza y no dejaba espacio para nada más.

Delante de ellas, la mesa estaba repleta de deliciosos platos. Garbanzos tostados con especias y verduras crudas aliñadas con hierbas y aceite de oliva. Cuando estaba estresada, Eva cocinaba, y se había pasado cocinando toda la tarde. La nevera estaba llena de comida.

Pero nadie estaba comiendo.

—He tirado la camiseta —dijo Eva con voz ronca—. Aunque no debería haberlo hecho porque a saber cuándo me podré permitir comprarme otra. No sé por qué me siento tan mal. Ni siquiera me gustaba tanto ese trabajo, al contrario que a ti. Yo solo lo hacía por dinero y porque las dos estabais allí y me encanta trabajar con vosotras. No es que fuera mi sueño ni nada de eso. Mi sueño es convertir mi blog de cocina en algo importante que la gente lea. Pero este sí que era tu sueño y tienes que estar hundida.

Paige miró hacia las azoteas intentando organizar sus emociones y etiquetarlas. Le parecía como si todo se hubiera descontrolado.

—Estoy bien —esbozó una sonrisa con la facilidad propia de alguien que la había fingido miles de veces antes—. No tienes que preocuparte por mí.

Frankie estaba de rodillas ocupándose de las macetas. Las regaba, las podaba y las recortaba, pero no decía nada.

Paige sabía lo que significaba eso.

Cuando Frankie estaba disgustada o enfadada, entraba en cólera.

Cuando estaba asustada, se quedaba callada.

Esa noche estaba callada.

Para Frankie, poder mantenerse por sí misma lo era todo.

Paige sentía lo mismo aunque por razones distintas.

Garras, la gata abandonada que había rescatado su hermano, apareció de un salto y a Eva, sobresaltada, se le cayó la bebida.

—¿Por qué hace siempre lo mismo? Está desquiciada —se levantó y Paige le pasó una servilleta.

—Lo sé. Esa gata es la culpable de que la mayoría de mi ropa esté llena de marcas —intentó tomarla en brazos, pero la gata se alejó sacudiendo el rabo, despreciando esa muestra de afecto—. ¿Por qué mi hermano no rescató a un perrito simpático?

—Porque los perritos simpáticos necesitan atención y Garras es *El gato que caminaba solo* —dijo Frankie citando a Kipling y Garras la recompensó desviándose para rozarle brevemente la pierna—. Yo estoy a favor de ella.

—Si dejara de arañar y de tirarse encima de la gente, no sería la gata que caminaba sola. Tendría amigos —dijo Eva sacudiéndose el vestido—. Pensé que los animales podían sentir cuándo alguien está afectado y ofrecerle consuelo —dijo con voz temblorosa—. Esta noche íbamos a celebrar el ascenso de Paige y ahora ninguna tenemos trabajo. No me encuentro bien. ¿Cómo podéis estar tan tranquilas?

Paige vio a Garras estirarse sobre el suelo, al lado de Frankie.

—Yo estoy un poco enfadada –y muy asustada, pero eso no lo admitiría–. Estoy enfadada con Cynthia porque me hizo grandes promesas y resulta que en realidad contó unas cuantas mentiras. Y estoy enfadada conmigo misma porque fui una estúpida al fiarme. Si me hubiera dado cuenta de algo, tal vez ahora no estaríamos en esta situación.

Eva agarró otra servilleta.

—No es estúpido fiarte de tu jefa.

—Es estúpido fiarte de cualquiera –añadió Frankie al alargar la mano para acariciar a Garras, que le lanzó un bufido a modo de advertencia.

Paige sacudió la cabeza.

—Lo siento. Mi hermano es la única persona en la que confía, a pesar de que soy yo la que le da de comer cuando él no está. No es justo.

Eva vertió el aliño sobre una ensalada que había preparado.

—No sé por qué estoy cocinando cuando ninguna estamos comiendo. Es mi forma de calmarme. ¡Que le den a Cynthia! ¡Que les den a todos!

Frankie enarcó las cejas.

—Es la primera vez que te oigo hablar así.

—Es la primera vez que pierdo el trabajo, aunque está claro que esta experiencia no la tenía apuntada en mi lista de deseos.

Eva removió la ensalada con tanta brusquedad que tiró algunas hojas. Cubiertas de aceite, resplandecían bajo la suave luz de la terraza.

—Al menos no tendré que contárselo a la abuela. ¿Sabéis que es lo peor? No poder trabajar con las dos –se le saltaron las lágrimas y al instante Paige ya estaba a su lado.

El trabajo era importante para ella, pero sus amigas, esas amigas a las que conocía de toda la vida, eran más importantes aún.

—Todo saldrá bien —dijo con rotundidad como si por infundir tanta pasión en las palabras fuera a convertirlas en realidad—. Encontraremos algo.

—Ya hemos buscado —respondió Eva contra su hombro—. Y no hay nada.

Frankie se levantó y fue hacia ellas.

—Pues seguiremos buscando —acarició el hombro de Eva.

—¿Esto es un abrazo en grupo? Sé que la cosa está mal cuando Frankie me abraza.

—Ha sido más una palmadita que un abrazo —murmuró Frankie—. Y no te acostumbres. He tenido un pequeño lapsus. Ya sabéis que soy tan poco dada al contacto físico como Garras. Pero siento lo mismo que vosotras. No me importa Eventos Estrella. Lo que me importa es que no vamos a volver a trabajar juntas.

A Paige la recorrió una ráfaga de rabia e impotencia entremezcladas con un sentimiento de culpa.

Era la líder del equipo. Debería haberlo sabido. ¿Qué se le había escapado?

No dejaba de darle vueltas en su cabeza.

—No tiene sentido que Chase Adams retirara la cuenta porque Matilda tirara una bandeja de champán.

—¿Crees que Matilda sabe que ha sido la responsable? —preguntó Eva preocupada—. ¿Crees que por eso no responde al teléfono? Espero que no se sienta culpable.

—Seguiremos llamando. Es lo único que podemos hacer, Ev. Y si conseguimos otro trabajo, intentaremos que la contraten a ella también. Cuando —se corrigió Paige rápidamente—. Quiero decir «cuando consigamos otro trabajo» —nunca le había resultado tan agotador ser positiva.

Llevaba toda la tarde fingiendo la sonrisa mientras intentaba animarlas. La gente se quedaba sin trabajo constantemente y las empresas contrataban a gente constantemente. Ellas tenían aptitudes. Tenían que ser perseverantes. Había repetido esas palabras como si fuera un loro y había intentado creerlas. Y en cuanto a la ambición que tenía de dirigir su propia empresa, tal vez sería mejor adquirir un poco más de experiencia en otro sitio durante un tiempo. El sueño solo estaba en suspenso. No estaba muerto.

Razonó, racionalizó la situación e intentó asimilarla, pero pasar la tarde rastreando páginas de empleo con Eva y Frankie había ido consumiendo lentamente su optimismo hasta que finalmente las tres se habían dado por vencidas y habían subido a la azotea.

Ahora sentía frustración. Estar ahí arriba no la llevaría a ninguna parte.

Eva se sentó en una de las sillas, pero Paige siguió de pie, mirando las macetas rebosantes de colores. Debería llamar a algunas de las empresas para las que habían organizado eventos y preguntar si estaban buscando empleados.

El sonido de unas voces masculinas y el tintineo de unas copas interrumpieron sus pensamientos, y, cuando se giró, vio a su hermano aparecer por las escaleras.

Inmediatamente adoptó su sonrisa de «estoy absolutamente bien», pero solo le duró hasta que vio el brillo del cabello oscuro y los poderosos hombros del hombre que seguía a Matt.

«No, no, no».

Se sentía débil y expuesta, y la última persona con la que quería estar en ese estado tan vulnerable era Jake Romano.

En un mundo en el que se animaba a los hombres a entrar en contacto con su lado femenino, Jake resultaba desfachatadamente masculino. No era lo habitual en él, pero ese día llevaba traje, aunque con la camisa abierta y sin corbata. Ni siquiera la prenda perfectamente confeccionada lograba disimular la anchura de sus hombros ni el poder contenido de su cuerpo. Era la clase de hombre que no te gustaría encontrarte en un callejón oscuro por la noche... a menos que fueras una mujer.

Paige miró a otro lado, agradecida a la luz de la luna y a las titilantes velas por crear las sombras que la ocultaban entre parches de luz. Jake la conocía mejor que nadie. Demasiado bien.

Había sido el objeto de todas sus fantasías de adolescencia y la fuente de su desilusión. Para cualquier adolescente no había nada más cruel que un rechazo, y Jake había sido el responsable del que se podría considerar el rechazo más cruel nunca visto.

Si hubiera podido elegir, Paige se habría asegurado de no volver a cruzarse en su camino, pero por desgracia eso no era una opción.

Le gustara o no, Jake formaba parte de sus vidas.

—No hay nada que celebrar. Nos han despedido. No solo no me han ascendido sino que ahora estoy oficialmente en el paro —se le hizo un nudo de pánico en el estómago. Podía ocultar sus emociones, pero no podía ocultar la realidad. En algún momento tendría que contárselo a sus padres, y su madre se preocuparía.

Y ya le había causado demasiadas preocupaciones a su madre.

Aunque llevaba sana muchos años, su familia aún la trataba como si estuviera hecha de porcelana fina y, dada esa tendencia a preocuparse, Paige hacía todo lo posible por asegurarse de no darles motivos para ello. La protegían y ella los protegía a su vez.

—Lo he visto en las noticias —dijo Matt dejando el champán sobre la mesa antes de abrazarla—. Deberías haber respondido al teléfono.

Aunque permaneció rígida como un palo en los brazos de su hermano, la fuerza y la familiaridad del abrazo le resultó reconfortante.

—Estoy bien.

—Sí, claro —respondió Matt con una carcajada carente de humor—. No hagas eso.

—¿Hacer qué?

—Decirme que estás bien cuando no lo estás —le puso las manos sobre los hombros y la apartó un poco para poder mirarla a los ojos—. ¿Por qué no me has llamado?

—He estado ocupada buscando trabajo. Quería darte buenas noticias, no malas.

Siempre había estado a su lado. Uno de los primeros recuerdos que tenía era el de Matt levantándola después de que se hubiera caído de bruces en la playa. Su hermano le había sacudido la arena, la había levantado en brazos y la había llevado hasta el mar para hacerla reír.

La única razón por la que sus padres habían accedido a dejarla ir a la universidad en Nueva York era que habían confiado en que Matt cuidaría de ella. Al principio él se había tomado esa responsabilidad demasiado en serio y habían tenido unas cuantas discusiones. Después, poco a poco, había aprendido a transigir, aunque aún tenía tendencia a acudir corriendo a su rescate.

Algunos hombres nacían siendo protectores y Matt era uno de ellos.

Sentía los dedos de su hermano posados firmemente sobre su hombro.

—Estoy aquí para mitigar las malas noticias. Para eso están los hermanos mayores. ¿Quieres que vaya y le dé un puñetazo a tu jefa?

—No, pero si me encontrara con Chase Adams, sí que le daría un puñetazo —le horrorizaba pensar lo poco que le faltaba para echarse a llorar.

—¿Qué tiene que ver Chase Adams con todo esto? —preguntó Jake quitándose la chaqueta y dejándola sobre la silla más cercana.

Su actitud le recordaba a un león o un tigre, siempre capaz de sentirse cómodo independientemente del entorno.

–Es la razón por la que despidieron a Matilda y por la que ahora nos han despedido a nosotras. Sin previo aviso –Paige se apartó de Matt y les dio los detalles brevemente–. ¿Quién hace eso? ¿Quién despide a una persona buena y amable por cometer un error?

–¿Estás segura? –preguntó Jake agarrando un plato–. Porque eso no es propio de Chase.

Jake tenía unos ojos grises que le hacían pensar en montañas envueltas en niebla y en humo de leña.

–¿Lo conoces?

–Los dos lo conocemos –dijo Matt al sentarse. Inmediatamente, Garras saltó sobre su regazo–. Hice unos trabajos en una de sus propiedades y estoy de acuerdo con Jake. No es propio de él.

Jake observó un cuenco de verduras crudas troceadas y puso mala cara.

–¿No tenéis algo que sea poco saludable? ¿Alguna hamburguesa grasienta? ¿Patatas fritas?

–Podría prepararte una salsa de arsénico –respondió Eva con dulzura mientras Paige fulminaba a Jake con la mirada.

–¿Hemos perdido nuestro trabajo y tú estás pensando en tu estómago?

–Soy un hombre –Jake ignoró las verduras y se sirvió unas aceitunas y pan de ajo en el plato–. Hay dos partes de mi cuerpo que dominan mi mente la mayor parte del día, mi estómago y mi…

–No me pareces gracioso.

–Y tú pareces muy tensa. Tienes que relajarte un poco.

Esas palabras le hicieron daño.

–Vaya, perdona que me preocupe haber perdido el trabajo –se frotó los brazos–. Le confié mi futuro a esa empresa y han traicionado esa confianza. He trabajado mucho, he superado con creces todos mis objetivos y aun así me hacen esto. Pensé que tenía cierto control sobre mi futuro y resulta que no lo tengo.

Después de que Cynthia le hubiera dado la noticia, había ido a buscar a Frankie y a Eva y las había encontrado en su misma situación.

En la casa de ladrillo rojo, Frankie tenía alquilado el apartamento del jardín, Paige y Eva compartían el primer piso y Matt tenía los dos superiores. Era un acuerdo perfecto aunque, por la tensión que percibía en los hombros de Frankie, a su amiga le preocupaba cuánto tiempo más podría seguir pagando el alquiler incluso a pesar de la tarifa reducida que le cobraba Matt. Todas eran bien conscientes de que la generosidad de su hermano era lo que les permitía vivir en esa parte de Brooklyn mientras que otras personas de su edad vivían en el equivalente a una caja de zapatos. Paige había aceptado su generosidad porque vivir en cualquier otra parte les habría causado mucha inquietud a sus padres, pero se había jurado que algún día le devolvería el favor.

Aunque a ese paso, tardaría mucho en poder hacerlo.

Se dejó caer en un sillón frente a Jake.

Garras ronroneó y se estiró sobre el regazo de Matt.

—El elegido —murmuró Frankie—. Esa gata tiene problemas graves.

—Eso es lo que la hace interesante —dijo Matt acariciándola suavemente—. Sé que ahora mismo todas os sentís dolidas, pero encontraréis otro trabajo —tenía las mangas subidas hasta los codos y Paige vio los arañazos.

—¿Garras te ha hecho eso?

—Unas ramas de acebo con mucha mala leche. Se suponía que no tenía que encargarme yo, pero uno de mis empleados estaba enfermo.

Y Matt habría preferido hacerlo antes que fallarle a un cliente. Así era él y esa era la razón por la que su empresa estaba creciendo tan rápidamente. Estaba muy solicitado por su visión creativa, pero nunca había perdido la habilidad de desempeñar el trabajo físico también.

—No hay nada, Matt.

Garras ronroneaba con los ojos cerrados, perdida en la delicada caricia de Matt.

—No podéis esperar encontrar trabajo en cuestión de horas. Tenéis que darle tiempo.

—No tenemos tiempo. A Eva y a Frankie les han dado una indemnización miserable —y sabía que aunque ella se tragara el orgullo y aceptara ayuda económica de sus padres o su hermano, eso no ayudaría a sus amigas. Se sintió hundida, tenía escalofríos—. Y Eva tiene razón. Aunque encontremos otro trabajo, no estaremos juntas. Formábamos un gran equipo. No sé qué hacer —se le hizo un nudo en la garganta. Se odiaba, era penosa. Había pasado por cosas mucho peores. ¿Es que había perdido las agallas?

Jake se la quedó mirando fijamente y ella tuvo la desagradable sensación de que sabía exactamente que estaba a punto de derrumbarse.

Detestaba no ser capaz de ocultarle sus sentimientos con la misma facilidad con la que se los ocultaba a los demás.

—Te diré lo que deberías hacer —dijo él agarrando la botella de champán. Con el movimiento, la camisa se amoldó a sus fuertes hombros. Tenía el cuerpo de un luchador, poderoso y musculoso—. Deberías celebrarlo y dos minutos después de que te hayas bebido la botella de champán, deberías abrir tu propia empresa. ¿Quieres tener control sobre lo que hace tu jefa? Pues conviértete en tu propia jefa.

Capítulo 3

«Si no triunfas a la primera, cambia de plan».

—Paige

¿Que se convirtiera en su propia jefa?

—¿A qué viene una broma con tan poca sensibilidad?

Matt señaló las copas.

—Sirve la bebida y cierra el pico, Jake. Solo se aceptan sugerencias serias.

—Ha sido una sugerencia seria. Paige se ocupaba de todo en esa puñetera empresa, así que ¿por qué no hacerlo sola?

Matt dejó quieta la mano y Garras lo instó a seguir.

—Porque crear tu propio negocio no es algo que se haga por capricho. Es un riesgo.

—La vida es un riesgo —contestó Jake sirviéndose ensalada en el plato—. Paige ha perdido su trabajo, así que no podemos decir que le haya salido bien no arriesgarse. Siempre ha hablado de llegar a montar su propia empresa algún día. Tal vez haya llegado el día. Así podrá elegir a sus propios empleados y seguir trabajando con Eva y Frankie. Problema resuelto.

Paige notaba el corazón golpeándole las costillas. Era una locura. Una idea estúpida.

¿O no?

—Lo que sugieres supone un gran paso y no es el momento de tomar una decisión así.

—Es el momento perfecto —Jake hundió el tenedor en el plato y se giró hacia Paige—. A menos que prefieras regodearte en tu pena por un tiempo, claro, en cuyo caso sigue así. Celebración o fiesta de la compasión. Me apunto. Llenad las copas y empecemos.

Lo único que podía decir a favor de Jake era que no la protegía. Nunca lo había hecho.

Aunque, por supuesto, eso no significaba que no la sacara de quicio.

—No quiero compasión —antes le encantaba el hecho de que la conociera tan bien, pero ahora deseaba que no fuera así. Era difícil esconderse de una persona que conocía todos sus secretos. Era como una invasión de la intimidad, como si le hubiera entregado una llave que él se negara a devolverle—. Es verdad que quiero llegar a tener mi propia empresa algún día, pero necesito experiencia. Necesito aprender todo lo que pueda y planearlo todo cuidadosamente. No estoy lista.

—Querrás decir que estás asustada —con un diestro movimiento de muñeca, Jake abrió el champán y Garras pegó un salto cuando el corcho salió disparado por la terraza.

—No estoy asustada —Paige se preguntó cómo podía saber siempre cómo se sentía—. Esa no es la razón.

—¿Eres buena en tu trabajo o no?

—Soy genial en mi trabajo. Por eso pensé que me ascenderían y...

—¿Necesitas muchos consejos y apoyo desde arriba?

Paige pensó en todo el tiempo que Cynthia pasaba escondida en su despacho.

—No.

—¿Necesitas que alguien te consiga las cuentas o tienes seguridad en ti misma para salir a buscarlas? ¿Eres capaz de conseguir nuevos clientes?

–¡Lo hago constantemente! En los últimos seis meses
he conseguido nueve clientes nuevos y he aumentado los
ingresos en…

–No hace falta que hablemos de cifras, tenemos que hablar de principios. Hemos dejado claro que eres genial en
tu trabajo y que no necesitas apoyo, así que lo único que te
está refrenando es tu miedo a lo desconocido. Es más fácil
ir a lo seguro y hacer lo que siempre has hecho, pero, Paige,
has estado trabajando para una perra del infierno que se ha
estado llevando el mérito por todo tu esfuerzo. ¿Por qué
ibas a querer seguir así?

–La siguiente persona para la que trabaje será distinta.

–Solo podrás estar segura de eso si esa persona eres tú.
Piensa en ello. Cynthia era una sociópata. No tienes que
volver a trabajar con ella. Para mí, lo que ha pasado es una
oportunidad –su voz sonó áspera y sexy, como la voz de
alguien que había tenido una larga noche de sexo fogoso
y besos.

Y, conociendo a Jack, probablemente así habría sido.

Pensarlo la inquietó mucho más de lo que debería,
como también la inquietó esa ardiente y turbadora sensación que la invadía cada vez que lo miraba. Eva habría
dicho que eso la hacía humana porque Jake Romano era el
hombre más atractivo del planeta; sin embargo, ella habría
preferido ser inmune.

Había algo de humillante en el hecho de sentirte atraída
por un hombre que te había dejado claro que no se sentía
atraído por ti.

Ojalá su cuerpo fuera algo más sensato.

–Me estás acusando de ser una cobarde.

–Tener miedo no te convierte en una cobarde. Te convierte en humana –sereno, Jake soltó la botella de champán–. Agarra una copa. Ha llegado el momento del plan
B, cielo.

–No tengo un plan B. Y no me llames «cielo».

–¿Por qué no?

–Porque no soy tu cielo –aunque había querido serlo. Una vez, había querido serlo desesperadamente.

–Me refería… –dijo lentamente– a que por qué no tienes un plan B.

–Ah –una sensación de vergüenza la recorrió y se extendió sobre ella como el ácido sobre el metal. Estar cerca de él la hacía sentirse como una adolescente torpe y boba, todo hormonas y nada de sutileza–. Ya te lo he dicho. No pensé que fuera a necesitarlo. Estaba centrada en mi ascenso. ¿Tú tienes un plan B?

–Siempre –sus miradas chocaron–. Tienes que relajarte. Eres demasiado controladora. Planificas cada paso que das en la vida, pero a veces tienes que dejar que la vida siga su curso. Los cambios siempre resultan inquietantes, y a veces asustan, pero tienes que dejarte llevar. Arriésgate. Arriesgarse puede ser divertido.

Ese modo tan desconsiderado con que había ignorado su preocupación la indignó tanto como le habría enfadado su compasión.

–Para ti es fácil decirlo con millones en el banco, más trabajo del que puedes abarcar y un piso de muerte. Algunas aún tenemos que pagar el alquiler –lo que dijo fue una grosería y una estupidez y lo lamentó al instante, sobre todo porque sabía que su respuesta estaba condicionada por la frustración que le provocaba lo que sentía por él.

–¿Y cómo crees que han llegado ahí esos millones, Paige? –Jake no se molestó en ocultar su enfado–. ¿Crees que me desperté una mañana y descubrí que era rico? ¿Crees que entré en mi cuenta y descubrí que alguien me había transferido varios millones? He levantado mi empresa a base de mucho trabajo y determinación. Ah, y pago mi alquiler. Siempre lo he hecho.

Se oyó un fuerte ruido cuando a Frankie se le cayó al suelo una maceta y se rompió en pedazos.

Matt bajó a Garras de su regazo y se levantó.

—Esos trozos están afilados. No te cortes, Frankie.

—No pasa nada —respondió Frankie con la cabeza agachada y recogiendo los fragmentos bajo la atenta mirada
de Matt.

—¿Todo esto es por el alquiler? —le preguntó Matt—. Porque no tienes que preocuparte por eso. Puedes pagarme
cuando todo se solucione.

Un rubor se extendió por las mejillas de Frankie y ese
tono contrastó con el de su intenso color de pelo.

—Puedo pagar el alquiler —respondió ella enérgicamen-
te—. No necesito que un hombre me lo pague.

Paige sabía que lo había dicho pensando en su madre y,
al parecer, Matt también lo imaginó porque se detuvo un
momento y después dijo con suavidad:

—No me estoy ofreciendo a pagarte el alquiler. Solo quería que supieras que no hay prisa. Puedes pagarme en cualquier momento. Espera hasta que vuelvas a tener trabajo
otra vez. Es un préstamo.

—No necesito un préstamo. Puedo pagarlo a mi modo
—metió los fragmentos de la maceta en una bolsa y al momento debió de darse cuenta de lo desagradecida que habría parecido porque hundió los hombros y dijo—: Mira…

—No tienes que darme explicaciones —le respondió Matt
suavemente—. Lo entiendo.

Paige vio auténtica tristeza en el rostro de Frankie y
supo que era precisamente el hecho de que su hermano en-
tendiera la situación lo que la hizo sentirse así.

Todo el mundo que conocía a Frankie desde pequeña
estaba al tanto de los escabrosos detalles de la vida de su
madre.

Cada nuevo episodio la había hundido y seguía haciéndolo, a pesar de que ya no vivía en una pequeña isla donde las actividades de alcoba de su madre eran una leyenda
local.

Frankie tomó aire.

—He sido muy grosera y te pido disculpas.

—No te disculpes. Lo que he dicho no ha sido lo más apropiado.

Eva, con los ojos llenos de lágrimas, se levantó y abrazó a Matt.

—No has dicho nada malo. Te quiero, Matt. Eres el mejor. ¿Por qué no hay más hombres como tú en Manhattan? ¡Ay! —exclamó retrocediendo cuando Garras le rozó la pierna con un bufido amenazante—. Lo único malo que tienes es tu gata. ¿Por qué no adoptaste un gato cariñoso y simpático?

—Porque un gato así no necesitaba un hogar. Esta sí —Matt apartó a Garras de Eva—. Tienes que darle tiempo, eso es todo. Se portará bien en cuanto sepa que puede confiar en nosotros.

Eva miró a Garras no muy convencida.

—Matt, esta gata jamás confiará en nadie. Está psicótica.

—Todos tenemos motivos para ser como somos. Si tenemos paciencia, cambiará.

Matt estaba acariciando a la gata, pero Paige notó que en realidad estaba mirando a Frankie.

Jake le pasó a Eva una copa de champán.

—Esa gata ha salvado millones de veces a Matt de mujeres depredadoras dispuestas a aprovecharse de él y exprimirlo. Es mejor que un guardaespaldas —miró la mesa de comida—. ¿No tenéis patatas fritas, Ev? ¿Algo grasiento que me obstruya las arterias?

Frankie se subió las gafas y se manchó la mejilla de tierra.

—No todas las mujeres son unas depredadoras.

Jake detuvo la mano a medio camino de un cuenco.

—Ha sido un comentario generalizado. ¿Qué narices te pasa? Sé que has tenido un día duro, pero no es motivo para convertirte en la Mujer Cactus.

Paige estuvo a punto de decir algo, pero su hermano sacudió la cabeza y se acercó a Frankie. Se puso de cuclillas a su lado y le dijo algo.

No lo pudo oír, pero, fuera lo que fuera lo que Matt le dijo, hizo que Frankie esbozara una breve sonrisa y le susurrara algo en respuesta.

Al verlo, Paige se relajó. Parecía que su hermano había calmado la situación.

Tenía un don para decir siempre lo correcto.

Jake agarró una cerveza.

—Brindemos por ir a lo seguro.

Paige apretó los dientes.

Jake, por el contrario, tenía la costumbre de decir siempre lo que pensaba sin importarle ni el lugar ni el momento.

Le entraron ganas de tirarle la copa de champán sobre su pelo perfecto y oscuro. Como de costumbre, parecía que estaba intentando provocarla intencionadamente.

—Tienes muy poco tacto, Jake. Deberías hacértelo mirar.

—Pues nunca he recibido quejas al respecto.

Ella recibió una sacudida de excitación al ver la brillante mirada de diversión de Jake bajo sus oscuras pestañas. Ya debería estar acostumbrada. Besar a Jake llevaba protagonizando sus fantasías casi una década, incluso cuando se había esforzado al máximo por anular esa fantasía a cambio de algo menos peligroso. Lo imaginaba empleando todo ese poder y ese músculo para atraer a una mujer, y todo ese carisma y esa ardiente sexualidad para asegurarse de que ella jamás quisiera apartarse. Aunque hacía tiempo que había dejado de tener esperanzas en que sucediera algo entre los dos, había descubierto que la atracción sexual no era algo que se pudiera ignorar fácilmente. Había días en los que deseaba que la besara solo para poder dejar de fantasear. Todo el mundo sabía que la realidad nunca llegaba a acercarse a la fantasía y ella lo habría dado todo por ver sus ilusiones aplastadas.

La brisa le levantó el pelo y arrastró consigo las carcajadas de personas que volvían a casa después de una noche de fiesta. Las luces brillaban en las ventanas, los perros ladraban, y se oyeron una sirena y la puerta de un coche cerrarse. La vida seguía.

Con nostalgia pensó en lo que había estado haciendo un día antes a la misma hora. Había estado planeando qué ropa ponerse para la entrevista, emocionada con su ascenso, planeando el futuro.

Y ahora estaba en paro.

¿Qué haría a la mañana siguiente? ¿Se levantaría de la cama para hacer qué? ¿Pasar el día buscando empleo? Y aunque encontrara otro trabajo, no sería junto a sus amigas.

Intentó imaginar cómo sería no trabajar con Frankie y Eva.

—¿Cuánto dinero necesitaría para montar un negocio? —preguntó con el corazón acelerado.

—Tendrías algunos gastos iniciales —dijo Jake—. Sobre todo legales. Pero estoy dispuesto a pagarlos. Creo en ti.

Matt se levantó y fulminó a Jake con la mirada.

—Tráele un cuenco de patatas fritas, Ev. Las suficientes para llenarle la boca y que no pueda hablar.

—Yo quiero que hable —Paige sabía que si quería una respuesta franca, tenía que hablar con Jake. Él no la protegía como lo hacía su hermano—. ¿De verdad piensas que podría hacerlo?

—Si cambias un poco de actitud —respondió Jake antes de dar un trago de cerveza—. Temes demasiado asumir riesgos. Te aferras al control como un escalador a una pared de roca. Quieres garantías, pero no van a venir corriendo hacia tu negocio. Quieres seguridad y no hay seguridad. Hay riesgo y mucho trabajo, a veces para nada. Todos los días quiebran negocios. No es algo para los débiles de corazón.

Si hubiera sido Garras, lo habría arañado.

–No me da miedo asumir un riesgo si es por algo que deseo con todas mis fuerzas. Y a mi corazón no le pasa nada. Es tan fuerte como el tuyo –y como para respaldar sus palabras, ahora latía con fuerza contra su pecho.

¿Por qué no?

¿Por qué no?

En su cabeza se estaba formando una idea y junto a ella una inesperada ráfaga de ilusión. Parte del pesar que la había invadido desde la reunión con Cynthia se esfumó.

–Deberíamos hacerlo. ¿Frankie? ¿Eva?

Frankie levantó la mirada de las macetas.

–¿Hacer qué?

–Abrir nuestro propio negocio.

–¿Hablas en serio? Creía que Jake y tú solo estabais teniendo una de vuestras peleas.

–Hablo en serio. Tenemos aptitudes. Somos buenas en lo que hacemos.

–Cynthia no lo pensaba –dijo Eva hundiéndose en el sillón.

Paige enfureció.

–No dejes que te haga esto. No vamos a permitir que pisotee nuestra confianza.

–De acuerdo, pero no creo que pueda dirigir un negocio, Paige –Eva parecía dudosa–. Puedo elaborar una cobertura para la tarta de bodas perfecta y hacer unos pasteles ricos. No se me da mal escribir y parece que a la gente le gusta mi blog, pero no me interesa la estrategia empresarial y las hojas de cálculo me dan dolor de cabeza.

–Yo me encargaré de eso. Tu habilidad natural para crear una comida deliciosa es tu don especial. Inventas nuevos platos cada día de la semana y eres maravillosa en el trato con la gente. Los clientes te quieren. Nadie calma una situación tensa mejor que tú.

Frankie se echó hacia atrás sobre los talones y se sacudió la tierra de los dedos.

–Ninguna de nosotras tiene experiencia en dirigir un negocio.

–Yo aprenderé –las ideas se le agolpaban en la cabeza. Tenía contactos, se veía capaz. Trabajaba bien para otros, ¿por qué no hacerlo para ella misma?–. Tendríamos el control de todo. Podríamos decidir para quién trabajar. Sería divertido.

–Sería arriesgado –apuntó Matt con gesto serio–. Una de las principales razones por las que las empresas fracasan es porque no piensan en los clientes o en la competencia. La ciudad está llena de organizadores de eventos.

–Pues nosotras tenemos que ser distintas. Mejores. A los clientes les gustan los toques personales. Si eres súper rico, esperas un buen servicio. Eventos Estrella operaba dentro de unas líneas muy estrictas, pero ¿y si nosotras no lo hacemos? ¿Y si, a la vez que organizamos un evento, con mucho gusto nos ocupamos también de todas esas pequeñas cosas que te están fastidiando el día? Cynthia se quejaba, pero a los clientes les encantaba que siempre fuéramos más allá en ese sentido. No solo te organizamos un evento, estamos ahí para todo, desde llevarte la corbata de seda a la tintorería hasta cuidarte al gato.

Eva miró a Garras.

–No se me da bien cuidar gatos. ¿Y cómo vamos a ofrecer todo eso cuando solo somos tres?

–Podemos subcontratar, tener proveedores. No vamos a intentar fundar una empresa con empleados como Cynthia, que se llevan el sueldo pero no hacen nada por buscar más clientes. No somos las únicas personas que se han quedado sin trabajo, hay mucha gente que estaría encantada de trabajar para nosotras por cuenta propia –las ideas la asaltaban, rebasando obstáculos y buscando posibilidades y soluciones–. Miradlo de este modo. ¿Qué tenemos? ¿Qué se nos da bien? Somos organizadas y tenemos unos contactos fantásticos. Conocemos los mejores locales de la ciudad, clubs, bares, restaurantes. Sabemos cómo conseguir las mejores entradas para los mejores espectáculos. Sabemos manejar la situación cuando las cosas salen mal. Somos brillantes a la hora de ocuparnos de muchas cosas a la vez y somos simpáticas y trabajadoras. ¿Qué es lo único que no tiene la mayoría de la gente de Manhattan?

Eva agarró su sudadera.

–¿Quieres decir además de vida sexual?

Jake sonrió.

–Eso lo dirás por ti.

Paige lo ignoró.

–Tiempo. No tiene tiempo. La gente tiene demasiadas cosas que hacer y nada de tiempo para hacerlas, y tanto estrés le impide disfrutar de cada aspecto de su vida. Todo el mundo quiere días de cuarenta y ocho horas porque los de veinticuatro no son suficientes. Y eso lo vamos a solucionar. Vamos a ser las personas que les devuelvan horas a sus días.

Frankie se colocó las gafas.

–No me imagino a ninguna gran empresa contratándonos. Seríamos demasiado pequeñas.

–Ser pequeñas puede ser bueno. Ser pequeñas nos hace ágiles y receptivas. No significa que no podamos ser tan profesionales como una empresa grande con oficinas en Los Ángeles.

–Podría funcionar –dijo Frankie levantándose y olvidándose por una vez de las plantas–. ¿Cómo generaríamos una cartera de clientes? Publicitarnos nos costaría una fortuna.

–Vamos a hacer lo que ya hemos hecho. Vamos a salir a buscarlos. Y después vamos a hacer un trabajo brillante con su evento, vamos a convertir sus vidas estresadas y frenéticas en unas vidas tranquilas y ellos se lo van a contar a sus amigos.

–Y si tenemos éxito, nuestras tranquilas vidas se volverán estresadas y frenéticas –los ojos azules de Eva se iluminaron, pero esta vez de ilusión más que por las lágrimas–. Me apunto.

–Yo también –asintió Frankie–. Estoy harta de trabajar para una jefa abusona y no poder controlar ningún aspecto de mi trabajo. ¿Por dónde empezamos? ¿Cuánto tardaremos en ganar dinero?

La pregunta hizo que todo resultara aterradoramente real y apagó el entusiasmo de golpe.

Paige tragó saliva.

Se estremeció por dentro. Una cosa era la teoría y otra muy distinta, la práctica.

¿Y si no lograba que funcionara? Entonces sería ella la que fallaría a sus amigas, no Eventos Estrella.

–Si de verdad lo vais a hacer –dijo Matt–, podríais empezar pidiendo consejo.

Paige sacudió la cabeza.

–Gracias, pero quiero hacerlo por mí misma.

Jake entrelazó las manos detrás de la cabeza y la observó.

–Paige la testaruda. ¿Quieres saber cuántas puestas en marcha de negocios he visto fracasar en los últimos años?

–No. Además, has sido tú el que me ha dicho que abra mi propio negocio.

–No te he dicho que lo hagas a lo loco, sin un sentido de la dirección, como un niño moviéndose por una tienda de chucherías. Tienes que pensar en lo que haces y pedir consejo.

–Tengo un buen sentido de la dirección –¿cómo era posible sentirse atraída por alguien y querer golpearlo al mismo tiempo?–. Pediré consejo a la gente que entiende el negocio, como Eva y Frankie.

–Sí, eso es muy inteligente. Pregunta a tus amigas porque seguro que te dirán la verdad –se terminó la cerveza–. Cuando te estás planteando abrir un negocio, no debes pedir opinión a tus amigos. Debes pedir opinión a gente que te vaya a decir los defectos de tu idea para que puedas solucionarlos. Va a ser un trabajo duro y tienes que estar preparada para ello. Necesitas desafíos. Si te puedes defender sola, entonces tal vez, tal vez, tus ideas sean sólidas.

Paige sintió frustración. Necesitaba espacio; se giró y fue a un extremo de la terraza, lejos de todos ellos.

Mierda, mierda.

¿Por qué siempre que estaba a su lado se dejaba llevar por las emociones?

¿Y si estaba siendo demasiado ambiciosa al pensar que podía levantar su propio negocio?

¿Y si fracasaba?

Oyó unos suaves pasos tras ella.

—Lo siento —dijo Jake en voz baja. Lo tenía tan cerca que podía sentir la calidez de su aliento contra su mejilla.

El deseo la recorrió. Por un momento pensó que la iba a rodear con los brazos y cerró los ojos, conteniendo la respiración.

Pero no la tocaría.

Nunca la tocaba. Ya no.

Era una tortura sentirse tan atraída por una persona cuando esa persona no sentía lo mismo por ti.

No era habitual que se encontraran los dos solos. Y bueno, tampoco se podía decir que ahora estuvieran exactamente solos, pero por alguna razón lo parecía, ahí de pie y envueltos por el suave contoneo de los árboles mientras la brisa arrastraba la conversación que se desarrollaba al otro lado de la terraza.

No la tocó. Se quedó de pie a su lado contemplando Manhattan al otro lado del agua.

Paige resopló lentamente.

—Dime qué tiene de malo mi idea. Quiero saberlo.

Él se giró para mirarla y, de pronto, la atmósfera de la terraza se volvió íntima y cercana.

–Tienes que pensar mucho en tu mercado, en tus clientes y en lo que vas a ofrecer exactamente. Matt tiene razón. Tus clientes son lo más importante. Son más importantes que el modo en que estructures tu empresa y que el aspecto que tenga tu web, por mucho que en la página inicial aparezca un vídeo de unos graciosos cerditos volando. Pregúntate qué necesitan los clientes y después pregúntate por qué van a acudir a ti. Si tu oferta es demasiado amplia, la gente no pensará en ti automáticamente. Si te centras en un nicho de mercado demasiado cerrado, podrías verte sin trabajo. ¿Qué valor le vas a dar a tus servicios?

A Paige le costaba centrarse en el trabajo cuando la aterciopelada caricia de su voz estaba despertándole los sentidos.

–No nos podemos permitir limitar lo que ofrecemos. Aceptaremos todo el negocio que podamos.

–No te subestimes. Serás brillante, Paige.

Esas palabras la dejaron sin aliento.

–Pasas de insultos a cumplidos. Me estás descolocando.

–Es la verdad. Eres una organizadora nata. Tu atención a los detalles roza lo molesto.

Ella casi sonrió.

–A lo mejor deberías callarte ya antes de que lo estropees.

Jake soltó una suave carcajada que rompió el incómodo silencio.

–Paige, tienes una lista de comprobación que has elaborado específicamente para la noche de películas para que no se nos olvide nada, a pesar de que el hecho de que se nos olvide algo solo suponga bajar dos tramos de escaleras. Recuerdas los cumpleaños de todos y llevas un registro de todos los regalos que has enviado a cada persona que conoces desde tiempos inmemoriales. Seguro que hasta tienes anotaciones de la cena que le preparaste a alguien hace dos años.

–Pues sí –frunció el ceño–. ¿Y qué tiene eso de malo? Hay gente que tiene alergias alimentarias. Me gusta tomar nota.

–A eso me refiero. Tomas notas de todo. No se te pasa nada por alto. Serás tan buena en este trabajo que tu competencia se dará por vencida y se echará a llorar. Casi siento lástima por ellos.

–¿Sí?

–Sí, pero eso no significa que no vaya a disfrutar viendo cómo te los cargas a todos.

–Hay muchas cosas que podrían salir mal.

–Y muchas que pueden salir bien.

Agarrada a la baranda porque le temblaban las rodillas, fijó la mirada en las resplandecientes luces de Manhattan. Desde ahí resultaba un lugar sofisticado y tentador, un mundo de oportunidades.

–No sé si soy tan valiente como para hacerlo –confesó sin pensar y sintió los dedos de Jake deslizarse sobre los suyos; la presión de su mano, fuerte y segura.

–Eres la persona más valiente que he conocido en mi vida.

Sentir su roce la sorprendió tanto que estuvo a punto de apartar la mano. Sin embargo, se mantuvo ahí, con la mano atrapada bajo la suya; atrapada como atrapado había quedado su corazón tantos años atrás.

–No soy valiente –le respondió girándose para mirarlo. Lo tenía más cerca de lo que había imaginado; tenía su rostro justo ahí, girado hacia el suyo y con gesto de preocupación.

Las ganas de ponerse de puntillas y posar la boca sobre la sensual curva de sus labios le resultó casi abrumadora, pero se mantuvo quieta; su fuerza de voluntad fue lo bastante robusta como para impedirle acercarse, aunque no tanto como para hacerle dar un paso atrás.

Unas risas se oyeron desde el otro lado de la terraza, pero ninguno de los dos se giró.

Lentamente, él apartó los dedos, aunque en lugar de poner distancia entre los dos, levantó la mano y le acarició la mejilla.

Paige no se movió, tenía la mirada atrapada en el brillo de la de él. No habría sido capaz de apartar la mirada ni aunque su vida hubiera dependido de ello.

Normalmente Jake se burlaba de ella, la provocaba, la sacaba de quicio.

Era como si hubiera intentado darle mil razones para que se desenamorara de él.

No había visto tanta ternura en él desde que era adolescente, y verla ahora de nuevo le produjo una punzada de dolor.

Lo había echado de menos. Había echado de menos esa relación sencilla, su sensatez y su amabilidad.

Tragó saliva.

—Cuando no tienes elección, no se puede decir que sea valentía.

—Claro que sí.

Jake esbozó una media sonrisa y Paige sintió envidia de todas las mujeres a las que había besado.

Por desgracia, no era una de ellas. Y jamás lo sería.

Inquieta, frustrada consigo misma por tejer fantasías cuando tenía la realidad delante de las narices, giró la cara.

—Gracias por el consejo.

—Te daré uno más —aunque no hizo ademán de volver a tocarla, con su voz la atrapó—. Sopesa los pros y los contras, pero no le des demasiadas vueltas a esto. Si solo piensas en los riesgos, nunca harás nada.

—Me siento como si hubiera perdido mi estabilidad.

—Tu estabilidad no se sustentaba en tu trabajo, Paige. Los trabajos vienen y van. Tú generas tu propia estabilidad con tus habilidades y tu talento y puedes llevarlos a cualquier parte. Lo que hiciste para Eventos Estrella lo puedes hacer para cualquier otra empresa, incluyendo la tuya propia.

Sus palabras le infundieron esa confianza en sí misma que tanto necesitaba y cobraron sentido.

Se sentía como una planta marchitándose a la que de pronto le habían echado un gran vaso de agua.

—Gracias —dijo con voz ronca y él le sonrió.

—Cuando te veas trabajando dieciocho horas al día los siete días de la semana, puede que no quieras darme las gracias.

Jake se alejó para reunirse con los demás, pero Paige se quedó allí un momento, pensando en lo que le había dicho.

«Tú generas tu propia estabilidad».

Eva y Frankie se estaban riendo de algo que Matt había dicho y le resultó tan agradable oírlas reír que de pronto sintió ánimos renovados.

Volvió con ellos.

—¿Qué tiene tanta gracia?

—Hemos estado pensando en nombres para la empresa.

—¿Y? —aún podía sentir la caricia de la mano de Jake y se preguntó cómo era posible que el roce casual de sus dedos hubiera bastado para que miles de corrientes eléctricas le recorrieran el cuerpo.

—Estamos intentando sonar más y mejor que Eventos Estrella —dijo Eva sonriendo—. Eventos Globales. Eventos Planeta. Eventos Universo.

—No solo somos una empresa de eventos —dijo Paige sentándose en el brazo del sillón que ocupaba Eva y con cuidado de no mirar a Jake—. Tenemos un enfoque más personal y tenemos que diferenciarnos de la competencia.

—Seremos una empresa feliz. Eso ya nos hace diferentes —dijo Eva.

—Se trata de estilo de vida independientemente de los eventos. Mientras estás ocupado trabajando, podemos elegir el regalo perfecto para tu esposa o mandarle flores a tu suegra.

–O envenenar a tu suegra –añadió Eva con tono alegre–. Con magdalenas de belladona.

Frankie la ignoró.

–Parece como si estuviéramos ofreciendo un servicio de asistencia personal.

Paige pensó en ello.

–Eso es. Eso es lo que somos. Un servicio de asistencia personal y de eventos. No solo organizamos tus fiestas, sino que nos ocupamos de todos los extras. Si eres nuestro cliente, nos ocupamos de todas esas pequeñas cosas que nunca tienes tiempo de hacer.

Eva se recostó en el sillón.

–Entonces lo único que necesitamos es el nombre y una oficina.

–Más que una oficina necesitamos clientes. Al principio podemos trabajar desde la mesa de la cocina. De todos modos, estaremos entrando y saliendo la mayor parte del día, o hablando por teléfono.

Frankie frunció el ceño.

–¿Por dónde empezamos? Soy diseñadora floral, jardinera. Puedo prepararte flores para tu cumpleaños o para tu boda y te puedo diseñar un jardín para la azotea, pero no me pidas que llame a nadie ofreciendo nuestros servicios. No me sé vender.

–Pero yo sí –Paige agarró su bolso y sacó el teléfono. Jake tenía razón. Lo que mejor se le daba era la organización. De pronto la ilusión había vuelto y junto a ella también la seguridad en sí misma–. En eso consiste nuestra empresa. Yo no sé hacerte un arreglo floral para tu fiesta de compromiso, pero conozco a alguien que puede. Y esa eres tú, por cierto –dijo mirando a Frankie–. Y cocinar no es lo mío, pero cuando Eva y su equipo de *catering* atiendan tu fiesta, la gente hablará de ello durante meses.

Eva parecía perpleja.

—¿Tengo un equipo?

—Lo tendrás.

—Subcontratado —advirtió Matt—. No hinchéis la nómina de empleados.

Frankie esbozó una media sonrisa.

—Y no le prepares a nadie batidos de col y espinaca.

—¿Hace eso? —preguntó Jake con una mueca de disgusto—. Si una mujer me preparara eso, sería el fin de nuestra relación.

—¡Es para desayunar! —contestó Eva con tono alegre—. Tus relaciones nunca duran hasta la hora del desayuno, así que estás a salvo.

—El desayuno es la comida que hay que tomarse con más seriedad y la palabra «seriedad» no entra en mi vocabulario.

Pero Paige sabía que no era cierto. Sabía que Jake era consultor de ciberseguridad al más alto nivel. En una ocasión su hermano le había dicho que era el tipo más inteligente que había conocido en su vida. El único lugar donde no aplicaba la palabra «seriedad» era en sus relaciones.

Y sabía por qué.

Jake se lo había contado antes de que ella hubiera creado una brecha entre los dos.

—Qué emocionante —dijo Eva dándole un golpecito en el hombro a Frankie—. Voy a abrir un negocio con mis dos mejores amigas. Tal vez podríais darme un cargo chulo. Eso me alegraría el día. ¿Qué tal suena «vicepresidenta»?

De pronto Paige sintió una punzada de tensión. Ser responsable de sí misma era una cosa, pero ser responsable de sus dos amigas era otra muy distinta. Sabía que Jake tenía cientos de empleados en distintas ciudades a lo ancho del mundo.

¿Cómo podía dormir por las noches?

¿Cómo podía Matt dormir por las noches?

Miró a su hermano y él le lanzó una sonrisa de comprensión.

—¿Ya estás lista para pedirme ayuda? Si lo haces, puede que descubras que sé alguna que otra cosa. Y Jake trata con negocios en ciernes constantemente, ejerce como consultor e invierte en ellos. Los dos tenemos contactos. Podemos hablar con unas cuantas empresas y presentaros.

Paige no quería pedir ayuda a Jake.

Simplemente esa breve conversación la había dejado intranquila. Pedirle ayuda implicaría acercarse a él, pasar más tiempo con él. Y no estaba dispuesta a hacerlo.

—Ya me habéis ayudado bastante. Quiero hacer esto sola. Puedo hacerlo, Matt. Me has estado sacando de problemas desde que tenía cuatro años y ya es hora de que haga algo por mí misma.

—Haces muchas cosas por ti misma —dijo él suspirando—. Al menos deja que te ayude con la parte legal. Establecimiento de la empresa, impuestos, seguros… Como ha dicho Jake, hay muchas cosas en las que pensar.

Tenía sentido.

—De acuerdo. Gracias.

Matt se levantó.

—Llamaré a mis abogados por la mañana. Necesitas un plan de negocios…

—Lo diseñaré entre esta noche y mañana.

—Enséñamelo cuando lo tengas. Y también tenemos que hablar de la financiación.

—Matt, me estás agobiando.

Su hermano se la quedó mirando.

—Te estoy ofreciendo asesoramiento empresarial y respaldo económico. Antes de que los rechaces deberías consultarlo con tus socias.

—Yo sí quiero que nos ayudes y nos asesores —dijo Eva inmediatamente—, sobre todo si no nos vas a cobrar. A cambio, cocinaré para ti. Es más, haré cualquier cosa menos cuidar de tu gata psicótica.

—Yo cuidaré de la gata —murmuró Frankie—. Desconfía de los humanos y lo entiendo. Si nos ayudas, me ocuparé del jardín de la azotea todo el verano.

—Eso ya lo haces. Y lo haces genial. Te contrataría sin dudarlo.

Paige levantó la vista de la lista que estaba redactando en el móvil.

—¿Me estás robando a mi equipo incluso antes de que hayamos montado la empresa oficialmente?

—Razón de más para utilizarme como asesor. Así hay menos probabilidades de que te robe a los empleados.

—¡Muy bien! Tú ganas, puedes asesorarnos. Pero nada de estar encima de mí vigilándome. Quiero hacer esto sola. Si es un éxito, quiero haberlo logrado por mí misma.

—Pero si fracasamos, entonces podríamos echarle la culpa a él —apuntó Eva con una sonrisa que le marcó unos hoyuelos en las mejillas—. Me encantaría disfrutar del éxito, pero perder mi trabajo dos veces en una misma semana minaría mi autoestima de un modo terrible.

Al captar cierta incertidumbre en la voz de Eva, una determinación renovada la invadió. Lo haría bien. Lo haría, costara lo que costara.

—Aún necesitamos un nombre y necesitamos que represente lo que hacemos.

—Por lo que parece, haremos un poco de todo —dijo Eva—. «Quiera lo que quiera, sus deseos son órdenes» —dijo con un ademán teatrero y Paige soltó el teléfono.

—Eso es.

—¿Qué?

—Es brillante. «Sus deseos son órdenes». Ese es nuestro eslogan, o declaración de intenciones o cómo se llame.

—Entonces habrá gente que os llame buscando sexo —añadió Jake agarrando otra cerveza.

Las titilantes velas proyectaron un brillo dorado sobre sus rasgos esbeltos y oscuros. Mirarlo despertó ciertas partes dentro de Paige que preferiría que siguieran dormidas.

Tanto que casi agradeció que hubiera vuelto a mostrarse tan irritante.

—¿Tienes algo útil con lo que contribuir?

—A menos que queráis que os llamen hombres con peticiones indecentes, esa observación es útil.

—No todo el mundo piensa en sexo constantemente. Necesitamos un nombre de ese estilo. ¿El Genio, Sociedad Anónima? ¿Las Chicas Genio? —hizo una mueca de disgusto y sacudió la cabeza—. No.

—El Genio Astuto —apuntó Frankie cortando una rosa.

—¿Genio de la Ciudad? —añadió Matt.

—Genio Urbano —fue Jake quien habló, con un tono grave y sensual en la oscuridad—. Y cada vez que queráis frotarme la lámpara, adelante.

Paige se giró hacia él dispuesta a rechazar la propuesta, pero entonces se detuvo.

Genio Urbano.

Era perfecto.

—Me encanta.

—A mí también —dijo Frankie asintiendo, al igual que Eva.

—Paige Walker, Directora Ejecutiva de Genio Urbano. Ocupas el asiento del conductor y estás en la autopista que te lleva al triunfo. Me alegra ser tu copiloto —dijo Eva alzando la copa. Frunció el ceño—. Tengo la copa medio llena.

Frankie sonrió.

—Yo habría dicho que la copa está medio vacía. Supongo que eso dice mucho de lo distintas que somos.

—Cada una aporta su punto fuerte al negocio y aquí no hay copilotos —dijo Paige rellenando la copa de Eva—. Vosotras también conducís.

—Yo puedo cambiar una rueda, pero no pienso conducir

el coche –contestó Frankie sacudiéndose tierra de los pantalones–. Ese es tu trabajo.

La fe que tenían en ella le asustaba tanto como la recon-
fortaba.

–Tres conductoras –dijo Jake mirando a Matt–. Será
mejor que empecemos a ir en metro.

Paige sabía que intentaba provocarla, pero en esa ocasión no le importó.

La invadieron la ilusión y la emoción. Iba a abrir su propio negocio. Ya mismo. Y con sus mejores amigas.

¿Podía haber algo mejor?

–Genio Urbano. Somos una empresa –alzó la copa–. Eva,
ve a rescatar tu camiseta de la suerte. Vamos a necesitarla.

Capítulo 4

«No existen los almuerzos gratis a menos que tu mejor amiga sea cocinera».

—Frankie

—Despierta —Paige dejó una taza de café junto a la cama de Eva, pero su amiga no se movió—. Voy a salir a correr y cuando vuelva necesito que estés despierta y lista para marcharnos.

Se oyó un sonido bajo las sábanas.

—¿Ir adónde?

—A trabajar. Hoy es nuestro primer día como Genio Urbano y haremos que sea un buen día.

A Paige le dolía la cabeza. Se había pasado en pie la mitad de la noche haciendo listas y tomando notas e intentando no arrepentirse de su decisión.

¿Qué había hecho?

¿Les iría mejor si se pusieran a buscar trabajo?

—¿Qué hora es?

—Las seis y media.

La forma que había bajo las sábanas se movió y de pronto apareció Eva con el pelo alborotado y ojos de sueño.

—¿En serio? ¿A esta hora comienza nuestra jornada en Genio Urbano? Dimito.

El sol se colaba por las ventanas iluminando los altos techos y los suelos de madera. Eva tenía la ropa tirada por el dormitorio formando un arco iris de texturas y colores. Un par de zapatos planos dorados asomaban bajo la cama y sobre la mesilla había tres botes de pintaúñas brillantes junto a un libro sobre cómo estar fabulosa por poco dinero.

A pesar de su estado de nerviosismo, Paige sonrió. Eva siempre estaba fabulosa.

Al llegar a Nueva York, ella era la única que vivía con Matt. Eva había estado compartiendo piso con su abuela hasta que a la mujer la habían trasladado a una residencia y habían vendido la vivienda para pagar los gastos. Al ver que su amiga se había quedado sin casa, Paige le había preguntado a Matt si podía tener una compañera de habitación y él no había puesto ningún impedimento. Un mes más tarde, Frankie se había unido a ellas.

Eran tres chicas de pueblo viviendo en la gran ciudad y en seguida habían vuelto a estar tan unidas como lo habían estado de pequeñas.

Vivir con sus amigas había resultado sorprendentemente sencillo a pesar de sus diferencias.

Y precisamente una de esas diferencias eran los horarios que tenían.

Eva era muy perezosa por las mañanas.

—Levanta —le dijo Paige dándole con el codo delicadamente—. Quiero que diseñes un menú personalizado para Baxter y Baxter. Los voy a llamar luego.

—¿La agencia de publicidad? Eventos Estrella consiguió esa cuenta.

—Y la perdió porque no eran originales. Esta es una agencia joven y dinámica. Tenemos que ser igual de dinámicas y originales.

—No me siento dinámica —dijo Eva poniéndose la almohada sobre la cabeza—. Y no puedo ser original a las seis y media de la mañana. Largo.

—Tienes hasta las siete y media para ducharte y estar lista en la cocina con los menús.

Paige se hizo una cola de caballo y se miró en el espejo que Eva tenía colgado en la pared.

Esa breve mirada le dijo que todo el pánico que sentía lo llevaba escrupulosamente guardado por dentro.

Su cabello era suave y liso. Ni siquiera la humedad de Nueva York podía encresparlo.

Eva gruñó.

—Eres una tirana. No te vas a morir por no salir a hacer ejercicio un día. Ya estás en una forma estupenda.

—Si no corro, no me mantendré en una forma estupenda durante mucho tiempo. Es mi modo de liberar estrés —además, para ella el ejercicio físico era importante. Su cuerpo ya le había fallado en una ocasión y hacía todo lo posible por asegurarse de que no volviera a suceder—. ¿Podrías preparar el desayuno? Podemos tomárnoslo mientras trabajamos.

—Te voy a denunciar a recursos humanos —dijo Eva bostezando y emergiendo de debajo de la almohada—. Porque tenemos un departamento de recursos humanos, ¿verdad?

—Yo soy ese departamento y tus quejas han quedado debidamente registradas. ¿Quieres que compre algo? Podría pasarme por la Petit Pain. ¿Pan de nuez? ¿Pan agrio? ¿Panecillos?

La Petit Pain era una de sus pastelerías favoritas, regentada por un hombre que había comenzado a hacer pasteles y pan al morir su mujer. Había descubierto una nueva pasión y su negocio había crecido respaldado por la comunidad local.

Eva se incorporó en la cama y se frotó los ojos.

—No nos lo podemos permitir. Yo lo prepararé todo. Frankie necesita comer algo que no esté lleno de aditivos. Ayer apenas comió. Todo empezó con aquel mensaje de su madre.

–Sí, es normal que resulte incómodo tener conocimiento de las relaciones sexuales de tus padres, pero si además tu madre se acuesta con hombres de tu misma edad y va por ahí jactándose de ello, decir que resulta «incómodo» es quedarse corto; no hay palabra para describirlo. No me extraña que la pobre Frankie esté hecha polvo –Paige vio a Eva apartarse de la cara su melena rubia y añadió–: ¿Cómo puedes estar tan guapa cuando acabas de salir de debajo de una almohada?

–Mi pelo parece un nido de pájaros.

–Pero es un nido de pájaros muy mono. Bueno, ¿entonces no quieres nada?

–¿Frutos rojos?

–Los frutos rojos no son comida reconfortante con la que darte un capricho.

–Para mí sí. Y, de todos modos, no necesitamos comida reconfortante, necesitamos salud. Si vamos a trabajar mucho y a someternos a montones de estrés, tenemos que reforzarnos nutricionalmente.

–Frutos rojos –dijo Paige para no olvidarlo–. Y más café.

–El café no es bueno para ti.

–El café es mi fuerza vital. Y no te vuelvas a dormir –le dijo apartando la sábana–. Levántate. Tenemos cosas que hacer, lugares a los que ir, gente a la que complacer y una fortuna que ganar. Si vamos a hacer de esto todo un éxito, y ten por seguro que lo haremos, tenemos que trabajar mucho. Nada de jornadas a tiempo parcial.

Eva gruñó.

–Es increíble, pero pareces Cynthia –respondió sacando los pies de la cama–. ¿De qué estuvisteis hablando Jake y tú en la terraza anoche? Se os veía muy a gusto.

–Se estuvo disculpando por ser un idiota –acostumbrada a la habilidad de Eva para ver romanticismo en cualquier situación, Paige corrió hacia la puerta–. No te atrevas a volverte a dormir. Nos vemos dentro de una hora –aliviada por haber escapado de un posible interrogatorio, bajó las escaleras corriendo y llamó a la puerta del apartamento de la planta baja.

Al menos Frankie no le haría la misma pregunta porque no veía romanticismo ni aunque tuviera a una pareja comiéndose a besos delante de ella.

Su amiga abrió la puerta en pijama. En la mano tenía una pequeña maceta de albahaca y, a juzgar por las sombras negras bajo sus ojos, estaba claro que ella tampoco había dormido mucho.

Paige se preguntó si habría recibido más llamadas o mensajes de su madre.

–Voy a salir a correr. ¿Quieres venir?

–¿Vestida así? Creo que no.

–Vivimos en Brooklyn. Aquí es aceptable ser diferente.

–Soy la responsable de la familia, ¿lo recuerdas? Y, de todos modos, quiero terminar mi maqueta.

Paige miró tras ella y vio la maqueta de LEGO a medio terminar sobre la mesa.

–¿Es el Empire State?

–Sí. Matt me lo regaló por Navidad. He estado esperando a tener un momento estresante para construirlo.

–Supongo que lo de ayer podría valer como un momento estresante –Paige observó los detalles maravillándose ante la destreza de Frankie–. ¿Qué te ha hecho abrirlo? ¿Lo del trabajo o lo de tu madre?

–Las dos cosas –respondió Frankie frotándose la frente–. Mira, no te preocupes. Hay algunas cosas que me… Da igual. Construir la maqueta me viene bien. Te veo cuando vuelvas. Tengo que ocuparme de mi *Ocimum basilicum*.

–¿Tu…? Ah, te refieres a tu planta de albahaca. Podrías llamarlo «planta de albahaca». Por otro lado, llamarla así sería desperdiciar todos tus conocimientos –se alisó la coleta–. Bueno, os dejo tranquilas a tu *Ocimum basilicum* y a ti y te veo durante el desayuno de negocios en las oficinas de Genio Urbano a las siete y media.

Frankie la miró atónita.

—¿Tenemos oficinas?

—Tu cocina es nuestra oficina hasta que podamos permitirnos algo más oficial. La nuestra es un poco más grande, pero la tuya da al jardín y es una delicia en verano. Y, además, la mesa de tu cocina no está llena de los experimentos culinarios de Eva. No prepares nada. Eva se ocupa del *catering*.

—Con tal de que no espere que me beba un batido de col y espinacas… No suelo darle la razón a Jake, pero en eso estamos totalmente de acuerdo.

Deseando que el nombre de Jake no apareciera en todas las conversaciones, Paige bajó corriendo los escalones hasta la calle.

Era su época favorita del año, cuando la primavera acariciaba el comienzo del verano y los cerezos y las magnolias florecían; llenaban el aire de aroma y color como si la ciudad estuviera celebrando su salida de las profundas capas de nieve que habían enterrado sus encantos durante los largos meses de invierno.

En invierno y en pleno verano hacía *spinning* en un gimnasio, pero ahora mismo no había mejor forma para disfrutar del tiempo y de su vecindario que salir a correr.

Adoraba esas calles anchas y la simetría de las históricas casas de ladrillo rojo ensombrecidas por los cerezos. Era la imagen por excelencia del Brooklyn tranquilo. Había gente que elegía vivir allí porque no se podía permitir vivir en Manhattan. Ella vivía allí porque le encantaba; los olores, el ambiente, el ritmo del barrio. Aunque era temprano, las calles ya rebosaban vida y actividad y ella observaba a la gente mientras corría hacia el parque sintiendo la calidez del sol sobre sus mejillas y respirando el aire de la primavera perfumado con los aromas de las flores y las panaderías.

El pánico del día anterior se había aplacado junto con los inquietantes sentimientos desatados por el hecho de estar cerca de Jake.

Ese día se dedicaría a hacer planificaciones. Ya se le habían ocurrido ideas y había pasado la mayor parte de la noche con la luz encendida tomando notas.

Al igual que a Jake, le encantaba la tecnología, que satisfacía su necesidad de organización y le permitía hacer un seguimiento de sus proyectos y maximizar la eficiencia. Tal vez no entendía los detalles tecnológicos hasta el punto que los entendía él, pero eso no significaba que no disfrutara haciendo uso de los resultados de la creatividad de otras personas.

Intentó decirse que la razón por la que no había dormido mucho la noche anterior eran los nervios, la emoción y el uso de dispositivos móviles hasta altas horas de la noche. Todo el mundo sabía que utilizar monitores por la noche era malo, ¿verdad?

Que hubiera pasado la noche en vela no tenía nada que ver con Jake Romano.

Exceptuando…

Se adentró en el parque y aceleró la marcha.

Mostrarse evasiva con la romántica Eva era una cosa, pero ¿de qué le servía mentirse a sí misma? Era mejor admitir que tenía un problema porque al menos así podría estar alerta. Y aunque no había querido que nadie la halagara, le había resultado agradable recibir la atención de Jake. Él había supuesto un impulso para su autoestima cuando había estado a punto de perderla. Le había dado un empujón cuando ella había querido ocultarse e ir a lo seguro.

Estaba acostumbrada a que Jake dijera siempre las palabras equivocadas y había días en los que estaba convencida de que elegía esas palabras con la intención de enfadarla, pero la noche anterior había dicho lo correcto. La había hecho sentir como si pudiera lograrlo. Le había dado confianza cuando más la había necesitado. La había hecho sentir… la había hecho sentir…

«Mierda».

Dejó de correr y se agachó para recuperar el aliento, frustrada por el hecho de que Jake pudiera seguir haciéndola sentir así.

Tenía diecisiete años la primera vez que se había fijado en él. Ya que su enfermedad había requerido una atención que escapaba a las posibilidades de su hospital local, la habían operado en un hospital de Nueva York, razón por la cual Matt había podido ir a visitarla.

La primera vez que su hermano había ido a verla con su amigo Jake, Paige había creído que estaba teniendo alucinaciones.

Fue una suerte que no estuviera conectada a un monitor cardíaco en aquel momento porque estaba segura de que, de haber sido así, todos los médicos del edificio habrían corrido a atender la urgencia.

Desde aquel momento todo cambió. Fue como si alguien hubiera apretado un botón y hubiera hecho que su vida pasara del blanco y negro al color.

La gente comentaba lo valiente que era y lo bien que llevaba el fastidio de estar en un hospital.

Lo que la gente no sabía era que se había pasado prácticamente cada hora pensando en Jake.

Ya tuviera los ojos abiertos o cerrados, siempre lo tenía en su cabeza.

Había vivido para recibir sus visitas, a pesar de que no solía quedarse a solas con él. Cuando los compromisos laborales de su padre, que ejercía la abogacía en Portland, Maine, le habían impedido estar en el hospital a su lado, su madre había estado allí, y, si ninguno de los dos había podido estar, entonces había estado Matt. Se había visto contagiada por los niveles de ansiedad de su familia.

Pero Jake era distinto.

La había entretenido con estrambóticas historias y las noches en las que Matt se había tenido que quedar estudiando para los exámenes, había sido Jake el que había estado en el hospital hasta tarde, haciéndole compañía.

Paige se había enamorado.

El primer amor.

Todos decían que se superaba, y tenían razón.

Para ella, la humillación había resultado ser una cura mágica.

Pero, por desgracia, la atracción sexual no había resultado tan fácilmente destructible.

La mayoría de los días le era fácil ignorarla porque Jake era tan irritante como atractivo. Sin embargo, lo de la noche anterior…

Lo de la noche anterior había sido un error. Una reacción ante el hecho de haber perdido el trabajo.

Se sacó a Jake de la mente y tomó un atajo que la llevó entre los árboles hasta llegar de nuevo a la calle.

El sol de primera hora de la mañana era el mejor; era brillante y te subía el ánimo. Después del largo y amargo frío del invierno, era una bendición estar en la calle.

Se cruzó con gente que conocía e intercambió con ellos una sonrisa y unas cuantas palabras.

Nueva York era una ciudad de barrios y el barrio en el que vivían ellas era parecido a una aldea. Las amplias calles llenas de árboles estaban flanqueadas por las históricas casas adosadas de ladrillo rojo, cafeterías animadas, negocios familiares rebosantes de productos frescos, floristerías y tiendas de artesanía. Había familias que llevaban generaciones viviendo allí.

Por las noches el aire se llenaba de los sonidos de niños jugando y grillos chirriando; de las suaves notas de alguien practicando el saxofón contra un acompañamiento de bocinas de coche y alguna que otra sirena.

Adoraba el hecho de que, a tan solo unos minutos a pie

de casa, pudiera asistir a sus clases de *spinning*, comprar una porción de tarta de queso, cortarse el pelo o hacer yoga en el parque. Podía comprarlo todo, desde pollo frito hasta batidos orgánicos.

A dos manzanas de su casa había una próspera librería independiente, una galería de arte y la Petit Pain, la pastelería que también era cafetería. Y, por supuesto, estaba Romano's, el restaurante italiano propiedad de la madre de Jake. En verano sacaban sus mesas a la calle y un entramado de parras ensombrecía la zona protegiéndola del sol de la tarde.

Según Frankie, hacían la mejor pizza de Nueva York y, dado que había comido pizza en prácticamente todas las calles de la ciudad, nadie se lo discutía.

A esa hora de la mañana las mesas estaban vacías, pero el aroma a ajo y orégano ya flotaba por el aire.

La puerta de la cocina estaba abierta y Paige asomó la cabeza. Tal como esperaba, Maria Romano ya estaba allí haciendo pasta.

–*Buongiorno* –era una de las pocas palabras en italiano que Paige admitía saber. Las demás eran su secreto, formaban parte de una época en la que se había engañado a sí misma pensando que algo podría suceder entre Jake y ella.

–¡Paige!

Al instante, recibió un abrazo salpicado de harina y afecto.

–¿Te molesto?

–Jamás. ¿Cómo estás?

Paige respiró hondo. Se había enamorado de Maria Romano desde el mismo momento en que Matt y Jake se la habían presentado. Había sido durante su primera semana en la universidad, cuando estar en Nueva York le había parecido como aterrizar en un planeta extraterrestre.

–No me han dado el ascenso. He perdido mi trabajo.

Maria la soltó.

–Jake me lo ha contado. Anoche pasó por aquí. He estado preocupada por ti. Siéntate. ¿Has comido algo?

–Voy a desayunar con Frankie y Eva, tenemos cosas de qué hablar. Pero un café estaría bien –no le sorprendió que Jake hubiera pasado por el restaurante. Era muy protector con Maria, que lo había acogido en su casa cuando tenía seis años y lo había adoptado posteriormente. Fue Jake quien le había comprado el restaurante y les había dado trabajo y una vivienda a su madre, al hermano de esta y a varios primos.

Cinco minutos después, Paige estaba sentada frente a una taza de un perfecto expreso y contándole a la madre de Jake todo, desde su reunión con Cynthia hasta una versión editada de la conversación en la azotea.

No estaba exactamente segura de cuándo había comenzado a confiar en Maria. Había sucedido gradualmente después de que se hubiera mudado con Matt el primer año de universidad.

Demasiado ocupado para cocinar, su hermano la había llevado a Romano's para asegurarse de que tomara una comida decente de vez en cuando. Ir a Romano's los viernes por la noche se había convertido en una rutina, al igual que celebrar noches de películas los sábados, y esas noches que pasaban todos los amigos juntos, envueltos por los sonidos y aromas del restaurante, solían ser la mejor parte de la semana para Paige. Adoraba el ambiente cálido y familiar del local, las risas, el caos controlado. Maria era cariñosa sin llegar a resultar empalagosa o agobiante. Por alguna razón, le resultaba más fácil hablar con ella que con su madre, simplemente porque no sentía la presión de alguien que intentaba protegerla.

–Así que vas a abrir tu propio negocio –dijo Maria sentándose frente a ella–. Y ahora estás asustada y te preguntas si has hecho lo correcto.

A Paige le dio un vuelco el estómago y se alegró de haber rechazado el desayuno.

–Estoy emocionada.

Maria levantó su taza de café.

–No tienes por qué hacerte la valiente conmigo.

Paige dejó de intentarlo.

–Me da miedo. Anoche no dormí nada. No dejo de pensar en todas las cosas que podrían salir mal. Dime que soy penosa.

–¿Por qué iba a decirte eso? Estás siendo sincera. Sentir miedo es natural. No significa que hayas tomado la decisión equivocada.

–¿Estás segura? Me preocupa estar siendo egoísta, estar haciendo esto por mí. Me pasé la infancia y la adolescencia aguantando cómo todo el mundo controlaba lo que me pasaba, y quiero sentir que ahora tengo algo de control sobre mi vida. Incluso aunque eso suponga un fracaso. Pero si fracaso, arrastro a mis amigas conmigo.

–¿Por qué ibas a fracasar?

–Jake puede decirte cuántos negocios fracasan.

Maria dio un sorbo al café.

–¿Así que es mi niño el que te ha estado asustando? ¿Niño?

Paige se sacó de la cabeza la imagen de los fuertes hombros y los duros músculos de Jake.

–Me dio datos reales. Y esos datos me asustaron mucho.

–No dejes que eso te disuada. Si hay alguien que puede aconsejarte y ayudarte, ese es él. Gracias a él tengo este lugar. Me lo compró y me enseñó a regentarlo y pasó un tiempo con Carlo enseñándole a llevar las cuentas –Maria soltó la taza–. Habla con Jake. Hace mucho tiempo que sois amigos. Sabes que te ayudaría si tuvieras problemas.

Paige sabía que tenía que estar muy desesperada antes de pedirle más ayuda a Jake, pero no podía explicarle el porqué a Maria.

–No tengo problemas. Me preocupa lo que pueda pasar si esto no funciona. Eva necesita el dinero y Frankie también –era lo que más le preocupaba–. ¿Y si las decepciono? No se trata solo de mí. Les estoy pidiendo a ellas también que corran el riesgo.

–Les estás pidiendo que se arriesguen para probar a tener una oportunidad. En eso consiste la vida.

–Pero ha sido mi decisión. Mi sueño. Las he arrastrado conmigo –y pensar en qué pasaría si la cosa no funcionaba era lo que la había tenido despierta gran parte de la noche–. Frankie es brillante con las flores y los jardines y Eva es una cocinera fabulosa, pero al final soy yo la que tiene que conseguir trabajo. Todo depende de mí. ¿Y si no puedo hacerlo? ¿Y si estoy siendo una egoísta?

Maria le daba vueltas a su taza vacía.

–La noche anterior a la inauguración del restaurante no dormí nada. Pensé: «¿Y si no viene nadie?». Fue Jake quien me dijo que mi trabajo no consistía en preocuparme de si la gente venía, sino en concentrarme en hacer bien lo que hago. En elaborar una comida genial en un ambiente genial. Y tenía razón. Sabes que eres buena en tu trabajo, Paige. Hazlo bien y la gente acudirá a ti.

–Me parece que es un riesgo muy grande.

–En la vida siempre hay riesgos –Maria alargó la mano sobre la mesa y agarró la suya–. Cuando mis abuelos llegaron aquí desde Sicilia en 1915, no tenían nada. Tuvieron que pagar por su pasaje de barco y durante años vivieron en la pobreza, pero eligieron venir aquí porque creían que podrían tener una vida mejor.

–Ahora me siento culpable por haberme quejado.

–No te estás quejando. Estás preocupada. Y es natural, pero la vida no se queda quieta –añadió Maria apretándole la mano–. Siempre hay cambios. Hay gente que intenta evitarlos, pero al final los encuentra de todos modos. Mis abuelos querían esto a pesar de saber que no sería fácil. Durante años lo pasaran muy mal. Yo jamás soñé con tener mi propio restaurante junto a mi familia. No teníamos nada y ahora tenemos… –miró a su alrededor– todo. Gracias a mi Jake y a sus ambiciones. ¿Sabes cuánta gente se rio de él cuando llamó a sus puertas? Mucha gente. Pero siguió llamando y ahora son ellos los que lo llaman a él. Así que no me digas jamás que un sueño no se puede hacer realidad.

–Pero Jake es brillante con los ordenadores. Tiene verdadero talento. ¿Qué hago yo? Organizo cosas para la gente –se terminó el café cuestionando la decisión que había tomado–. Un millón de gente puede hacer lo que yo hago, pero casi nadie sabe hacer lo que hace Jake. Por eso llaman a su puerta.

–Mucha gente sabe cocinar y aun así mi restaurante está lleno cada noche. Te subestimas. Se te da bien el trato con la gente y tienes muy buen ojo para los detalles y buenas habilidades de organización. Además, tienes pasión por lo que haces y determinación. Eres una gran trabajadora.

¿Bastaba con eso? ¿Sería suficiente?

–Perder mi trabajo ha machado mi autoestima y eso es justo lo que necesito si quiero convencer a la gente de que contrate a Genio Urbano –dijo mirando a su taza–. ¿Cómo actúas con seguridad en ti misma si no la tienes?

–La finges. Finges constantemente, Paige –la voz de Maria sonó suave, pero Paige se movió en la silla, incómoda.

–A veces. Pero casi nunca contigo –era sincera con Maria en todos los aspectos excepto en uno. La mujer no tenía ni idea de lo que sentía por su hijo.

–Sigue haciéndolo y un día te despertarás y te darás cuenta de que has dejado de fingir. De que es real.

–Espero que tengas razón –Paige miró el teléfono y se levantó–. Debería irme. He quedado con Frankie y con Eva a las siete y media y se supone que tengo que llevar frutos rojos. Gracias por el café y por el apoyo.

–Venid alguna mañana y tomaos aquí el desayuno de negocios. Os prepararé granizado natural y brioche. No

puedo ayudaros con vuestro negocio, pero sí puedo daros
de comer al estilo siciliano. Y recuerda que porque una carretera sea intrincada y esté llena de baches no debes dejar
de recorrerla.

–Debería grabarme eso en un cojín –le dio un beso a
Maria en la mejilla y salió a la calle; compró frutos rojos y
ciruelas en la frutería y una bolsa de café recién molido en
su cafetería favorita.

Eva ya estaba en la cocina de Frankie con el pelo recogido en lo alto de la cabeza y formando ondas desigua-
les; en cualquier otra persona ese aspecto habría resultado descuidado, pero en Eva resultaba ideal. Se mordía el
labio inferior mientras espolvoreaba canela sobre harina
de avena.

–¿Has comprado frutos rojos? –añadió un toque dorado
de sirope de arce–. Déjalos en la mesa. Y si vas a darte una
ducha, no tardes porque esto está casi listo. Frankie se está
vistiendo. Ha recibido otro mensaje –bajó la voz, pero Paige no tuvo oportunidad de preguntar más porque la puerta
se abrió y Jake apareció allí, llenando prácticamente todo
el marco con los hombros.

No se había esperado verlo tan pronto.

Él vivía en Tribeca, el barrio de moda, en un loft desde
el que, según Eva decía entre bromas, se podía ver hasta
Florida en un día claro.

Bostezó y Paige vio que sus ojos parecían cansados.
Una barba incipiente le cubría la mandíbula y estaba claro
que, fuera lo que fuera lo que hubiera hecho la noche anterior, no había dormido mucho.

Bajo el brazo sujetaba un casco de moto negro. Las ago-
biantes incomodidades del transporte público no estaban
hechas para Jake. Cuando se trasladaba desde Manhattan
hasta Brooklyn, lo hacía en moto.

Al mirarlo, nadie habría dicho que era dueño de un negocio con éxito en todo el mundo. Ahora mismo podría

haberse adentrado en las zonas más peligrosas de Brooklyn y haber encajado allí perfectamente.

–Feliz primer día de trabajo –a pesar de la falta de sueño, estaba impoluto, masculino y excesivamente guapo.

Ella, por el contrario, tenía la piel y el pelo sudados y no llevaba ni una gota de maquillaje.

Genial.

¿No podía haberse presentado allí diez minutos más tarde, después de que se hubiera duchado y aplicado un poco de barra de labios tal vez?

Aunque eso tampoco habría cambiado mucho las cosas. Por muchas duchas que se diera o fuera cual fuera el pintalabios que eligiera, Jake no estaba interesado en ella.

¿Y por qué iba a estarlo? Había una lista de espera de mujeres que querían salir con Jake Romano.

Para él, ella seguía siendo aquella adolescente flacucha y pálida que los había avergonzado a los dos. Había decidido vivir el momento, pero había elegido un mal momento. A menudo se había preguntado qué habría sucedido si se le hubiera insinuado unos años más tarde.

¿La habría visto como a una adulta, lo suficientemente mayor como para jugar a juegos de mayores?

–¿Qué estás haciendo aquí? –tuvo que contenerse mucho para no atusarse el pelo.

–Tengo que hablar de unas cosas con mi tío y se me ha ocurrido pasar antes por aquí para desearos suerte.

Eva, que no se mostraba tan reservada como Paige, se puso de puntillas y le dio un beso en la mejilla.

–Eres el mejor aunque necesites desesperadamente un buen afeitado. ¿Has desayunado? Porque puedo prepararte algo.

Paige apretó los dientes. Tenerlo cerca la ponía nerviosa.

–He desayunado. A mi estilo –Jake le guiñó un ojo a Eva y ella le sonrió encantada.

–No me lo digas. Has desayunado una rubia desnuda.

–Como le sigas la corriente, reservará el Plaza para celebrar tu boda en junio –dijo Paige–. Quiere decir que ha desayunado unos sorbos de café. Ese es su estilo de desayuno.

–¿Alguien ha dicho «rubia desnuda»? –preguntó Matt al entrar. Llevaba una corbata colgando alrededor del cuello y un montón de papeles en la mano–. No respondas al teléfono esta mañana, Paige. Mamá ya ha llamado cuatro veces. Papá y ella se han enterado de lo de Eventos Estrella.

–¿Cómo? Creía que estaban en Venecia –después de años sin apenas salir de casa, sus padres por fin estaban recorriendo Europa, y Matt y Paige habían estado recibiendo noticias suyas con regularidad.

–Y lo están. Pero ya conoces a papá. Tiene que estar al tanto de las noticias empresariales.

–¿Y te han llamado para saber cómo estoy? –se le cayó el alma a los pies–. ¿Qué les has dicho?

–Que ya habías encontrado otro trabajo y que estabas bien –soltó los papeles sobre la mesa–. Que no se os caiga nada encima, son importantes.

–¿Les has dicho que tengo otro trabajo?

–Sí, y me han preguntado el nombre de la empresa para poder buscarla en Internet.

Paige se estremeció.

–¿Y al final te has rendido y les has dicho la verdad?

–Oye, ¿te parezco un pelele? –Matt se inclinó y se sirvió un puñado de los frutos rojos que Eva había colocado sobre la mesa–. Llevo tratando con ellos tanto tiempo como tú. Más tiempo, en realidad, aunque las cosas no se complicaron hasta que apareciste tú con tu inestable corazón y los labios azules. Yo a eso lo llamo «llamar la atención».

–¿Crees que me perforé mi propio corazón?

–Después de haber visto el destrozo que hacías con la comida cuando tenías dos años, no me extrañaría. Probablemente estabas apuntando a una delicia de pollo y fallaste el tiro –él siempre la hacía reír.

–¿Entonces les has dicho que tienes una vida demasiado ocupada como para estar pendiente de la mía?

–No. Eso habría hecho que volvieran corriendo y después me habría caído una buena por no haber cuidado mejor de ti –se comió los frutos rojos–. Les he dicho que estabas muy contenta con el nuevo trabajo, lo cual es verdad, y aliviada por haberte alejado de la sociópata de Cynthia, que también es verdad. Después les he relatado mis mejores jugadas y he animado a mamá a que me hablara de los frescos que están viendo.

Paige sabía que su madre se habría pasado horas hablando de los frescos.

–Gracias. Se lo contaré, pero mejor cuando las cosas estén en marcha y funcionando. No quiero preocupar a mamá.

–Estoy de acuerdo. Y no quieres que tome el primer vuelo desde Italia para venir a ver si su niña está bien.

–Odio decir esto, pero eres el mejor hermano que una chica puede tener. Superhermano.

–Lo sé. Y solo por eso te dejo que me des de comer.

–Yo te daré de comer –dijo Eva–. Siéntate, superhermano. Siempre eres bienvenido a mi mesa, con tal de que prometas no presentarte nunca vestido con un traje de licra.

–Eso nunca. Pero no me puedo sentar. Es un desayuno de paso.

–¿De paso?

–Sí. Yo paso por aquí y vosotras me dais algo. Preferiblemente, algo con beicon –se hizo el nudo de la corbata y Jake lo miró con incredulidad.

–¿Para qué la corbata?

–Engaña a cierto tipo de cliente y lo lleva a pensar que sé de lo que hablo. Paige, he concertado una reunión con mi abogado a las cuatro de la tarde, en su despacho, en el centro. Tienes que estar allí a las tres. No llegues tarde porque lo que nos cobra hace que Jake parezca barato. Después, hemos quedado con el contable –a Matt le sonó el teléfono y leyó el mensaje.

Paige agarró su móvil.

–Yo podría haber concertado esas citas sola.

–De todos modos tenía que hablar con el abogado. Se trata de economizar tiempo y esfuerzo –Matt siguió ojeando los correos–. Estudiará contigo el plan de negocio. Esa parte tienes que tenerla clara.

–¿Entonces tenemos que ir hasta Manhattan?

Jake la miró.

–Puedo llevarte en la moto si quieres.

–¡Sí! –respondió Paige sin vacilar–. ¡Siempre he querido subir en tu moto!

–No –respondió Matt con expresión fría–. No vas a llevar a mi hermana en la parte trasera de esa puñetera máquina.

Paige abrió la boca, pero Jake habló primero, con tono suave.

–Esa «puñetera máquina» es una obra de arte de la mejor calidad. Su motor es…

–Su motor es precisamente la razón por la que mi hermana no va a subir en ella.

Jake enarcó las cejas.

–Tengo un casco de sobra. Ya he llevado a otras mujeres antes y siguen vivas.

–Ellas no son mi hermana. ¿Hacemos noche de pelis el sábado?

Exasperada, Paige lo miró.

–Matt…

–Claro que hacemos noche de pelis –dijo Eva interrumpiéndola para intentar calmar la agitada atmósfera–. ¿Podemos ver algo romántico para variar?

–Yo estaba pensando en algo de miedo –contestó Matt

mientras respondía uno de sus correos–. *El silencio de los corderos* o algo de Stephen King…

–¡De eso nada! –contestó Eva–. Odio las pelis de miedo. A menos que quieras despertarte y encontrarme en tu cama temblando porque estoy tan asustada que no me atrevo a dormir sola, será mejor que elijas otra cosa. Nada de asesinos en serie. Nada de niños muertos. Esas son mis reglas. ¿Podemos ver *Algo para recordar*?

–No, a menos que eso que tengan que recordar sea que hay un asesino en serie suelto –el teléfono de Matt sonó–. Tengo que responder –se apartó para responder dejando a Paige hecha una furia.

–¿Qué le pasa? –preguntó ella girándose hacia Jake–. Acepto tu ofrecimiento e iré en tu moto.

Jake esbozó una ligera sonrisa.

–De eso nada. Si los dos vais a pelearos, me parece genial. Siempre nos resulta muy estimulante a los demás, pero no me pongáis a mí en medio.

Recordándose que tendría que hablar del tema con Matt más tarde, Paige abrió su portátil.

–La parte de organización de eventos de nuestro negocio está clara, pero además de eso he anotado todo lo que debería hacer un servicio de asistencia personal –mientras Matt estaba ocupado con su llamada, le mostró la pantalla a Eva–. ¿Se me ha olvidado algo?

Jake echó una ojeada por encima del hombro de Paige.

–No veo sexo en esa lista.

–No tienes ninguna gracia. He hecho una lista de las empresas cuyos ejecutivos son ricos en dinero y pobres en tiempo.

Eva sirvió el café.

–¿Pero por qué iban a contratarnos?

–Porque vamos a hacer que sus empleados sean más productivos y sus vidas tan fáciles que van a preguntarse cómo han podido sobrevivir sin nosotras este tiempo.

Anoche investigué un poco por Internet... ¿Sabéis cuántas horas de trabajo se pierden porque los empleados resuelven en el trabajo asuntos de su vida personal?

–Los míos no –dijo Jake aceptando la taza de café de Eva.

–Seguro que sí. No lo sabes porque eres el jefe. En cuanto entras en la sala, minimizan la pantalla.

–¿Estás diciendo que no sé lo que pasa en mi propia empresa?

–Estoy diciendo que la mayoría de la gente trabaja tantas horas que no tiene ningún equilibrio entre su vida y su trabajo y se ve obligada a resolver asuntos personales mientras trabaja. Nosotras podemos ayudar con eso.

–¿Equilibrio entre vida y trabajo? ¿Qué puñetas es eso? Tengo que irme –dijo Matt al colgar el teléfono. Después se colocó la corbata y se miró en la resplandeciente superficie del horno microondas–. Luego os veo –se detuvo cuando Frankie entró por la puerta. Llevaba unos pantalones cargo y una camiseta y el pelo le caía sobre los hombros formando salvajes rizos.

Paige vio a su hermano quedarse mirando fijamente la melena de Frankie y después observar su rostro tenso.

–¿Va todo bien? –le preguntó Matt en voz baja.

Paige no pudo oír lo que Frankie le respondió, pero vio a su hermano asentir y apartarse sin ahondar más en el tema.

Sabía que su hermano no tenía un buen concepto de la madre de Frankie.

En las contadas ocasiones en que la mujer había ido a visitar a su hija, Matt se había asegurado de estar ahí. Probablemente Frankie habría preferido sobrellevar la humillación de esos momentos en privado, pero sabiendo cuánto la afectaba, sus amigos intentaban estar presentes siempre que Gina Cole hacía una de sus visitas «maternales» improvisadas.

A Paige la conmovió que Matt hubiera insistido en estar

allí para apoyar a Frankie. Incluso en alguna que otra ocasión se había preguntado si tras ese gesto habría algo más que otro ejemplo de la naturaleza protectora de su hermano; sin embargo, ese pensamiento no había durado mucho.

Matt necesitaba, y esperaba, confiar en una relación. Frankie no confiaba en nadie. Era la primera en admitir que en lo que respectaba a las relaciones era demasiado desconfiada.

—¿Seguro que no te quedas, Matt? –preguntó Eva señalando a la mesa–. Declaro por inaugurado este desayuno de negocios. Cualquiera que siga en esta cocina dentro de dos minutos se tomará la avena que he preparado.

Matt y Jake choraron entre sí en su intento de salir corriendo de allí.

—¿Por qué los hombres son tan reacios a comer sano? –ofendida, Eva sirvió una cremosa avena en unos cuencos y le añadió almendras y frutos rojos.

—Probablemente porque un refresco de cola sin azúcar sabe mejor –dijo Frankie sentándose y levantando la cuchara–. Si me como esto, ¿dejarás de meterte conmigo?

—Tal vez.

Paige acercó el portátil a Frankie.

—Echa un vistazo a mi lista.

Frankie hundió la cuchara en el cuenco y leyó.

—¡Joder, somos buenas! Y tú eres buena por haber hecho todo esto tan rápido. ¿Estás segura de que podemos hacerlo?

—Si no podemos, entonces conocemos a alguien que sí puede. Ya he empezado a elaborar una ficha con proveedores, locales… Tenemos muchos contactos y hay varias personas que quieren trabajar con nosotras. Resulta que Eventos Estrella había enfadado a unos cuantos.

—¿No tenías una cláusula de no competencia en tu contrato?

—Solo si dimitía. Pero no lo he hecho. Matt ya lo ha

consultado. He estudiado a nuestra competencia y he visto los mayores eventos que han organizado en el último año. He añadido esos nombres a otra lista —se inclinó y abrió otro archivo.

—Tú y tus listas —dijo Frankie mirando la pantalla—. Y menuda lista más larga.

—He empezado con todas las empresas que han contratado a Eventos Estrella y después he hecho una lista de las empresas de la competencia y de las empresas ligadas a ellas. Hasta ahora tengo setenta nombres. Despejad vuestras agendas porque vamos a estar muy ocupadas —y alzando la taza de café, añadió—: ¡Por nosotras!

Frankie alzó su taza.

—Genio Urbano. Sus deseos son órdenes.

Eva levantó la suya y el café salpicó la mesa.

—Que los deseos se desborden.

—Como tu café —dijo Frankie agarrando un trapo.

Unas horas más tarde ese mismo día, Jake salía de una reunión con un cliente en sus oficinas de Tribeca y se estaba preparando para la siguiente cuando Matt entró en su despacho.

—Tengo que hablar contigo.

—Estoy ocupado.

—Se trata de Paige.

No quería pensar en Paige.

Siempre tenía la precaución de no tocarla, pero la noche anterior lo había hecho.

Aún podía sentir el ligero temblor de su mano bajo la suya y oler el sutil y veraniego perfume que siempre llevaba. Ese perfume siempre le despertaba los sentidos y le hacía querer desnudarla, tenderla sobre un campo de flores salvajes y hacerle cosas muy malas.

—No la llevaré en moto si tanto te preocupa, pero deberías dejar que ella tomara esa decisión. Eres demasiado protector.

Matt se sentó relajadamente en una silla.

—No es por la moto. Es por el negocio. El negocio que le dijiste que abriera. ¿En qué demonios estabas pensando?

—Estaba pensando en que necesitaba tener más control sobre su vida. Ya la viste, se sentía impotente y asustada. Le recordé que podía recuperar el control, eso es todo.

—La pusiste furiosa.

—Sí, lo hice. Mejor furiosa que llorando.

—No estaba llorando. Nunca he visto a mi hermana llorar, ni siquiera cuando pasó por aquel trauma durante su enfermedad. Ni una sola vez.

Jake, que se había entrenado para avistar las lágrimas de una mujer a mil pasos de distancia, se preguntó cómo Matt podía no estar dándose cuenta de nada.

—Estuvo a punto de echarse a llorar y, si lo hubiera hecho, se habría sentido muy avergonzada. Ya se sentía mal, lo último que necesitaba era sentirse peor. Lo que necesitaba era que alguien la sacara de ese estado y la hiciera reaccionar, y no hay mejor motivación que la ira. Deberías estar dándome las gracias.

—¿La enfadaste a propósito? —Matt se pasó la mano por la mandíbula y maldijo—. No me fijé. ¿Cómo puedes saber tanto de mujeres?

—Una amplia experiencia junto con un extraordinario don para volverlas locas —su teléfono sonó en ese momento y lo silenció.

Matt miró el número en la pantalla de Jake.

—¿Brad Hetherington? Sin duda, te mueves en círculos ilustres. ¿Necesitas oxígeno para estar ahí arriba?

—No, lo que necesito es una pala para abrirme paso entre tanta tontería.

—¿No vas a contestar?

—Lo haría, pero estás sentado en mi despacho. Además,

a veces está bien ser un poco esquivo. Tengo algo que quiere. Si le hago esperar, pagará más por ello.

Matt sacudió la cabeza.

—¿Qué se siente al tener a todo el mundo haciendo cola en tu puerta?

—Te sientes muy ocupado —Jake se recostó en la silla y miró al hombre al que consideraba un hermano—. ¿Entonces has venido aquí solo para darme un puñetazo por enfadar a tu hermana o por algo más?

—Por algo más. Quiero que la ayudes con el negocio.

Jake se quedó quieto y preguntó con cautela:

—¿Y por qué iba a hacer eso?

—Porque has sido tú el que la ha animado a meterse en esto. Ahora no puedes dejar que fracase.

—¿Qué te hace pensar que va a fracasar?

—El hecho de que identifique pedir ayuda con ser débil. Los dos sabemos que dirigir un negocio es una curva de aprendizaje escarpada. Cuanto más preguntas, más rápido aprendes. Mi hermana ha convertido la independencia en una forma de arte. Ella jamás va a preguntar ni a pedir nada, así que se lo tienes que ofrecer.

«De eso nada».

Jake tamborileó los dedos sobre el escritorio. Orientarla en la dirección correcta era una cosa; implicarse personalmente era otra.

—No querrá mi ayuda. Ya la oíste anoche.

Y sabía que no era simplemente la necesidad de ser independiente lo que impediría que Paige le pidiera ayuda.

Ninguno lo mencionaba, pero el pasado bullía entre los dos salpicando cada interacción.

Paige se protegía y se contenía cuando él estaba cerca y a él le parecía bien.

—No sé nada sobre dirigir un servicio de asistencia personal o de organización de eventos.

—Pues deberías. Asistes a muchas fiestas.

–Para hacer contactos, emborracharme o ligar y acabar acostándome con alguien. A veces las tres cosas. No las planeo –era como estar al borde de arenas movedizas sabiendo que, si pisabas en el lugar equivocado, te hundirías demasiado y no podrías escapar–. Tienes tanta experiencia empresarial como yo. Ayúdala tú.

–Cree que soy demasiado protector y tiene razón. Intento no serlo, pero siempre meto la pata. ¿Te acuerdas de cuando estaba aprendiendo a conducir? –vio a Jake estremecerse y asintió–. Sí, esa vez. Me preocupo tanto por ella que no puedo ser objetivo –se levantó y fue hasta la ventana–. Tienes unas vistas geniales –dijo distraídamente.

–Normalmente estoy demasiado ocupado como para echar un vistazo.

Su amigo no captó la indirecta.

–Para mí sigue siendo aquella niña pequeña con un problema de corazón. Aún puedo verla en el hospital, con los labios azules, intentando respirar.

–Si vas a emplear el chantaje emocional, no lo hagas. No va a funcionar.

Sin embargo, esas palabras generaron unas imágenes que Jake se había esforzado mucho en olvidar junto con una tonelada de otras que no quería volver a ver.

–No es chantaje emocional, es la verdad. Quiero envolverla en plástico de burbujas y solucionarlo todo. Siempre he querido hacerlo. Desde que nació.

–Eso es porque tus padres te dieron esa responsabilidad –Jake se levantó y se situó junto a la ventana con su amigo–. Confiaban en que la cuidaras. Eso es una carga enorme.

Y siempre había pensado que era demasiado para su amigo.

Matt frunció el ceño.

–No es una carga.

–Tal vez sea hora de dejar que Paige viva su vida y cometa sus propios errores. En lugar de intentar agarrarla antes de que se caiga, podrías esperar a que lo haga y después levantarla.

–No quiero que sufra. No quiero que fracase en esto.

–Te da demasiado miedo el fracaso y supongo que es porque has tenido unos padres que han tenido éxito en todo. El fracaso forma parte de la vida, Matt. El éxito no te enseña nada, pero el fracaso te enseña a ser resiliente. Te enseña a levantarte y a volver a intentarlo.

Matt se pasó la mano por el pelo.

–Tú antes eras tan protector como yo. ¡Pero si una vez te pasaste la noche entera junto a su cama en el hospital porque yo no podía ir! ¿O es que no lo recuerdas?

Lo recordaba perfectamente.

–Me di cuenta de que protegerla no le hace ningún favor. No quiere que se la proteja.

Pero sí que la protegía, ¿no?

La protegía de sí mismo.

Sabía que podía hacerle daño. Ya lo había hecho antes.

Aunque ninguno de los dos lo mencionaba, Jake era bien consciente del dolor que le había causado su rechazo. Sabía que eso la había cambiado. Atrás había quedado la franqueza que a él le había resultado tan reconfortante. Ahora Paige siempre se mostraba reservada y él se lo ponía fácil asegurándose de que su relación siempre rozara la hostilidad.

Matt se apartó de la ventana.

–Tal vez no quiera que la protejan, pero quiero que la ayudes. Te lo estoy pidiendo como amigo.

Y precisamente su amistad era la razón por la que no quería hacerlo.

–¿Por qué no puedes hacerlo tú?

–Además del hecho de que automáticamente ignora cualquier cosa que le diga, está el hecho de que soy paisajista. Puedo diseñarle una terraza imponente, con elementos acuáticos impresionantes y una hamaca, pero no soy experto en *marketing* digital y no tengo relación con todos los altos ejecutivos de la ciudad. Tú sí. Tú podrías abrirle puertas.

—Puertas que ella me cerraría en las narices.

—Conoces a Brad Hetherington —dijo Matt señalando el teléfono de Jake—. Ese tío es prácticamente el dueño de Wall Street. Solo con ellos Genio Urbano triunfaría.

Jake pensó en los rumores que corrían.

—Confía en mí... Paige no necesita a Brad Hetherington en su vida.

—No personalmente. Pero ¿y profesionalmente? Ese tipo está forrado, y también lo están cada una de las demás empresas con las que trabajas. Ni siquiera tiene que enterarse de que la estás ayudando. Levanta el teléfono y haz unas cuantas llamadas. Medio Manhattan te debe favores.

—Siempre soy transparente en mis negocios.

Pero no había sido transparente en su relación con Paige, ¿verdad?

Ella creía que no sentía nada por ella.

Creía que, para él, no era más que la hermana pequeña de su amigo.

—Haremos un trato —era el único modo de lograr que Matt saliera del despacho—. Si vuelve y me pide ayuda, se la daré.

Matt maldijo para sí.

—Sabes que no vendrá a pedirte ayuda.

Jake se encogió de hombros con gesto comprensivo.

Eso esperaba.

Capítulo 5

«Intenta alcanzar las estrellas y si están demasiado lejos, ponte unos tacones».

—Paige

Paige estaba sentada en su mesa favorita de Romano's con Eva y Frankie mientras intentaba diseñar un plan C después de que el A y el B hubieran fallado. Habían pasado dos semanas y no habían avanzado nada.

El reconfortante aroma del ajo y de las hierbas salía de la cocina y por la ventana abierta veía a su hermano hablando por teléfono con un cliente.

Era viernes por la noche y había sido él quien había sugerido invitarlas a cenar, pero el teléfono no le había dejado de sonar desde que se habían sentado.

El de ella, sin embargo, había estado tristemente en silencio.

Nadie había respondido a sus llamadas y nadie la había llamado en respuesta a los mensajes que había dejado. Eso no era lo que se había imaginado al soñar con abrir su propio negocio.

Se prometió que algún día tendría tanto éxito que podría invitar a su hermano a cenar un millón de veces. Y su teléfono sonaría tanto que tendría que contratar a alguien para responder. Solo esperaba que ese día no estuviera demasiado lejos.

—No habéis parado en toda la semana —dijo Maria sirviendo unos cuencos de pasta cubierta con su emblemática salsa roja—. Necesitáis comer. *Buon apetito*.

—Dentro de poco no nos podremos permitir ni comer —dijo Paige con pesar—. Estaremos olfateando en la basura como unos gatos callejeros.

—Garras era un gato callejero —dijo Frankie levantando el tenedor— y la mayoría de los días come como una reina.

Carlo, que pasaba por allí justo en ese momento, las saludó.

—Chicas, con vosotras tres frente a la ventana, el negocio aumenta.

Todos los negocios, menos el suyo, parecían estar aumentando.

Miró a su alrededor. El lugar estaba abarrotado, no había ni un asiento vacío en todo el local.

Normalmente el simple hecho de estar en Romano's le levantaba el ánimo. Le encantaba la intrincada forja de las mesas y las fotografías de Sicilia en la pared. Se conocía cada una de ellas en detalle: la cumbre cubierta de nieve del monte Etna, el precioso pueblo de Taromina con sus serpenteantes calles medievales, una barca pesquera meciéndose sobre un resplandeciente mar azul…

Risas y conversaciones resonaban por la sala.

Todo el mundo se estaba divirtiendo.

Todo el mundo excepto el equipo de Genio Urbano.

Paige era la encargada de levantar los ánimos de la empresa, pero por el momento estaba fracasando.

—Es temprano —hizo un esfuerzo sobrehumano por ser positiva—. Hay muchos más negocios.

Frankie la miró.

—Has hecho ciento cuatro llamadas y los únicos encar-

gos han sido recoger ropa de la tintorería y hacer una tarta
para el nonagésimo cumpleaños de una mujer.

–Se llama Mitzy y es adorable –Eva enrolló pasta en su
tenedor, al parecer con el apetito intacto a pesar de las presiones de su nueva empresa–. ¿Sabéis que voló en un avión
militar durante la guerra?

–No –respondió Paige, distraída–. ¿Cómo iba a saberlo?
¿Y cómo lo sabes tú?

–Porque he hablado con ella cuando le he llevado la tarta y nos hemos caído muy bien. Me ha enseñado algunas
fotografías alucinantes y después ha llegado uno de sus
nietos y ella me ha dicho que me quedara a tomar el té.

Frankie se detuvo con el tenedor a medio camino de la
boca.

–¿Te has quedado a tomar el té?

–Por supuesto. Habría sido de mala educación decirle
que no y, además, me estaba resultando una mujer muy
interesante y el nieto era muy mono, aunque tenía pinta de
banquero estirado. A Mitzy le preocupa que esté soltero,
pero le preocupa aún mucho más su hermano. Es un escritor
muy conocido. Perdió a su mujer en un accidente hace unos
años, cerca de Navidad, y desde entonces se ha convertido
prácticamente en un ermitaño –se le llenaron los ojos de
lágrimas–. ¿No es terrible? No dejo de imaginármelo solo
en su piso enorme vacío. El dinero no importa, ¿verdad?
Es el amor lo que importa. Es lo único que importa al final.

–A menos que no tengas trabajo –Paige le dio una servilleta– y entonces el dinero se vuelve muy importante. Pero
estoy de acuerdo, es terrible. No puede ser fácil superar
algo así.

–Él no lo ha superado. A Mitzy le preocupa que no lo
haga nunca y lo ha probado todo para sacarlo de allí. Pobrecillo. Me gustaría ir y darle un abrazo.

–¡Pero si no lo conoces! –señaló Frankie–. Así que técnicamente estarías asaltando a un extraño. Es una historia triste, estoy de acuerdo, pero no entiendo cómo puedes llorar por un extraño.

—Y yo no entiendo cómo puedes ser tan dura —respondió Eva conteniendo las lágrimas—. Además, después de unas cuantas horas juntas, ya no veo a Mitzy como a una extraña.

Frankie soltó el tenedor.

—¿Unas horas? Entregar esa tarta no debería haberte supuesto más de cuarenta minutos. ¿Cuánto tiempo has estado allí?

—No he mirado la hora, la verdad. Probablemente hayan pasado unas cuatro horas entre que hemos tomado el té y le he sacado al perro a pasear.

—¿Cuatro horas? —preguntó Paige atónita—. Podrías haberle cobrado por todo ese tiempo, Ev.

—No me habría parecido bien después de que me haya preparado un té tan delicioso. Y tampoco se puede decir que por culpa suya haya llegado tarde a otros trabajos porque no tenemos otros trabajos. Además, ha sido muy interesante —Eva se detuvo—. Me recordaba a mi abuela.

Al oír cómo le tembló la voz, Paige le apretó la mano.

—No pasa nada, Ev. Tampoco es que estemos muy ocupadas haciendo otras cosas.

—No es el tiempo lo que me molesta —dijo Frankie—, sino el hecho de que esas personas eran unos extraños. Podían haber sido unos psicópatas y haberte atacado con un cuchillo. ¿Es que no tienes instinto de supervivencia o un poco de cautela? —Frankie sacudió la cabeza y Eva la miró con impaciencia.

—Según mi experiencia, la mayoría de la gente es bastante agradable.

—Entonces tu experiencia es limitada —Frankie hundió el tenedor en su plato de pasta—. Espero que tu fe en la naturaleza humana nunca se vea afectada.

—Yo también lo espero, porque sería verdaderamente

horrible —dijo Eva antes de dar un trago a su bebida—. Por cierto, el nieto de Mitzy, al que he conocido hoy, no el que nunca sale de su piso, es director ejecutivo de una banca privada en Wall Street, así que le he dado nuestra tarjeta.

Paige la miró fijamente.

—¿En serio?

Frankie se sirvió otro pan de ajo.

—Y nos dice esto después de habernos contado la vida de Mitzy —dio un mordisco y miró a Eva—. ¿No has pensado que esa podría ser la información que más nos interesaría?

—A mí me interesa todo lo relacionado con los humanos. No sé si alguna vez os he contado que la mujer que vivía en la habitación contigua a la de mi abuela era...

—Ev... —la interrumpió Paige—, nos estabas hablando del nieto de Mitzy. El rico que tiene un banco. Le has dado nuestra tarjeta y...

—Y nada. Se la ha guardado en la cartera.

—¿Te ha dicho que tal vez nos llamaría? ¿Lo puedes llamar tú?

—No. No le he pedido su número y no sé el nombre de la empresa. No me miréis así —dijo Eva con sus redondas mejillas sonrojadas—. Odio ir por ahí pidiendo trabajo. No soy comercial. ¿Y si te dicen que sí porque se sienten presionados? O peor aún, ¿y si te dicen que no? Eso sería muy incómodo para ambos.

—En las últimas dos semanas yo me he sentido incómoda ciento cuatro veces —dijo Paige con tono cansado—. Ya soy una experta. ¿Has descubierto algo sobre él?

—Es alérgico a las fresas y fue la primera persona de su familia en ir a la universidad. Tiene mucho éxito, Mitzy está muy orgullosa de él. Y nos ha deseado suerte.

—Suerte —Paige estaba desesperada. ¿Es que era la única que estaba preocupada por su negocio?

Tal vez esas cosas llevaban su tiempo, pero ellas no tenían tiempo.

–No tenía ni idea de que fuera tan complicado. Internet está lleno de historias de éxito, de gente que abrió negocios estando aún en la universidad gracias a la financiación colectiva y que después vendió el negocio por miles de millones de dólares. Yo ni siquiera puedo convencer a la gente para que levante el teléfono y hable conmigo.

–Ya te lo he dicho, deberíais hablar con mi Jake –dijo Maria sirviéndoles más pan de ajo–. Dile que os presente a gente. Conoce a todo el mundo que merece la pena conocer en Manhattan. Paige, come algo. Te vas a consumir, niña.

Maria se alejó para atender a un cliente y Paige miró su plato.

No acudiría a Jake.

Nunca, jamás, volvería a mostrarse vulnerable ante él.

–Aún me faltan unas personas por llamar y mañana haré una nueva lista. Voy a ampliar el abanico.

–Maria tiene razón. Jake podría ponerte en contacto con algún pez gordo sin problema. ¿Por qué no se lo pides? No te da miedo llamar a ninguno de los extraños que tienes en la lista. ¿Por qué no a Jake, que lo conoces de toda la vida?

–Porque… –buscó una excusa que sonara creíble–. Porque esta es nuestra empresa.

–¿Y? La gente hace contactos y se recomienda entre sí constantemente. Así funcionan los negocios. ¿Qué diferencia hay?

–¿Esto tiene que ver con lo que pasó cuando eras adolescente? –Eva estrechó la mirada–. Porque si es por ese rollo de que te vio desnuda…

–¡No es por eso!

–Iba a decir que en ese caso deberías olvidarlo. Jake ha visto a un montón de mujeres desnudas desde entonces.

–¿Se supone que eso tiene que hacerla sentir mejor? –Frankie miró a Eva con exasperación–. No quiere oír eso, Ev.

–¿Por qué no? No está enamorada de él –Eva se detuvo y miró a Paige–. ¿O sí?

–¡No! –contestó ella con brusquedad–. Rotundamente no.

–Vale. Es un incidente embarazoso que forma parte de tu pasado, nada más. Deberías olvidarlo.

–Está intentando hacerlo –murmuró Frankie y Paige respiró hondo.

–No tiene nada que ver con eso. Probablemente él haya olvidado que sucedió.

Pero sabía que Jake no lo había olvidado. Se mostraba muy cauto cuando estaban cerca. Cuidadoso. Como si la viera como una amenaza potencial.

Lo cual resultaba humillante.

Y precisamente por eso tenía cuidado y no lo había vuelto a tocar desde aquella noche.

Sin embargo, la noche anterior él sí la había tocado a ella y por un momento le había hecho pensar que…

Se miró la mano, aún sentía la cálida fuerza de sus dedos cerrados alrededor de los suyos.

Después sacudió la cabeza con impaciencia. Esos pensamientos eran exactamente la razón por la que mantenía las distancias.

Había sido una forma de consolarla. Nada más.

–No pienso pedirle nada a Jake. Puedo hacer muchas más llamadas. Ya surgirá algo.

Por desgracia, ese «algo» resultó ser Jake.

La puerta del restaurante se abrió y automáticamente Paige miró hacia ella, como si algo en su interior estuviera programado para sentir su presencia en cuanto entraba en un lugar. Esa noche llevaba una camisa con unos vaqueros, pero provocó que se giraran tantas cabezas como cuando lucía un traje.

E hizo que Paige girara la suya. Notó cómo se le aceleró el corazón y se animó por dentro incluso antes de que se miraran.

A juzgar por cómo Jake estrechó la mirada, supo que no se había esperado encontrársela allí, y por un momento sintió que volvía a tener dieciocho años y le estaba ofreciendo todo mientras veía su cara de asombro.

En sus sueños lo había imaginado desbordado por el deseo, pero, por el contrario, Jake se había limitado a mostrarse amable y esa amabilidad no había hecho más que intensificar la humillación de su rechazo.

La amabilidad debía de ser la respuesta más cruel de todas a un salvaje amor adolescente. Era una emoción suave y delicada. Un contraste directo con sus sentimientos extremos y descontrolados.

La miró fijamente, centrándose únicamente en ella, y Paige sintió cómo el corazón comenzó a latirle más rápido. Se sintió como si estuviera flotando. Volando más y más alto.

Jake abrió la puerta un poco más y una mujer entró delante de él.

Su melena rubia le llegaba a la cintura y era tan delgada que parecía que un golpe de aire pudiera derribarla.

Esa sensación de estar flotando y volando se desvaneció. Sus ánimos cayeron en picado, como un parapente perdiendo una corriente térmica.

Sintió una desagradable punzada de dolor. Siempre que veía a Jake con una mujer le pasaba lo mismo.

—Estaba disfrutando de mi plato de pasta, pero de pronto me siento horriblemente gorda —dijo Eva apartando el plato—. ¿Qué ha pasado con Trudi? Me caía bien Trudi. Al menos tenía cuerpo.

—Trudi fue la de hace unos meses.

Trudi. Tracey. Tina. Iba enlazando una tras otra, y lo que eso significaba era que Jake Romano estaba ocupado.

Por todas las mujeres de Manhattan, o eso parecía.

Paige lo odiaba. Odiaba fijarse en ello. Y sobre todo odiaba que le siguiera importando.

Necesitaba tener una vida.

Necesitaba tener un hombre.

Maria volvió a la mesa, en esta ocasión para servirles las ensaladas de la casa.

—Esa mujer que va con Jake tiene pinta de necesitar un buen plato de comida —mostrando su desaprobación, Maria les dejó los platos delante—. Trae una chica distinta cada mes. Como no cambie, jamás encontrará a la mujer adecuada.

Paige agarró el tenedor.

Estaba segura de saber por qué Jake no quería tener una relación de verdad y eso no tenía nada que ver con encontrar a la mujer adecuada.

Tenía que ver con su madre. Su madre biológica.

Se lo había contado en una ocasión, cuando había pasado toda la noche junto a su cama en el hospital. Algo en la estéril y oscura atmósfera de la habitación le había hecho abrirse ante ella y fue una conversación que jamás olvidaría.

Soltó el tenedor, había perdido el apetito, y lo vio cruzar el restaurante en dirección a ellas. Jake levantó una mano para saludar a su tío, que entraba en la cocina, y se detuvo para darle un beso a Maria. Dijo algo en italiano que Paige no captó pero que suavizó la expresión de su madre.

Frankie le lanzó una mirada compasiva.

—Cuesta dejar que un hombre te enfade cuando es tan tremendamente protector con su madre. Toma… —dijo llenando la copa de Paige—. Bebe un poco más de vino.

Paige dio un trago. Frankie tenía razón. Con otras personas Jake se mostraba impaciente y directo hasta el punto de resultar brusco. Con su madre era infinitamente paciente.

Su pareja esperaba a un lado, y él se giró y le indicó que se acercara.

—Es nuestra noche de suerte. Se van a sentar con nosotras —dijo Frankie llenándose su copa—. Aunque bueno, veámoslo por el lado bueno.

–¿Tiene un lado bueno?

–Sí. Esa chica no come desde hace una década, así que no hay riesgo de que nos quite la comida.

Jake se detuvo junto a la mesa sin soltar la mano de la mujer.

–¿Una reunión de empresa? ¿Qué tal va?

Paige no levantó la mirada del plato.

¿Le estaría dando la mano a la mujer porque quería lanzarle un mensaje?

Frankie levantó su copa.

–Bueno, ya que lo preguntas…

–Nos va bien –la interrumpió Paige rápidamente. No quería que Jake supiera la verdad. No quería que se compadeciera de ella. Ya estaba harta de ser objeto de lástima–. Estamos intentando apañarnos para abarcar tanto volumen de trabajo.

–Sí, cualquier día de estos nos estaremos expandiendo y contratando a más empleados –siempre leal, Eva le siguió la mentira a Paige–. Estamos pensando en abrir oficinas en Los Ángeles y San Francisco.

A Jake se le iluminaron los ojos.

–¿Y viajaréis hasta allí con la compañía Alfombra Mágica?

Lo sabía, pensó Paige lamentándose. Sabía que era todo mentira.

Ese hombre tenía una mente más afilada que la punta de un cuchillo de cocina. No se le escapaba nada.

–Tal vez –sonrió Eva impertérrita–. ¿No nos vas a presentar a tu nueva amiga?

La rubia se echó el pelo hacia atrás.

–Soy Bambi.

¿Bambi?

–Encantada de conocerte… eh… Bambi –y señalando a la mesa, Eva añadió–: ¿Os sentáis con nosotras?

A Paige se le revolvió el estómago. Conocer a una pareja de Jake de pasada era una cosa, pero tener que verlo riéndose con ella durante toda una cena era otra muy distinta.

«Por favor, no os sentéis con nosotras».

–No puedo –dijo Bambi con gesto de disculpa–. Mañana tengo una sesión de fotos y solo inhalar los vapores de ese pan de ajo hará que me hinche. Tengo que vigilar mucho lo que como. ¡Cuánto os envidio por no tener que preocuparos por vuestra talla!

Paige tuvo que contenerse para no mirarse de arriba abajo y comprobar que no se hubiera convertido en una ballena.

–¿Eres modelo?

–Tienes razón –la interrumpió Eva–. Tenemos suerte porque este pan de ajo es lo mejor que he comido en mi vida. ¿Seguro que no lo quieres probar? –acercó el plato a la nariz de Bambi y esbozó una retorcida sonrisa–. Está verdaderamente delicioso. Rico, rico. El pan de ajo de Romano's es toda una leyenda por aquí, igual que la pizza.

–Soy crudivegetariana –dijo Bambi retrocediendo como temerosa de que la mera mención de la palabra «pizza» pudiera bastar para hacerle ganar peso–. Hace siglos que no como carbohidratos y si le diera un solo mordisco a esa pizza me la comería entera, ya sabéis, en plan como si me estuviera muriendo de hambre. Ha sido un placer conoceros, chicas. ¿Jake? ¿Estás listo?

–Sí –respondió él, que seguía mirando a Paige–. Me alegro de que todo vaya bien, pero si necesitas ayuda, llámame.

–Gracias –por encima de su cadáver. Su cadáver amante de la pizza y hambriento de sexo.

Y tras mirar a Paige una vez más, Jake siguió a Bambi hasta la puerta.

Frankie se echó hacia delante y observó el trasero de la mujer con curiosidad.

–¿Listo para qué? ¿Qué opináis? No puede tener energía

para mucho. Y alguien debería decirle que ese «en plan»
que ha dicho le sobraba.

Eva también se inclinó hacia delante.

–He visto mondadientes más grandes. Tú eres mucho
más guapa, Paige.

–Esto no es una competición.

Aunque se sentía como si lo fuera.

¿Por qué se comparaba con todas las mujeres con las
que salía Jake? ¿Por qué lo hacía?

Frankie se terminó la ensalada.

–Crudivegetariana. ¿Y cómo encaja la pizza en eso?

–No encaja –dijo Eva estremeciéndose–. Estoy a favor
de la comida sana, pero no de negarte nada. Es un hecho
científicamente demostrado que cuando no puedes tener
algo, lo deseas con más ganas.

Paige empujó la ensalada hacia los bordes del cuenco.

¿Por eso nunca había podido curarse de su atracción por
él?

¿Porque lo negaba y por eso lo deseaba aún más?

Si se hubiera dado un buen atracón de Jake, tal vez se
habría curado hacía mucho tiempo.

–No me puedo creer que Jake disfrute saliendo con una
crudivegetariana –abatida, pinchó una hoja de lechuga–.
Jake es el equivalente del siglo veintiuno a un *Tyranno-
saurus rex*. No es capaz de aguantar una semana sin devo-
rar al menos un bistec bien grande y jugoso. A veces me
he preguntado por qué Maria no le sirve directamente una
vaca viva con un cuchillo y un tenedor.

Frankie volvió a centrarse en su plato.

–Ni en un millón de años podré entender a los hombres.
¿Qué ve en ella?

–Si se pusiera de lado, él no la vería –dijo Eva acercándose el pan de ajo–. Anímate. La semana que viene ya
no estará y Jake tendrá a otra enganchada del brazo. Son
chicas de usar y tirar.

–Hace nueve meses que no tengo una cita. Soy un fracaso –murmuró Paige–. Un gran y gordo fracaso.

–Pero tienes un gusto increíble para las amigas –apuntó Eva con tono alegre–. Ahora cierra el pico y come algo o te obligaremos a comer y no será muy agradable.

El teléfono de Paige, que llevaba las dos últimas semanas sumido en un deprimente silencio, sonó justo en ese momento. Las tres se quedaron mirando el móvil y después se miraron entre sí.

–¡Ya está! Puede que haya llegado el momento.

Paige se levantó para contestar la llamada fuera y se cruzó con Matt; su hermano estaba entrando de nuevo en el restaurante acompañado por Jake, que parecía haber dejado plantada al mondadientes rubio.

–Genio Urbano. ¿En qué puedo ayudarle?

Cinco minutos después, entró dando brincos en el restaurante y con los ánimos por las nubes.

–¡Allá vamos!

Por eso la gente dirigía negocios, pensó. Porque cuando la cosa iba bien, sabías que todo era gracias a ti.

La alegría y la emoción que sintió fueron increíbles.

Ni siquiera el hecho de que Jake se hubiera sentado con ellos podría arruinarle la noche.

Por fin Matt había soltado el teléfono y ahora estaba atacando un cuenco cargado de pasta, al igual que Jake.

–¿Adónde vais?

–A Downtown Manhattan. Un grupo de abogados quiere que organicemos una despedida de soltero para uno de sus colegas, que ha venido desde Europa en viaje de negocios. Nuestro primer encargo. Con suerte, nos generará más –entendía la importancia del boca a boca. Y le parecía bien. No era lo mismo que pedir favores.

Matt se echó pimienta en la comida.

–¿Habéis trabajado antes con esa empresa?

–No, ¡lo cual es genial! He enviado correos electrónicos a las personas que no han respondido a mis llamadas, y supongo que este encargo ha salido de ahí –se preguntó qué habría pasado con Bambi, pero preguntarle a Jake le demostraría que le importaba y no tenía la más mínima intención de que eso pasara.

–¿Entonces no sabéis si son de fiar?

Paige, que había esperado que estuviera contento por ello, sintió una punzada de frustración.

–¿Quieres que investigue el historial criminal de todas las personas para las que trabaje?

–No –respondió Matt hundiendo el tenedor en la comida–. Pero quiero que tengas cuidado.

–Sé cuidar de mí misma. Voy a enviarles unas sugerencias de locales y, una vez nos hayamos puesto de acuerdo en eso, organizaremos el *catering* y todo lo demás. Tenemos trabajo –esperó a que le dijera algo alentador, pero él siguió comiendo en silencio y ella lo miró exasperada–. Tenemos que empezar por alguna parte. ¿Jake? ¿Qué opinas? –al menos, él no la protegería.

Jake levantó su copa de vino.

–Esta vez estoy de acuerdo con tu hermano.

–Los dos sois absurdamente prudentes. Si hacemos un buen trabajo aquí, con suerte nos recomendarán a otros –y ahora mismo estaba dispuesta a aceptar cualquier encargo si eso significaba no tener que pedir ayuda a Jake–. ¿Te hace sentir fuerte y un machote solucionarme las cosas, verdad? ¿Todo esto es por tu ego?

Jake se rio.

–Cielo, tengo un ego a prueba de balas. No podrías derribarlo ni con un lanzacohetes.

–Si ahora mismo tuviera uno, tal vez me vería tentada a probar. Y ya te he dicho que no me llames «cielo».

–Ya basta –dijo Matt intentando no sonreír–. Jake solo está mirando por tu bien como haría cualquier amigo, eso es todo.

–Pues no quiero que lo haga. No necesito que lo haga.

–¿Y si llegamos a un acuerdo? Vais a necesitar ayuda extra. Jake y yo podríamos disfrazarnos y hacernos pasar por mayordomos.

–Desnudos y con pajarita –añadió Jake–. Qué pena que no sea una despedida de soltera.

La furia de Paige fue en aumento.

–¿Queréis estar encima de nosotras como si fuerais guardaespaldas? ¡No, gracias!

Su hermano soltó el tenedor y agarró la cerveza.

–Al menos prométeme que no iréis solas. Vosotras siempre id las tres juntas.

–Es un trabajo –se preguntó qué tendría que hacer para que Matt dejara de ser tan protector–. Todo irá de maravilla y después podré decirte: «Te lo dije». Y Jake y tú tendréis que poneros de rodillas ante mí y disculparos por haber visto catástrofes por todas partes.

Jake se la quedó mirando fijamente.

–Esperemos que sea así.

Capítulo 6

«Cuando cometas un error, no temas tragarte el orgullo. No tiene calorías».

—Eva

Jake miró la pantalla.

Había pasado solo un rato desde la última vez que lo había hecho. Había pasado solo un rato desde que había mirado.

Podía cerrar el portátil. Podía…

Maldiciendo, tecleó mientras buscaba la información que quería.

Para alguien con sus habilidades era fácil acceder a ella.

Leyó, buscó si había algo nuevo y vio que ella tenía un nuevo trabajo. Un ascenso. Todo lo demás seguía igual.

Seguía viviendo en una casa de estilo Tudor en la zona norte de Nueva York. Seguía felizmente casada, con dos hijos y un perro.

La vida le iba bien.

Maldiciendo de nuevo, cerró la página.

¿Qué demonios estaba haciendo?

Sin embargo, sabía la respuesta. Maria le había mirado con expresión de «¿No va siendo hora de que sientes la cabeza?». Siempre que lo miraba así, él sentía la necesidad de recordarse las razones por las que no podía hacerlo.

Dani lo miró fijamente, pero no dijo nada.

—Alguien quiere verte.

—Hoy no tengo ninguna reunión.

—Se llama Paige —dijo Dani apoyada contra la puerta—. Es un poco extraño, jefe. Ha estado fuera unos diez minutos decidiendo si pasaba o no. Se ha ido dos veces y después ha vuelto. Hemos estado mirando por la ventana y haciendo apuestas sobre si se atrevería a entrar o no. A lo mejor es una acosadora. ¿Quieres que le diga que se marche?

Sin duda pensaban que sería alguna de sus exnovias que había ido a hacerle pasar un mal rato.

—No.

—¿Sabes por qué está aquí?

No, pero se lo podía imaginar. No sabía qué le molestaba más, si el hecho de que al final Paige hubiera tenido que acudir a él para pedirle ayuda o el hecho de que la estuviera matando tener que hacerlo.

Se levantó y cerró el portátil. Ahora se alegraba de haber mirado. Toda la información que había visto en la pantalla le recordaba que tenía que ser cauto en sus relaciones.

—Dile que pase.

No le extrañaba que Paige hubiera hecho dos intentonas de marcharse. Odiaba pedir ayuda. Sobre todo, pedirle ayuda a él.

Lo que no entendía era qué la había animado a hacerlo finalmente.

Había dado por hecho que las cosas marchaban bien en Genio Urbano. Matt y él habían estado tomando unas cervezas unas noches atrás y su amigo no le había mencionado nada.

Mientras esperaba, se acercó a la ventana y contempló la ciudad, esos cañones de cemento que se extendían desde Canal Street hasta Lower Manhattan. Lo que una vez habían sido terrenos con almacenes industriales se había transformado en una de las zonas más caras del país, un barrio floreciente lleno de rica creatividad y talento financiero. Era la razón por la que había elegido vivir y trabajar allí. Eso, y el hecho de que se encontraba a un paso del distrito financiero de la ciudad.

—¿Jake? —la voz de Paige se oyó desde la puerta. Sonó algo ronca pero femenina y oírla fue como sentir la caricia de un guante de piel.

Se preparó. Lo único que tenía que hacer era tratarla como a la hermana pequeña de su mejor amigo. La hermana pequeña. Lo repitió en su cabeza como un mantra.

Sin embargo, sabía muy bien que no era una niña pequeña. Él había estado ahí mismo, cerca, mientras ella había crecido.

La había visto pasar de llevar camisetas de dibujos animados y tener la habitación del hospital llena de globos alegres y gigantescos peluches a empezar a experimentar con el maquillaje. Atrás habían quedado las cosas de niñas; ahora usaba las sugerentes prendas de Victoria's Secret.

La noche que le había mostrado no solo un conjunto de Victoria's Secret sino la mayor parte de su cuerpo era una noche que tenía grabada en el cerebro. A pesar de que le ofreció su cuerpo desnudo prácticamente en bandeja, él había logrado hacer lo correcto.

Y lo había hecho de un modo que le asegurara no tener que volver a verse en la misma situación.

Cuando se giró, estuvo a punto de tragarse la lengua. Paige lucía un traje de chaqueta negro que se ajustaba a su estrecha cintura y se le ceñía a las caderas. Llevaba tacones y el pelo, del color de un rico y oscuro chocolate, le caía liso y resplandeciente sobre su perfecta camisa blanca. Tenía un aspecto eficiente y profesional. Y aspecto de ser toda una mujer.

Ante ella reaccionaba como no lo hacía ante ninguna otra mujer. Su ligero aroma floral llenaba el aire, pero no era solo eso. Era ella. Había algo en ella que se le colaba en el cerebro y en los sentidos.

Quería tocarla.

Quería arrancarle la ropa y saborearla.

Tenía un problema. Tenía un gran problema.

—¿Paige?

Bajo el impecable maquillaje, se la veía pálida y parecía agotada, como si llevara noches sin dormir en condiciones.

De pronto quiso tomarla en sus brazos y arreglarlo todo, pero precisamente eso le hizo retroceder.

No iba a acostarse con la hermana de su mejor amigo.

Cuando tenía una aventura, lo cual sucedía con menos frecuencia de lo que la gente creía, elegía a mujeres fuertes, con agallas de acero y corazones de piedra.

Una exnovia le había dicho en una ocasión que salir con él era como conducir campo a través por un terreno escabroso.

Paige parecía ir a romperse en el primer bache. Y si había un corazón al que nunca haría daño, ese era el de Paige. La Madre Naturaleza y un puñado de doctores ya le habían hecho demasiado daño. O, al menos, eso era lo que se decía él.

—¿Cómo van las cosas con Genio Urbano? ¿Estáis muy ocupadas? —vio sus mejillas pasar de un tono crema pálido a un rubor color fresa—. ¿Qué tal la despedida de soltero? ¿Salió algún otro trabajo de allí?

—No exactamente —respondió Paige enroscando los dedos en el bajo de la chaqueta—. No salió bien.

—¿No? —ojalá no hubiera decidido ponerse esa alegre barra de labios en tono coral.

La adicción de Paige a los pintalabios era algo gracioso para la mayoría. Para él, era algo más que ponía a prueba su fuerza de voluntad. Le resaltaba la boca, lo cual le complicaba mucho las cosas porque era una parte de Paige que intentaba no mirar.

Había besado a muchas mujeres y no recordaba ni uno solo de esos besos.

A Paige no la había besado nunca y, en cambio, pensaba en ello constantemente.

—Da igual.

Paige esquivó su respuesta con la misma sonrisa que él le había visto usar millones de veces delante de sus padres y de su hermano.

—¿Qué pasó?

Lo miró.

—Pasó todo lo que dijiste que pasaría, así que a menos que estés deseando decir «te lo dije», ahora preferiría olvidarlo. No te hace falta conocer los detalles. Digamos simplemente que no salió bien.

Él la vio entrelazar las manos.

—¿Qué pasó, Paige?

—Nada.

La conocía lo suficiente como para saber que «nada» era «mucho».

—Pues quiero saber qué es ese nada.

—Te vas a poner como loco y vas a reaccionar de manera exagerada. Después se lo contarás a Matt y él se pondrá como loco y reaccionará de manera exagerada. Si quisiera que Matt lo supiera, ahora mismo estaría sentada frente a él, no frente a ti.

—Te prometo que me controlaré.

—Querían unos cuantos extras más. Extras que no iban incluidos en nuestra lista. Ahora es cuando puedes decir «te lo dije». Ríete y olvídalo.

Nunca en su vida había tenido menos ganas de reír.

La ira lo removió por dentro.

—¿Se os insinuaron?

Ella le lanzó una mirada de advertencia.

–Me has prometido que te controlarías.

–Te he mentido –dijo entre dientes–. Y quiero los detalles.

–Pensaban que seríamos su entretenimiento, pero lo solucionamos. Es todo lo que necesitas saber.

La mirada de Jake se oscureció.

–Dame sus nombres.

–No seas ridículo. ¿Qué eres? ¿Batman? ¿Vas a salir a darles una paliza en una noche oscura? Ya te he dicho que lo solucionamos.

–Pero ¿y si no hubierais podido hacerlo? –la idea de lo que podría haber pasado hizo que un gélido escalofrío le recorriera la espalda–. No deberíais haberos puesto nunca en esa situación.

–¿Qué situación? Estábamos haciendo un trabajo, intentando poner en marcha nuestro negocio. ¿Quieres que solo acepte a mujeres como clientes? ¿Que me pase el día sentada en casa por si pasa algo malo?

Ese tono le decía que Paige estaba a punto de perder los nervios y respiró hondo. La había provocado y disgustado e intentaba con todas sus fuerzas no hacerlo.

–Ahora eres tú la que está exagerando. No estoy intentando protegerte. Solo estoy diciendo…

–Que quieres ayudar y tomar el control de la situación. Defenderme. Eso es ser excesivamente protector.

Él se frotó la frente. No le extrañaba que Matt siempre metiera la pata. Era como caminar sobre cáscaras de huevo con botas gruesas.

–¿Tan malo es eso?

–Sí –le respondió ella con una fiera mirada–. No lo hagas, Jake. No me mires como si quisieras encerrarme con llave para no dejarme volver a salir nunca. Eres la única persona que no actúa así.

Jake se obligó a relajarse.

–¿Llamasteis a seguridad?

–No nos hizo falta. Teníamos a Frankie –esbozó una media sonrisa–. El arma humana.

–¿Frankie?

–Cuando llegamos, ya llevaban un rato bebiendo, y desde que entramos por la puerta supimos que iba a haber problemas. Tal vez deberíamos habernos marchado en ese momento y no haber malgastado nuestro tiempo, pero estábamos tan desesperadas por trabajar que las tres estuvimos de acuerdo en seguir con la esperanza de que saliera bien.

Una fina capa de sudor cubría la frente de Jake.

–Paige… –dijo Jake apretando los dientes–, avanza hasta la parte en la que Frankie se convirtió en superhéroe.

–Eva estaba haciendo lo de siempre, hablando sin pensar. Estaba intentando ofrecer un buen servicio al cliente y les preguntó que qué necesitarían para que la noche fuera especial.

Jake maldijo.

–Alguien tiene que hablar con ella.

–Ya lo ha hecho Frankie. El caso es que, como era de esperar, uno de ellos respondió: «Que tú y yo estuviéramos en posición horizontal, cariño» y le metió la mano por debajo de la falda. Al momento, Frankie lo había tirado al suelo y estaba de pie clavándole el tacón en el abdomen – comenzó a reírse–. No sé por qué me río. Está claro que no nos van a recomendar.

–Yo tampoco sé por qué te ríes –Jake se agarró al borde del escritorio–. Si Frankie no fuera una cinturón negro con muy mal carácter…

–Nos habríamos ocupado del asunto de otro modo. Y además, Frankie tiene una actitud perfecta. Es todo lo contrario a Eva. Eva confía en todo el mundo; Frankie no confía en nadie. Eva cree que en el mundo siempre brilla el sol; Frankie ve nubarrones de tormenta por todas partes. Pero lo mejor es que es tan sutil que todo el mundo la subestima. Nadie se puede imaginar que puede dejarte inconsciente de una patada, así que siempre pilla a la gente desprevenida.

Jake recobró el aliento.

—De ahora en adelante trabajaréis con empresas, no con particulares. Seguiréis canales formales.

—No es que tengamos a empresas haciendo cola en nuestra puerta precisamente. No tienes ni idea de cuántas llamadas he hecho —atrás habían quedado las risas y ahora parecía cansada y abatida, totalmente hundida—. Por eso estoy aquí. Aquí me tienes, arrastrándome para pedirte ayuda. Disfruta de este momento.

Era lo último que quería.

—No es una debilidad pedir ayuda, Paige. Es una práctica empresarial fiable.

—Interprétalo como quieras, pero todo esto se reduce a que no he podido hacerlo sola.

—Eso es una chorrada —él se levantó y bordeó el escritorio—. Sé que odias que te consuelen y protejan…

—Sí, lo odio. Y tú no sueles hacerlo. Eres un fastidio, pero incluso cuando eres un fastidio y te burlas de mí, en el fondo me gusta que no te reprimas.

No tenía ni idea de cuánto se estaba reprimiendo.

—La habilidad de levantar un negocio reside en reconocer qué te falta y en contratar a gente que pueda rellenar ese vacío. Y eso requiere una autocrítica franca y sincera.

—Ahora mismo no me puedo permitir contratar a nadie. No tenemos trabajo.

—¿Qué quieres de mí? ¿Por qué estás aquí?

—Porque Frankie me ha amenazado con darme una paliza si no hablaba contigo y eso se le da demasiado bien como para que ignore su amenaza. Pero sobre todo estoy aquí porque me siento responsable. Eva y Frankie han hecho esto por mí. Podrían haber buscado otro trabajo, pero las convencí de que esto era una buena idea. Y ahora no tenemos trabajo y no estamos ganando nada de dinero y no puedo dormir y... es horrible. No sé cómo hacerlo.

Jake resistió el impulso de abrazarla.

—Tienes que dejar de pensar en eso y centrarte en levantar el negocio. Si una puerta se cierra, abre la siguiente.

Ella asintió.

—Esa es la teoría, pero se están cerrando muchas puertas.

—¿Matt no sabe nada de esto?

—No. Ahora mismo yo no podría soportarlo. Discutiríamos por ello y no pienso renunciar a mi sueño por un puñado de abogados salidos —se frotó la frente—. ¿Qué puedo hacer, Jake? Dime qué hacer. Necesito ayuda.

—Además de a los abogados —para los que ya tenía planes—, ¿a quién has llamado? La última vez que te vi en el restaurante me dijiste que todo iba bien.

—Te mentí. Nada va bien. He llamado a todo el mundo. A todo el mundo con el que hemos trabajado en Eventos Estrella, a todo el mundo con quien queríamos trabajar y a todo el mundo con quien, ni siquiera, nos habíamos llegado a plantear trabajar. Me he pateado las calles y, exceptuando a los abogados, los únicos encargos que nos han hecho hasta ahora han sido recogerle a una persona la ropa de la tintorería y hacer un pastel de cumpleaños para una mujer de noventa años que, por cierto, es la nueva mejor amiga de Eva. Lo cual es muy bonito, pero no nos genera negocio. No tenía ni idea de que pudiera ser tan complicado.

—Siempre es duro al principio —Jake le dio el consejo que le habría dado a cualquier otra persona que le hubiera pedido su opinión sobre poner en marcha un negocio—. Te enfrentas a incontables rechazos. A todo el mundo le pasa, forma parte del proceso.

—Una cosa es que sea duro y otra muy distinta es no tener nada. Ahora mismo no tenemos nada y me paso los días enteros intentándolo.

—Siempre hay buenos y malos momentos.

–Yo aún estoy esperando los buenos. Con un solo granito de arena me conformaría.

Su triste sonrisa lo conmovió y tuvo que contener las ganas de abrazarla y reconfortarla.

–Ya vendrán buenos tiempos.

–¿Y si no vienen? ¿En qué punto me doy por vencida y busco otro trabajo? No tengo tiempo para hacer las dos cosas. Si albergo alguna esperanza de hacer que esto funcione, tengo que entregarme por completo y, si estuviera yo sola, seguiría hasta que llegara el amargo final, pero no estoy solamente yo.

Se agachó para rascarse el tobillo y, al hacerlo, un brillo plateado asomó por el cuello de su camisa.

–Estoy preocupada por Frankie y por Eva. Soy responsable de ellas y no estaba preparada para cómo me iba a sentir por ello. Me paso las noches en vela aterrada por la situación.

Jake miró el collar. Había estado oculto bajo su camisa, invisible.

De pronto, un millón de recuerdos lo asaltaron.

Al verlo, Paige lo ocultó rápidamente.

–No sabía que aún lo tuvieras.

La voz de Jake sonó tan áspera como el papel de lija y ella se sonrojó, avergonzada.

–Me lo diste la noche antes de mi operación. Para darme valor. ¿Lo recuerdas?

Lo recordaba. Recordaba unos vasos de plástico con un café ardiendo muy malo, médicos con batas blancas y aspecto cansado, demasiado ocupados salvando vidas como para pararse a hablar. Recordaba pisadas resonando por los pasillos y familiares nerviosos. Y recordaba a Paige, pálida y valiente, guardándoselo todo… excepto en aquella única ocasión en la que había bajado la guardia y le había abierto su corazón.

Esa única vez en la que él se lo había aplastado.

–Daba por hecho que lo habrías perdido hace años.

–No. Lo tengo guardado. Me recuerda que tengo que ser fuerte cuando la vida es dura. Y ahora mismo la vida es muy dura. Me asusta el futuro; no por mí, porque tengo a mis padres y a Matt, aunque odiaría tener que recurrir a ellos, sino por Eva y por Frankie. Han puesto toda su fe en mí y no puedo defraudarlas.

El collar ya no era visible, pero eso no cambiaba nada porque ahora él sabía que estaba ahí.

Le provocó una sensación extrañamente íntima ver que algo que le había regalado estaba en contacto tan directo con su cremosa piel.

Se le hizo un nudo en la garganta. Apartó la mirada del cuello de la camisa de Paige y se obligó a concentrarse en lo que estaba diciendo.

–No las obligaste a meterse en esto. Fue decisión suya.

–Pero no lo habrían hecho si no las hubiera animado. Todo esto depende de mí y... –se frotó la frente–. Llevas años dirigiendo tu negocio. ¿Cómo puedes no estar estresado a cada minuto del día?

–Porque no contrato a gente a la que conozco desde que tenía diez años.

–Seis –lo corrigió ella distraídamente–. Teníamos seis años. Eva se cayó en clase y Frankie la levantó, lo cual ha sido una dinámica desde entonces. Pero no es una relación unilateral. Eva aplaca a Frankie, la hace reír y relajarse. Formamos un buen equipo, aunque no sé por qué eso lo hace todo más complicado en lugar de más sencillo.

–Entiendo que trabajar con tus mejores amigas le añada a la situación una dimensión emocional, pero tienes que ignorar esa parte. No dejes que la emoción nuble tu juicio.

–¿Cómo? ¿Cómo evitas eso? ¿Cómo puedes impedir que tus sentimientos entren en juego?

–Los entierras.

–Eva y Frankie estuvieron a mi lado en mis momentos más duros y no quiero decepcionarlas. Me da miedo estropear esto.

Y él sabía que esa era la razón por la que estaba allí.

Por sus amigas.

Ninguna otra cosa la habría animado a llamar a su puerta.

–Deja de pensar en eso. Actúa. Respira hondo y da el salto.

–Me caeré.

–Volarás, Paige. No pienses en tu negocio, piensa en el trabajo. Deja de pensar en todas las cosas que podrían salir mal y céntrate en lo que hay que hacer. Haz el trabajo. Haz eso en lo que eres tan buena. Una vez hayáis hecho unos cuantos encargos, el resto vendrá solo.

–¿Pero cómo conseguimos esos primeros encargos? Si tienes algún consejo, lo aceptaré con mucho gusto –tragó con dificultad–. Estoy empezando a pensar que necesitamos un milagro.

–El boca a boca es la forma más poderosa de recomendación.

Ella asintió.

–Necesitamos un gran evento que impresione a la gente, pero nadie nos recomendará sin habernos contratado primero, y nadie nos contratará sin que alguien nos haya recomendado antes. He estado pensando en eso… –se mordió el labio–. ¿Y si Chase Adams le está diciendo a la gente que no nos contrate?

–No lo está haciendo.

–¿Cómo lo sabes?

–Chase Adams lleva semanas fuera de la ciudad e incomunicado. En su oficina dicen que está de vacaciones –frunció el ceño–, lo cual me extraña, ahora que lo pienso.

–¿Por qué te extraña?

–Hace diez años que conozco a Chase y nunca se ha tomado unas vacaciones. Al menos, no unas vacaciones de esas en las que no respondes al teléfono.

–Genial. ¡Así que despidieron a Matilda, todos hemos perdido nuestro trabajo y él está de vacaciones! Espero que se lo esté pasando muy bien.

La rabia de Paige apenas podía ocultar su abatimiento, y Jake tomó una decisión.

–Cuando por fin aparezca, me ocuparé de él. Mientras tanto, he estado pensando en celebrar un evento corporativo –no era cierto, pero tampoco le vendría nada mal celebrar uno– que sirva de escaparate para mostrar parte de nuestro trabajo. Invitaré a clientes y a algunas personas a las que me gustaría tener como clientes pero que, de momento, no han visto la luz.

–Parece una buena idea. Espero que salga bien.

–Saldrá bien porque lo organizará Genio Urbano. Los actos dicen mucho más que las palabras. Haréis un trabajo fantástico y al final de la noche tendréis más trabajo del que podréis abarcar en la mesa de cocina.

–¿Quieres que lo organicemos nosotras? –le preguntó Paige con un brillo en la mirada–. Es… un favor demasiado grande.

–No es un favor –respondió él con tono suave–. Cuando celebro una fiesta, quiero lo mejor, y sé que lo mejor es Genio Urbano aunque otros no lo sepan aún. Habla con tu equipo y presentadme una propuesta detallada. Sorprendedme. Quiero vuestras mejores ideas, las más creativas –porque eso sería lo que le garantizaría a Paige más trabajo en un futuro.

–¿Cuántos invitados?

–Quiero que sea algo exclusivo –estrechó la mirada pensando en qué sería mejor para Paige–. Solo personal de alto rango –lo que Paige necesitaba era conocer a gente en posición de tomar decisiones y firmar presupuestos–. Algo pequeño y selecto. Cien como máximo. ¿Alguna sugerencia para los locales?

De pronto, Paige dejó atrás las inseguridades y actuó con profesionalidad.

—Azotea. Deslumbrante. Manhattan iluminado por las estrellas, espectacular. ¿Tienes alguna fecha en mente?

—Quiero que sea el mes que viene.

Con tan poco tiempo de antelación, suponía un reto casi imposible; tanto que Jake se esperó que le respondiera que no podrían hacerlo, que un evento de semejante naturaleza necesitaría meses de planificación. Sin embargo, Paige no dijo nada parecido. Es más, Jake habría jurado que incluso la vio sonreír ante la idea.

—¿En el centro?

—Esa decisión te la dejo a ti.

—Está el Loft & Garden en el Rockefeller Center. Tienen un jardín inglés precioso con una piscina reflectante —estaba pensando en alto, con la mirada perdida.

—¿No tienen algún listado de proveedores preferentes?

—Sí. Tendré que hablar con ellos aunque, con tan poco tiempo, nuestras opciones serán limitadas.

—¿No crees que podáis hacerlo?

—Podemos hacerlo, pero tendremos que ser muy creativas. Y persuasivas.

Con energías renovadas, sacó la tableta del bolso y él, cada vez con más curiosidad, la vio acceder a una lista.

—¿Qué aplicación estás usando?

—Ninguna. Como no encontré una que hiciera lo que necesitaba, utilizo una hoja de cálculo que me he personalizado.

—No es un método muy productivo.

—A mí me funciona.

—Te diseñaré algo mejor. Algo a la medida de tus necesidades.

Ella alzó la mirada y sonrió.

–Primero deja que organice tu fiesta. Cuando sea un éxito, entonces tal vez me podré permitir encargarte que me diseñes una aplicación –dijo mientras anotaba algo rápidamente–. Haré unas llamadas, veré qué hay disponible y te volveré a llamar. Te enviaré una preselección y podrás elegir. ¿Querrás hacer alguna especie de presentación corporativa?

–No. Demasiado formal.

–¿Y qué tal una versión informal? Pantallas gigantes con un vídeo presentación de vuestros mejores trabajos? Y tal vez algunos puestos con tabletas y portátiles desde donde la gente pueda acceder a parte de la tecnología que ofrecéis y formularos preguntas.

–Me gusta esa idea.

–Necesitarás una empresa de iluminación profesional.

Le fascinaba verla así. Animada, segura de sí misma. Sexy. Por desgracia, eso no lo ayudaba nada a intentar verla como la hermana pequeña de Matt.

–¿Es que en el local no habrá luces que podamos encender?

–No se trata de iluminar el local. La iluminación va más allá de asegurarse de que la gente no tropiece. Se trata de hacer tu evento memorable, porque imagino que querrás que sea memorable, ¿no?

Lo que quería era a ella, desnuda en una sala oscura.

¡A la mierda la iluminación!

Además, ya sabía que sería memorable.

–Tú eres la experta.

–Frankie se ocupará de esa parte. Ha contratado a empresas de iluminación para resaltar sus diseños florales en varias ocasiones –bajó la mirada–. ¿Y el *catering*? ¿Alguna petición específica?

–Eso te lo dejo todo a ti, o mejor a Eva.

–¿No quieres dar tu opinión?

–A diferencia de ti, no insisto en hacerlo todo yo. Delego y esta vez voy a delegar en ti. No microgestiono –y menos en ese caso. Quería tener el menor contacto posible con Paige.

Por el bien de ambos.

–¿Qué presupuesto tienes?

–Dime cuánto necesito gastar para asegurarme de que sea la fiesta de la que la gente estará hablando durante meses.

Ella abrió los ojos de par en par.

–¿En serio?

–Sí –eso le permitiría a Paige dirigir un evento que destacaría y que le garantizaría otros trabajos–. Preséntame un local y una fecha y le diré a mi equipo que redacte una lista de invitados.

–Sé que no quieres decirme nada, pero ¿hay algo que odies? Además de las corbatas… Sé que odias las corbatas –dijo Paige con la mirada clavada en el cuello abierto de su camisa–. ¿Qué más odias? –añadió mirándolo ahora a los ojos.

–Nueva York cuando se derrite la nieve, la cerveza caliente, la gente mentirosa, ir apretujado en el metro con un millón de personas más…

–Me refería en el sentido de comida o decoración –sonrió–. Además, hace años que no vas apretujado en el metro.

–Intento eliminar de mi vida las cosas que odio –estiró las piernas–. Me conoces, Paige, y confío en que tomarás las decisiones correctas. Lo pongo todo en tus manos.

–Gracias. Nos aseguraremos de que no tengas que arrepentirte de esto.

–Sé que no me arrepentiré –vio cómo Paige guardaba la tableta en el bolso–. ¿Aún estáis trabajando desde la mesa de la cocina de Frankie? ¿Qué tal os apañáis?

–Bien, sobre todo porque no tenemos trabajo que hacer.

–Pero ahora sí lo tenéis y vais a estar muy ocupadas.

Tenemos una oficina libre junto a mi departamento de desarrolló móvil. Es vuestra si la queréis.

—¿En serio?

No la culpó por mostrarse tan sorprendida. De hecho, él también estaba sorprendido, tanto que se preguntó si habría inhalado algo que le había afectado al cerebro. ¿Invitar a Paige a trabajar en sus oficinas? ¿Delante de sus narices?

—Si trabajáis aquí será más fácil ponerme al corriente de los progresos de la fiesta. Es una solución temporal hasta que os vaya mejor o hasta que nosotros necesitemos el espacio —lo cual le daba una cláusula de nulidad. Tal vez tendría que acabar expandiendo su compañía solo para tener una razón para revocar esa decisión—. Volved cuando tengáis un plan.

—Nos pondremos a trabajar en ello —Paige se levantó y él la acompañó hasta la puerta que separaba su despacho del resto del equipo—. Gracias —le tocó el brazo delicadamente—. Eres muy amable y te lo agradezco.

—No me des las gracias.

Tal vez sus actos fueran buenos, pero sus pensamientos eran muy malos.

Capítulo 7

«Cuando te animes a continuar y a seguir caminando, no olvides ponerte plantillas de gel».

—Paige.

Paige estaba concentrada en el portátil dándole los toques finales a su presentación.

Quería que todo fuera perfecto. No habría ni una sola pregunta que no pudiera responder.

—Estas vistas son verdaderamente espectaculares –dijo Eva con la boca abierta.

Frankie, con la cabeza metida en una caja que estaba desembalando, gruñó y contestó:

—Tenemos tres semanas para organizar este evento. No hay tiempo para contemplar las vistas.

—Son unas vistas muy inspiradoras. Es emocionante, Frankie. Por toda la ciudad se están cerrando tratos y la gente se está enamorando.

—La gente no se está enamorando, Eva. Esto es Nueva York. Por toda la ciudad hay gente dándose empujones para apartar a otros de en medio mientras corren para llegar a tiempo al siguiente acto de su vida.

—Te equivocas. En esta ciudad hay magia. Está llena de esperanza y posibilidades –Eva apoyó la cabeza en el cristal de la ventana con expresión soñadora–. Creo que me va a encantar trabajar en una oficina alucinante y con el mundo a mis pies. Ahora sé por qué Jake trabaja tantas horas al día. ¿Quién querría marcharse de estas oficinas?

Paige no alzó la mirada.

Jake les había dado la oportunidad y era su trabajo asegurarse de que no lo estropeaban.

Llevaba trabajando sin parar tres días y gran parte de la noche anterior para presentarle la planificación. A las cuatro en punto de la mañana se había quedado dormida con el portátil abierto sobre la cama y a las seis y media una Eva adormilada la había despertado con una taza de café bien cargado y una magdalena de arándanos que había cocinado tras madrugar especialmente para ello.

Conociendo lo mucho que a Eva le costaba madrugar, el gesto la había conmovido.

Ahora ya solo faltaban unos minutos para la reunión.

Frankie la miró.

–No me puedo creer que lo hayas hecho. Cuando nos dijiste que quería celebrar una fiesta el mes que viene no supe quién estaba más loco, si él por proponerlo o tú por acceder a ello.

–Quería demostrar que podíamos hacerlo.

–Bueno, pues lo has demostrado. Se va a quedar impresionado.

–Quiero decir que quería demostrármelo a mí misma. Tenía que demostrármelo –si podían ocuparse de ese evento, podrían ocuparse de cualquier cosa–. Y nos queda mucho camino por recorrer. Esto es solo el comienzo.

–Pero es un buen comienzo. Espero que Jake reconozca tus superpoderes para la negociación.

–Nuestro trabajo es hacer que todo parezca sencillo, no un desafío. Sus deseos son órdenes, ¿recordáis?

–Tengo la sensación de que este evento podría ser más bien «sus deseos nos van a provocar un ataque de nervios»

–dijo Eva–. ¿Estás segura de que es solo una cuestión de orgullo profesional? ¿Estás segura de que no hay nada más personal por medio?

–No –Paige respiró hondo–. ¿Qué podría haber?

–No lo sé, pero cuando estáis juntos, entre los dos saltan tantas chispas que parecen los fuegos artificiales del Cuatro de Julio. Seguro que en una noche oscura os pueden ver desde Nueva Jersey.

–Es verdad que a veces parece que estamos en conflicto permanente –y lo odiaba. Echaba de menos la estrecha y relajada relación que había tenido con él cuando era adolescente.

–¿Conflicto? –preguntó Eva mirándola fijamente–. Yo lo habría descrito como «química», pero las ciencias nunca se me han dado muy bien –se levantó–. Vamos a impresionarlo. Después de hoy, Genio Urbano habrá dado oficialmente el primer paso hacia el éxito.

¿Química?

En absoluto era química. Él disfrutaba provocándola y sacándola de quicio hasta que ella le gritaba.

–Hola –dijo Dani en la puerta–. Jake está terminando una llamada y os pide que estéis en su despacho en quince minutos.

Paige sintió que el estómago le dio un vuelco, pero su sonrisa no flaqueó.

–Gracias.

Dani se detuvo.

–¿Habéis trabajado con Jake alguna vez? Porque hay unas cuantas cosas que harán que la reunión fluya mejor.

Eva parecía nerviosa.

–¿Qué cosas?

–Sed breves, Jake odia perder el tiempo. No le gustan las conversaciones banales y no debéis mentirle nunca. Si os pregunta algo y no conocéis la respuesta, decid que no lo sabéis. Nada de mentiras. No me preguntéis cómo, pero su detector de mentiras es infalible y si le mentís una sola vez, no volverá a creer en vosotras nunca.

Frankie se levantó.

–¿Algo más?

–Sí. No intentéis impresionarlo. Lo odia. A él se le impresiona con un buen trabajo, no intentando impresionarlo. Y eso lo nota.

–Hace años que conozco a Jake –murmuró Eva– y de pronto me tiemblan las rodillas y tengo la sensación de tener el estómago lleno de serpientes retorciéndose.

–Sí, produce ese efecto en la gente. Y eso me lleva al último consejo… –añadió la joven con una media sonrisa–. No os enamoréis de él.

Paige ya había oído suficiente.

–Gracias, Dani. Estaremos listas en quince minutos.

Cuando Dani salió de la sala, Eva se mordió las uñas.

–¿Se trata de Jake, no? –se estiró la camisa rosa y se aplicó un poco de brillo de labios–. Quiero decir, hemos bebido cerveza con él en la azotea y hemos comido juntos los espagueti de Maria con salsa roja miles de veces.

–No penséis en ello –sin embargo, eso era más fácil de decir que de hacer. Para distraerse, Paige revisó sus notas–. Tratadlo como trataríamos a cualquier otro cliente. Es una situación profesional.

Con la diferencia de que lo personal estaba ahí, pululando en la superficie.

Durante aquella primera reunión había sentido tal marea de sensaciones que se había visto tentada a pedir un chaleco salvavidas.

Y habría sido muy sencillo mantenerlo todo dentro del ámbito profesional si él no hubiera visto el collar.

Debería haber dejado de ponérselo hacía años en lugar de otorgarle un lugar cerca de su corazón.

Odiaba no ser capaz de guardarlo en un cajón junto con el resto de joyas que apenas usaba.

Y ahora él lo sabía. Su secreto ya no era un secreto.

No podía haberse sentido más incómoda ni aunque alguien hubiera puesto una foto de ella desnuda en una valla publicitaria en Times Square.

Exactamente quince minutos después, Paige miró a Eva y a Frankie.

−¿Listas? −cuando Jake las invitó a pasar a su despacho de paredes de cristal, estaba tan nerviosa que se sintió ridícula.

Estaba al teléfono con los pies sobre el escritorio.

−Sí, bueno, no me pagas para que te dé la razón ni para que te diga lo que quieres oír −las miró y señaló la zona de reunión en la esquina de la sala−. Me pagas para decirte la verdad y eso es lo que he hecho. Lo que suceda ahora depende de ti −terminó la llamada y bajó los pies de la mesa.

Paige estaba allí, sin saber si sentarse o seguir de pie. Le temblaban las piernas. Eso era lo que le provocaba estar en un pequeño espacio cerrado con Jake. Su mundo se sacudió como si lo hubiera alcanzado una fuerza externa más poderosa que ellos dos.

Y allí estaba, viendo a un Jake diferente. Todo fuerza, energía e impaciencia, con el pelo alborotado y una barba incipiente. Dani había mencionado que el código de vestimenta era informal, pero Jake tenía aspecto de no haberse metido a la cama a dormir.

Sabía que solía quedarse trabajando hasta bien entrada la noche.

Ella también lo hacía desde que había fundado Genio Urbano.

Jake se movía por el despacho como una pantera acechando, tan seguro de sí mismo que la hizo inquietarse más.

¿Cómo habría encontrado el valor de llegar a decirle que lo amaba?

Tal vez por aquel entonces él era más accesible.

Jake miró a Eva.

–¿Os habéis instalado?

–Nos sentimos como en casa –respondió Eva con tono alegre–. Gracias por dejarnos usar tu preciosa oficina. Espero que sepas que no nos marchemos nunca.

–Tengo intención de cobraros –dijo él con calidez en la mirada–. ¿Tenéis todo lo que necesitáis?

–Estaría bien tener unos cuantos clientes –respondió Frankie dejando una carpeta sobre la mesa–. Pero esperamos conseguirlos. Supongo que tenemos que darte las gracias por esta oportunidad.

–No –respondió él mirando a Paige finalmente–. Dani también nos acompañará. Así, si yo no estoy en la oficina y tenéis alguna pregunta, ella puede actuar como enlace.

Tras sentarse en la silla más próxima, Paige abrió el portátil.

–He preparado una presentación que refleja nuestro plan para el evento.

Dani entró en la sala y se sentó al lado de Jake.

–Lo siento, jefe –le faltaba el aliento y estaba sonriendo–. Me han entretenido. Brad, otra vez. Ese hombre no se rinde. ¿Vas a hablar con él pronto?

–Tal vez –y mirando a Paige, añadió–: Continúa. Cuéntame.

–Tenemos una preselección de tres locales. Esta es nuestra recomendación –pulsó un botón que generó una imagen–. Tiene unas vistas fabulosas del edificio Chrysler. Sin problema puede albergar el número de invitados que especificaste. El cincuenta por ciento del espacio es cubierto, así que si no hace buen tiempo, la fiesta no se echará a perder. Ya sea dentro o fuera, es un lugar mágico. He organizado eventos aquí en el pasado y su equipo es imaginativo, de fiar y eficiente.

Dani se inclinó hacia delante y silbó.

–¡Vaya! Qué pasada. ¿Qué tengo que hacer para que me inviten?

–Eres parte del equipo. Tendrás una invitación –Jake estudió la fotografía–. ¿No diseñó Matt esa azotea?

–Fue uno de sus primeros proyectos. Es uno de los mejores locales de Manhattan ahora mismo. Está disponible únicamente porque han tenido una cancelación.

–Y porque Paige es una negociadora impresionante – apuntó Eva–. Pero eso no te lo va a decir.

Jake se recostó en la silla.

–¿Qué idea tienes para la fiesta?

Paige se relajó un poco. Esa parte era fácil.

–Tu negocio se centra en la comunicación, en encontrar modos nuevos e innovadores de mostrar datos para que la experiencia del usuario sea buena. Vamos a reflejar eso en nuestro diseño –le mostró más imágenes–. Quieres que a la gente le resulte fácil comunicarse y relacionarse. La acústica es buena y, como he dicho, el cincuenta por ciento del espacio está cubierto, lo cual significa que podemos emplear cualquier tecnología que quieras sin miedo a posibles incidencias climatológicas.

Dani asintió.

–Genial. Porque el agua y los discos duros no se llevan bien.

–Nos ocupamos de toda la logística y la organización sobre el terreno. Eva se ocupa de planificar la comida y las bebidas –miró a Eva, que pasó a hablar de sus planes.

–Para este proyecto voy a trabajar con una empresa llamada Delicious Eats. Tienen base en el SoHo y se presentaron como candidatos para colaborar con Eventos Estrella, pero Cynthia no quería dar trabajo a una empresa que no conocía. Para ella, asistir a presentaciones de candidatos era una formalidad, algo que tenía que hacer oficialmente antes de darles el trabajo a sus amigos. Yo creo que son perfectos para tu evento.

Jake le hizo varias preguntas y Paige se sintió orgullosa al ver a Eva dar respuesta a cada una de sus preocupaciones sin vacilar.

Jake también parecía impresionado.

—Entonces la comida está cubierta. Te dejaré los detalles a ti, Eva. ¿Qué más?

Paige volvió a participar.

—Frankie se ocupará de la decoración y de las flores. Es un evento en una azotea así que la iluminación es importante. Eso ya te lo mencioné la primera vez que nos reunimos.

Frankie se subió las gafas.

—Trabajamos con una empresa experta en iluminación de eventos al aire libre. Trabajan por cuenta propia, pero ya he colaborado con ellos y su trabajo es de lo mejor. La azotea ya tiene mucho estilo y está bien iluminada. Le añadiremos toques que asegurarán que la gente se pase los próximos seis meses hablando de esta fiesta.

Paige sabía que hacer presentaciones era lo que menos le gustaba a Frankie, pero hizo un buen trabajo señalando los puntos clave que pensó que Jake necesitaba saber.

Y entonces llegó su turno.

—Nos encargaremos de cualquier necesidad audiovisual y del transporte del equipo. También tengo que saber si alguno de tus invitados necesitará alojamiento.

—No. Les voy a dar de comer y de beber en la azotea de uno de los locales más exclusivos de Manhattan. Del resto que se ocupen ellos, es problema suyo. ¿Algo más?

—¿Obsequios para los clientes?

—Sí. Pero Dani se puede ocupar de eso.

Estaba acostumbrada a tratar con clientes que se preocupaban por cualquier mínimo detalle y que después cambiaban de idea.

—¿No hay nada que quieras cambiar? ¿Ninguna petición?

—No. Cuando contrato a alguien para hacer un trabajo, me gusta que se ocupe de todo. Pero sí que necesito ver el local porque eso me ayudará a decidir cómo exponer mejor los elementos tecnológicos —miró el teléfono—. Hoy tengo reuniones y esta noche tengo que trabajar en un proyecto. ¿Te viene bien mañana a las nueve?

—¿A las nueve de la noche?

—Es un evento de noche. Tengo que ver la azotea en la oscuridad.

Paige se sonrojó, se sentía estúpida.

—Claro. Pero tendré que consultarlo con el local para comprobar que no tengan una fiesta privada.

—La tienen. Y lo sé porque estoy invitado. No tenía pensado ir porque es un evento de etiqueta, pero puede que nos pasemos por allí un rato.

—¿Nos pasemos? ¿Vas a llevar a Dani?

—No —respondió él levantándose—. Te llevo a ti.

—¿A mí? —podía oírse el latido del pulso—. ¿Por qué a mí?

—Porque eres la que dirige el evento —respondió con delicadeza—. Y si hay algún problema, quiero discutirlo con la persona al cargo. Y esa persona eres tú.

—Pero no estoy invitada.

—La invitación decía «y acompañante». Tú eres mi acompañante —se giró hacia Dani—. Llama para aceptar la invitación y pide un coche para que recoja a Paige en su casa y la lleve directa al local. Yo mañana tengo una reunión en Boston, así que me reuniré contigo allí, Paige —en ese momento le sonó el teléfono y lo respondió mientras salía del despacho seguido de cerca por Dani.

Paige esperó a que la puerta se cerrara y suspiró.

—Qué miedo he pasado —no recordaba haber estado nunca tan nerviosa en una reunión. Pero tal vez era porque nunca ninguna reunión le había parecido tan importante, y no solo porque fuera el primer encargo de verdad para Genio Urbano, sino porque se trataba de Jake. Había querido impresionarlo y estaba segura de que lo había hecho—. Un trabajo genial, equipo.

Eva estaba sonriendo.

–Le han encantado tus ideas. Ahora hay que esperar que le guste el local. Qué suerte tienes, una cita para ir a una fiesta lujosa en una romántica azotea con el soltero más atractivo de Nueva York. Jake con esmoquin y las luces de Manhattan. ¡Quién sabe qué podría pasar!

Frankie se guardó los papeles en el bolso.

–Eres toda una romántica. ¿Qué hace falta para curarte?

–Ser romántica no es una enfermedad, pero, si lo fuera, no querría que me curaran.

–No es una cita –respondió Paige cerrando el portátil–. Y sé lo que pasará. Visitaremos el local, él hará algunos comentarios, probablemente sarcásticos, yo tomaré notas y después nos marcharemos.

Nada más.

Ni siquiera se sentiría incómoda con él porque allí habría mucha más gente.

–Cenicienta creía que simplemente iba a un baile y mira lo que le pasó.

–Perdió un zapato, eso fue lo que le pasó, que es lo que pasa cuando eres lo bastante estúpida como para no llevarte zapatos planos para salir por ahí –Frankie se levantó también–. Mejor, llévate un par extra en el bolso por si acaso.

–Siempre lo hago. Y plantillas de gel y tiritas para las ampollas –dijo Paige yendo hacia la puerta y pensando en todo el trabajo que aún tenían pendiente–. ¿Tienes todo lo que necesitas, Frankie?

–Sí. Tengo una reunión con la empresa de iluminación luego y tengo que llamar a Buds and Blooms. Estoy trabajando en la paleta de colores y mañana iré a ver flores, así que me toca madrugar. Pero al menos no estaré de fiesta toda la noche como tú.

–No voy a estar de fiesta, voy a estar trabajando. Además, probablemente estaré allí menos de una hora y después estaré de vuelta en casa con mi pijama puesto.

–O puede que después estés en la cama de Jake, desnuda –dijo Eva sacudiendo las cejas sugerentemente. Frankie volteó los ojos.

–Es un cliente. No te puedes acostar con un cliente. Son normas de la empresa.

–Somos las dueñas de la empresa. Nosotras ponemos las normas. Si queremos comer *cupcakes* para desayunar, podemos hacerlo. Si queremos beber champán en reuniones de negocios, también lo podemos hacer.

–Pero entonces estaríamos gordas y arruinadas –Frankie abrió la puerta–. Paige pone las normas de la empresa, y el código de vestimenta, aunque flexible, no incluye llevar la ropa interior por los tobillos.

Capítulo 8

«La seguridad en una misma es como el maquillaje.
Cambia tu apariencia y nadie sabe lo que hay debajo».

—Paige

Durante el trayecto desde el aeropuerto, y sin interrumpir su conversación telefónica, Jake se puso el esmoquin en la parte trasera del coche.

—Tienes que pensar en el usuario final —se abrochó los botones de la camisa y se colocó la pajarita alrededor del cuello con la intención de no abrocharla hasta el último momento. Odiaba tanto las pajaritas y las corbatas que solo tenía dos: esa y una de Tom Ford que le había regalado una antigua pareja en un intento de aburguesarlo.

Había embotellamientos en la carretera y, por ello, cuando el conductor lo dejó en la puerta del edificio, ya llegaba tarde.

Entró en el vestíbulo, pasó el control de seguridad y vio a Paige caminando de un lado a otro junto a los ascensores, con sus finos y puntiagudos tacones marcando un ritmo sobre el pulido suelo de mármol. Ataviada con un sencillo vestido de noche negro, tenía un aspecto elegante, estiloso y eficiente. Lista para trabajar.

Y entonces se fijó más detenidamente en los zapatos.

Eran del mismo rojo intenso de su barra de labios y tan altos como un rascacielos de Manhattan.

Mierda.

¡Qué sexy estaba!

Uno de los guardias de seguridad sin duda estaba pensando lo mismo, pero Jake se situó delante de él para bloquearle las vistas y estropearle la diversión. Por un instante se planteó estropearle alguna cosa más, como por ejemplo su capacidad de caminar en línea recta y de llegar a anciano con todos los dientes en su sitio.

–¿Paige?

Ella se giró.

–¡Estás aquí!

La calidez y la espontaneidad de su saludo lo desestabilizó. No estaba acostumbrado a verla tan relajada. De pronto no podía recordar por qué se estaba conteniendo. El coche estaba fuera. Podía llevarla al asiento trasero, quitarle todo excepto los tacones rojos y saborear cada centímetro de su cuerpo.

¿Por qué no?

Pero entonces ella le sonrió, con esa preciosa y simpática sonrisa tan propia de Paige, y él recordó por qué no.

Una aventura con Paige no sería algo sencillo.

Por muy ardiente, intensa y satisfactoria que pudiera ser en el momento, al final terminaría; todas sus aventuras terminaban. Había aprendido a muy temprana edad que el amor era efímero e impredecible. Era algo que te podían arrebatar con la misma facilidad con la que te lo daban. Su modo preferido de abordar ese problema era mantenerse emocionalmente distanciado y, precisamente por eso, Paige siempre estaría fuera de sus límites.

Ella suponía un riesgo que no estaba dispuesto a correr.

Y, además, no debía olvidar la promesa que le había hecho a su hermano…

–Llego tarde. El tráfico estaba fatal –dijo enfriando el tono–. Lo siento.

–¿Por el tráfico? Ni siquiera tú puedes controlar eso, imagino. Además, no importa –su sonrisa se desvaneció ligeramente–. Tú eres el cliente. Se te permite llegar tarde. ¿Estás listo?

«Cliente». Cierto. Era su cliente.

Se relajó ligeramente.

Tan solo tenía que incluirla con firmeza en el apartado etiquetado como «Trabajo». Eso, y olvidarse de los tacones rojos.

–¿Jake?

–¿Mm? –de pronto se dio cuenta de que le había hecho una pregunta–. ¿Qué?

–Te he preguntado si estás listo.

–¿Listo para qué? –¿para encontrar un rincón oscuro en el edificio, desnudarla y hacerle el amor hasta que ninguno pudiera caminar en línea recta?

¡Sí! Llevaba mucho tiempo listo para eso.

–Supongo que tenemos que subir, ¿no? ¿La fiesta? –le dijo Paige lentamente, como si fuera un turista con problemas para hacerse entender–. Pareces un poco distraído.

«Distraído» era un modo de describirlo, aunque «excitado» habría sido lo más acertado.

–Fiesta. Sí. Vamos –pasó por delante de ella sacándola de su campo visual. Habría sido mejor para los dos que hubiera subido por las escaleras, pero ya que no estaba dispuesto a subir cincuenta pisos con un esmoquin, optó por el ascensor.

Las puertas se abrieron y Paige entró dándole una imagen perfecta de su espalda.

Jake admiró la recta columna y la línea de sus omóplatos.

Quería soltarle esos finos tirantes que llevaba sobre los

hombros y embarcarse en la exploración de todas las partes de su cuerpo ocultas por el vestido.

Quería llevarla hasta el fondo del ascensor, cerrar las puertas y aprovechar al máximo cada uno de los cincuenta pisos.

Solo cuando sus miradas chocaron se dio cuenta de que las paredes del ascensor eran de espejo.

Una emoción titiló brevemente en los ojos de ella. Había confusión y un toque de algo más que intentaba ocultar. Él fingió no haberlo visto.

Estaba muy callada, su pecho se elevaba y descendía vacilante como si respirar le supusiera un esfuerzo especial.

—¿Jake? —la voz de Paige contenía una pregunta que él no tenía intención de responder.

Entró en el ascensor y las puertas se cerraron.

El calor era asfixiante y el espacio más pequeño de lo que había imaginado. O tal vez era estar con Paige lo que hacía que el espacio pareciera pequeño. Descubrió que era una auténtica tortura estar a solas en un ascensor con una mujer a la que deseabas y no podías tener.

Levantó un dedo para soltarse el botón de arriba de la camisa y descubrió que ya lo tenía desabrochado.

No había nada más que pudiera hacer para templarse y calmarse.

Tal vez debería entablar algo de conversación, pero tenía la lengua hecha un nudo.

—Me gusta tu vestido —era el cumplido menos imaginativo que le había dedicado nunca a una mujer, pero no pudo decir nada mejor—. Linguini.

—¿Cómo dices?

—Los tirantes. Son más anchos que los espagueti. Linguini.

A ella pareció hacerle gracia el comentario.

—Dado que creciste rodeado de linguini, no te lo voy a discutir. ¿No te vas a terminar de vestir?

Por un momento Jake se preguntó si lo habría estado imaginando desnudo también, pero entonces se dio cuenta de que se refería a la pajarita.

Estaba a punto de anudársela cuando ella se le adelantó.

—Ya lo hago yo. Se me da bien, mi padre me enseñó —se acercó a él y se concentró en la tarea. Sus dedos se entrelazaron con los de él al agarrar la pajarita.

Aunque llevaba esos puntiagudos tacones, Jake seguía sacándole una cabeza. Por ello, al bajar la mirada, tuvo una visión perfecta de sus espesas pestañas, de la suave curva de sus labios y de la caída de sus hombros desnudos. Ella contenía el aliento mientras se concentraba y él cerró los ojos, desorientado por el deseo.

Estaba vistiéndolo, no desvistiéndolo, así que no debería haberse generado una atmósfera tan íntima.

Ahí estaba de nuevo ese aroma a praderas de verano y flores silvestres, y esta vez no había escapatoria. El perfume se le coló en la mente y le ofreció unas imágenes perturbadoramente vívidas. La imaginó en la ducha, con el agua cayendo sobre su cuerpo perfecto, deslizándose y colándose por todas las partes que él no tenía permiso para tocar. Imaginó gotas de agua y burbujas irisadas de jabón aferrándose a esa cremosa piel.

Intentando sacarse esas imágenes de la cabeza, abrió los ojos y centró la mirada en los botones iluminados deseando que el ascensor subiera rápidamente, intentando ignorar el delicado roce de los dedos de Paige contra su cuello. Nunca antes se había planteado tener sexo con una mujer en un ascensor. Era un hombre que pensaba que si había algo que mereciera la pena hacer, entonces merecía la pena hacerlo bien, y practicar sexo en un receptáculo en movimiento sería como comer comida rápida de camino al trabajo.

¿Por qué le habría propuesto ir a visitar el local?

Podría haberlo visto perfectamente en fotografía.

Podría…

—Así… —dijo Paige retrocediendo y liberándolo de sus eróticos pensamientos—. Así mejor.

No para él.

Apoyó los hombros contra la pared de espejo dejando entre ellos el máximo espacio posible. Si hubiera habido una salida de emergencia, la habría tomado.

—¿Qué tal el día?

—Ajetreado —respondió Paige mientras se revisaba el pintalabios en el espejo—. Frankie ha estado hablando con uno de tus diseñadores y se le ha ocurrido una idea para un diseño floral en código binario. Es original y muy chulo.

—Código binario —miró los botones iluminados: 35, 40, 45… «Vamos, deprisa»—. Qué innovador —no le importaba si las flores cantaban o bailaban, solo quería salir de ese puñetero ascensor.

Por fin las puertas se abrieron liberándolo de su tormento y se obligó a dejarla salir primero.

Cuando Paige se giró, él se pasó la mano por la frente y se colocó la chaqueta.

Pasaron por delante del personal de seguridad y a continuación fueron recibidos por la anfitriona.

Alysson Peters era la directora ejecutiva de una próspera empresa de tecnología. Jake había sido un generoso inversor durante los comienzos del negocio y fue su generosidad lo que hizo que la mujer lo recibiera con tanto entusiasmo.

—¡No pensaba que fueras a venir! —dijo Alysson abrazándolo—. Es genial.

—No me lo habría perdido por nada —respondió Jake dándole dos besos e ignorando el modo en que Paige enarcó las cejas—. ¿Dónde está el bar, Aly?

—Cómo no, esa ha sido tu primera pregunta. Eres un chico malo, Jake Romano. Y por eso te quiero, claro —con gesto divertido, le dio una palmadita en el brazo—. Todo el mundo querrá conocerte, pero como estás en lo alto de la cadena trófica te puedes permitir ignorar a quien no te interese. Y, además, veo que has traído compañía –sonrió a Paige–. ¿No me vas a presentar a tu pareja?

–Paige Walker –Paige dio un paso adelante y le estrechó la mano.

–Paige es la directora ejecutiva de una nueva empresa, Genio Urbano, que se dedica a la organización de eventos y a servicios de asistencia personal –dijo Jake casi con indiferencia mientras miraba a su alrededor–. Si alguna vez quieres celebrar una fiesta fabulosa con una ejecución perfecta, deberías llamarla. Y si puede hacerte un hueco en su agenda, habrás tenido suerte. Es la mejor que hay.

–¿Eso es verdad? En ese caso… –Alysson alargó la mano–. ¿Tienes una tarjeta?

Paige le dio una y Alysson la miró y se la guardó en el bolso.

–Me pondré en contacto contigo. ¡Divertíos! –añadió antes de alejarse para saludar a más invitados.

–Gracias por presentármela… –dijo Paige casi sin aliento–, pero tal vez habría sido mejor que no le hubieras dicho que estábamos demasiado ocupadas como para hacerle un hueco en nuestra agenda. Ahora no nos llamará.

–Os llamará. Primera regla de la naturaleza humana: la gente siempre quiere lo que no puede tener. Si estás muy solicitada, todo el mundo te querrá –agarró dos copas de champán de la bandeja que portaba un camarero y le pasó una.

Ella la aceptó, pero solo porque Jake no le dio elección.

–Estoy trabajando.

–Esta noche estás trabajando para mí y te ordeno que bebas champán.

Con una ligera sonrisa, Paige levantó la copa.

–¿Por qué brindamos?

«Por la capacidad del alcohol para nublar los sentidos».

–Por tu fascinante futuro. Pronto estarás tan ocupada que no podrás ni beber.

–Eso espero. ¿Quieres que demos una vuelta y te comente mis ideas para la fiesta?

–Sí –la condujo hasta el centro de la sala. La pared de cristal que separaba la pista de baile y la zona del bar de la azotea estaba abierta y la multitud salía a la terraza para empaparse de las sobrecogedoras vistas de Manhattan iluminado por las estrellas. La ciudad resplandecía y encandilaba; seducía a la vista y embrujaba al cerebro.

–Tienes que ver esto –Paige se dirigió a una zona de la terraza donde había poca gente y no le dejo más opción que seguirlo.

–Llevo toda mi vida viviendo en Nueva York. Me conozco bien las vistas.

–Pero cada vez que miras, es distinto. Este lugar es Nueva York en estado puro. Es vibrante, fascinante, las vistas son espectaculares… –levantó el rostro al cielo y cerró los ojos.

–Creía que la soñadora era Eva, no tú.

–Todo el mundo puede soñar –abrió los ojos y le sonrió–. ¿Tú no?

Ahora mismo sus sueños estaban catalogados con una «x».

Miró atrás.

El centro de la terraza estaba dominado por una elaborada cascada cuyo sonido amortiguaba el ruido del tráfico de las calles.

Se preguntó si sería el primero al que le apetecía desnudarse y meterse en la tentadora agua fresca.

–Es un lugar fantástico –dijo apartando la mirada de Paige y observando a la multitud–. ¿Sabes por qué tantas mujeres llevan ropa negra en eventos como este?

–Porque el negro es un clásico. Atemporal.

–No –él se llevó la copa a los labios y bebió–. Visten de

negro porque es discreto, saben que no destacará. Les da
miedo arriesgarse.

–Tal vez. Pero Jake… –respondió ella con tono divertido–, yo voy de negro.

Ya se había dado cuenta. Si alguien le hubiera dado un
lapicero podría haber dibujado cada detalle del vestido… y
de la mujer que lo llevaba.

–Eso es distinto. Estás trabajando. No se te permite
eclipsar a las invitadas –se apoyó en la barandilla y contempló la ciudad.

Paige hizo lo mismo.

–Mi sueño era estar aquí, en Nueva York, viviendo esta
vida, contemplando estas vistas, formando parte de esto –
los recuerdos hicieron que los ojos se le llenaran de lágrimas–. Cuando estaba en casa, era adicta a cualquier serie
de televisión que se desarrollara en Nueva York. Me imaginaba cómo sería estar en lo alto del Empire State, remar
por el lago de Central Park o cruzar el Puente de Brooklyn.
Hay días en los que aún no me puedo creer que esté aquí.
Salgo por la puerta, paso por delante de los magnolios y de
los puestos callejeros, miró Manhattan y pienso: «¡Vaya,
vivo aquí!». Soy una chica de un pueblo viviendo en esta
ciudad alucinante y me siento la persona más afortunada
del mundo –se detuvo y soltó una risa avergonzada–. Sé
que suena a locura, pero muchas veces pensé que esto no
podría pasar. Que solo sería un sueño.

Había habido momentos en los que ninguno de ellos había pensado que pudiera pasar.

Siendo adolescente, había estado a las puertas de la
muerte en dos ocasiones cuando habían surgido complicaciones tras la cirugía.

Él no lo mencionó. Un pasado compartido servía de base
para una relación estrecha e íntima. No quería estrechar más
los lazos que los unían, no quería hacer nada que la acercara
más a él.

Había intentado olvidarlo, al igual que estaba intentando olvidar que la tenía al lado con ese escueto vestido negro. Un mínimo movimiento y podría haber hundido la cara en su cabello y de ahí haber llegado hasta su boca en escasos segundos.

—¿No echas de menos tu casa? —le preguntó con las manos en la barandilla y la vista al frente—. ¿La isla de Puffin?

—No. Y no es que no me encante Puffin, porque me encanta, pero es tan pequeña… Además, allí el ritmo de vida es muy lento, y es precisamente lo que muchos adoran del lugar, claro, pero no yo. A medida que yo iba creciendo sentía que la vida seguía adelante en otros lugares, al otro lado del agua. Me sentía como si estuviera al otro lado de una gran fiesta, excluida, viendo lo que pasaba dentro. Siempre me sentí como si me faltara algo. Probablemente suena a tontería.

—A mí no —él sabía lo que era sentirse excluido.

La misma sensación. Otras aguas.

—Pero naciste en Brooklyn. Eres un neoyorquino auténtico.

—Sí —durante su infancia, cuando se había sentido desarraigado e inseguro, como un perro abandonado al que nadie había querido rescatar, la ciudad había sido la única constante en su vida. El lugar donde dormía había cambiado, la gente que lo había acogido había cambiado, pero Nueva York se había mantenido igual.

Era su hogar.

Paige miró el edificio Chrysler, con su famosa azotea de acero y cristal iluminada contra el cielo azul noche, como un sombrero de bruja cubierto de joyas.

—Dime otra ciudad donde puedas ver algo tan maravilloso como esto. Es de cuento.

Él estaba de acuerdo.

—William Van Alen, el arquitecto, construyó en secreto la aguja del conducto de ventilación y la levantó en noventa minutos. Así lo hizo más alto que el 40 Wall Street, que se estaba construyendo al mismo tiempo. ¿Te puedes imaginar lo que debe de ser pensar que estás construyendo el edificio más alto del mundo y después mirar arriba y encontrarte con eso? –como persona de naturaleza enormemente competitiva, Jake valoraba la motivación que se ocultaba tras ese acto–. Tuvieron que volverse locos. La altura añadida hizo que fuera el edificio más alto hasta que se construyó el Empire State.

Ella sonrió.

–Es mágico. Mi edificio favorito de Nueva York.

Él conocía a gente que iba a Nueva York simplemente por decir que había estado allí. Gente que se quedaba un tiempo y después se marchaba porque necesitaba espacio, un jardín, un piso donde no tuvieran que utilizar el horno como armario o bajar diez pisos hasta el cuarto de la colada. Donde no hubiera zumbidos de bocinas, ni sirenas, ni salidas de vapor; donde hubiera un aire más limpio, un ritmo más lento… Tenían un millón de razones para marcharse.

Jake, en cambio, solo veía razones para quedarse y Paige sentía lo mismo.

Levantó su copa hacia ella.

–Por ti, chica de ciudad.

–Por ti, chico de ciudad –brindaron y bebieron–. ¿Crees que Nueva York es un hombre o una mujer?

La pregunta lo hizo sonreír.

–Es una mujer. Por los cambios de humor que tiene, por cómo juega con las emociones de la gente, tiene que ser una mujer, ¿no crees? –bromeó.

–No lo sé –respondió ella ladeando la cabeza y con expresión pensativa–. Podría ser un hombre. Un multimillonario esquivo que presume de su riqueza y oculta su lado oscuro. Crees que lo conoces, pero siempre es capaz de sorprenderte.

–Sin duda es una mujer. Con tantos estilos distintos y un armario lleno de cosas diferentes para ponerse.

La multitud había aumentado y la música salía flotando de la pista de baile hacia la noche.

Ante ellos estaba el Empire State y, tras este, las brillantes luces de Broadway. Las luces destellaban y danzaban; la ciudad estaba permanentemente despierta.

Paige le tocó el brazo.

–¿Quieres bailar?

Él giró la cabeza y la miró a los ojos.

Quería hacer algo con ella, aunque no bailar precisamente.

Bailar implicaría tocarla y no quería arriesgarse a que hubiera contacto físico.

–No bailo.

Ella sonrió.

–Ya, claro –se terminó el champán y soltó la copa–. Esto es tan precioso que por un momento he olvidado que estamos aquí por trabajo. Así que vamos a trabajar. Ojea el local en condiciones. Yo te mostraré mis ideas y después podrás hacer lo que sea que tengas planeado para el resto de la noche –se alejó, elegante, digna, toda una mujer.

Pero no su mujer.

Nunca sería su mujer.

Se la quedó mirando; la recorrió desde los tobillos a las caderas y ahí se detuvo.

Echaría un vistazo al local, expresaría cuánto le gustaba y después se marcharía a casa a bailar con una botella de whisky.

¿En qué había estado pensando?

Le había pedido que bailara como si fuera una cita.

¿Qué le pasaba? ¿Dónde tenía la cabeza?

Por un momento, bajo el resplandeciente cielo estrellado y las luces de Manhattan, había olvidado guardar las distancias. Había dejado de pensar en Jake como cliente y había empezado a pensar en él como hombre.

Emitió un sonido de impaciencia. ¿Quién en su sano juicio olvidaría que Jake Romano era un hombre? Era testosterona vestida de esmoquin. Se había fijado en su atractivo desde el momento en que había entrado en el vestíbulo del edificio. No se mimetizaba con el ambiente como tantas otras personas en la fiesta; él destacaba por encima de todos. Charlar con él, entablar una conversación que por una vez no había parecido un combate sin armas, le había hecho dar el salto de lo profesional a lo personal.

Y, al hacerlo, se había puesto en ridículo y lo había puesto a él en una situación incómoda.

Otra vez.

Ahora lo único que podía hacer era esperar que la noche pasara lo más rápido posible.

Intentando disimular, adoptó su expresión más profesional y le mostró el resto del local; le presentó al promotor y le contó los planes de Genio Urbano para su fiesta.

Él escuchó atentamente, hizo algunas preguntas y sugirió algunas ideas, todas ellas buenas.

Para cuando habían terminado de hablar, tenían a un grupo de gente esperando a robarle una pizca de su atención.

Siempre pasaba lo mismo. Unos tendrían ideas tecnológicas que querrían discutir con él. Otros simplemente estarían buscando consejo empresarial o esperando invertir. Y algunas de las mujeres estarían esperando también algo más personal, pero Paige no se quedaría a ver si Jake se lo concedía.

—Estás muy solicitado, así que te dejo ya y nos vemos mañana en la oficina —logró esbozar una sonrisa, que esperó que resultara profesional, y se dirigió a los ascensores.

Los pies le decían que había hecho una elección de zapatos pésima y estaba deseando ponerse los zapatos planos. Había ciertos zapatos que ni las plantillas de gel podían arreglar.

Los había elegido basándose en el tacón, ya que, intimidada por la presencia de Jake, había pensado que esa altura extra podría darle confianza en sí misma.

Pero lo único que le había dado habían sido unas cuantas ampollas.

Al menos sus pies sí se alegraban de que él se hubiera negado a bailar.

En cuanto llegara a casa, se daría un baño bien largo. Y lo acompañaría con una copa de vino y un buen libro tal vez. O quizá con un poco de música atronadora, algo que le llenara la cabeza y la distrajera para no pensar en Jake.

Levantó la mano para pulsar el botón, pero una fuerte mano masculina se le adelantó y lo pulsó primero.

Había estado tan perdida en sus propios pensamientos que no lo había oído acercarse por detrás, pero esa mano la reconocería en cualquier parte.

—¿Qué estás haciendo?

—Yo también me marcho —no la había tocado, pero solo su voz bastó para que la piel le crepitara de excitación.

Era terriblemente injusto que sintiera eso por un hombre que no tenía ningún interés en ella.

—Tenías a toda una multitud requiriendo tu atención.

—Estoy contigo.

«Ojalá».

—Esto no era una cita, Jake —le gustó la indiferencia que logró darle a su voz—. Era trabajo. Y, de todos modos, ¿desde cuándo la presencia de una mujer te impide conquistar a otra?

—Yo jamás he engañado a ninguna mujer —respondió Jake con un tono bajo inquietantemente cerca de su oreja—. Y siempre me aseguro de que una mujer llegue a su casa sana y salva.

Su estúpido corazón, ese que nunca se comportaba como debía hacerlo según decían los libros de texto, se aceleró.

—¿Ahora llevas a las mujeres a casa? Cuidado, porque eso suena casi a compromiso.

—A sus casas, no a la mía —respondió con tono simpático—. Y se trata de buena educación más que de compromiso.

Ella deseaba que el ascensor llegara rápido.

—¿Alguna vez le has dado tu dirección a una mujer?

—Nunca, aunque sí que se presentan en la oficina alguna que otra vez.

—Dado que prácticamente vives allí, probablemente piensen que es el mejor lugar donde encontrarte.

—Los chicos de mi equipo son buenos guardaespaldas.

Por fin el ascensor llegó y él sujetó la puerta mientras entraba.

—Mi conductor está esperando abajo. Te llevará a casa.

Los pies le pedían a gritos que aceptara sin discutir, pero su lado más independiente le hizo negar con la cabeza.

—Puedo ir en metro.

Jake entró en el ascensor.

—Ya, pero no vas a ir en metro —Jake se apoyó contra la pared de espejo y se quitó la pajarita—. Sé que te gusta ser independiente. Entiendo las razones y es una cualidad admirable, pero de vez en cuando estaría bien que dijeras «sí» a algo sin discutir.

Se oyó un pequeño zumbido cuando las puertas se cerraron dejándolos a los dos dentro.

—Digo «sí» todo el tiempo.

Los ojos de Jake se iluminaron con un brillo de escepticismo.

—Dame un ejemplo de algo a lo que hayas dicho «sí».

En ese mismo momento habría dicho que sí al sexo.

Tratándose de Jake, habría dicho que sí a prácticamente cualquier cosa. Se había prometido que aprovecharía el momento y ahora mismo quería aprovecharse de Jake. Pero ya se había puesto en ridículo en una ocasión y no volvería a hacerlo bajo ningún concepto.

—Digo que sí a la comida de Eva, a tomar unas copas en nuestra azotea, a la noche de pelis aunque Matt nunca nos deje ver películas románticas. Digo que sí a salir a correr por los Jardines Botánicos, a comprar una rosquilla recién hecha en algún puesto. ¿Quieres que siga?

Era increíblemente guapo, tanto que se le achicharraba el cerebro solo de mirarlo. Incluso ahora, a medio vestir, estaba mejor que cualquier otro hombre de la azotea que se hubiera vestido para impresionar.

La pajarita le colgaba a ambos lados del cuello como si no le preocupara su aspecto. Tenía la camisa abierta por el cuello, que dejaba asomar un atisbo de vello oscuro. Su mandíbula, afeitada a primera hora de la mañana, ya estaba ensombrecida.

No debería haber estado tan guapo; no podía recordar haber visto nunca a un hombre más sexy.

La observaba con esa mirada inquietantemente íntima que le hacía preguntarse si le podía leer la mente. Era una experta ocultando sus sentimientos, ya que había aprendido a proteger a los demás tanto como ellos la protegían, pero por la razón que fuera con Jake tenía que esforzarse más.

Él veía cosas. Prestaba atención.

Estaba a punto de hacer un comentario frívolo cuando el ascensor dio una sacudida. Tras perder el equilibrio subida a esos incómodos tacones, cayó contra él y topó contra el duro muro de su torso. Por un momento solo fue consciente de la sólida forma de los bíceps de Jake bajo sus dedos y del calor de su aliento en su rostro. El deseo se desató dentro de ella, una lenta calidez que inmediatamente se incendió y ardió.

Tenía su boca justo ahí, justo ahí... Si giraba la cabeza...

Él le deslizó la mano alrededor de la cintura para sujetarla y miró el panel de control.

—¿Has pulsado algún botón?

—No —respondió ella entre dientes. Habían pasado años desde la última vez que había estado tan cerca de él y, aun así, la situación le resultaba tan natural como si sus cuerpos llevaran pegados una década—. No he tocado nada. Se ha parado solo.

—Debe de haber sido por mi personalidad eléctrica.

Ella se apartó de él, irritada por la intensidad de la atracción que sentía. ¿Por qué no podía sentir lo mismo por un hombre que estuviera interesado en ella? ¡No era justo!

—Entonces, tal vez podrías usar tu personalidad eléctrica para sacarnos de aquí. Dale al botón —a medida que la intensidad de su deseo se disipaba, fue sintiendo miedo. No se llevaba bien con los espacios cerrados. Nunca lo había soportado.

No pasaría nada, se dijo. Probablemente sería algo sin importancia.

El botón de la planta baja seguía iluminado, pero Jake volvió a pulsarlo.

Se oyó un *clic*.

No pasó nada más.

A Paige le empezaron a sudar las manos y se le encogió el pecho. Los ascensores estaban bien para desplazarte de un lugar a otro siempre que se movieran, ¿pero estar atrapada en un espacio limitado y sin aire? Siempre lo había odiado. Para ella, que te hicieran una resonancia magnética era igual a que te enterraran viva.

—Tal vez los dueños del local nos quieren tener atrapados aquí hasta que hayamos pagado nuestra fiesta —dijo ella intentando aligerar un poco el ambiente, pero sucedió lo contrario; sintió como si las paredes fueran a aplastarla.

–Tal vez –respondió él mirando el panel.

Después, se metió la mano en el bolsillo y Paige vio el fugaz brillo de algo metálico.

–¿Es un destornillador? ¿Vas por ahí con un destornillador encima? ¿Por qué?

–No es la primera vez que he tenido que salir de un espacio pequeño. Sujétame la chaqueta –se la quitó, se la lanzó y se subió las mangas.

–¿Cuál ha sido tu último espacio pequeño? ¿Estaba casada?

Jake sonrió.

–Yo nunca toco a una mujer casada. Demasiadas complicaciones. Acerca la mano…

–¿Por qué?

–Paige… –dijo con tono paciente–, esta es una de esas ocasiones en las dices que sí y lo haces. No hagas millones de preguntas y no discutas conmigo.

Ella acercó la mano esperando que no se percatara de que estaba temblando.

Jake le puso unos cuantos tornillos en la palma.

–Ahora puedo verlo mejor.

–¿Ver qué? ¿Qué estás haciendo? –fuera lo que fuera, esperaba que funcionara–. ¿Intentas desmontarlo y reprogramarlo? ¿Vas a *hackear* el sistema del FBI y a decirles que vengan a rescatarnos? –ojalá lo hicieran, pensó. Ojalá alguien los sacara de allí. Sentía que las paredes se estaban cerrando un poco más sobre ella. Sin soltar los tornillos, se rodeó con los brazos e intentó respirar con normalidad.

Se le había acelerado el ritmo cardiaco y la invadió el pánico.

Unas gotas de sudor le cubrían la frente. ¿Era imaginación suya o el ascensor estaba encogiendo?

Jake se puso derecho.

–¿Puedes…? –se detuvo al verle la cara–. ¿Qué pasa?

–Nada –Paige apretó los dientes para evitar que le castañetearan–, pero sácanos de aquí.

–Eso intento –respondió Jake y se guardó el destornillador en el bolsillo–. ¿Por qué siempre finges estar bien cuando no lo estás? ¿Por qué no admites que estás asustada?

–No estoy asustada, pero preferiría no pasarme una noche entera metida en un ascensor.

–No se va a desplomar, si eso es lo que te preocupa, así
que no pierdas los nervios.

–Ni estoy preocupada ni voy a perder los nervios –dos
mentiras en menos de diez palabras. Podría ser un récord.
Se concentró en respirar, tal como había hecho de pequeña
en incontables ocasiones.

«Finge que estás bien. Finge que estás bien».

El miedo aumentó.

–Haz algo, Jake.

Aunque él se giró hacia el panel para que no pudiera ver
lo que estaba haciendo, lo oyó maldecir y golpear el metal.

–Hago lo que puedo, pero por desgracia en esta ocasión
no está siendo suficiente –pulsó el botón de emergencia y
un momento después una voz incorpórea resonó por el espacio cerrado preguntando cuál era el problema.

–Estamos atrapados en el ascensor y les agradeceríamos
una rápida extracción –Jake dio el nombre del edificio y la
calle y miró a Paige.

Aún centrada en su respiración, lo miró con incredulidad. «¿Rápida extracción?». Vocalizó en silencio esas
palabras, y él se encogió de hombros y miró al techo del
ascensor.

–He pensado que sonaba mejor que «sacadnos de este
jodido lugar» –se acercó al intercomunicador–. ¿Cómo te
llamas?

–Channing.

–¿Y dónde estás, Channing?

–En Houston, Texas, señor.

Paige abrió la boca de par en par.

–¿Houston? ¿Cómo puede estar al cargo de nuestro ascensor una persona que está a cuatro horas en avión de aquí?

Jake levantó la mano para indicarle que se callara.

–¿Y qué tal tiempo hace allí abajo ahora mismo, Channig? Seguro que os estáis abrasando con tanto calor y tanta humedad.

–Sí, señor.

–Pues resulta que nosotros también. Estoy con una señora a la que esta situación le está empezando a resultar un poco incómoda, así que voy a necesitar que hagas lo que sea que tienes que hacer cuando hay una emergencia y que nos saques de aquí lo antes posible. Y con eso me refiero a que preferiría que fuera en los próximos minutos –dio un toque de humor a su duro tono de autoridad.

–Lo notificaré al equipo de mantenimiento y a los bomberos. Usted quédese ahí mismo, señor –hubo una pausa–. Y usted también, señora.

¡Como si tuvieran muchas más alternativas!

Paige se apoyó contra la pared. Le dolía el pecho y se le salía el corazón.

–Pásame los tornillos –dijo Jake alargando la mano.

Ella lo miró fijamente intentando centrarse y combatir el pánico.

No pasaba nada. Todo saldría bien. Alguien los sacaría de allí pronto.

Jake acercó la mano y le abrió el puño, que tenía fuertemente cerrado.

Al ver que tenía las marcas de los tornillos en la piel, la miró.

–¿Paige?

–Estoy bien –respondió como un mantra–. Perfectamente bien. No te preocupes por mí.

Jake se guardó los tornillos en el bolsillo y la abrazó.

–No te gustan los espacios cerrados –murmuró–. ¿Cómo se me ha podido olvidar? No pasa nada, cielo. Estoy aquí. Te prometo que te voy a sacar pronto.

Sus palabras y la seguridad de su tono deberían haber bastado para aplacar el pánico, pero no fue así.

–¿Cómo? –Paige dejó de fingir que estaba bien–. Ese hombre está en Houston. Nosotros estamos aquí.

Respiraba entrecortadamente. Sentía presión en el pecho.

–Los de mantenimiento están aquí, en la ciudad –le dijo Jake acariciándole el pelo–. Relájate, pequeña.

–¿En serio me has llamado «pequeña»? –le preguntó llevándose la mano al pecho como para intentar aplacar la presión que sentía–. En circunstancias normales te habría dado un puñetazo por eso.

–En circunstancias normales no te habría llamado «pequeña» –la acercó más a sí y la rodeó con su calidez y su fuerza–. No soy ni tu hermano ni ninguno de tus padres. No tienes que hacerte la alegre conmigo. Yo puedo asimilar la verdad.

Estaba acurrucada a él; sentía cómo los duros músculos de sus muslos le sostenían sus temblorosas extremidades.

–Mi corazón… –se odió por mostrarse tan débil–. Yo… Es…

–No es tu corazón, Paige –le respondió Jake acariciándole la cara con delicadeza–. No es tu corazón, cielo.

Ella intentó respirar.

–Pero… –respiró hondo inhalando su calidez y su fuerza y cerró los ojos–. Es… Estoy…

–Tu corazón está bien –le dijo Jake con tono seguro y fuerte–. Paige, mírame.

No podía.

Con la respiración entrecortada y acelerada, miró el torso de Jake y al momento sintió sus dedos deslizarse hasta su barbilla y alzarle la cara. Ese roce fue reconfortante y una tortura al mismo tiempo.

—Tienes miedo porque odias los espacios cerrados. Debería haberlo recordado. Necesito que respires lentamente, nada más.

Con una mano siguió acariciándole la cara y con la otra la sujetó con fuerza y tan cerca que sus cuerpos se fundieron entre sí. Paige sintió la calidez de su piel a través de la fina tela de la camisa y la de su mano, que le acariciaba la espalda. Debería haberse sentido segura y a salvo, pero nada, ni siquiera que Jake la abrazara podía hacer que desapareciera el pánico. Crecía como una riada, arrastrándola, descontrolado.

Al notar presión en los pulmones y en el pecho, agarró con fuerza la pechera de la camisa de Jake; con tanta fuerza que los nudillos se le pusieron blancos.

Quería decirle que no podía respirar, pero no lograba reunir aire para hablar.

A través del velo de pánico que la envolvía lo oyó maldecir y notó que le apartaba la mano de la espalda.

Estaba a punto de agarrarlo y suplicarle que no la soltara cuando se dio cuenta de que no la estaba soltando; la estaba acercando más a su cuerpo. Deslizó la mano en su cabello lentamente con un movimiento deliberado y le acarició la mejilla con el pulgar.

—Mírame, Paige. Mírame, cielo… —su voz sonaba firme y esos ojos plateados estaban clavados fijamente en su mirada aterrorizada. Su rostro le resultaba extraño y familiar al mismo tiempo; esos duros rasgos masculinos estaban marcados por una determinación que no reconocía. O tal vez el pánico le había distorsionado la visión además del resto de facultades.

Estaba conteniendo la respiración, tenía la boca a escasos centímetros de la suya, y entonces él bajó la cabeza y la besó lenta, profunda y deliberadamente.

Paige se sobresaltó, pero él la sujetó con firmeza; sus cuerpos estaban unidos.

¿Qué estaba haciendo?

Ella no tenía aliento suficiente para un beso.

Ella no...

Un intenso deseo se encendió consumiendo el miedo y Paige gimió contra sus labios e inhaló y saboreó su esencia mientras él la besaba lenta e intensamente. Sujetándole la cabeza, Jake exploró su boca con largos y relajados besos que hicieron que ahora temblara de excitación y no de miedo. Ella, rindiéndose, abrió la boca. A menudo se había preguntado cómo sería un beso de Jake y ahora lo sabía. Era como beber champán demasiado rápido, como subirse a una montaña rusa con los ojos cerrados, como lanzarse al agua desde gran altura. Se tambaleó, algo aturdida, pero él la sujetó contra su poderoso cuerpo con unas manos fuertes. Y justo cuando creía que había sentido todo lo que tenía que sentir, el beso pasó de lento a intenso, de delicada seducción a puro deseo sexual. Nunca había experimentado nada como el erotismo de un beso de Jake. Era salvaje. Emocionante. Y despertó algo en ella que llevaba latente toda su vida.

Una explosión de excitación la sacudió con su intensidad. Fue como de pronto descubrir toda una nueva faceta de sí misma; una faceta más viva que cualquier otra.

La chaqueta pasó de estar entre sus dedos a caer al suelo.

Se puso de puntillas para acercarse más a él y, al hacerlo, sintió el efecto que estaba provocando en Jake; sintió su dureza a través de la tela del vestido.

Un delicioso placer la recorrió y la excitación que la envolvió ante la promesa de lo que faltaba por llegar casi le resultó insoportable. Se mantuvo quieta, a la espera de algo, y entonces sintió las manos de Jake posarse sobre la fina tela de su vestido buscando puntos de acceso. Lo sintió deslizar la aspereza de su pulgar sobre la tersa cumbre de su pezón hasta que se le nubló la vista. La lógica le decía que la excitación tenía que tener un límite, pero si lo tenía, aún no lo había alcanzado.

Jake avanzó hasta dejarla atrapada entre el duro cristal del ascensor y el duro músculo de su cuerpo y le susurró algo al oído, una sugerencia deliciosamente explícita de lo que quería hacerle y cómo exactamente pretendía hacerlo. Ella hundió los dedos en los abultados músculos de sus hombros. Podría haberse tomado su tiempo para acariciarlos y sentirlos, pero Jake ya la estaba besando de nuevo, y ella llevaba tanto tiempo queriendo besarlo que no estaba dispuesta a perder ni un solo segundo. A continuación, notó cómo le subía el vestido hasta la cintura y sintió el cálido roce de su mano sobre su muslo desnudo.

Tan cerca, tan cerca…

Jake le coló la lengua en la boca y la besó de un modo tan ardiente, con una destreza tan increíble, que ella se compadeció de todas las mujeres del mundo a las que no había besado. Sintió ese beso vibrarle por todo el cuerpo y conectarse a algún lugar muy profundo de su ser. Entonces le devolvió el beso, consumida por el deseo, con los dedos enroscados en la suavidad de su cabello, acercándolo más a sí por temor a que él pudiera cambiar de opinión y detenerse. Había soñado con eso numerosas veces, pero había sido frustrante porque nunca había podido llegar a imaginar del todo cómo sería. Jake tenía ese carácter esquivo, esa dureza, y tanta experiencia sexual que sabía que estar con él no se parecería en nada a los encuentros que había tenido con sus anteriores parejas. Y, en efecto, no se pareció en nada. Inhalaba su aroma y él inhalaba el suyo mientras le devoraba la boca como si se le estuviera agotando la vida y ella fuera lo último que fuera a saborear. El beso estaba teñido con toques de desesperación y salpicado por la historia personal que compartían y por cómo se conocían. Resultó ser la conexión más intensa y personal que había experimentado en su vida. Había imaginado la boca y las manos de Jake sobre ella, muchas veces, pero ni siquiera el más erótico de los sueños había llegado a acercarse a la realidad.

No quería que acabara nunca.

Y no daba muestras de ir a acabar. Jake la besaba como si no pudiera parar. Posó la mano sobre uno de sus pechos y desde ahí fue deslizándola hacia el muslo para levantarle la pierna hasta no dejarle más opción que rodearlo con ella por la cintura. A Paige se le cayó el zapato al suelo, pero Jake siguió besándola a la vez que colaba la mano entre sus muslos separados, por el acceso que él mismo había creado. Sintió el roce de su mano contra su muslo desnudo, el roce de sus dedos contra la sensible y palpitante piel.

Tenía el cuerpo a punto de estallar.

A lo lejos oyó un chirrido metálico y el sonido de unas voces que procedían de arriba. Jake se apartó de ella protestando y se colocó la ropa con un simple movimiento.

El hecho de que fuera capaz de moverse ya demostraba que estaba mucho más sereno que ella.

Paige se quedó de pie, desorientada, intentando recobrar el equilibrio, y después volvió a oír las voces, más cerca esta vez.

—¿Están bien?

No, ella al menos no estaba bien.

Aunque… Frunció el ceño al darse cuenta de que lo que sentía ya no era pánico.

—Sí, estamos bien.

La voz de Jake sonó tan salvaje como lo habían sido sus besos unos segundos antes. La miraba fijamente y su mano, esa misma mano que había estado a punto de hacerla enloquecer, le acariciaba el pelo con delicadeza.

—¿Cómo está la cosa ahí arriba? ¿Hay posibilidades de sacarnos?

—Estamos trabajando en ello.

Un momento antes Paige había estado desesperada por escapar, pero ahora con mucho gusto habría muerto ahí mismo en ese pequeño y cerrado espacio si tenía a Jake a su lado. Sentía un cosquilleo en los labios y punzadas en la piel. Le parecía que todo había quedado a medio terminar, como si él la hubiera desmontado y hubiera olvidado volver a recomponerla. Se sentía como una de las maquetas de Frankie a medio construir.

Jake se agachó para recoger el zapato y su chaqueta y ella miró su perfil de perfectas líneas y esa masculina estructura ósea preguntándose qué estaría pensando, buscando señales que le dijeran que no era la única que se sentía así.

Pasara lo que pasara después, ya no podría fingir que no sentía nada por ella.

Se oyeron golpes y choques de metal contra metal y al momento dos hombres de mantenimiento estaban mirándolos desde arriba.

—Habéis sido muy rápidos —dijo Jake poniéndose la chaqueta y mirándolos. Calmado. Controlado—. ¿Habéis traído una escalera? —su voz sonó firme. Normal. No era la voz que solo unos momentos antes la había removido por dentro despertándole un desenfrenado deseo al mostrarle sus intenciones.

Como pudo, volvió a ponerse el zapato y Jake la llevó hacia la escalera.

—¿Puedes subir? —le preguntó con un tono algo ronco mientras ella sentía la calidez de su mano en la espalda.

—Sí —subió, consciente de que él estaba debajo probablemente con unas vistas perfectas de su falda, donde había tenido la mano solo minutos antes.

Lo que sucedió después de aquello estaba borroso. Recordaba haberse reído con los hombres de mantenimiento, haber hecho alguna broma, haber asegurado que estaban bien a algunos de los invitados que se habían quedado esperando, y haber reunido el valor suficiente para seguir a Jake hasta otro ascensor, en esa ocasión con una multitud de personas, y bajar al vestíbulo.

Jake charló educadamente con una persona deseosa de recibir su opinión sobre un nuevo programa de ordenador.

Él no la miró.

Ella no lo miró.

Fuera del edificio, el chófer estaba esperando. Jake le abrió la puerta y ella se adentró en la calidez del coche.

¿Y ahora qué?

¿La besaría o la llevaría a casa?

El corazón le palpitaba con fuerza, expectante, pero Jake, en lugar de entrar en el coche, se asomó y le dijo:

—Gavin te dejará en casa. Duerme un poco.

¿Ya? ¿Eso era todo lo que le iba a decir?

—¿No vienes?

—Iré dando un paseo —le dijo con tono indiferente—. Hace muy buena noche. Me vendrá bien un poco de aire fresco.

En otras palabras, no quería entrar en el coche con ella.

¿Prácticamente habían incendiado el hueco del ascensor y él ni siquiera iba a mencionarlo?

¿Ya estaba?

Se quedó allí sentada, confusa, intentando encontrarle sentido. A través de una nube de preguntas oyó la puerta cerrarse y lo oyó intercambiar unas palabras con el conductor.

—Llévala a casa, Gavin… Sí, hasta la misma puerta y espera a que haya entrado. Quiero asegurarme de que está bien.

Paige miraba al frente. No estaba bien.

¡No estaba bien!

¿Qué acababa de pasar?

¿Se había imaginado el beso en el ascensor? ¿Se habría imaginado esa pasión salvaje?

Se llevó los dedos a los labios. Aún sentía un cosquilleo en ellos y tenía la sensible piel de las mejillas algo irritada por el roce de su áspera barbilla.

No, no se había imaginado nada.

¿De verdad Jake iba a fingir que no había sucedido nada?
Besaba a muchas mujeres, lo sabía.
Pero a ella no.
A ella nunca la había besado.
Así que, ¿qué pasaría ahora?

Capítulo 9

«Si no puedes soportar el calor, quítate una capa de ropa».

—Eva

—Bueno, ¿ha sido romántico?

Cuando Paige llegó a casa veinte minutos después, Eva estaba bailando en pijama, con los auriculares puestos y el pelo envuelto en papel de aluminio.

—No ha sido una cita… Ha sido una visita al local —respondió Paige dejando las llaves en la mesa, aún aturdida. Miró a su amiga con incredulidad—. Pareces una extraterrestre. ¿Qué le ha pasado a tu pelo?

—¿Mm? —preguntó Eva contoneando las caderas y la cabeza al ritmo de lo que solo ella podía oír. Paige le quitó uno de los auriculares.

—Hasta que aprendas a leer los labios tendrás que quitarte esto cuando mantengas una conversación.

Eva se bajó los auriculares hasta el cuello.

—Me estoy mimando. Mascarilla capilar de aceite de coco. Es un milagro y magia, todo en uno. Deberías probarlo. Te deja el pelo como la seda. En mi caso, como seda arrugada.

—Hará falta algo más que un milagro y magia para solucionar mis problemas —cansada y confusa, Paige se descalzó, fue al cuarto de baño, se quitó el vestido y se metió en la ducha.

Cuando salió, Eva había preparado té y estaba sentada en su cama.

—Cuéntame tus problemas.

Paige encendió la lamparita de noche.

¿Cómo había pasado? ¿Quién había empezado? No lo podía recordar. De pronto estaba con un ataque de pánico y al momento los dos se estaban besando como locos.

Se sintió horrorizada.

¡Qué poco profesional!

—Este evento… —dijo con tono apremiante— tiene que ser lo mejor que hayamos hecho nunca.

—Por supuesto. Será brillante. Nunca has organizado nada que no haya sido brillante. ¿Qué ha pasado? Siéntate y cuéntamelo —dijo Eva dando una palmadita sobre la cama con mirada amable—. ¿A Jake no le ha gustado el local?

—No… —de pronto, Paige se dio cuenta de que no lo sabía—. No se lo he preguntado.

—Pero para eso has ido, ¿no? Para enseñarle el local. ¿Estaba todo bien?

—Sí. Genial. Precioso —romántico. Mierda, sí que había sido romántico. Con toda la ciudad ante ellos, reluciendo como una bandeja de diamantes en Tiffany's.

—Bien —Eva agarró la taza—. ¿Y el que sea que te ha besado lo ha hecho al principio de la velada o después?

—¿Qué te hace pensar que alguien me ha besado?

—El roce de barba en tu mejilla es una pequeña pista, como el hecho de que no lleves ni una pizca de pintalabios cuando el único momento en que no llevas los labios pintados es cuando estás durmiendo —soltó la taza de té—. Soy la primera en admitir que los números me pueden, pero se me dan muy bien el lenguaje corporal y el lenguaje del amor y tú estás dando señales de que a alguien la ha besado deliciosamente un hombre que sabía exactamente lo que hacía. Cuéntamelo todo.

¿Qué había que contar?

—Es tarde… Deberíamos dormir.

—Las dos sabemos que no vas a dormir después de ese beso, y yo no dormiré hasta que me cuentes todo lo que quiero saber, así que más te vale satisfacer mi curiosidad. Y, de todos modos, tengo que tener en el pelo esta cosa que apesta a coco durante diez minutos más porque, si no, no funcionará y no quiero haberme gastado el dinero para nada —le dio un golpecito a Paige con el hombro y volvió a agarrar la taza—. Vamos. ¿Quién ha sido? ¿Vas a volver a verlo? ¿Y cómo has logrado librarte de Jake?

Podía mentir, pero Eva la conocía demasiado bien.

—Ha sido Jake.

Eva se atragantó con el té.

—¿Has besado a Jake? ¿A nuestro Jake?

—Él me ha besado a mí. Nos hemos besado. No sé. Es un poco… confuso. El ascensor se ha estropeado y estábamos atrapados.

—¿Atrapados? —mostrándose comprensiva al instante, Eva le agarró la mano—. Odias los espacios pequeños. Ha debido de ser terrible para los dos.

—Lo ha sido. Hasta que Jake me ha besado.

—¡Qué romántico!

—No, no ha sido romántico. Yo… —Paige frunció el ceño—. No sé qué ha sido, Ev. Ha sido… Ha sido…

—¿Ha sido qué? ¿Delicado? ¿Fraternal? ¿Reconfortante? ¿Te ha besado como si…?

—Como si me hubiera muerto y estuviera intentando devolverme a la vida.

Eva la miró fijamente.

—¡Joder! Ese es el tipo de beso con el que sueño. El beso que te daría alguien si el mundo se estuviera acabando y os fuerais a estar besando hasta que pasara. ¿No te he dicho alguna vez que besar a Jake debería estar en la lista de deseos de todo el mundo? Sé cuándo un hombre va a besar bien y estoy segura de que Jake es un experto.

Paige se quedó pensativa.

—No sé por qué.

—Bueno, por supuesto ha tenido mucha práctica, pero creo que hay hombres que nacen con un ADN que les permite besar de maravilla y que tienen un talento natural. Seguro que Jake es uno de ellos. Es de esos que prestan atención.

—Quería decir que no sé por qué me ha besado.

—¡Ah! —exclamó Eva parpadeando—. Supongo que porque quería hacerlo. ¿Qué ha pasado después? Tengo que saber el final, no me dejes colgada… No soporto que me dejen con la intriga.

—No hay final.

—Tiene que haber un final. Te ha mirado fijamente a los ojos y te ha dicho: «Esto no acaba aquí, Paige»?

—No. Me ha dicho: «Gavin te dejará en casa. Duerme un poco».

Eva se quedó desconcertada.

—¿Y ya está? ¿No ha dicho nada en todo el camino? ¿No se te ha vuelto a insinuar? ¿No te ha agarrado la mano ni te ha dicho: «Hablaremos de esto mañana»? ¿No te lo ha dicho con esa voz tan sensual y profunda que hace que te den ganas de abalanzarte sobre él y desnudarlo de arriba abajo?

—Iba sola en el coche. Él se ha ido andando a casa —y esa era la parte que más la confundía.

La puerta del dormitorio se abrió y Frankie entró.

—Te he oído llegar y quería ver si todo ha ido bien.

—Jake la ha besado. Te has perdido los detalles —dijo Eva quitándose una gota de mascarilla de coco de la mejilla—. Lo que no entiendo es porque se ha ido andando a casa solo.

—Ya somos dos —respondió Paige tendiéndose sobre las

almohadas–. No tengo ni idea de qué está pasando. He estado esperando a que dijera algo, pero no ha dicho nada. Prácticamente hemos prendido fuego al edificio y ni lo ha mencionado.

Frankie parecía confusa.

–¿Habéis prendido fuego al edificio?

–Con el beso. Y claro que no lo ha mencionado. Es un hombre –Eva cambió de postura y el aroma a coco se esparció por la habitación–. Trabajo. Sexo. Cerveza. Deporte. Motores grandes y ruidosos. Cualquier cosa que se mueva rápido. Ese es su mundo. Las emociones son esas cosas turbias y peligrosas que planean en la sombra como un temporal que esperan que pase rápido sin afectarlos.

Frankie se sentó junto a ellas en la cama.

–Eso es generalizar, por no decir que además es sexista.

–Es la verdad. Siempre te metes conmigo, pero entiendo a los hombres mejor de lo que pensáis –Eva soltó la taza vacía–. Si no pueden arreglarlo con una taladradora, practicar sexo con ello, emborracharse con ello, darle patadas por un campo o verlo en una pantalla gigante, apenas les interesa. Así es como está programado el cerebro masculino.

Paige parpadeó atónita.

–Matt no es así.

–¡Claro que sí! Y es más listo que los demás porque ha encontrado un trabajo en el que utiliza herramientas eléctricas. Quiero decir, podría delegar, pero muchas veces lo he visto taladrando cemento o talando troncos para hacer bancos de jardín. Tiene un cinturón de herramientas. ¿Y lo necesita? No, pero hacer volar bloques de mampostería y talar árboles es una de las partes divertidas del trabajo, así que eso no piensa delegarlo en nadie. ¡Vamos, despierta! –le dijo Eva mirándola con exasperación–. Sé que es tu hermano, pero, Paige, tiene una caverna equipada con una pantalla de cine, una Xbox, pesas que yo no puedo ni levantar del suelo y una nevera llena de cerveza. Celebra noches de póquer. Las noches de póquer son una excusa para que los hombres tengan las conversaciones que no tendrían delante de las mujeres. Y así concluyo mi alegato.

Paige intentó adaptarse a esa nueva imagen de su hermano.

—Perdona, ¿cuál era tu alegato?

Frankie se rió.

—No estudies para ser abogada, Ev. Para cuando hubieras terminado tu alegato el jurado se habría olvidado del principio.

—Estaba diciendo que lo que Paige ha hecho con Jake no entra en ninguna de esas categorías. Y que entiendo por qué estaba confuso.

—No parecía estar confuso. Parecía estar... —pensó en ello—. Normal —y no había querido que estuviera así—. Yo era la única que estaba confusa. Y lo sigo estando. ¿Qué pasa ahora? Es posible que lo vea en la oficina. Lo veré en la oficina. ¿Lo menciono? ¿No lo menciono?

—¿Quién ha empezado? ¿Quién ha dado el primer paso? ¿Él o tú?

—No lo sé. Estábamos atrapados y yo muy nerviosa y entonces me ha abrazado un momento y ha pasado.

—Así que ha sido él. Él ha dado el primer paso. ¡Vaya! Me gustaría haberlo visto. Me recuerda a esa película con Cary Grant y... Bueno, da igual. Está bien porque así no podrá decirte que fuiste tú la que se le insinuó. ¿Y qué deberías hacer? Mm... Dame un minuto mientras lo pienso.

Frankie emitió un sonido de impaciencia.

—¡Pregúntale!

—¿Que le pregunte?

—¡Sí! Entra en su despacho y dile: «¿Por qué me besaste?». ¡Eso se llama «comunicación»!

Paige la miró.

—Puede que Frankie tenga razón —Eva bajó de la cama—. Necesito lavarme la cabeza y quitarme esto o mañana cuando me despiertes te encontrarás un coco retorcido en la cama. Duerme y que tengas picantes sueños.

—Creo que el término que buscas es «dulces sueños».

—No, esos son aburridos. Los picantes son mucho mejores. Y no malgastes la noche pensando en ello porque entonces mañana tendrás aspecto de cansada y me imagino que no querrás darle a Jake la satisfacción de saber que te has pasado la noche en vela por él.

—¿Ese consejo sale directamente de la Escuela de Citas Eva?

—Tal vez, pero es todo teoría, claro. Hace mucho tiempo que no tengo una clase práctica, aunque estoy trabajando en ello. Es más, mañana tengo una cita.

—¿Ah, sí? —agradecida por la distracción, Paige intentó sacarse a Jake de la cabeza—. ¿Con quién? ¿No será ese tipo que se chocó contigo el otro día en la calle?

—No —respondió Eva sonrojada—. Otro. Es del Departamento de Policía de Nueva York.

—¿Vas a salir con un poli? ¿Cómo lo has conocido?

—Bueno, resulta que hace unos días me olvidé las llaves de casa. Él pasaba por aquí y me vio intentando entrar por la ventana de Frankie. Se paró para ayudarme. En realidad, creo que se paró para arrestarme, pero cuando se dio cuenta de que no tenía ni idea de cómo entrar ilegalmente en una casa, me ayudó. Nos intercambiamos los números y hoy me ha llamado.

—¿Está bueno?

—No lo sé. Lleva uniforme —respondió Eva simplemente—. Todos los hombres están buenos en uniforme.

—Deberíamos elaborar un plan.

De pequeñas, siempre que alguna había tenido una cita, habían elaborado un plan. Ya que Paige solía estar en el hospital, era algo que hacían para pasar el rato cuando Eva y Frankie iban a hacerle compañía. Se llevaban vestidos y maquillaje y planificaban toda la cita.

–Mi plan es que nos vayamos a dormir –dijo Frankie bajando también de la cama–. Y mañana a primera hora ve a ver a Jake y pregúntale por qué te ha metido la lengua hasta la garganta.

Paige esbozó una suave sonrisa.

–Es posible que lo exprese de otro modo.

–Muy bien –respondió Frankie encogiéndose de hombros–, pero no lo expreses de un modo que le impida entender la pregunta.

Jake estaba tirado en la silla de su despacho intentando centrarse para analizar un asunto de contenido creativo. Estudió el problema de nuevo, barajó unas cuantas ideas en la pantalla y llegó a la conclusión de que su equipo había hecho un buen trabajo. Había algunas mejoras que podría haber añadido, pero se podrían insertar en la siguiente fase, cuando fueran a presentarlo.

Ahora lo único que tenía que hacer era explicárselo al cliente y vendérselo.

Esa era la parte del trabajo que más le gustaba. Debatir con el cliente.

Sacó una botella de agua de la nevera que tenía bajo el escritorio y bebió. Había sido un trabajo complicado. Ahora mismo la solución que habían encontrado era algo compleja como para que el cliente la comprendiera, pero lo arreglaría. Una de sus habilidades era traducir la tecnología en algo que hasta un niño de seis años pudiera entender y, por experiencia, sabía que la mayoría de los directores ejecutivos tenían mucho en común con niños de seis años. Cuando lo lanzaran, su empresa crecería. Otra vez. Llegarían más solicitudes, más negocio y un mayor flujo de dinero. Solo pensarlo lo reconfortó. Mientras el dinero fluyera libremente y se desbordara en lugar de ser un cauce seco, era feliz.

Tenía tres pantallas de ordenador en el escritorio, todas ellas encendidas. Estaba mirando fijamente el monitor central cuando percibió un movimiento por el rabillo del ojo.

Paige estaba en la puerta, con su mirada azul clavada en él. El ambiente se tensó de inmediato.

Había pensado en hacerles un favor a los dos y evitarla durante un tiempo y había contado con que ella hiciera lo mismo. Había imaginado que si los dos se esforzaban lo suficiente, podrían pasar al menos un par de días sin mirarse. Tal vez incluso una semana.

Sin embargo, al parecer no era así.

Se habría dicho que Paige estaba allí por una cuestión profesional si no hubiera visto el brillo en sus ojos.

Reconocía a una mujer con una misión cuando la veía, y Paige era una mujer con una misión.

—Hola —dijo con normalidad esperando estar equivocado y que fuera a preguntarle algo relacionado con el trabajo—. ¿Cómo estás? ¿Alguna secuela después de haber estado atrapada en el ascensor?

—No. Por el ascensor, no.

Mierda.

—Bien. En ese caso... —se movió en la silla deseando haber tenido un asiento eyectable. Con mucho gusto habría aceptado un vuelo improvisado sobre el río Hudson para evadir esa situación—. Ahora mismo estoy un poco ocupado, así que si pudieras cerrar la puerta y...

Ella la cerró quedándose dentro del despacho.

Jake sintió un intenso calor en la nuca.

Estaba condenado.

—Ahora mismo estoy ocupado y...

—Entonces seré breve. Quiero hablar sobre lo que pasó.

Él respondió con evasivas.

—¿Hablar de qué exactamente?

—Del beso.

Paige fue hacia el escritorio y algo en el contoneo de sus caderas hizo que se le secara la boca.

Podía recordar su sabor, el suave roce de su lengua contra la suya y el ritmo acelerado de su pulso bajo sus dedos.

—Estabas asustada e intentaba distraerte.

—¿Qué parte se supone que era para distraerme? ¿La parte en la que me metiste la lengua en la boca o la parte en la que me subiste el vestido?

Sus palabras lo devolvieron a aquel momento.

Si hubiera sido cualquier otra persona, la habría llevado directamente a su piso y le habría hecho el amor hasta que ninguno de los dos tuviera energía para salir de la cama.

Pero en cambio ahí estaba, intentando hacer lo más decente y ella haciéndolo sentir mal por ello.

Lo injusto de la situación le irritó.

Se apartó del escritorio.

—Estabas hiperventilando.

—¿Me besaste para que dejara de hiperventilar?

Incluso a él le sonó ridículo.

—Estabas asustada y te consolé. De eso se trataba. No le des tanta importancia, Paige.

—¿Que no le dé tanta importancia? —caminó hasta el escritorio con esas piernas increíblemente largas que la noche anterior le habían rodeado la cintura.

Nervioso, dejó de mirarle las piernas para mirarle la boca, aunque eso no fue de gran ayuda porque su boca era suave y brillante y conocía exactamente cómo sabía. Lo cierto era que no había ni una parte de ella que no lo tentara. Intentó mirar la pantalla del ordenador.

—Bueno, ya sabes… No le des tantas vueltas a las cosas.

—¿A las cosas?

Él apretó los dientes.

—Cuentos de hadas. Eso es terreno de Eva.

—¿Y qué eres tú en este cuento de hadas, Jake? ¿El príncipe Encantador? Porque no recuerdo haber estado dormida. ¿El lobo feroz? ¿«Para comerte mejor»?

—Fue un beso, joder —se levantó, irritado, acorralado. Se pasó las manos por el pelo y la miró—. ¿Qué quieres que diga? Te besé.

—Ya sé que me besaste. Estaba allí. Lo que no sé es por qué. Y no me digas que estabas intentando hacer que dejara de hiperventilar.

¿Por qué la había besado?

Porque durante unos segundos había bajado la guardia.

—Estabas muy nerviosa.

—No se besa a las mujeres cuando están nerviosas. Se las abraza, se les da una palmadita de ánimo y se les dice: «Ya está, ya está».

—Todo empezó así —¿por qué no podía Paige dejar el tema?

—Pero no terminó así.

—No —el recuerdo de cómo había terminado lo había mantenido despierto la mayor parte de la noche, durante la que había recorrido la considerable extensión de su piso varias veces y se había dado dos duchas frías—. ¿Siempre lo analizas todo?

—No, todo no. Pero estoy sí lo estoy analizando.

—Tienes que olvidarlo.

—¿Crees que puedo ignorarlo?

—Sí, eso es lo que creo.

—Dime que no te interesa y no volveré a mencionarlo —dejó caer las palabras en un inquietante silencio.

Lo tenía atrapado, retorciéndose como un pez en un anzuelo.

—No me interesa. Mira, éramos dos personas atrapadas en un ascensor; tú estabas nerviosa, yo te calmé y acabó siendo más de lo que había planeado. Había tomado una copa de champán y tú estabas tan preciosa y vulnerable, con los labios rojos y tan apetecibles. Pero fue solo un beso. Esas cosas pasan —esperaba que ella dejara el tema ahí, pero por supuesto no lo hizo.

—No fue solo un beso. Fue… —Paige ahora se mostraba más insegura, parecía perpleja—. Fue más. Fue más, Jake. Lo sentí. Fue distinto.

—No lo fue. Beso así todo el tiempo —respondió él quitándole emoción a su voz—. Para mí, ese beso fue como todos los demás —y con eso lanzó la flecha que le atravesó el corazón a Paige.

Podía notar cuánto daño le había hecho y en ese momento se odió profundamente a sí mismo.

¿Por qué demonios se había subido al ascensor con ella?

—Entonces estás diciendo que me besaste porque estaba allí. Porque dio la casualidad de que tenía boca y llevaba pintalabios rojo —su tono era monótono—. ¿Eso fue todo?

—Sí.

Se lo quedó mirando un momento y después eligió una de las sonrisas de su colección. Tenía varias que él conocía bien. Estaban la sonrisa de «estoy bien», la de «no me duele nada» y la sonrisa de «no me importa».

Esta fue una combinación de las tres. Matt la habría llamado su «cara de valiente».

—Vale… Bueno, pues agradezco tu sinceridad —puso los hombros derechos— y siento haberte molestado. Si tienes alguna pregunta sobre el local, avísame. De lo contrario, Genio Urbano seguirá adelante con la planificación.

—No tengo ninguna pregunta —excepto por qué se había ofrecido a celebrar la fiesta—. Sigue con lo tuyo.

Y mientras siguiera con lo suyo bien alejada de él, tal vez ambos podrían sobrevivir a esa situación.

Capítulo 10

«Los hombres son como los pintalabios; tienes que probar unos cuantos antes de encontrar el perfecto».

—Paige

—Bueno, ¿qué tal va el negocio? –Jake estaba tirado en el sofá de Matt matando zombis en la Xbox mientras esperaban a que llegaran sus amigos para una partida de billar–. ¿Tienes mucho trabajo?

—Sí. ¿Te has bebido toda la cerveza que había en la nevera? Habría jurado que estaba llena la semana pasada.

—Lo estaba, pero se te olvida que celebramos la noche de póquer.

—No se me olvida. Aquella noche perdí algo más que cerveza –respondió Matt gruñendo y levantándose–. Si vacías la puñetera nevera, deberías llenarla, sobre todo teniendo en cuenta que la última vez te fuiste de aquí con la mitad de mi dinero.

Era una conversación relajada; una que habían tenido cientos de veces antes.

—Creo recordar que vaciar tu nevera fue un proyecto común y, ya que en un principio te la había llenado, no te puedes quejar. Esta vez he venido con las manos vacías porque he venido en bici, pero, si quieres, puedo ir al restaurante y arrasar provisiones.

–¿Le robarías a tu propia madre? No tienes conciencia.

Dado que su conciencia era lo único que lo refrenaba para no acostarse con Paige, la acusación le molestó.

–¿Quieres cerveza o no?

–Vaya, estás de muy buen humor, ¿eh? –comentó Matt mirándolo fijamente–. ¿Quieres hablar de ello? ¿O preferirías pasar la rabieta solo?

–Mejor solo –respondió Jake destrozando más zombis.

–¿Entonces no vas a decirme qué pasa?

–No pasa nada. ¿Y desde cuándo me animas a hablar de mis problemas? Eso es trabajo de Eva.

Matt lo miró atentamente.

–Vale, lo pillo. No quieres hablar de ello. Y no te preocupes por la cerveza. Tenemos suficiente para esta noche. Le dije a Paige que mañana iría con la furgoneta a recoger un andamio para tu fiesta, así que puedo aprovechar y comprar más.

–¿Andamio?

–Van a levantar una zona central. ¿No te lo han dicho? –preguntó Matt extrañado–. Paige ha localizado a un escenógrafo. ¿No tenéis reuniones para hablar de estas cosas?

No, si podía evitarlas.

–Tuvimos una reunión al principio y le dije lo que quería. Están diseñando un plan que encaje con eso. Miro los correos electrónicos de vez en cuando.

–¿Y no les has dado un presupuesto?

–Uno indefinido.

Matt se estremeció.

–¿Le has dado a Eva un presupuesto indefinido? Abrirá una cuenta en Bloomingdale's y arrasará con todo. Creía que eras un hombre de negocios.

–Le di el presupuesto a Paige. Quiero causar sensación y estoy seguro de que la inversión merecerá la pena –había querido darle a Paige rienda suelta para dejar boquiabierto a lo mejor de Manhattan. Eso sí que podía hacerlo por ella.

–¿Me estás diciendo que no conoces los detalles?

–¿De qué te sirve comprar un perro si luego tienes que ladrar tú?

–¿Estás llamando perra a mi hermana?

–No –contestó Jake poniéndose violento con los zombis–. Te estoy diciendo que sé delegar. No me importa qué haya para comer con tal de que mis invitados estén alimentados y felices. No me importa si ponen rebozuelos o setas de ostra, que es lo que le dije a Eva cuando intentó discutir esos detalles conmigo. Ella es la experta en comida. Se lo dejo a ella.

–Y Paige lo está supervisando todo. Está trabajando veinticuatro horas al día para ti, así que más te vale decirle algo alentador.

Con la mirada fija en la pantalla, Jake mató unos cuantos zombis más. Desde la conversación en su despacho, se había mantenido alejado de su camino.

–¿Cómo le va?

–¿Por qué me lo preguntas? Creía que estaba en tu oficina.

–Y lo está. Pero está trabajando, yo estoy trabajando, y no estamos trabajando en lo mismo –destrozó todo lo que apareció en la pantalla en un violento baño de sangre.

Matt enarcó las cejas.

–¿Pasa algo?

–Nada. ¿Por qué piensas que pasa algo?

–Porque estás tenso y has matado a una barbaridad de zombis.

–En eso consiste el juego. En matar zombis –Jake soltó el mando; odiaba sentirse culpable. ¿De qué tenía que sentirse culpable? Lo estaba haciendo por ella. Se estaba sometiendo a una brutal frustración sexual por ella–. ¿Entonces la última vez que viste a Paige no te pareció disgustada?

–¿Disgustada? –Matt estrechó la mirada–. ¿Por qué iba a estar disgustada? ¿Ha pasado algo?

Sí, prácticamente la había desnudado y le había devorado la boca como si hubiera sido su plato en un banquete.

–Solo he preguntado por curiosidad, nada más –le ardía el cuello–. Ha estado trabajando mucho.

–Creía que no la habías visto.

–Por eso sé que está trabajando mucho. Porque no la he visto –exceptuando el momento en el ascensor, cuando la había visto y saboreado demasiado.

–¿Ni si quiera te has asomado a la puerta de su oficina una sola vez para ver cómo está?

Más que enfadado, Matt parecía estar divirtiéndose con la conversación, pero la situación en general resultaba tan incómoda como caminar descalzo sobre grava.

Jake cambió de postura.

–He estado ocupado. Tengo que dirigir mi negocio –y si se hubiera asomado a su puerta para ver cómo estaba, podría haber salido de allí con un ojo morado. Aun así, no la habría culpado por darle un puñetazo. La culpabilidad le raspaba la conciencia como si fuera papel de lija–. ¿Qué más quieres de mí? He invitado a toda la gente importante que tengo en mi agenda. El resto depende de ella.

–Oye, te has portado bien con ella –dijo Matt ahora con tono cálido–. Has sido un buen amigo.

Se revolvió por dentro.

Había sido un amigo pésimo.

–Supongo que debería haberme acercado para ver cómo se encuentra, pero no he estado mucho por la oficina –había encontrado miles de razones para no estar allí. Había volado a Los Ángeles para hablar con un cliente en lugar de hacer que él fuera a Nueva York. Había conducido hasta Washington DC para discutir un tema de seguridad con un contacto muy importante y se había tomado su tiempo para volver.

Hacía aproximadamente una semana que no la veía.

Le enfurecía no poder dejar de pensar en ella, y le enfurecía no haber sido capaz de contenerse en el ascensor.

No podía dejar de recordar aquel maldito beso.

Matt le puso una mano en el hombro.

—No te sientas mal. Agradezco lo que estás haciendo por ella, de verdad que sí. Te debo una.

Lo atravesó un puñal de culpabilidad. Era su amigo. Nunca había engañado a su amigo. No se sentía bien haciéndolo.

—No me debes nada, pero si de verdad quieres devolverme el favor, puedes dejarme ganar esta noche.

Matt sonrió.

—No podrías ganarme ni aunque estuviera borracho.

—¿Me estás desafiando? —ahora mismo beberse todo lo que tuviera delante le parecía el mejor modo de actuar—. Vamos a probar.

—Ha sido la peor cita de mi vida, la más embarazosa. Gracias a Dios que lo han llamado por una emergencia.

Frankie estaba de rodillas arreglando el jardín de la azotea.

—No voy a decir que ya te lo dije.

—Bien —Eva se quitó los zapatos y se tiró en uno de los sillones—. Porque ahora mismo estoy de muy mal humor y podría podaros a ti y a tus rosas.

Paige encendió las velas. Era la primera vez en toda la semana que subían a la azotea. Habían estado trabajando muchas horas y la mayoría de los días se habían ido a la cama directas de la oficina y al revés.

Aun así, al menos trabajar tanto había aplacado el intenso dolor que había sentido tras el encuentro con Jake. Estaba demasiado agotada como para sentir algo.

Se tiró en el sillón junto a Eva.

–Cuéntanos lo de tu cita.

–No quiero hablar de ello –respondió Eva estremeciéndose–. Ya ha sido bastante malo vivirla una vez como para ahora tener que recordarla.

Meticulosamente, Frankie añadió otra capa de tierra a la maceta.

–¿No vas a contarnos adónde te ha llevado? –se detuvo cuando Matt apareció en la azotea seguido por Jake.

Eva y Frankie, nerviosas, miraron a Paige.

Les había contado lo de la conversación que habían tenido tras el beso y sabían que no había visto a Jake desde ese día. La había estado evitando y solo pensarlo hizo que un rubor le recorriera la piel.

¿Qué hacía ahora ahí? ¿Y con Matt? ¿Acaso le daba miedo que pudiera tener que defenderse de ella?

Frankie se levantó con actitud protectora, como un guardaespaldas.

–¿No tenéis noche de póquer?

–Noche de billar, pero no han venido los otros dos. Presiones del mundo empresarial. Así que se nos ha ocurrido subir aquí y bebernos la cerveza mientras disfrutamos de las vistas. Si no os molestamos, claro.

«Sí, nos molestáis», pensó Paige desesperadamente. Estaba cansada y deseando pasar una noche relajante con sus amigas. No quería que Jake se metiera en eso. Estar cerca de él era todo menos relajante. Por segunda vez en su vida se había humillado ante él. Y ni un montón de plantas, velas aromáticas y vino blanco frío podrían ayudarla a superarlo.

Matt dejó su cerveza sobre el suelo de piedra azul.

–¿Interrumpimos una reunión extra oficial de Genio Urbano?

–No. Nos estábamos poniendo al día de todos los detalles jugosos de la vida amorosa de Eva –respondió Paige esperando que eso bastara para que salieran corriendo.

Sin embargo, Matt se sentó. Y ya que técnicamente era su azotea, no podía discutirle su derecho a hacerlo.

–¿Es que tienes vida amorosa, Ev? Ponnos al día.

–No tardaré mucho. Ha sido breve y no precisamente dulce. No quiero volver a mencionarlo. Ha sido mi cita más lamentable –dijo recostándose en el asiento–. Decidme que no soy la única que ha tenido una cita embarazosa alguna vez. ¿Paige? Hazme sentir mejor. Cuéntame el incidente más embarazoso que hayas tenido con un hombre en tu vida.

Se le estaban acumulando y todos tenían que ver con Jake.

Él estaba de pie en las sombras junto al jardín y, aunque la oscuridad ocultaba su expresión, sabía que la estaba mirando.

Había pasado años deseando que la besara, y ahora que lo había hecho, deseaba que no lo hubiera hecho porque tenía grabado en el cerebro cada intenso y erótico detalle del momento.

–Háblanos sobre tu cita, Ev –por suerte, Matt desvió la atención de Paige por un instante.

–Me ha llevado a un club de lucha. Odio cualquier forma de violencia –dijo indignada–. ¿A qué clase de persona le puede parecer eso una cita de ensueño?

Paige miró a Jake disimuladamente.

Por una parte estaba enfadada. ¿Por qué la había besado? Si hubiera querido distraerla, podría haber empleado otros métodos. Sabiendo lo que había sentido por él, sin duda debería haber empleado otro modo en lugar de hacer algo tan… tan… íntimo.

¿Qué pasaría ahora con su relación? ¿Cómo se pasaba de la intimidad a una mera relación de amistad? Como fuera, tenía que olvidar la sensación de tener su boca sobre la suya, las diestras caricias de su mano sobre su muslo y la brutal explosión de calor.

Si siempre besaba así, le extrañaba mucho que la mitad de las mujeres de Nueva York no hubieran estallado en llamas.

–¿Una cita de ensueño? –dijo Matt como riéndose de la pregunta–. Oye, Jake, ¿cuál es tu idea de una cita de ensueño?

–Una noche de sexo increíble, a poder ser con unas trillizas suecas que estén en la ciudad solo de paso.

Paige agarró su copa con más fuerza y Eva rápidamente cambió de tema.

–Matt, si fueras a salir conmigo, ¿adónde me llevarías? Y por favor no digas que a un club de lucha.

–Yo jamás saldría contigo, Ev.

Eva enfureció.

–¿Y por qué no?

–Porque te conozco desde que tenías cuatro años.

–¿Estás diciendo que no soy una monada de chica?

–Eres una monada –respondió Matt sujetando con fuerza su botella de cerveza–, pero sería como salir con mi hermana.

–¿Y qué pasa con Frankie?

Matt vaciló un poco y se llevó la botella a los labios.

–Lo mismo.

Algo en su tono hizo que Paige pensara que en absoluto era lo mismo, aunque no dijo nada.

La vida amorosa de Matt era asunto de él y ella ya tenía suficientes problemas con los suyos.

Desconcertada, Eva miró a Jake.

–¿Tú saldrías con alguna de nosotras, Jake?

–¡Claro que no! –respondió Matt sin dudarlo–. Para empezar, os conoce casi tanto como yo y sería una situación rara, y luego está el hecho de que sabe que lo machacaría si os pusiera la mano encima a alguna.

Paige dejó de respirar.

A través de la oscuridad miró a Jake y supo que él estaba pensando en el ascensor, cuando le había puesto las dos manos encima. Y la boca.

—Si ninguno de nosotros tiene citas y Jake puede alejarse de sus trillizas suecas, deberíamos hacer un picnic en Central Park algún fin de semana, todos juntos —dijo Matt, ajeno a la tensión—. Eva podría preparar algo delicioso, podemos dar un paseo, alquilar un par de barcas, escuchar jazz...

Frankie le sonrió.

—Suena bien.

—Yo no puedo —dijo Jake secamente y Matt lo miró extrañado.

—No he puesto fecha. ¿Cómo sabes que no vas a poder?

—Ahora mismo tengo muchas cosas que hacer.

A Paige la invadió la pena. Sabía exactamente por qué Jake no podría ir y eso la hizo sentirse fatal además de exasperarla.

Era él el que la había besado, no al revés.

Era él el que había creado esa situación.

Una vida de encuentros incómodos se abría ante ella.

Tenía que conocer a alguien. Tenía que llevar a un tío bueno a esa azotea y reírse y bromear con él para que Jake pudiera ver que era feliz.

Tenía que dejar de pensar en Jake.

Tenía que dejar de pensar en aquel beso.

La conversación fluía a su alrededor, conducida principalmente por Frankie y Matt.

—¿Qué tal el día, Matt? ¿No ibas a reunirte con un cliente nuevo?

—He hecho un diseño para un tipo del Upper East Side que tiene más dinero que buen gusto.

Frankie se sacudió la tierra de los dedos.

—¿Entonces vas a trabajar con él?

—No lo he decidido, mañana volvemos a reunirnos. Vamos a visitar un par de sitios juntos. Tengo que pasar algo de tiempo con él para saber si me va a dar demasiados problemas o no.

Paige se preguntó cómo sería poder rechazar trabajos.

–¿Cuándo se llega al momento en el que te ves capaz de decir que no a un encargo? No me puedo imaginar que ese momento nos llegue.

–Os llegará. Algún día miraréis la agenda y veréis que no podéis con todo. Entonces alguien os encargará algo que no os acaba de convencer y os daréis cuenta de que vuestra reputación importa y que queréis que lo que hacéis signifique algo de verdad. Decidiréis no aceptar trabajos que no cumplan con eso.

Frankie lo miró.

–¿Rechazas proyectos?

–A veces. Acabas sabiendo cuándo un cliente no va a quedar nunca satisfecho. Si me voy a pasar más tiempo deshaciendo cosas que haciéndolas, no me interesa.

El teléfono de Paige sonó y agarró el bolso, pero para cuando encontró el móvil, ya habían colgado.

–No aparece el número –dijo al mirar las llamadas perdidas–. ¿Quién podrá…?

El teléfono de Eva sonó en ese momento. Ella respondió.

–¿Dígame? –hubo una pausa–. ¿Matilda? ¿Eres tú? ¡Hemos estado llamándote muchas veces! ¿Por qué no has…? –se detuvo y abrió la boca de par en par–. ¡Tienes que estar de broma!

–¿Qué? –Paige se sentó al lado de Eva, preocupada–. ¿Qué ha pasado? ¿Dónde ha estado? Dile que podemos darle trabajo, ya se nos ocurrirá algo –por un lado se sentía aliviada de que Matilda por fin hubiera llamado y por otro se sentía culpable por no haber podido evitar que Cynthia la despidiera.

–Shh…Espera, no te oigo –Eva se giró ligeramente y Frankie volteó la mirada exasperada.

–Hay días en los que podría estrangularla. ¿Y vosotros?

Paige quería saber qué pasaba con Matilda. «¿Está bien?», vocalizó en silencio, pero Eva sacudió la cabeza y se tapó el otro oído para poder escuchar.

–Hemos oído que Chase Adams insistió en que te despidieran –se detuvo–. ¿Que hizo qué? ¡Vaya! ¿Qué clase de hombre hace eso?

–Un cretino –murmuró Frankie–. ¿Por qué hace preguntas tan obvias?

Jake enarcó las cejas.

–Es un empresario astuto, no un cretino.

–Despidió a Matilda. Eso lo convierte en un cretino.

–¡Shh! –exclamó Eva agitando la mano para hacerlos callar–. Cuéntamelo otra vez, Matilda, desde la parte en la que se te cayó el teléfono en la bañera…

Paige esbozó una media sonrisa. Eso era muy propio de Matilda.

Frankie parecía desconcertada.

–¿Quién se lleva el teléfono a la bañera? ¿Y luego se pregunta por qué tiene tantos accidentes?

Paige observaba a Eva. No decía nada, simplemente escuchaba, pero entonces los ojos se le llenaron de unas enormes lágrimas.

–Matilda…, –dijo Eva entrecortadamente–. No… no sé qué decir –las lágrimas le caían por las mejillas.

A Paige le dio un vuelco el estómago. Sin duda, era peor, mucho peor, de lo que se había temido.

Extendió una mano.

–Déjame hablar con ella. Dame el teléfono, Ev –estaba decidida a solucionar las cosas. Le daría un trabajo a Matilda aunque le supusiera tener que alimentarse a base de sopa instantánea durante el resto de su vida–. ¡Ev!

–¡Espera! –Eva agarró con fuerza el teléfono y se secó las lágrimas con la otra mano mientras seguía escuchando–. Genial. Sí, eso es. Hemos abierto nuestro propio negocio. Genio Urbano. Íbamos a ofrecerte trabajo… ¡Lo sé! Es increíble. Te veremos allí entonces. Va a ser un poco incómodo. ¿Nos hablarás de todos modos?

Frankie bramó de nuevo.

–¡Lo que va a ser un poco incómodo es que le arranque el teléfono de la mano! Además, ¿por qué no nos iba a hablar Matilda? Fue Cynthia la que la despidió, no nosotras.

Eva colgó.

–¡Bueno! ¿Os lo podéis creer? ¡Es increíble!

–Te doy tres segundos para que nos lo cuentes –dijo Frankie forzando un tono agradable–. Si no, date por muerta. Y solo te lo advertiré una vez.

–¿Por qué has colgado? –preguntó Paige frustrada–. ¿Por qué no le has dicho que le daríamos trabajo?

–Porque no necesita trabajo –respondió Eva aturdida–. Le va muy bien.

–¿Ha encontrado otro trabajo? ¿Cómo? ¿De qué?

–Le van a publicar su libro.

Paige sintió una gran alegría.

–¡Qué buena noticia! Qué feliz estoy por ella. Aunque no sé si podrá vivir de eso, al menos por un tiempo. Aun así necesitará…

–No necesita nada –dijo Eva secándose los ojos–. Siempre os reís de mí, pero esto demuestra que en la vida real también puede haber finales felices como en los libros y las películas.

–Así que tiene un acuerdo editorial… Es genial, pero…

–Eso no es todo –continuó Eva sorbiéndose la nariz–. Es lo más romántico que he oído en mi vida. Después de que tirara el champán, Cynthia le dijo que se fuera a casa, ¿os acordáis? Por eso no pudimos encontrarla. Así que entró en el ascensor y adivinad quién estaba con ella… Chase Adams. Pero ella no sabía quién era…

–Solo Matilda sería capaz de no reconocer a Chase Adams.

–No he terminado.

–Pues termina antes de que muramos de viejos.

–Esto es como un cuento de hadas en la vida real, así que me voy a tomar mi tiempo. No sabía quién era, pero como hubo tanta química entre los dos, se fue a casa con él.

–¿Se fue a casa con un tipo que conoció en el ascensor? –preguntó Frankie asombrada–. ¡Joder, está tan mal como tú! Por favor, dime que en algún momento descubrió quién era y le dio un puñetazo.

–Se enamoraron –a Eva se le volvieron a llenar los ojos de lágrimas–. Lo siento, pero es que estoy tan feliz. Eso demuestra que cuando las cosas están bien, están bien. No hace falta pasar años juntos para saberlo.

–¿Qué? Espera un minuto –Paige estaba confusa–. ¿Me estás diciendo que conoció a Chase Adams, se enamoró y…?

–Y ahora van a vivir felices para siempre.

Frankie no se lo podía creer.

–¿Sabe que él le exigió a Cynthia que la despidiera?

–Eso no fue lo que pasó –de pronto, Eva dejó de sonreír–. A él no le importó lo del champán que tiró. No dijo ni hizo nada hasta que Matilda le contó que Cynthia la había despedido. Fue entonces cuando retiró su cuenta porque estaba muy furioso con Eventos Estrella por haberla despedido.

Atónita, Paige digirió la verdad.

–¿Entonces estás diciendo que Cynthia mintió? ¿Otra vez?

Matt y Jake se miraron.

–Ya os dijimos que Chase no haría algo así.

–Pero ¿por qué iba a mentir Cynthia? –sin embargo, no le hizo falta que le dieran la respuesta. Ya la sabía–. Porque no quería responsabilizarse de su decisión. Porque es una cobarde.

–Entonces Chase sí que es indirectamente responsable de que perdiéramos nuestros trabajos –señaló Frankie soltando una carcajada–. Tiene cierta relación con ello. Tal vez deberíamos enfadarnos.

–Deberíamos estar agradecidas –dijo Paige levantándose–. Gracias a que perdimos nuestros trabajos ahora tenemos Genio Urbano. Y me siento muy aliviada por Matilda. ¿Dónde ha estado todo este tiempo?

–Encerrada en la casa de playa de Chase en los Hamptons, teniendo montones de encuentros sexuales junto al mar y escribiendo su próximo libro. Como se le cayó el teléfono, perdió todos los contactos y, claro, cuando llamó a Eventos Estrella para hablar con nosotras le dijeron que no podían facilitarle detalles personales. Chase le ha comprado un diamante gigante en Tiffany's y los vamos a ver pronto porque van a asistir a la fiesta de Jake.

Paige miró a Jake.

–No nos habías dicho nada.

–Chase Adams estaba en la lista, pero no sabía que hubiera aceptado la invitación y no sabía nada de esa tal Matilda.

Matt soltó la cerveza.

–Tienes que estar emocionada, Paige. Este es tu primer gran evento.

¿Emocionada? Estaba aterrada. Solo podía pensar en que Jake estaría allí y que la situación se le haría muy incómoda.

–Claro que está emocionada. ¡Todas lo estamos! –dijo Eva llenando su silencio y poniéndose de pie–. Será genial volver a ver a Matilda.

Eso sí que era cierto. Consciente de que todos la estaban mirando, Paige asintió.

–Sí.

Tenía que seguir con su vida y olvidar lo sucedido.

Tenía que pensar en Jake como un cliente, nada más.

Sería profesional, simpática y eficiente.

Y evitaría los ascensores a toda costa.

Capítulo 11

«Cuando la vida te envíe limones, devuélvelos al remitente».

—Eva

Paige se movía por la azotea del Lower Manhattan comprobando hasta el más mínimo detalle.

Costaba creer que semanas de trabajo por fin fueran a dar su fruto.

Por la azotea resonaban golpes y voces mientras la plantilla que Frankie había contratado daba los toques finales y probaba las luces. Habían estado hasta tarde la noche anterior y habían vuelto al amanecer. Frankie, vestida con vaqueros y con su melena pelirroja recogida en una pulida cola de caballo, parecía una fiera guerrera dando órdenes. Había instalado una zona de montaje donde poder descargar todas las flores y prepararlas.

Paige tenía que admitir que lo que habían diseñado juntas era impresionante.

Al otro lado de la terraza, Eva revoloteaba de un lado a otro mientras coordinaba los toques finales entre el local y Delicious Eats.

Los ascensores se habían transformado en cápsulas futuristas, listas para transportar a los invitados a una nueva era cibernética. Desde ahí eran dirigidos por dos «túneles» hábilmente iluminados hacia la azotea, donde el mundo se abría ante ellos simbolizando la tecnología cibernética.

No había ni una sola posibilidad que Paige no hubiera contemplado. Contaba con dos planes de emergencias para cada aspecto de la celebración y estaba convencida de que se podría encargar de cualquier cosa que pudiera salir mal.

Jake decía que no se podían controlar las cosas, pero ella sí podía controlar esa fiesta.

Y no solo tenía un plan A; también tenía un plan B y un plan C.

Había pronóstico de tormenta, pero todo apuntaba a que llegaría después de que el evento hubiera terminado. Y si llegaba antes, para eso también estaba preparada. Cerrarían las puertas de cristal y llevarían a todo el mundo adentro.

—No pienso volver a hacer canapés —protestó Eva al acercarse a ella—. Voy a acabar viendo unos y ceros hasta en sueños.

—Tienen un aspecto increíble. Una idea muy inteligente, Ev.

Frankie se unió a ella; tenía ojos de cansada.

—Me he subido a ese andamio tantas veces en los últimos dos días que me van a crecer los pectorales.

—Todo está espectacular. Ahora solo nos faltan los invitados —Paige alargó la mano y le limpió a Frankie una mancha negra de la cara—. Y tal vez tengamos que cambiarnos porque ahora mismo las trabajadoras de Genio Urbano tienen un aspecto un poco... eh... urbano. Tenemos que hacer que parezca que no nos ha supuesto ningún esfuerzo, como si hiciéramos todo esto mientras nos limamos las uñas.

Los nervios le revoloteaban por el estómago cuando las tres se marcharon hacia la sala privada reservada para su uso.

Eva y Paige llevaban la misma falda negra corta a juego con unos tacones, pero Frankie, que odiaba las faldas, había optado por unos pantalones sastre negros. Cada una llevaba un color distinto de camisa con el logotipo de Genio Urbano bordado en color plata en el bolsillo.

La de Paige era negra, la de Eva, azul medianoche y la de Frankie, de un oscuro tono verde bosque que hacía juego con el intenso color fuego de su cabello.

Paige miró a sus amigas y se le llenaron los ojos de lágrimas.

—Estoy muy orgullosa de vosotras. De nosotras. ¿Os podéis creer que estemos haciendo esto juntas? Es nuestro negocio. Habéis trabajado mucho. Vamos a hacer que esta empresa se convierta en un gran éxito. Gracias por asumir el riesgo y aceptar formar parte de esto.

Frankie se sonrojó.

—Aceptamos porque confiamos en ti. No conozco a nadie tan motivado y centrado como tú. Ni tan decidido. Si alguien podía encontrar el modo de hacer que esto funcionara, esa eras tú.

—Confías en mí porque soy tu amiga.

—Eres más que una amiga. Eva, tú y Matt, e incluso Jake, sois mi familia. La familia que me habría encantado tener.

Un discurso tan emotivo no era propio de Frankie. Eva le tomó la mano y luego agarró la de Paige.

—Va a ser increíble. Vamos a dejarlos muertos.

—Espero que eso sea una figura retórica —dijo Frankie— porque no queremos que nos demanden por homicidio en nuestro primer evento —añadió, y apretó con fuerza la mano de Eva antes de ir hacia la puerta.

Paige se preguntó si sería la única a la que le temblaban las rodillas.

No estaba segura de si estaba más nerviosa por Genio Urbano o por el hecho de que Jake estaría allí.

Deseaba desesperadamente que todo fuera perfecto.

En cuanto salieron por la puerta, se centraron en los detalles de última hora. El inicial goteo de invitados que llegaban temprano se convirtió en un flujo constante cuando los demás comenzaron a llegar y pronto la terraza estuvo llena de risas, charlas y exclamaciones, y de miradas que se alzaban con asombro ante los llamativos diseños de iluminación y florales. Los asistentes hablaban sin cesar y tenían las manos demasiado ocupadas con la comida.

Las zonas interactivas en las que la gente podía probar la tecnología resultaron un éxito y pequeñas multitudes esperaban a que llegara su turno.

Paige lo comprobó y volvió a comprobarlo todo.

Había olvidado cuánto le gustaba esa parte del trabajo; cuando tanto esfuerzo, las discusiones y la angustia quedaban en el pasado y llegaba el momento de comprobar detalles y toques minúsculos. Le encantaba moverse por allí en busca de sonrisas y conversaciones, y detectando problemas antes de que surgieran.

Le encantaban todo ese bullicio y la sensación de responsabilidad.

Y esa vez la responsabilidad recaía toda en ella.

Era un sentimiento sorprendentemente bueno.

Vio a una invitada romperse el tacón y le cambió los zapatos por un par que tenían en los «suministros para emergencias». Sencillos, negros y de altura media: un sustituto perfecto. Y cuando un invitado tuvo un accidente y le echó encima una copa de vino a su acompañante, también se ocupó del problema con prontitud. En su almacén entre bambalinas tenía tiritas, pajaritas, camisas blancas de distintas tallas y su teléfono con todos los contactos necesarios para solucionar cualquier problema. Podía llamar a taxis, a médicos y a tintorerías si era necesario, pero hasta el momento todo marchaba como la seda.

El clima seguía siendo bueno y una ligera brisa de verano refrescaba la terraza tras un día de ardiente sol. En la distancia acechaban algunas nubes de tormenta, pero estaban lo suficientemente lejos como para no tener que preocuparse por ellas todavía.

La pista de baile era un amasijo de colores. Plata, rojo y azul resplandecían junto a esmóquines y camisas blancas relucientes.

Y todo giraba en torno a Jake, que charlaba con cada invitado a medida que iban llegando.

No le hacía falta moverse, todos iban hacia él.

Sin embargo, se movía por allí relacionándose con todos y de vez en cuando se acercaba para presentarle a alguien a Paige, siempre con comentarios divertidos y halagüeños.

Estaba muy claro que, después de esa noche, en Genio Urbano iban a estar muy ocupadas. Les habían encargado de todo, desde lanzamientos de productos hasta cumpleaños, bar mitzvás y fiestas de premamá.

—Genio Urbano —un hombre alto con expresión adusta leyó las palabras bordadas en su pecho y asintió—. Jake me ha dicho que sois la empresa de eventos más solicitada de Manhattan. ¿Tienes alguna tarjeta de visita?

Paige le entregó una.

—Paige —le susurró Eva al oído—, echa un vistazo ahí. Junto a la fuente. Es Matilda. Está impresionante.

Paige miró y vio a Matilda, alta y con las piernas largas, de la mano de un hombre alto y de hombros anchos.

—La quiere —dijo Paige emocionada—. Se nota por cómo la mira.

Eva suspiró.

—Quiero llegar a tener eso algún día. No me conformaré con menos.

—Pues entonces será mejor que te vayas preparando para quedarte soltera —le dijo Frankie antes de ir a saludar a Matilda y fundirse entre la multitud.

Eva se la quedó mirando con exasperación.

–¿Qué le pasa? No es capaz de ver un final feliz ni aunque lo tenga delante de las narices.

Paige pensó en la madre de Frankie.

–Supongo que si nunca lo has visto de cerca, cuesta creer en ello.

–Bueno, pues ahora ya lo está viendo. ¡Ay, no! Parece que hay un problema con la comida. Luego iré a ver a Matilda –dijo Eva alejándose.

Paige cruzó la terraza para ir a saludar a Matilda mientras pensaba en cuánto habían cambiado sus vidas desde la última vez que se habían visto.

Chase Adams le resultó algo frío e intimidante al principio, aunque lo vio más relajado una vez Matilda los presentó.

–Matilda habla maravillas de ti –dijo el hombre al estrecharle la mano–. Le encantaba trabajar contigo.

Paige se sonrojó.

–Gracias.

–¡Cuánto me alegro de verte! –exclamó Matilda, que al abrazarla con fuerza tiró la copa de champán en la fuente.

Chase la recogió sin decir nada.

–Supongo que soy el responsable de que hayáis perdido vuestro trabajo –colocó la copa fuera del alcance de Matilda–. No me disculparé por haber retirado mi cuenta, porque el modo en que trataron a Matilda me pareció inaceptable, pero sí que lamento que vosotras salierais perjudicadas.

Su mirada era directa y Paige sacudió la cabeza agradeciendo su sinceridad.

–Nos hiciste un favor, gracias a ti estamos haciendo esto. Y tienes razón sobre lo que pasó con Matilda. Fue inaceptable –se sentía algo avergonzada a pesar de saber que no había tenido la capacidad de cambiar lo sucedido–. Intenté encontrarla aquella noche y...

–Lo sé –él sonrió y esa sonrisa lo convirtió en alguien infinitamente más accesible–. Me lo ha contado todo. Y también me ha contado lo de Genio Urbano. ¿Cómo va? El mercado es bastante complicado.

Ella decidió que la sinceridad merecía sinceridad.

–Ha sido un comienzo lento, pero esperamos que después de esta noche las cosas vayan mejor.

Matilda le tiró de la mano.

–Chase...

Él se giró hacia ella, atento al instante.

–Dime, cariño.

–¿Harías algo por mí?

–Ya sabes que sí –su voz era suave. Íntima–. Lo que quieras.

–¿Puedes decirles a todos tus amigos que contraten a Genio Urbano? Paige es brillante.

Paige se preguntó cómo reaccionaría un hombre como Chase al oír a alguien decirle cómo llevar su negocio; sin embargo, el comentario pareció agradarle.

–¡Claro! Iba a hacerlo de todos modos –se giró hacia Paige de nuevo con una mirada intensa y observadora–. ¿Podrás ocuparte de tantos encargos?

–Sí –respondió ella sin vacilar–. Estamos elaborando una lista de locales y proveedores de preferencia. Podemos ocuparnos de lo que sea.

–Bien. En ese caso te garantizo que vais a estar muy ocupadas.

Matilda lo abrazó impulsivamente.

–Eres el mejor.

Chase le dio un beso en la cabeza.

–¿Más champán?

–Hace un momento tenía una copa llena, no sé qué le ha pasado... –miró a su alrededor, confusa, y Chase se rio.

–Ha ido a parar a la fuente. No pasa nada, Jake Romano puede permitirse malgastar un poco de champán. Y hablando de Jake, debería presentártelo. Me ha encantado conocerte –añadió mirando a Paige–. Si necesitas cualquier cosa, llámame.

Matilda y él se alejaron y un momento después Eva y Frankie se unieron a Paige.

–¿Y? –preguntó Frankie con tono mordaz–. ¿Es lo suficientemente bueno para ella?

Paige miró a la pareja con una punzada de envidia.

–Sí.

–Eso que veis es amor –apuntó Eva con tono soñador–. Frankie, ¿cómo es posible que esta imagen no pueda ablandar esa piedra que tienes en el pecho y que llamas «corazón»?

–No estoy para escenitas tiernas. Más le vale no jugar con ella, solo digo eso.

Eva la miró exasperada.

–No va a jugar con ella. ¿Has visto cómo la miraba? ¿Y cómo ha recogido la copa de champán sin decir nada? La adora. Despidió a Eventos Estrella por cómo se portaron con ella. ¿Qué más tiene que hacer ese hombre para convencerte? Yo ya lo quiero con locura.

–Tú quieres a todo el mundo con locura –dijo Frankie aunque con un tono de voz más suave de lo habitual–. Sí, vale, admito que hacen muy buena pareja y que me ha gustado el hecho de que parezca que su torpeza le resulte adorable.

–Además, por una vez Matilda lleva tacones porque es incluso más alto que ella. Cuánto me alegro de que haya vuelto a Nueva York. Eso significa que la veremos más –Eva se alejó bailando y Frankie se la quedó mirando atónita.

–Cree que la vida es un cuento de hadas.

–No, no lo cree –Paige vio a Eva moverse por la terraza sirviendo comida y lanzando sonrisas a partes iguales–. Sabe aprovechar al máximo cada momento. Cree en el amor y sabe que pasan cosas malas. Se quedó hundida cuando murió su abuela, pero cada día se levantaba de la cama e iba a trabajar. E incluso cuando se siente deprimida, sigue intentando encontrar lo positivo en cada día. Es verdad que es una soñadora, pero además es terriblemente leal y su lealtad es auténtica. Cuando Eva quiere, quiere para siempre, así que supongo que eso nos convierte en personas afortunadas.

–Supongo que sí. En el amor entre amigas sí que creo.

–Yo también. Los amigos son lo mejor del mundo. Gracias –Paige abrazó a Frankie impulsivamente–. Gracias por hacer esto conmigo, por arriesgarte. Sé que has corrido un riesgo muy grande. Te quiero.

–Oye, ya basta –dijo Frankie con voz gruñona aunque abrazó a Paige antes de apartarse–. No te vayas a poner emotiva tú también, ya tengo suficiente con soportar a Eva. Bueno, la gente se marcha. Iré a despedirlos. «Adiós» es mi palabra favorita después de una noche larga.

Paige se quedó allí de pie un momento pensando en lo impredecible que era la vida.

¿Quién habría pensado que quedarse sin trabajo iba a ser lo mejor que podía haberle pasado a Matilda?

¿Quién habría pensado que a Eva, a Frankie y a ella les habría ido tan bien por perder su trabajo?

Genio Urbano existía únicamente porque la vida les había puesto un obstáculo en el camino.

Se había visto obligada a hacer un cambio, pero había resultado ser uno bueno.

En lugar de luchar contra la situación, la había asumido.

¿Qué había dicho Jake?

«A veces tienes que dejar que la vida siga su curso».

A lo mejor debería probar y hacerlo.

Debía encontrar tiempo para salir con otros hombres y tener la esperanza de que algún día encontraría a alguien que la haría parecerse a Matilda cuando sonreía a Chase.

Y tal vez un día echaría la vista atrás y se daría cuenta de que no estar con Jake era lo mejor que le podía haber pasado porque de haber estado con él no habría conocido a...

¿A quién?

¿Alguna vez encontraría a alguien que la hiciera sentir como lo hacía Jake?

Se levantó, se apoyó en la barandilla y contempló la ciudad que amaba.

Las luces de Manhattan destellaban como miles de estrellas contra el cielo de la noche, y ahora, por fin, mientras los últimos invitados se dirigían hacia los ascensores, se permitió un momento para disfrutar de la estampa.

—Creo que es hora de relajarse y celebrarlo.

Captó la voz de Jake tras ella y, al girarse, lo encontró sosteniendo dos copas de champán.

—Por Genio Urbano —añadió Jake dándole una.

—No bebo cuando estoy trabajando —porque mientras él estuviera presente, seguía trabajando.

Sabía muy bien que no debía bajar la guardia una segunda vez.

—Los invitados se han ido, ya no estás trabajando. Tu trabajo aquí ha terminado.

—No estoy fuera de servicio hasta que no lo hayamos recogido todo —y al día siguiente llegarían las observaciones, la autopsia. Discutirían sobre las cosas que podrían haber hecho de otro modo, desgranarían cada aspecto del evento y volverían a darle forma. Para cuando terminaran, habrían identificado todos los puntos débiles y los habrían fortalecido.

—No creo que una copa de champán vaya a perjudicar tu capacidad de hacerlo. Felicidades —brindó con su copa—. Espectacular. ¿Ha salido algún encargo nuevo?

—Muchos. El primero es una fiesta de premamá para la semana que viene. No tenemos mucho tiempo, pero es un buen evento.

Él esbozó una mueca.

—¿Una fiesta de premamá es un buen evento?

—Sí. En parte porque la mujer que la celebra para su colega embarazada es la directora ejecutiva de una empresa importadora de moda, pero también porque cualquier tipo de encargo es bueno.

—Chase Adams se ha quedado impresionado. Mañana correrá la voz de que Genio Urbano es la mejor empresa de organización de eventos de Manhattan, así que prepárate para estar ocupada.

—Estoy preparada.

Su halago la reconfortó y le subió el ánimo.

Jake estaba a su lado y el roce de su manga contra su brazo desnudo la hizo estremecerse.

Sus miradas chocaron brevemente y a Paige le pareció ver un destello de deseo, pero entonces él desvió la mirada y ella, sonrojada, lo hizo también.

Lo estaba volviendo a hacer. Imaginándose cosas.

Y eso tenía que parar.

Tenía que parar de inmediato.

Ya bastaba de ponerlos a los dos en una situación incómoda.

Giró la cabeza para mirarlo, pero Jake estaba mirando al frente con su hermoso rostro carente de expresión.

—Gracias.

—¿Por qué?

—Por pedirnos que hiciéramos esto, por darnos rienda suelta y un presupuesto sin limitaciones. Por confiar en nosotras. Por invitar a personas influyentes. Por hacer posible que Genio Urbano exista —se dio cuenta de cuánto le debía—. Odio aceptar ayuda…

—Lo sé, aunque no ha sido el caso. Lo has hecho tú sola, Paige.

—Pero no lo podría haber hecho sin ti. Estoy muy agradecida. Si no lo hubieras sugerido, si no me hubieras animado aquella noche en la terraza, no lo habría hecho –respiró hondo. Era un buen momento para decir todo lo que tenía que decir. Y si lo decía en voz alta, tal vez sería útil para los dos–. Hay algo más... –lo vio tensarse y se sintió culpable al ver que él se veía en la necesidad de ponerse a la defensiva con ella. Sin duda, había llegado el momento de aclarar las cosas–. Te debo una disculpa.

–¿Por qué?

–Por haber malinterpretado la situación de la otra noche, por hacer que nos sintamos incómodos. Yo... –vaciló intentando encontrar las palabras adecuadas–. Supongo que se podría decir que actué como Eva. Busqué cosas donde no las había. Me iba a dar un ataque de pánico y tú solo intentabas distraerme. Ahora lo entiendo. No quiero que sientas que me tienes que evitar o que debes tener cuidado cuando yo esté delante. Yo...

–No. No te disculpes.

Jake se agarró a la barandilla con fuerza y ella vio que se le pusieron los nudillos blancos.

–Quería aclararlo, eso es todo. Fue un beso, no significó nada. Éramos dos personas atrapadas en un ascensor y una de ellas sintiéndose vulnerable –«cierra la boca ahora mismo, Paige»–. Sé que no soy tu tipo, sé que no tienes esa clase de sentimientos hacia mí. Soy como tu hermana pequeña. Lo entiendo, así que...

–¡Oh, vamos! ¿En serio? –Jake la interrumpió con un gruñido y finalmente se giró hacia ella–. ¿Después de lo que pasó la otra noche de verdad crees que te veo como a una hermana pequeña? ¿Crees que podría besarte así si te viera de ese modo?

Ella lo miró; el corazón le golpeaba contra el pecho.

–Creía... dijiste... pensé que me veías así.

–Sí, bueno, lo intentaba –Jake soltó una carcajada carente de humor y se terminó la copa de champán de un trago–. ¡Dios sabe que lo he intentado! Lo he hecho todo menos pedirle a Matt una foto de cuando eras pequeña y pegarla en la pared. No me funciona nada. ¿Y sabes por qué? Porque sí que tengo sentimientos hacia ti, no eres pequeña y no eres mi hermana.

Paige se quedó impactada, como si la hubiera atravesado un rayo.

Eran las dos únicas personas que quedaban en la terraza. Estaban solo ellos y las centelleantes luces de Manhattan. Los edificios se alzaban a su alrededor, formas oscuras que los envolvían entre sombras que invitaban a la intimidad.

Las nubes de tormenta se juntaban creando amenazadoras figuras en el cielo oscuro.

El repentino soplo de viento prometía lluvia.

Pero Paige era ajena a todo ello. El cielo se podía haber derrumbado y ella ni se habría enterado.

Tenía la boca tan seca que apenas podía hablar.

—Pero si sientes eso… Si… sientes algo por mí, ¿por qué no dejas de decir…? —tartamudeó, confundida—. ¿Por qué nunca has hecho nada?

—¿Tú por qué crees? —el tono de Jake tuvo un matiz cínico que no encajaba con la naturaleza de la conversación. Ninguna de las piezas encajaba. No podía pensar. Todo su ser había dejado de funcionar.

—¿Por Matt?

—En parte sí. Me daría una buena paliza y no lo culparía —bajó la mirada hacia las manos, como si fueran algo que no le perteneciera. Como si le preocupara lo que pudieran hacer.

—Porque no te interesan las relaciones… o complicaciones, como las llamas.

—Exacto.

—Pero el sexo no tiene por qué implicar una relación. Puede ser solo sexo. Tú mismo lo has dicho.

—Contigo no —su tono sonó duro y ella dio un paso atrás,

impactada. Habían discutido a menudo, se habían provocado, pero era la primera vez que oía ese matiz tan duro en
su voz.

–¿Por qué? ¿Por qué es distinto en mi caso?

–No me voy a acostar contigo y a largarme luego, Paige.
Eso no va a pasar.

–¿Por nuestra amistad? ¿Porque te preocupa que luego
nos sintiéramos incómodos?

–Sí, por eso también.

–¿También? ¿Qué más? –lo miró aturdida.

Él estaba en silencio.

–¿Jake? ¿Qué más?

Jake maldijo para sí antes de responder:

–Porque me importas. No quiero hacerte daño. Tu corazón ya ha sufrido bastante y no necesitas que te hagan
más daño.

Las primeras gotas de lluvia comenzaron a caer.

Paige no las notó.

Tenía la cabeza llena de preguntas. ¿Dónde? ¿Qué? ¿Por
qué? ¿Cuánto?

–Entonces… Espera… –intentaba encontrarle sentido–.
¿Estás diciendo que me has estado protegiendo? No. No
puede ser. Tú eres el único que no me protege. Cuando el
resto del mundo me tiene envuelta en algodones tú me tra-
tas con dureza –no la protegía. Él no. Jake no.

Esperó a que le diera la razón, que le confirmara que no
la protegía, pero Jake estaba en silencio.

Le palpitaba la cabeza. Se frotó la frente con los dedos.
La tormenta se acercaba; podía sentirla, y no solo en el
cielo.

–Sé que no me proteges –intentó centrarse, intentó exa-
minar la información, y sacudió la cabeza–. Precisamente
la otra noche, cuando nos enteramos de que habíamos perdido el trabajo, Matt se mostró muy compasivo y tú fuiste
muy duro. Estaba a punto de llorar, pero me enfadaste tan-

to que... –lo miró de pronto comprendiéndolo todo. Sintió cómo el rostro se le quedaba lívido–. Lo hiciste a propósito. Me enfadaste a propósito.

–Uno rinde más cuando está enfadado –dijo sencillamente– y tú tenías que actuar.

Eso no lo podía negar.

La había provocado. La había hecho reaccionar y actuar.

–Desafías cada idea que tengo –se sentía aturdida– y discutimos. Todo el tiempo. Si digo que algo es negro, tú dices que es blanco.

Él se quedó allí de pie en silencio, sin molestarse en negarlo, y ella sacudió la cabeza con incredulidad.

–Haces que me enfade. Lo haces a propósito porque si estoy enfadada contigo entonces no... –¡qué ciega había estado! Respiró hondo mientras asimilaba la realidad de su relación. El primer trueno resonó por el cielo, pero ella lo ignoró–. ¿Cuánto tiempo? ¿Cuánto tiempo, Jake?

–¿Cuánto tiempo qué? –Jake se quitó la pajarita con impaciencia y desvió la mirada. Parecía un hombre que quería estar en cualquier parte menos allí con ella.

–¿Cuánto tiempo hace que sientes algo? ¿Cuánto tiempo llevas protegiéndome? –tartamudeó al pronunciar las palabras; no se lo podía creer.

Él se pasó la mano por la mandíbula.

–Desde que crucé la puerta de aquel puñetero hospital y te vi tumbada en la cama con tu camiseta de Snoopy y esa enorme sonrisa en la cara. ¡Eras tan valiente! La persona valiente más asustada que he visto en mi vida. E intentabas que nadie lo viera. Siempre te he protegido, Paige. Menos la otra noche cuando bajé la guardia.

Pero ahí también la había estado protegiendo. Había estado cuidando de ella cuando estuvo demasiado aterrorizada como para saber qué hacer.

–Así que pensabas que era valiente pero no fuerte. No

lo suficientemente fuerte como para arreglármelas sola sin
protección. No lo entiendo. Pensé que no estabas interesado, que no querías esto y ahora me entero de que... –le
estaba costando procesarlo–. Entonces todo este tiempo sí
que has sentido algo por mí. Sientes algo por mí.

Ahora la lluvia caía sin cesar, empapando la chaqueta
de él y el pelo de ella.

–Paige...

–El beso de la otra noche...

–Fue un error.

–Pero fue real. No tuvo nada que ver ni con mis zapatos
ni con el color de mi pintalabios. Todos estos días, estos
meses, estos años me he estado diciendo que no sentías
nada. Todo el tiempo he estado confundida porque no entendía por qué mi instinto se equivocaba tanto, pero ahora
sé que no se equivocaba. Yo no me equivocaba.

–Tal vez no.

–¿Y por qué me dejaste pensar que sí?

–Porque era más fácil.

–¿Más fácil que qué? ¿Que decirme la verdad? Pues
aquí tienes una noticia de última hora, aunque pensé que ya
lo sabías. No quiero que me protejan. Quiero vivir mi vida.
Eres tú el que siempre me está diciendo que me arriesgue
más.

–Sí, bueno, eso demuestra que no deberías escuchar
nada de lo que te digo. Vamos, deberías pasar dentro antes
de que pilles una neumonía –la apartó de la barandilla y
ella le agarró el brazo.

–Entraré cuando decida que quiero entrar –la lluvia le
empapaba la piel–. ¿Y ahora qué pasa?

–Nada. Sé que no quieres que te protejan, pero es complicado, Paige, porque eso es lo que estoy haciendo. No soy
lo que buscas y nunca lo he sido. No queremos lo mismo.
Hay un coche esperando abajo para llevaros a casa a las
tres. Usadlo.

Y sin darle opción a responder, fue hacia los ascensores y la dejó allí, sola ante el resplandeciente paisaje urbano mientras veía la forma de su vida cambiar. Otro giro. Otra vuelta. Lo inesperado.

Capítulo 12

«La vida es demasiado corta como para esperar a que un hombre dé el primer paso».

—Paige.

Jake se quitó la chaqueta y la tiró sobre la cama.

¿Cómo se había metido en esa conversación? ¿Cómo? Había bajado la guardia por un momento, nada más, y Paige lo había desarmado con sus ojitos azules y su apabullante sinceridad.

Al otro lado de las ventanas los relámpagos surcaban el cielo de la noche y, mientras, él solo podía pensar en Paige disculpándose por «haber malinterpretado» una situación que en realidad había interpretado perfectamente.

Debería haberla hecho callar y haber zanjado el asunto, pero en lugar de eso había empezado a hablar también y a sincerarse. A sincerarse demasiado.

Alguien llamó a la puerta.

Maldijo porque sabía que solo podía significar una cosa.

Abrió, preparado con sus excusas.

Paige estaba allí; tenía el cabello mojado y las pestañas le brillaban con gotas de lluvia.

La miró como si fuera una droga que no debía tocar,

sin saber qué hacer, si cerrarle la puerta o llevarla adentro. Pero antes de poder llegar a elegir, ella entró.

Mierda.

El cerebro y los reflejos le habían respondido a cámara lenta. Cerró la puerta y se giró hacia ella.

No sabía qué tenía esa mujer que hacía que los sentidos se le revolucionaran, pero sí sabía que debía sacarla de su casa.

Y si no lo lograba, entonces tendría que marcharse él.

Que estuvieran en el mismo lugar no era buena idea.

Y menos cuando estaba tan furiosa. Con solo ver el gesto de su barbilla y su turbulenta mirada azul supo que estaba rabiosa.

En ese estado resultaba peligrosa y era capaz de hacer cosas que luego lamentaría.

Aún llevaba los tacones y la camisa de Genio Urbano puestos, lo cual le indicaba que había ido hasta allí directamente desde el local.

Debería haber echado los tres seguros de la puerta y haber activado miles de alarmas.

—¿Cómo te ha dejado pasar el portero?

—Le he sonreído.

Podría haber disparado a ese tipo de no ser porque comprendía el poder de una sonrisa de Paige.

Ahora, sin embargo, no estaba sonriendo.

—Hace una noche horrible. Deberías estar en casa.

—Tengo que decirte algunas cosas.

Estaba seguro de que no serían cosas que querría oír.

—Paige, es tarde y…

—¿Desde cuándo te ha importado eso? No eres de mucho dormir. Y yo tampoco.

Ahora mismo él podría hacer lo que fuera con tal de que saliera de su piso.

—Estás empapada.

—Entonces estaré mejor en tu casa, lejos de la lluvia —

soltó el bolso en la silla más cercana y se quitó los tacones–. ¿Sabes qué me saca de quicio?

Jake abrió la boca para responder y entonces comprendió que ella no esperaba una respuesta.

Era un monólogo y tenía que escuchar. Por eso cerró la boca y decidió esperar a que pasara la tormenta; la tormenta que estaba cayendo en su casa, no fuera. Cauteloso, la vio acercarse a la pared de cristal que le ofrecía unas vistas de Downtown Manhattan.

–Que me protejan –dijo Paige girándose–. Que me protejan me saca de quicio. Pensé que lo sabías.

La ropa mojada se le pegaba a cada tersa línea del cuerpo y él se preguntó cómo era posible que sus pies desnudos pudieran resultarle mucho más sugerentes que los tacones de aguja.

Tras ella, a través del cristal, veía los relámpagos cruzar el cielo y bañar la ciudad en un extraño brillo.

Esa imagen reflejaba el estado de Paige y la atmósfera eléctrica que ahora inundaba su piso.

–Me he pasado toda la vida protegida. En el colegio durante las clases de gimnasia los profesores siempre me estaban preguntando cómo me encontraba, si podía respirar, si estaba bien… –caminó de nuevo; sus pies no hacían ruido sobre el suelo de madera–. Celebraban reuniones para hablar de mí y si llegaba algún profesor nuevo, le daban instrucciones. «Esta es Paige, tiene un problema de corazón. Tienes que vigilarla. Ten cuidado. No dejes que haga demasiados esfuerzos. Si hay algún problema, llama a este número». Todo eran reglas, protocolos y vigilancia, siempre vigilancia, cuando yo lo único que quería era ser normal. Quería hacer todas las cosas que hacían los demás niños. Quería meterme en líos y dar un poco de guerra, pero no podía. Mis padres se preocupaban por mí todo el tiempo y yo pasaba mucho tiempo protegiéndolos, fingiendo que estaba bien. Y entonces llegaron las semanas en el hospital, cuando mientras otras iban a comprar su vestido para el baile de promoción, a mí me estaban haciendo una raja en el pecho. No me sentía persona. Solo era una condición médica. Y lo peor de todo era no poder tener ningún control sobre la situación.

Jake la observaba en silencio.

Lo revolvía por dentro imaginarla asustada. Quería envolverla en plástico de burbujas, como hacía su familia.

—Ahora soy adulta y mis padres siguen preocupándose por mí —lo miró—. Prefiero protegerlos todo lo posible porque sé que, por muy mayor que sea, siempre seré su niña pequeña. Los llamo y les digo que estoy bien. Les oculto cosas que les preocuparían porque ya han tenido demasiadas preocupaciones y ahora se merecen disfrutar de la vida juntos sin que yo empañe su felicidad. No necesito que me protejan. Quiero vivir mi vida —el modo en que lo miró le dijo que esa última frase iba dirigida a él.

—Paige...

—Fuiste tú el que me dijo que me arriesgara, pero no puedes ser tú el que decida qué riesgos puedo correr, Jake. Eso lo hago yo. Yo decido.

—No deberías estar aquí.

—¿Por qué no? ¿Porque podría sufrir? Sufrir forma parte de estar vivo. No es posible vivir una vida plena y no sufrir en algún momento. Tienes que vivir con valentía. Tú me lo enseñaste aquella noche que entraste en mi habitación fingiendo ser médico y con un regalo para mí. O a lo mejor lo has olvidado.

—No lo he olvidado —no había olvidado ni una sola cosa.

—Me hacías sentir normal. Fuiste la primera persona que no me trató como si fuera a romperme en cualquier momento. Me hacías reír. Me hacías sentir bien. Eras lo único en lo que pensaba, lo cual resultaba reconfortante tras una vida pensando solo en hospitales, en médicos y en mi estúpido corazón. Me hiciste sentir de nuevo como una persona

–dejó escapar un sonido que fue entre una carcajada y un sollozo–. Me hiciste ver la importancia de vivir el presente en lugar de protegerme para el futuro. Decidí que no quería protegerme como si fuera la porcelana que se saca del armario solo en ocasiones especiales.

Jake se mantuvo en silencio y la observó mientras ella se movía por la casa soltándolo todo, dejando fluir sus emociones.

–En aquel momento decidí vivir la vida con valentía. Sabía que te quería y estaba segura de que tú también me querías. ¿Por qué si no habrías pasado tanto tiempo conmigo en el hospital charlando, escuchándome, llevándome regalos y haciéndome reír? Cuando me dieron el alta, pasé unas noches en el piso de Matt porque los médicos me querían tener cerca un tiempo por si había problemas. Me fuiste a visitar allí, ¿te acuerdas?

–Sí –había mil cosas que podría haber respondido, pero esa fue la única palabra que le salió.

–Mi primer acto de valentía, mi primer salto hacia una nueva vida fue decirte lo que sentía. Te dije que te quería y estaba tan segura de mí misma que te lo dije estando desnuda. Me ofrecí a ti y me rechazaste…

A Paige se le quebró la voz y él se pasó la mano por la frente, dudoso entre acercarse o mantener las distancias.

–Paige, por favor…

–No fuiste cruel, fuiste amable, pero de algún modo eso lo empeoró. Si la humillación pudiera matar, yo habría muerto aquel día. No me podía creer que lo hubiera malinterpretado todo tanto. No me podía creer que hubiera cometido semejante error y que nos hubiera puesto a los dos en una situación tan embarazosa. Y después de aquello nuestra relación cambió, por supuesto. Perdimos algo. Algo especial. Y muchas veces deseé no haber corrido aquel riesgo porque perdí algo más que la dignidad y mis sueños; perdí a mi amigo.

Tenía la mirada clavada en él y el brillo de sus ojos lo torturó tanto como sus palabras.

—Yo no...

—Empezamos a discutir, y eso era algo que no habíamos hecho nunca. Había días en los que me parecía que estabas intentando sacarme de mis casillas y no lo entendía. Tal vez habría sido más sencillo si no hubieras sido el mejor amigo de mi hermano porque entonces no habrías formado parte de mi vida, pero siempre estabas ahí, eras un recordatorio constante de lo que sucede cuando te arriesgas en el amor y te equivocas. Lo único bueno fue que al menos no me protegías, o eso pensaba yo. Dices que soy la persona más valiente que conoces, pero luego insistes en protegerme —se detuvo; su respiración era poco profunda—. Quiero hacerte una pregunta y necesito que seas sincero. En el hospital, cuando pasábamos noche tras noche hablando, ya sentías algo, ¿verdad? Me he pasado años pensando que todo era fruto de mi mente adolescente que se inventaba cosas, pero sí que tenías sentimientos por mí. No me equivocaba.

—No le veo sentido a...

—¡Dímelo!

Jake había pensado que la noche no podía ir a peor, pero estaba empeorando mucho.

—Deberías irte ya, Paige. No deberías estar aquí. No deberíamos estar teniendo esta conversación.

—Yo decido adónde ir y qué decir, y deberíamos haber tenido esta conversación hace mucho tiempo. La habríamos tenido si no hubieras estado protegiéndome. Porque eso es lo que estabas haciendo, ¿verdad?

—Eras una adolescente.

—Pero ya no lo soy. Hemos perdido mucho tiempo, Jake —se acercó a él, decidida y con los dedos sobre los botones de la camisa.

¡Joder!

—¿Qué es esto? ¿El día de acostarse con un amigo? —

estaba intentando sobresaltarla para que retrocediera, pero ella no dejó de avanzar.

—A lo mejor.

—No es buena idea.

—Es una idea perfecta. Dejé de correr riesgos con mi corazón el día que me rechazaste, Jake. No me había dado cuenta hasta hace poco, pero me he estado protegiendo desde entonces. He tenido algunas relaciones, pero nunca me he entregado por completo. Después de lo que pasó contigo, me he protegido.

—Puede que sea positivo —él se humedeció los labios, inquieto ante la idea de imaginarse a Paige con otro hombre.

—No es positivo. No quiero llegar al final de mi vida y decir: «Al menos tuve cuidado». No quiero vivir así. Fuiste tú el que me enseñaste eso.

—A lo mejor deberías dejar de escucharme.

—He llegado a la misma conclusión. Y por eso estoy aquí ahora.

—Pues ahora que me has dicho lo que has venido a decirme, puedes marcharte.

—¿Me estás protegiendo a mí o te estás protegiendo a ti? —se acercó—. ¿No eras un temerario, un hombre que se arriesga?

Con ella no. Con ella nunca.

Él nunca se insinuaba a una mujer sin valorar cada una de las posibles consecuencias. Una antigua amante había sido muy astuta al percatarse de que tenía la mentalidad de un guardaespaldas: comprobaba todas las salidas antes de entrar en una habitación. Era su propio guardaespaldas y ahora el instinto le gritaba que sería un error.

—No quieres esto, Paige.

—No me digas lo que quiero. Sé lo que quiero y creo que sé lo que tú quieres. La única pregunta es si eres lo bastante hombre como para admitirlo —estaba junto a él y acercó la mano a su mandíbula—. ¿Lo eres?

–¡No! No lo soy –bramó invadido por el deseo–. No te deseo.

–¿No? –ella sonrió, le posó una mano encima y lentamente comenzó a trazar la forma de su tensa y engrosada erección–. ¿Estás seguro?

Jake no podía hablar. Apretó la mandíbula mientras sus sentidos y su cuerpo respondían al roce íntimo de la mano de Paige.

Ella se puso de puntillas; tenía la boca prácticamente pegada a la suya.

–En el ascensor no me besaste para distraerme, me besaste porque no podías aguantar sin tocarme. Porque te falló el control. Por fin.

El placer lo recorría. Estaba ardiendo de deseo.

–Puede que sí te desee –la confesión le salió de muy adentro–. Pero no voy a hacer nada, Paige.

Ella sonrió aún más.

–Entonces lo haré yo. Puedes unirte cuando te apetezca.

Lo único que él quería era mantenerla a salvo y que fuera feliz, y sabía que si se relacionaba con él, eso no sucedería.

Había roto muchos corazones, pero el único que nunca había tocado era el de ella.

Una relación con él, cualquier tipo de relación, no era compatible con un estilo de vida saludable.

Sumiéndose en el sensual brillo de la mirada de Paige, buscó razones, excusas, algo con lo que convencerla de que se replanteara las cosas.

–Matt…

–Quiero a mi hermano, pero con quién me acueste no es asunto suyo. Solo es asunto mío. Y tal vez tuyo –deslizó los dedos entre los botones de su camisa y lo acercó a sí. Le mordisqueó los labios y lo llenó con su cálido y dulce aliento mientras le acariciaba la boca con la lengua.

Pero él se resistía, se contenía por mucho que le estaba costando hacerlo.

—No quiero hacerte daño.

—A lo mejor te hago daño yo a ti. Pero claro, siempre está la posibilidad de que ninguno de los dos sufra. Solo es sexo, Jake. Una noche. Puedo soportarlo si tú puedes. Deja de pensar.

Él la sintió acercándose aún más, sintió la curva de sus pechos rozar contra su torso.

—No puedo acostarme con la hermana pequeña de mi mejor amigo.

—¿Cómo lo sabes si nunca lo has intentado?

Una vez cruzaran esa línea, jamás podrían volver atrás.

Sabía que, pasara lo que pasara, nada volvería a ser igual. Surgirían complicaciones y no solo entre los dos. Tenían que pensar en el grupo de amigos, aunque ahora nada de eso parecía importar.

Ya no podía recordar por qué se estaba conteniendo.

Lentamente, bajó la cabeza y clavó la mirada en ella.

El tiempo se detuvo; la intensa y apasionada química que los unía danzaba a su alrededor como llamaradas.

Estaba terriblemente excitado, tanto que le costaba poder centrarse en algo.

—No creo que pueda esperar mientras luchas contra tu conciencia.

Paige se puso de puntillas y lo besó.

El roce de su boca hizo que lo recorriera una oleada de placer que arrasó con la poca voluntad que le quedaba. Invadido por el deseo y la lujuria, la acercó a sí. Paige tenía la ropa empapada, se le ceñía al cuerpo y le marcaba las curvas. Él le agarró la falda y se la subió por los muslos hasta que la tela mojada reveló una piel húmeda, hasta que se sintió tan excitado que se vio tentado a no desnudarla y tomarla allí mismo contra la pared más cercana.

Pero era Paige.

Paige.

Llevaba tanto tiempo considerándola una mujer prohibida que tenía muy arraigado el deber de ser cuidadoso con ella. Las contradicciones que lo asaltaban le tenían atado de manos. Quería hacerle el amor instantáneamente, pero también quería tomarse su tiempo. Quería devorarla, pero también saborearla. Quería arrancarle la ropa, pero también desnudarla lentamente. Lo único que tenía claro era que lo quería todo de ella. Todo.

La sintió posar las manos en su camisa y desabrocharle los botones con soltura hasta dejarlo desnudo de cintura para arriba. Después, le quitó la camisa y le acarició los hombros.

Él cerró los ojos y se sumió en la sensación de esas caricias.

—Eres fuerte –le susurró.

Él abrió la boca para contradecirla porque sabía que, si de verdad fuera fuerte, no estarían haciendo eso, pero entonces Paige bajó más los dedos y lo dejó sin aliento.

—Paige…

—A menos que me vayas a decir que me deseas, no hables.

Sintió sus labios deslizarse por su mandíbula y su cuello, desde donde Paige comenzó un lento descenso haciendo que con cada sugerente roce de sus labios lo recorrieran sacudidas de placer. No tenía prisa, fue deteniéndose y saboreándolo antes de seguir descendiendo. Descendiendo más y más.

Estaba tan loco de deseo, tan perdido en las sensaciones, que tardó un momento en percatarse de que le había bajado la cremallera.

Intentó hablar, intentó decirle que no podían hacerlo, pero Paige lo tomó con la deliciosa calidez de su boca y el gemido que él dejó escapar le anuló las palabras. Su capacidad de razonar lo abandonó, tenía el cerebro consumido por las generosas caricias de su lengua. Era la experiencia más íntima y erótica de su vida y solo cuando se dio cuenta de que estaba a punto de estallar logró apartarse.

Levantó a Paige y tomó el control de la situación con un único y decidido movimiento que la sorprendió.

—No irás a cambiar de opinión, ¿verdad?

—¿Te parece que voy a cambiar de opinión? —Jake la acercó a sí para que no tuviera ninguna duda.

Los ojos de Paige se veían enormes, con un azul luminoso bajo las tenues luces del piso.

—Jake…

La desesperación en su tono de voz fue todo lo que Jake necesitó oír.

Le acarició la mejilla; sintió la suavidad de su piel contra la palma de la mano y su sedoso pelo contra las puntas de los dedos.

—Paciencia.

—No tengo paciencia. No quiero esperar.

—Merecerá la pena esperar. Confía en mí —al notar que tembló de excitación, bajó la cabeza y la besó. Todas las razones por las que no debía tocarla se esfumaron y siguió besándola mientras hundía los dedos en su sedoso pelo cubierto por las gotas de lluvia.

Era incapaz de pensar, sentía como si el mundo se estuviera desvaneciendo, como si sus sentidos estuvieran imbuidos de texturas y aromas: un suave chocolate negro y seda, flores tropicales y lluvia de verano.

Paige temblaba contra él mientras le acariciaba el pelo y sus besos se fundían a la perfección. No hubo titubeos; fue como si alguien hubiera coreografiado cada movimiento. La acercó más a sí y la sintió deslizar las manos sobre sus hombros y hundirle los dedos en la piel como si temiera que él fuera a desaparecer si no se aferraba a su cuerpo.

Cuando Paige le agarró la mano con delicadeza y se la

colocó sobre su pecho, notó su exuberancia y el roce de su pezón contra la fina tela de la camisa.

La miró fijamente mientras la desnudaba, despojándola de las capas de ropa mojada, hasta que entre los dos ya no hubo más que un fresco aire y el delicioso temblor de la excitación.

Paige tenía un ligero rubor en las mejillas y, con timidez, se llevó una mano al pecho.

—¿Te desagrada la cicatriz? Me estás mirando.

—Te miro porque me he contenido durante tanto tiempo que ahora tengo que recuperar el tiempo perdido —acercó la frente a la de ella—. Eres preciosa, *il mio tesoro*.

—Has hablado en italiano. Nunca lo haces.

—Pues ahora lo estoy haciendo —la besó en el hombro con delicadeza y después descendió hasta la cumbre de su seno. Mientras lo rodeaba con la lengua, la oyó gemir y la sintió hundirle los dedos en el pelo otra vez. Tomó su pecho en la boca y lo acarició lentamente con la lengua mientras saboreaba la suave textura de su piel. El deseo lo tenía tan embriagado que se sentía mareado. Sin embargo, no le bastaba con eso. Nada era suficiente. Quería más. Lo quería todo. Lo quería todo de ella.

Paige dejó escapar un suave gemido y entonces ya no pudieron contenerse más.

Sus bocas chocaban, hambrientas de deseo.

Él la levantó en brazos y la llevó al dormitorio. La ropa quedó tirada por el suelo. La posó en la cama con delicadeza y se tendió encima a la vez que Paige se arqueaba hacia él.

Paige.

Con la mirada nublada por la excitación, ella le echó los brazos alrededor del cuello.

—Ahora. Por favor.

—Enseguida —le besó todo el cuerpo, saboreándola, inhalando su aroma, hasta hacerla sacudirse bajo sus manos y su boca. Aun invadido por un palpitante deseo, logró aguantar y se obligó a esperar mientras exploraba cada parte de su cuerpo. Le apartó las piernas, le recorrió el interior del muslo con la lengua y se tomó su tiempo.

Ella movía las caderas con impaciencia, pero Jake le sujetaba las manos mientras jugaba con ella y descubría lo que la volvía loca, lo que la excitaba y lo que la hacía gemir. Disfrutó de cada estremecimiento, de cada gemido, de cada sollozo y cada delicado movimiento.

Al final, cuando Paige le estaba suplicando y él no se pudo contener más, sacó un preservativo de la mesilla de noche.

Ella, impaciente, se lo quitó e intentó abrirlo, pero él le agarró la mano y se ocupó de la tarea.

Paige tenía las mejillas encendidas y su cabello negro caía alborotado en la almohada sobre la que se había movido casi con desasosiego.

—Mírame.

Jake se detuvo, no porque no estuviera seguro de lo que quería hacer, sino porque quería tomarse su tiempo. Había esperado demasiado como para ahora apresurarse.

Se adentró en ella con delicadeza, pero aun así la oyó contener el aliento y sintió cómo le hundió los dedos en los bíceps.

Se obligó a detenerse, a quedarse quieto mientras el cuerpo de Paige se acomodaba a él. Fue lo más difícil que había hecho en su vida, pero se recordó que se trataba de Paige. Paige. Agachó la cabeza para besarla de nuevo, la sintió relajarse y se hundió más en ella, poco a poco, hasta que quedaron tan profundamente unidos que cada movimiento que ella hizo se lo transmitió a él.

Se quedó quieto un momento, inhalando su suave aroma y sintiendo la suavidad de su piel.

El calor que los invadió fue increíble y la conexión que se creó entre ellos, íntima y profundamente personal. En

ese momento no había barreras entre los dos y supo que
Paige también lo sentía porque le acarició la cabeza y le
susurró su nombre contra la boca sin dejar de mirarlo.

En sus ojos vio deseo y también vio confianza.

Confiaba en él.

–¿Te estoy haciendo daño?

–¡No! –lo besó en la boca–. Es solo que… eres… Bueno, ya sabes…

–Iré despacio –y lo hizo, a pesar de que casi lo mató
hacerlo. Envuelto por la resbaladiza suavidad de Paige, comenzó a moverse, primero pausadamente y creando con
ese ritmo lento una deliciosa fricción que le arrancó a Paige
un gemido desde lo más profundo de la garganta.

Entrelazó los dedos con los de ella y le colocó las manos
sobre la cabeza, sin soltarla mientras la besaba con intensidad.

Ella, con los muslos separados, lo rodeó por la cintura
con las piernas y alzó las caderas para tomarlo más adentro.
Jake le soltó las manos y al instante las sintió en su cuerpo; primero sobre los hombros, después sobre la espalda
y después más abajo, animándolo a continuar. A través de
la bruma de deseo que lo envolvía la oyó pronunciar su
nombre, una y otra vez, y esa parte de él que lo mantenía
a salvo, que lo protegía de los sentimientos que no quería experimentar, de pronto se desató. Su roce, su sabor y
su aroma deshicieron las capas con las que se protegía del
mundo. Expuesto y vulnerable, se hundió aún más en ella y
la sintió vibrar alrededor de su miembro. Paige lo envolvió
con su orgasmo y le provocó el suyo.

Y mientras contenía los gemidos de Paige con besos,
supo que por muy alto que fuera el precio que tenía que
pagar por lo que había hecho, habría merecido la pena.

Capítulo 13

«El amor es como el chocolate. En un principio te parece una buena idea, pero después sueles acabar lamentándolo».

—Frankie.

–Creo que me merecía que me hubieras matado. Si hubiera sabido que esto iba a ser tan bueno, hace mucho tiempo que habría tirado la ética y la fuerza de voluntad por la ventana.

Jake tenía los ojos cerrados y Paige se sintió aliviada de que hubiera sido él el primero en hablar porque no sabía qué decir después de lo que acababa de pasar.

¿Cómo se podía haber creído que sería solo sexo?

Era mucho más que eso. Volvían a estar unidos y no solo por esa nueva relación de intimidad física. La intimidad no consistía en el sexo, consistía en conocer a alguien. Y Jake la conocía.

Él abrió los ojos y giró la cabeza para mirarla, sin duda extrañado ante su silencio.

Probablemente esperaba que hiciera algún comentario trivial en respuesta.

–Deberíamos haberlo hecho hace años, y creo que tú tienes la culpa de que no lo hayamos hecho –fue lo mejor que se le ocurrió, pero pareció que a él le bastó porque esbozó esa media sonrisa que hacía que a ella le temblaran las piernas.

–¿Acostarme con la hermana adolescente y virgen de mi mejor amigo? Cielo, una cosa es el riesgo y otra el suicidio.

–Perdí la virginidad cuando tenía…

–No lo quiero saber. Puede que tenga que matar a ese tío –volvió a cerrar los ojos–. Si me hubiera acostado contigo aquella vez, ahora no habría estado vivo para hacerlo y entonces imagínate lo que nos habríamos perdido los dos.

Ella se movió ligeramente para poder contemplar las vistas. Todo Manhattan se extendía ante ellos.

A pesar de que se conocían desde hacía muchos años, Paige apenas había estado en su casa. La primera vez había ido acompañando a Matt y de aquella visita solo recordaba que se había quedado en la puerta mientras Jake y él habían hablado de sus planes para reformar la terraza.

Lo que en un principio había sido un almacén textil se había transformado en varios y amplios lofts llenos de luz. Jake ocupaba el del último piso con vistas al centro de la ciudad y al puente de Brooklyn. Era tan precioso de noche como imponente de día.

Esa noche rozaba la perfección.

O tal vez ella ahora veía las cosas de otro modo. Ahí tumbada y rodeada por los protectores brazos de Jake, el mundo le parecía un lugar más agradable y delicado.

–Hemos perdido mucho tiempo. Puede que tenga que matarte de todos modos.

–Con tal de que lo hagas lentamente y elijas un método que incluya sexo, por mí de acuerdo. Haz lo que sea. Vuélvete mala. Encadéname. Tortúrame, pero si pudieras usar tu increíble boca como arma letal, sería genial –Jake deslizó la mano sobre su nuca y la acercó más a sí–. Mi nueva afición favorita es quitarte el pintalabios a besos.

–El pintalabios es mi adicción.

–Quitártelo a besos podría convertirse en la mía.

Jake apenas se movió, pero tomó su boca en un lento y deliberado beso que hizo que la recorrieran oleadas de deseo.

Había soñado durante tanto tiempo con ese momento que daba por hecho que lo había imaginado mucho mejor de lo que sería en realidad, pero al final resultó que su imaginación había generado una versión escueta e insípida de la realidad.

Los sueños estaban hechos de eso, nacían de la esperanza.

Siempre decía que quería vivir el momento y si pudiera haber elegido un momento, habría sido ese.

Al rato, después de que Jake le hubiera transformado el cuerpo en una versión inestable del original, se tumbó boca arriba y la llevó contra sí.

Ella se acurrucó más.

–Las vistas que tienes son impresionantes. Podrías vender entradas. No sé cómo logras convencer a las mujeres para que se vayan de aquí.

–Es fácil. No las traigo aquí.

Sorprendida, ella se giró para mirarlo.

–¿Nunca? –preguntó contemplando las perfectas líneas de su perfil, admirando el ángulo de sus pómulos y la línea recta de su nariz.

–Eres la primera mujer que he traído aquí.

El eufórico placer que le produjo oír eso la dejó abrumada.

–No me has traído aquí. Me he presentado en tu puerta y he entrado a la fuerza –echó el brazo sobre él y sintió la aspereza del vello de su torso contra la sensible piel de la cara interna de su brazo–. ¿Y por qué no las traes?

–Porque soy como tú. Me gusta tenerlo todo bajo control. Me gusta poder alejarme cuando me apetece.

–¿Estás diciendo que ahora soy yo la que está controlando la situación? –con un veloz movimiento, se sentó a horcajadas sobre él. Jake le sonrió y la agarró por las caderas.

–Si lo vas a hacer así, no tengo ningún problema en que tomes el control de la situación.

Desde su perspectiva, a ella también le parecía bien.

–¿Entonces qué pasa? ¿Te sueles quedar tú en sus casas?

–No sé. No me puedo concentrar si estás en esta posición.

Paige se inclinó hacia delante de modo que las cúspides de sus pechos le rozaron el torso.

–¿Y ahora? –murmuró contra sus labios–. ¿Te puedes concentrar ahora?

–Tengo la mente en blanco –respondió él sujetándola por la nuca para que sus bocas no se separaran–. ¿Vas a dejar de hablar ya?

–Eso depende de si respondes a mi pregunta.

Jake suspiró y la soltó.

–A veces vamos a algún sitio y después las llevo a su casa. No me acuesto con todas las mujeres que conozco, Paige.

–Creía que...

–Ya, bueno, pues creías mal –dijo con tono ronco–. Una cita no tiene por qué terminar en sexo.

–Según tú, sí.

–No te creas todo lo que digo.

–Si no es verdad, ¿entonces por qué lo dices?

–Porque enfado a Eva y eso siempre es divertido.

Sonrió. Esa sonrisa era Jake en estado puro. Esa sonrisa era la razón por la que tenía a un número interminable de mujeres haciendo fila a la espera de su atención. Nunca le había hecho falta molestarse en buscar una mujer. Las había tenido justo ahí, delante de sus narices.

–Eres muy malo.

–Sí. ¿Quieres que te enseñe lo malo que puedo ser? –la tumbó boca arriba con un sencillo movimiento que la dejó sin aliento y tendida bajo su peso.

–¿Crees que nos pueden ver desde Brooklyn?

–Bueno, no a nosotros en concreto, pero este edificio sí lo ven. Crecí allí –dijo deslizando la boca sobre su mandíbula y su cuello–. Me pasaba la mayor parte del tiempo mirando hacia aquí y soñando.

–¿Fue cuando vivías con Maria?

–No. Antes de eso.

Ella acariciaba los firmes músculos de su espalda.

–Antes me hablabas de eso, hace muchos años, cuando estaba en el hospital. ¿Te acuerdas?

–Sí –se detuvo–. No sé por qué. No solía hablar con nadie más. Ni siquiera con Matt.

A ella la invadió una sensación de calidez y lo acercó más a sí.

–Era por el ambiente. Los pitidos de las máquinas y los tristes pasillos de hospital crean esa atmósfera íntima que hace que una persona quiera soltar todos sus secretos –dejó escapar una suave risa.

–Debió de ser eso.

–Eras la única persona con la que podía ser sincera. Todo el mundo fingía y disimulaba delante de mí y yo fingía y disimulaba delante de ellos. Era agotador. Pero tú… –volvió a acariciarle la espalda delicadamente–. Tú escuchabas. Te sentabas en el borde de la cama y escuchabas. No creo que hubiera podido superarlo sin ti –sintió cómo los brazos de Jake la abrazaron con más fuerza.

–Sí, claro que lo habrías hecho. Eres fuerte como el hierro.

–¿Estás diciendo que soy dura?

–No toda. Tienes algunas partes blandas –se apartó con una sonrisa–. Las partes importantes.

Ella cerró los ojos y sintió la lenta caricia de sus diestros dedos sobre su muslo.

—Eres un chico malo, Jake Romano.

—Lo sé. Por eso me mantenía alejado de ti —la besó mientras la magia de su mano la hacía temblar y decir su nombre entre gemidos. Era como si hubiera memorizado cada pequeño detalle de su cuerpo. Puntos de acceso, caminos sensoriales... conocía cada conexión y empleaba ese conocimiento sin vacilación ni concesión.

Estaba expuesta, vulnerable, y él se aprovechó de ello, explorando cada parte de su cuerpo con una paciencia casi despiadada hasta que los niveles de excitación de Paige llegaron a un nivel tan estratosférico que se temió que la vivienda de alta tecnología activara alguna especie de alarma.

Jake la mantuvo al borde del orgasmo hasta que tuvo que sujetarla para contener las sacudidas de sus caderas, hasta que ella estuvo ardiendo y desesperada. Esperó hasta que estuvo centrada en una única cosa. En él. Solo entonces la colocó bajo su cuerpo atrapándola con su peso. Ahora no hubo tiempo para prepararse, no hubo tiempo para preocuparse de si podría acomodarse al grosor de su miembro. Aun así, se adentró en ella en el momento justo.

La llenó con un ritmo perfecto hasta hacer que en ambos se desataran brutales oleadas de placer.

Paige gritó; tuvo un orgasmo tan intenso y prolongado que por un momento pensó que el mundo que la rodeaba había desaparecido. Solo lo veía a él, solo sentía el calor de su cuerpo, su respiración entrecortada y sus estremecimientos de placer.

Después, se quedó tumbada muy quieta, impactada, incapaz de comprender que fuera capaz de semejante respuesta.

Jake la llevó hacia él con gesto posesivo, envolviéndola en su calidez.

–Duerme.

–Estoy demasiado despierta como para dormir. Además, ¿cómo se puede dormir con estas vistas?

–Insomnes en Manhattan –dijo él con una sonrisa en la voz–. Esta ciudad tiene muchas cosas que te tientan a mantenerte despierto.

Él.

Él era la razón por la que quería estar despierta. No quería perderse ni un solo momento de estar a su lado. No quería que llegara la mañana, pero pronto llegaría y sabía que tenía que marcharse antes de que sucediera.

Jake no invitaba a ninguna mujer a su casa, y mucho menos a quedarse a dormir.

Obligándose a moverse, se apartó de sus brazos y salió de la cama.

Jake se incorporó y, apoyado en un codo, la observó con una oscura y adormilada mirada.

–¿Adónde vas?

A Paige no le extrañaba que no llevara a mujeres a casa porque ¿qué mujer en su sano juicio querría marcharse cuando había un hombre como él en la cama?

–A casa –se marcharía a casa siempre que pudiera andar en línea recta con esas piernas tan temblorosas. Se sentía como una funambulista, concentrada en cada paso que daba mientras cruzaba las puertas del dormitorio para ir al salón y recoger rápidamente su ropa. Las prendas estaban tiradas por el suelo de madera como piedrecitas que señalizaban la aventura que había empezado en la puerta y había continuado hasta el dormitorio–. Gracias por una noche fantástica, Jake.

–Espera… mierda… ¡para! ¿Te marchas? ¿En mitad de la noche? –salió de la cama y la siguió, moviéndose por el apartamento con la ágil elegancia de una pantera–. No puedes marcharte ahora. Vuelve a la cama. Es una orden.

Tenía el cuerpo de un dios griego; era todo virilidad,

fuerza y musculosa perfección. ¿Cómo iba a poder concentrarse si Jake andaba por ahí desnudo?

Se puso la falda y la camisa antes de poder cambiar de opinión.

—Vístete, Jake. Es probable que alguna mujer te esté observando por un telescopio desde Brooklyn.

—¿Por un telescopio? —preguntó él con un brillo de humor en los ojos—. ¿Crees que necesita aumento para verme?

—Eh... —al recordar lo cuidadoso que había sido con ella, cómo le había dado tiempo para aclimatarse, un rubor le tiñó las mejillas—. Vuelve a la cama.

Él sonrió y se quedó donde estaba.

—Eres una monada cuando te sonrojas.

—Pues tú no eres ninguna monada —el modo en que la miraba la hizo tropezarse con sus palabras y tartamudear. Hacía años que lo conocía, pero ese Jake era diferente. Era un Jake adormilado, sexy y peligroso—. Resultas irritante.

—Admítelo, el sexo ha sido increíble.

Paige se puso los zapatos bruscamente y tropezó.

—Ha estado ligeramente por encima de la media.

—Cielo, te excito tanto que apenas puedes andar.

—Tonterías. Puedo andar perfectamente.

Jake se pasó la mano por la mandíbula sin molestarse en ocultar la sonrisa.

—Te sería más fácil si metieras los pies en los zapatos correctos.

Ella lo miró y se quitó los zapatos.

—Nadie va a necesitar un telescopio para verte el ego, eso seguro.

—Dime por qué te marchas, Cenicienta.

El corazón le golpeteaba a Paige contra el pecho.

—Porque son las reglas.

—No hay reglas para lo que tú y yo acabamos de hacer. Ha sido solo una noche, los dos lo sabemos.

Ella debía marcharse ya, antes de empezar a cuestionarse la decisión que había tomado. Antes de que él se pensara mejor lo que habían hecho.

Y antes de que sus amigas se despertaran y le hicieran montones de preguntas incómodas aunque, conociéndolas, ya sabrían muy bien dónde había pasado la noche.

Y también estaba Matt. ¡No! Matt.

¿Cómo podía haberse olvidado de su hermano?

—No se lo podemos decir a Matt —dijo con tono urgente—. No puede saber lo de esta noche.

La sonrisa de Jake se desvaneció y supo que él tampoco había pensado en eso.

—Es mi mejor amigo. No voy a mentir a mi amigo.

—Yo también soy tu amiga y no te estoy pidiendo que mientas. Solo estoy diciendo que no tenemos por qué decírselo.

Jake se quedó en silencio un momento y Paige percibió su lucha interna. Era visible en cómo apretaba los labios y en la tensión de sus hombros. Mientras, ella se quedó allí de pie, invadida por la culpabilidad y sabiendo que había complicado las cosas.

—Todo esto es culpa mía —dijo suspirando.

—Sí, claro, porque te has visto obligada a forzarme. ¿Eso te ha parecido? —le tomó la cara en las manos y la besó con delicadeza—. ¿Por qué no quieres decírselo, cielo?

Ya se había dirigido a ella con palabras cariñosas antes, pero nunca con una voz tan llena de afecto.

—Ya sabes por qué. Porque es muy protector. Porque vería más de lo que hay, porque le daría mucha importancia. Y, de todos modos, ¿qué hay que contarle? Ha sido una noche de sexo —hasta que no pronunció esas palabras en alto no se dio cuenta de cuánto quería que la contradijera.

Le parecía inconcebible que algo tan perfecto, algo que le había cambiado la vida, pudiera extinguirse tan rápidamente, pero conocía a Jake. Y precisamente porque conocía a Jake, no le sorprendió verlo asentir.

—De acuerdo. Lo haremos a tu modo.

Paige no tenía derecho a sentir esa aplastante decepción.

Sabía cómo Jake vivía su vida, y ella, mejor que nadie, entendía los motivos.

Su madre lo había abandonado.

Era algo que le costaba imaginar si pensaba en su propia madre, en las risas y el amor que compartían. Podía contar con sus padres al cien por cien. Sí, había momentos en los que la volvían loca porque eran demasiado protectores, pero también sabía lo afortunada que era. Nunca, ni una sola vez, había dudado de que los tendría a su lado.

Cierto, Jake tenía a Maria, pero la mujer no había podido reparar el daño que ya estaba causado.

Y Paige había entrado en esa situación sabiéndolo y sabiendo las reglas.

Jake deslizó el pulgar lentamente sobre su labio inferior y después se agachó para besarla.

—Espera ahí.

Volvió un momento después; se había puesto unos vaqueros y una camisa.

Ella lo miró sorprendida.

—¿Adónde vas?

—Te llevo a casa.

—No necesito que me lleves a casa. No espero nada de esto, Jake. Aquí no hay ni responsabilidades ni compromisos. Salgo por esa puerta y los dos volvemos a hacer lo que estábamos haciendo, con quien quiera que queramos hacerlo.

Él juntó las cejas.

—¿Qué significa eso?

—Ha sido solo una noche. Te dije que podría soportarlo y puedo. Volvemos a nuestras vidas. Ninguno de los dos tiene por qué sentirse incómodo. Puedes salir con gente y yo puedo salir con gente. No hay problema.

Jake frunció el ceño aún más.

–¿Estás saliendo con alguien? ¿Estás viendo a alguien? –su tono ahora sonó varios grados más frío.

A Paige le sorprendió ese cambio de actitud hasta que se dio cuenta de que probablemente Jake estaría pensando que había engañado a algún hombre.

–¡No! Ahora mismo no estoy saliendo con nadie. ¿Crees que habría hecho lo que hemos hecho si estuviera saliendo con alguien? Estaba hablando de manera hipotética.

–Ah, bien –Jake relajó el ceño y la calidez volvió a sus ojos y su voz–. Ponte los zapatos. Te llevo a casa. Y no discutas.

–No discutiré, con tal de que me lleves en la moto.

Él la miró fijamente.

–Paige...

–Los dos sabemos que si ahora tuvieras que ir hasta Brooklyn, irías en moto.

Jake le lanzó esa sonrisa sesgada y seductora que siempre la dejaba indefensa.

–Así es como nos gusta movernos por la noche a los chicos malos, pero eso no significa...

–Quiero ir en la moto. Siempre he querido hacerlo –recogió la bolsa–. Y como no me proteges, sé que vas a decir que sí. ¿Tienes un casco de sobra?

Él soltó una carcajada, se ausentó un instante y volvió con una cazadora de motorista y un par de botas.

–Tienes que ponerte esto. Si quieres subir en mi moto, te pondrás lo que te diga que te pongas. No hay discusión posible.

–No me van a valer.

–Te valdrán y antes de que hagas preguntas, te diré que son de una sobrina de Maria que vino a visitarnos desde Sicilia. Le enseñé la ciudad.

Ella se vistió y juntos fueron hasta el ascensor.

Jake le agarró la mano.

—¿Quieres ir por las escaleras?

—No. He subido en ascensor así que también puedo bajar en él. ¿Se suele averiar?

—Nunca —la llevó adentro—. Y si se rompe, te distraeré con sexo hasta que esté arreglado.

—Casi quiero estropearlo.

Él pulsó el botón y la llevó contra sí, besándola tan intensamente que Paige no supo distinguir si el cosquilleo del estómago se lo provocó el movimiento del ascensor o la maestría de su boca.

Cuando las puertas se abrieron, la soltó con reticencia y la llevó hasta el garaje subterráneo.

Ella se fijó en cada movimiento que hizo Jake, desde sus largos y relajados pasos hasta la fluidez con que se subió a la moto.

Se sentó tras él; la anchura de su espalda y de sus hombros casi le tapaba la visión.

El motor arrancó con un bronco sonido y Paige decidió que, sin duda, las motos tenían cierto erotismo. O tal vez esa sensación se la producía el hecho de que Jake estuviera subido a ella. La pura masculinidad del hombre que tenía delante habría hecho que cualquier medio de transporte resultara atractivo.

Lo rodeó con los brazos y respiró hondo cuando la moto salió a la noche y el motor vibró poderosamente.

Él conducía habilidosamente por las callejuelas en dirección a Lower Manhattan.

Paige tenía las piernas apretadas contra los duros músculos de las suyas y los brazos rodeando su cuerpo masculino y fuerte.

Inhaló profundamente el aroma del hombre, del frío aire de la noche y de la ciudad de Nueva York.

A su alrededor las calles empezaban a cobrar vida. Había luces en las panaderías y columnas de vapor salían de las rejillas por los edificios circundantes, nublando el aire.

Llegaron hasta el Puente de Brooklyn, que conectaba Lower Manhattan con Brooklyn.

Paige giró la cabeza y miró atrás, hacia el horizonte que relucía y centelleaba como un plató de cine.

Seguro que no había nada que se pudiera comparar a la magia del Puente de Brooklyn por la noche.

¿Cuántos enamorados habrían cruzado ese puente? ¿Cuántas propuestas y promesas se habrían hecho en esa increíble proeza de ingeniería sobre las caudalosas aguas del East River?

Sintió el aire frío rozándole la cara y contempló el amanecer de un nuevo día a medida que dedos de luz fracturaban el oscuro cielo.

Era un momento perfecto.

No tenía la más mínima idea de qué pasaría ahora, pero tampoco le importaba.

Iba a aprovechar al máximo ese momento. Saber que era fugaz lo hacía más valioso todavía.

Dejó escapar un grito de entusiasmo y sintió la risa de Jake a modo de respuesta.

La moto fue moviéndose por las calles de Brooklyn, pasando por silenciosos parques y calles oscuras, hasta finalmente detenerse en el edificio de ladrillo rojo que Paige compartía con sus amigas y su hermano.

Estaba en casa.

Como Cenicienta después del baile.

Bajó de la moto y se subió a la acera. Respiró el aroma del verano y sintió un cosquilleo en el estómago. Se quitó el casco y estalló en carcajadas como champán borboteando de una botella recién abierta.

—Ha sido alucinante.

—Te vamos a convertir en una chica mala.

Jake le quitó el casco y le agarró las manos. Ella tragó saliva. Había llegado el final y no sabía cómo terminar una noche como la que habían compartido. Un «buenas noches» no le parecía lo mejor.

—Te devolveré la cazadora cuando te vea.

Él asintió.

—Gracias por esta noche.

Por un momento pensó que Jake estaba dándole las gracias por el sexo, pero después se dio cuenta de que se refería a la fiesta.

Le parecía como si hubiera pasado una eternidad.

La adrenalina y la emoción que le había generado el evento seguían ahí en alguna parte, pero ahora mismo la excitación de haber estado con Jake las superaba.

—Me alegro de que haya salido bien. Eva, Frankie y yo tendremos una reunión mañana y te enviaremos un informe.

Era complicado actuar y sonar de un modo profesional cuando su cuerpo aún se resentía tras la profunda e íntima invasión del de Jake.

Él la miró y ella supo que estaba pensando lo mismo.

Le parecía imposible que ahí acabara todo.

Quería que Jake dijera algo, algo personal, pero no dijo nada.

Decepcionada, estaba a punto de darse la vuelta cuando él posó la mano en su nuca y le acercó la boca a la suya.

El beso de Jake fue puro fuego y calor, una breve réplica de lo que habían compartido momentos antes, y la sorprendió porque si sus amigas o su hermano hubieran elegido ese momento para asomarse a la ventana, ya no habría habido ningún secreto que guardar.

Lentamente, él apartó la boca de la suya y sonrió.

Esa sonrisa conectó con cada parte de su ser, derritiendo sus huesos y convirtiéndolos en líquido.

Aturdida, se agarró a su brazo para mantener el equilibrio.

–¿Por qué has hecho eso?

–Porque he querido –respondió Jake deslizando los dedos sobre su mejilla con una lenta caricia–. Paige Walker, presagio que a partir de mañana tu teléfono no parará de sonar. Vas a estar muy ocupada.

–Eso espero.

Tras obligarse a moverse, Paige subió los escalones hasta la puerta y, mientras la abría, oyó el rugido del motor. Se quedó un momento en los escalones, mirando y escuchando cómo el sonido se disipaba en la distancia a medida que Jake se alejaba.

Eso era la felicidad, pensó. Exactamente eso.

Capítulo 14

«Si hay algo mejor en la vida que una amiga de verdad, eso son dos amigas».

—Eva.

–Esto es un desayuno de celebración –dijo Eva poniendo cuencos y cucharas en el centro de la mesa–. ¡Fue muy bien! A todo el mundo se lo pareció y al menos seis personas me pidieron una tarjeta.

–A mí también –dijo Frankie cerrando el libro que estaba leyendo y dejándolo sobre la mesa–. Pásame el yogur, Ev. Y ya que estás en la nevera, pásame una cola sin azúcar. Estoy tan cansada que estoy pensando en ahogarme en ella.

Eva metió la mano en la nevera y sacó frutos rojos y yogur. Ignoró los botes de refrescos alineados en filas diciendo:

–En realidad no quieres beber eso. Me niego a envenenar a mi mejor amiga. Algún día voy a desintoxicar tu nevera.

Eva y Paige estaban en la cocina de Frankie porque Eva había estado cocinando desde el amanecer y tenía su cocina ocupada por los resultados de sus distintos experimentos culinarios.

El sol se colaba por las ventanas y bañaba las macetas de hierbas colocadas alrededor de la puerta abierta que daba al jardín. Cada superficie del apartamento de Frankie estaba cubierta por plantas que estaba cultivando. Abarrotaban los alféizares de las ventanas y las encimeras junto a libretas con anotaciones.

–Con que solo llame la mitad de esa gente, ya estaremos ocupadas –Frankie se levantó y se sirvió un refresco ignorando la mirada de desaprobación de Eva–. Y, por cierto, me encanta mi nevera. Es mi cocina, es mi vicio, es mi decisión. Tú bebes café, no sé cuál es la diferencia.

–El café es una sustancia natural.

Ignorándola, Frankie abrió la lata y se volvió a sentar.

–Aún no me he recuperado del impacto de ver a Matilda con Chase Adams.

–Hacen una paraje perfecta. Cenicienta y su Príncipe –con gesto de ensoñación, Eva agarró un plato de comida y, al hacerlo, tiró el libro de Frankie al suelo.

Frankie se agachó para recogerlo.

–Nunca te rindes, ¿verdad?

–No. El amor está ahí fuera en alguna parte. Para todas nosotras, incluso para ti y… ¡Joder! –Eva le quitó el libro a Frankie sin dejar de mirar la fotografía de la contraportada–. Este tío está como un tren. Mirad esos ojos. ¿Quién es? Es un héroe de novela romántica perfecto. Creo que estoy enamorada –giró el libro y lo soltó–. ¡Aj! ¿Eso es sangre?

Con un suspiro, Frankie tomó el libro de nuevo.

–No, es kétchup. El tipo tuvo un accidente en la cocina.

–El sarcasmo resulta muy poco atractivo. Y no sé cómo puedes leer esas cosas.

–Se llama «terror» y me encanta. Lucas Blade sabe muy bien cómo colarse en tu mente y mantenerte despierta toda la noche…

–No me importaría que me mantuviera despierta toda la noche, y no me estoy refiriendo a su libro. Espera un minuto… ¿Lucas Blade? –preguntó Eva frunciendo el ceño y quitándole el libro–. ¿Ese es el autor? ¿El tipo de la contraportada?

–Sí. Y si tiras mi libro una tercera vez, te voy a destripar.

–¡Es él! –Eva le devolvió el libro con gesto triunfante–. ¡Es el nieto de Mitzy! ¿Recordáis que os hablé de él? El autor solitario. Lucas Blade.

–¿Conoces a Lucas Blade? ¡Eva! ¡Es famosísimo!

–Os dije que era conocido. Seguro que Mitzy podría presentártelo si estás interesada.

–No, gracias –respondió Frankie con gesto inexpresivo–. Admiro su trabajo, pero nada más. Pásate el día soñando despierta por ti, pero no pierdas el tiempo soñando por mí –miró a Paige–. Bueno, ¿a qué hora llegaste anoche? Te estuvimos esperando hasta las dos y después nos dimos por vencidas.

–Esperábamos que hubieras conocido a alguien que te sacara a Jake de la cabeza. ¿Te fijaste en ese empresario inglés tremendamente atractivo con las gafas de montura redonda? –Eva llevaba una alegre camiseta de color verde a juego con un pañuelo turquesa–. Los hombres con gafas tienen algo. Me entran ganas de quitárselas y acercarme más para que puedan verme. En serio, me convierten en alguien peligroso.

–¿Y cuándo no eres peligrosa? –preguntó Frankie frotándose los ojos para espabilarse–. ¿Tienes que ponerte colores tan llamativos ya desde primera hora de la mañana? Ciegan la vista.

–Si mi ropa es alegre, yo estoy alegre.

–Tú siempre estás alegre, incluso cuando es demasiado pronto para estar alegre. Si el mundo se fuera a acabar, seguirías estando alegre. Te voy a vestir de negro –añadió

Frankie bostezando–. Danos de comer, mujer. Es lo que se te da mejor.

–Eso hago. Paige necesita calorías después de todas las que seguro que gastó anoche y esta mañana. Y, además, esto está delicioso. Probadlo. Le he puesto coco –Eva les sirvió el muesli casero en unos cuencos y miró a Paige–. ¿Y?

–¿Y qué? Me encanta el coco. Ya lo sabes –Paige, que había dormido menos de cuatro horas, debería haber estado agotada, pero en lugar de eso se sentía llena de energía aunque también algo aturdida. No dejaban de venírsele a la cabeza recuerdos de la fiesta y de Jake. Jake.

–No te estoy preguntando qué piensas de la comida, te estoy preguntando por el hombre que te ha tenido despierta hasta la madrugada, que te ha puesto esa sonrisa en la cara y que te ha dejado el roce de la barba en el cuello.

–¿Qué? –Paige se llevó una mano al cuello–. ¿Dónde?

–Será mejor que hoy te pongas un pañuelo si no quieres que te miren –Eva les acercó los cuencos junto con los frutos rojos y el yogur–. Comed. Yo me sentaré aquí a morirme de envidia mientras nos lo cuentas todo. Quiero saber cuántas calorías has quemado.

–No tengo ni idea de cuántas.

Eva hundió la cuchara en los cereales.

–Si me dices la posición, te diré las calorías. Claro que si os lamisteis chocolate fundido y nata del cuerpo, eso complica el cálculo. Dímelo rápido antes de que llegue Matt.

Paige se detuvo con la cuchara a medio camino de la boca.

–¿Por qué iba a venir Matt?

–Porque lo he invitado. Es un desayuno de celebración. Mierda.

–Ev, ojalá…

Llamaron a la puerta y al instante entró Matt.

Paige se quedó helada y no le sirvió de nada decirse que no tenía motivos para sentirse culpable.

Se sentía culpable.

Hábilmente, Eva se quitó el pañuelo y se lo colocó alrededor del cuello.

—Este color te sienta bien. Déjatelo puesto un rato. Hola, Matt —añadió con tono despreocupado—. Hoy estás excepcionalmente guapo. Pantalones de color caqui y camisa con botones en el cuello. Vas vestido para impresionar, lo cual significa que te dejas la motosierra en casa y vas a una reunión.

Paige toqueteaba el pañuelo.

Era una adulta con todo el derecho del mundo a tener una vida sexual. Así que, ¿por qué le daba miedo contarle la verdad a su hermano?

Existían muchas razones, pero la principal era la escasa probabilidad de que el encuentro con Jake se volviera a repetir.

—Se te ve muy despierta para haber estado toda la noche en pie —dijo Matt mirando la mesa—. Me han invitado a un desayuno de celebración, pero no veo el beicon. Y todo el mundo sabe que un desayuno de celebración tiene que incluir beicon.

Eva se estremeció como horrorizada.

—Tenemos muesli casero y frutos rojos.

—Eso me temía. ¿Qué tiene que hacer un hombre para que por aquí le den un poco de carne roja?

—Relacionarse con alguien que no sea vegetariano —respondió Eva con aspereza.

Matt sonrió y se sirvió un cuenco.

—Exceptuando tus extraños hábitos alimentarios, eres muy mona. Y serías mucho más mona si tuvieras café bien cargado. Bueno, ¿qué tal fue?

—Toda la ciudad habla de nosotras —dijo Eva al levantarse para servirle una taza de café—. Frankie te preparará beicon si de verdad te apetece.

–No te preocupes. Me tragaré esto –Matt se tomó una cucharada de muesli–. Bueno, ¿entonces fue bien?

–Superó todas nuestras expectativas –dijo Eva–. Auguro que el teléfono no va a dejar de sonar.

–Bien –Matt agarró su café–. Jake no ha llegado todavía, ¿no?

Paige lo miró.

–¿Y por qué iba a estar aquí Jake?

–Porque lo he invitado. Dijisteis que era un desayuno de celebración y fue él el que os dio el trabajo.

Paige se atragantó con la comida y Eva le sirvió un vaso de agua.

–¿Estás bien? ¿Ha sido el coco?

–Estoy bien.

¿Matt había invitado a Jake? Era imposible que hubiera aceptado la invitación después de lo que habían hecho la noche anterior.

Sería demasiado incómodo. Sería...

–¿Hay alguien en casa? –preguntó Jake desde la puerta–. Me han invitado a un desayuno de celebración, pero no huele a beicon así que no sé si me habré equivocado de lugar.

A Paige se le cayó al suelo un plato, que fue a parar a los pies de Jake.

–Vaya forma tan original de darme un plato –calmado, se agachó para recogerlo y le sonrió brevemente antes de ir hacia la silla vacía que había en un extremo de la mesa.

Paige lo miró y después desvió la mirada.

¿Cómo podía comportarse con tanta normalidad?

Frankie le acercó una taza vacía.

–¿Café? Ya que eres el héroe del momento, te mereces un tratamiento de héroe.

–He oído que Genio Urbano triunfó –dijo él sirviéndose una rebanada de pan recién horneado–. Esto tiene un olor increíble. ¿Lo has hecho tú, Ev?

–Es pan agrio.

–Mi favorito. Y va perfectamente con el beicon crujiente.

–Por aquí no vas a encontrar de eso –le dijo Matt mirándolo–. Te llamé anoche para ver cómo fue la fiesta. No respondiste al teléfono así que imagino que estarías con una mujer.

Paige quería meterse debajo de la mesa.

No es que fuera una situación complicada… era una pesadilla.

¿Cómo había podido pensar que sería una situación fácil de manejar?

¿Qué iba a responder Jake? Estaba claro que no admitiría haber estado con una mujer, así que…

–Estaba con una mujer –dijo Jake y sonrió a Frankie, que le estaba sirviendo café.

Matt parecía estar divirtiéndose.

–Pues debía de ser especial.

–Sí, era especial.

–¿Estaba buena?

¡Joder!

–¿Son necesarios los detalles? –Paige tenía tanto calor que le parecía que iba a estallar en llamas.

–Estaba buena. Increíble –Jake le lanzó una pícara sonrisa a Paige y le preguntó–: ¿Estás bien? Eres la única que está tan colorada, espero que no estés incubando algo.

Iba a matarlo.

–Estoy bien.

Matt frunció el ceño y la miró.

–Jake tiene razón. Estás muy colorada. ¿No tendrás fiebre?

–¡No! Estoy genial. Nunca he estado mejor. Un poco cansada, eso es todo.

–Sí, anoche llegaste tarde. Me pasé para que me contarais cómo había ido todo, pero ninguna respondió. Eva estaba cantando en la ducha. Probablemente por eso no me oíste.

–Probablemente –sintió que había sonado poco convincente.

–¿Os ha salido algún trabajo?

–Aún no, pero danos tiempo –sintió una fuerte presión en la pierna y se dio cuenta de que era Jake. Estaba rozándole la pantorrilla con la suya con un movimiento lento y sinuoso que volvió a despertar los recuerdos de las intimidades de la noche anterior.

El deseo la recorrió y sus latidos eran tan fuertes que le extrañó que no pudieran oírlos todos.

¿Qué estaba haciendo?

Matt soltó el café.

–Bueno, hoy toca noche de películas. Van a venir unos amigos. Sois bienvenidas si os queréis apuntar.

Frankie parecía interesada.

–¿Qué película? ¿De besos y amor o de tiros?

–Sé que hay un recuento de cadáveres –Matt se terminó el café–, así que puede que haya sangre y tripas de por medio.

Frankie no vaciló.

–Me apunto. Asiento de primera fila.

Eva se estremeció.

–¡Yo no! Un día os voy a atar a todos y a torturaros con películas de amor. ¿No podemos celebrar un maratón de pelis para chicas?

–No, si estoy yo presente –Matt sonrió–. ¿Vienes, Jake?

Hubo una larga pausa y entonces Jake se movió.

–Esta noche no. Tengo planes.

Matt se sirvió un poco más de pan.

–Supongo que esos planes son una mujer.

–Lo son.

Paige sintió una puñalada de pesar. Una cosa era saber que la noche anterior había sido algo excepcional y que él

saldría con otras personas, y otra muy distinta era conocer
los detalles. Si iba a quedar con una mujer, no quería oírlo.

Matt parecía interesado.

—¿La misma mujer de anoche?

—Eso es —respondió Jake con tono firme—. La misma
mujer.

¿La misma mujer?

Paige agarró la cuchara con fuerza. Lo miró de soslayo,
pero Jake estaba comiendo, completamente relajado, como
si no acabara de lanzar una bomba en mitad de la mesa de
la cocina.

Ella miraba su cuenco de muesli mientras analizaba las
palabras y comprobaba que no se hubiera equivocado al
interpretarlas.

Quería volver a verla.

La invadieron la felicidad y miles de preguntas.

¿Por qué? ¿Cuándo había decidido que no sería solo una
noche?

Matt se terminó el desayuno y se levantó.

—Tengo que irme. Tengo una reunión en la otra punta de
la ciudad —se detuvo en la puerta, miró a Paige y añadió en
voz baja—: Tómatelo con calma hoy. Anoche te acostaste
muy tarde.

—Soy capaz de soportarlo, Matt.

—Lo sé. Pero sigo pensando que deberías tomártelo con
calma —la observó un momento—. Y estoy de acuerdo con
Ev, ese pañuelo te sienta genial.

Jake se terminó el café y se levantó también.

—Te acompaño. Tengo que llegar pronto al trabajo. Gracias por la comida, Ev —se agachó para besar a Eva en la
mejilla y después salió de la casa detrás de Matt.

Eva se dejó caer en la silla.

—Ahora voy a tener que darte mi pañuelo nuevo y puede
que, ya de paso, necesite un sistema nervioso nuevo. No
estoy hecha para tanto drama.

–¿Estás de coña? –Frankie se levantó y empezó a recoger la mesa–. Tú inventaste el drama. Podrías casarte con el drama, tener hijos con él, que por cierto se llamarían Crisis y Pánico, y viviríais felices para siempre.

–¡Tenía un chupetón en el cuello! Alguien tenía que salvar la situación. Yo creo que he estado impresionante.

Frankie sacudió la cabeza.

–Le has tapado el chupetón del cuello, pero no has hecho nada para disimular que tenía la cara como un tomate.

Paige se levantó y se soltó el pañuelo.

–Gracias.

–Quédatelo. Es tuyo. Es verdad que el color te sentaba muy bien hasta que se te ha puesto la cara roja. Y, de todos modos, ahora no me lo puedo quedar. Siempre lo asociaré con estrés y nervios –Eva la sentó en la silla–. No te vas a mover de aquí hasta que nos hayas contado todo sobre cómo es el sexo con Jake.

Paige se quedó paralizada.

–¿Qué te hace pensar que fue Jake?

–Tu cara cuando Matt ha entrado y tu cara cuando Jake ha entrado. Después han llegado esas deliciosas insinuaciones de Jake… chico malo. Y, por cierto, puede que tenga que decirle que si va a hacer jueguecitos sexuales con el pie bajo la mesa, será mejor que no se siente a mi lado. Además, oí la moto –confesó Eva–. Y ya que soy curiosa por naturaleza…

Frankie apiló los platos en la encimera.

–Con eso quiere decir que es una entrometida incorregible.

–Curiosa –repitió Eva con firmeza–. Entré corriendo en el salón y me asomé por una rajita entre las persianas. Lo vi besarte. Un beso genial, por cierto. Me encantó cómo acercó tu boca a la suya. Fue magistral y romántico al mismo tiempo. Muy, muy ardiente.

–¿Lo viste?

–Fue mi noche de suerte. Si no puedo ver pelis románticas ni tener sexo en mi propia vida, tengo que vivirlo indirectamente a través de ti. Es tu deber dejarme ojear. ¿Para qué están las amigas? Y, por lo que vi, también fue tu noche de suerte. Está claro que Jake es tan bueno besando como en otras cosas.

Paige se deslizó en la silla.

–¿Se os hace raro?

–¿Que Jake y tú estéis juntos? ¡Claro! Aunque desde donde estaba, me ha parecido más excitante que raro.

–Me refiero a «raro» porque es de nuestro grupo. Los amigos y el sexo son cosas que no se mezclan, ¿verdad?

–Pueden mezclarse –dijo Eva encogiéndose de hombros–. Hay montones de casos en los que los amigos se convierten en amantes. *Cuando Harry encontró a Sally* es una de mis películas favoritas.

–La vida no es una película, Eva. De todos modos, no es eso por lo que es raro –Frankie recogió la taza vacía de Matt–. Es raro porque los dos os pasáis discutiendo la mayor parte del tiempo y después de aquel beso en el ascensor pensabas que no estaba interesado en ti.

Paige soltó la cuchara.

–Pues resultó que sí lo estaba, pero me estaba protegiendo.

–¿De qué?

–¿No es obvio? –Eva se metió un fruto rojo en la boca–. La estaba protegiendo de sí mismo. No quiere hacer daño a Paige. ¡Es tan romántico!

Paige se preguntó por qué Eva había visto tan rápidamente algo que a ella se le había escapado.

–No es romántico. Es súper irritante. Pensé que era la única persona que no me protegía y resulta que ha estado protegiéndome todo el tiempo. Preferiría haberlo sabido.

–No, porque entonces te habrías enfadado. Eres muy

obstinada con la gente que te ayuda. Y no es que no lo entienda –se apresuró a decir Eva–, pero es la verdad.

–No soy obstinada –Paige miró a Frankie–. ¿Soy obstinada?

Frankie guardó el yogur en la nevera.

–Sí, claro que lo eres. Preferirías caerte de bruces antes que aceptar ayuda. A veces resulta difícil ayudarte.

–¡No quiero ayuda!

–¡Todo el mundo necesita ayuda, Paige! En eso consiste la vida. En apoyar a la gente que te rodea, pero también en recurrir a ella. No puedes hacerlo todo sola. Existe una diferencia entre estar demasiado protegida y dejar que te ayuden. Si no te hubiéramos obligado a acudir a Jake, lo de anoche no habría ocurrido.

–A lo mejor habría sido mejor que no hubiera ocurrido.

–Me refería a lo de la fiesta –dijo Frankie lentamente y Paige se sonrojó.

–Ah. Bueno, aún no sabemos si ha servido de algo. El teléfono aún no ha sonado.

–Sonará. Además, hacer contactos forma parte del negocio.

–Genial. Entonces lo haré como parte del negocio.

–¿Y qué pasa con lo demás? ¿Qué pasa ahora? –Frankie cerró la nevera.

Paige la miró.

–¿Seguimos hablando de Genio Urbano?

–No. Estamos hablando de tu vida sexual –Eva se inclinó hacia delante–. Esto no es cosa de una sola noche. Ya lo has oído, quiere volver a verte.

–Lo sé –pensarlo la llenó de excitación e intentó contenerla–. Esa parte no la entiendo. Cuando estábamos juntos anoche, no sugirió que volviéramos a vernos.

–Bueno, pues está claro que ha cambiado de opinión –Frankie agarró un trapo y limpió la mesa–. Todo el mundo puede ver la química que hay entre los dos. La única razón por la que Matt no se ha visto afectado por las chispas que saltaban por la cocina es que lo último que se espera es que los dos estéis juntos. Pero, Paige, se va a enterar, y cuando se entere le dolerá que no se lo hayas dicho. Y tú te sentirás fatal por haberle hecho daño. No quiero que ninguno de los dos se sienta mal.

–¿Y qué le voy a decir? No hay nada qué contar. ¡No puedo decirle lo que está pasando porque no sé lo que está pasando!

Eva las miró a las dos.

–Paige tiene razón. Si dice que solo es sexo, entonces Matt hará picadillo a Jake, y el problema es que Jake puede defenderse, así que se liaría una buena. No me gustan las peleas y estoy de acuerdo en que la situación es complicada.

–Por eso prefiero relacionarme con flores y plantas. No son complicadas –Frankie soltó el trapo en la encimera–. Y si habéis terminado de hablar de cuentos de hadas, deberíamos ir a la oficina. Tanto si Jake está allí como si no, tenemos trabajo que hacer. Ahora dirigimos nuestro propio negocio, ¿lo recordáis?

–En un minuto –Eva seguía pegada a la silla y sin dejar de mirar a Paige–. Necesitamos detalles.

Frankie volteó la mirada.

–No quiero detalles.

–¡Yo sí! –contestó Eva con énfasis–. Quiero conocer cada detalle retrocediendo desde el momento en que llevó tu boca hasta la suya e intentó comerte viva en la calle. Vamos, Paige. Lo mínimo que puedes hacer es ganarte el pañuelo que llevas y compensar el hecho de que me rompiera la laringe cantando a gritos en el baño para no tener que abrirle la puerta a Matt ni explicarle por qué no estabas en casa.

Capítulo 15

«Para hacer realidad tu sueño primero tienes que despertar».

—Paige

El teléfono no paraba de sonar.

Una hora después de llegar a la oficina ya tenían seis nuevos clientes, todos solicitando organización de eventos y otros servicios.

—Adiós a dormir —canturreaba Eva—. Adiós a la cordura.

—Adiós a las preocupaciones económicas —añadió Frankie, siempre tan práctica—. Vamos a necesitar ayuda. Solo somos tres y esto es mucho trabajo.

Paige estaba como loca. Cualquier preocupación ante el hecho de no poder centrarse en el trabajo se disipó con la emoción del momento.

—Nuestro negocio. Es nuestro negocio. ¿No es genial? Ahora decidimos lo que aceptamos.

—Lo aceptamos todo —dijo Eva con firmeza—. Sus deseos no son solo nuestras órdenes, son también nuestros ingresos.

Paige estaba disfrutando al ver que por fin el negocio despegaba, y estar tan ocupada hizo que dejara de pensar en Jake.

Él había insinuado que esa noche se volverían a ver, pero ¿cómo iba a funcionar?

¿La llamaría?

¿O era ella la que debía llamar?

¿Por qué tenía que ser todo tan complicado?

—Subcontrataremos, no queremos aumentar los gastos generales ahora mismo. No quiero tener que despedir a gente si las cosas no funcionan —eso lo había aprendido de Jake. Había aprendido que debía vigilar la contabilidad y contratar personal del modo apropiado—. Vamos a sentarnos a ver qué tenemos.

El teléfono volvió a sonar.

—Esto es una locura —dijo Paige.

—Pero en el buen sentido. Pronto podremos comprar Eventos Estrella y despedir a Cynthia —dijo Frankie.

Paige respondió al teléfono. La mujer que les había encargado la fiesta de premamá también quería contratar el servicio de paseadores de perros de manera habitual y una cesta regalo para una compañera de trabajo que iba a tomarse una baja maternal.

—Háblame un poco de ella. ¿Qué le gusta? —mientras hablaba, Paige creó una nueva ficha, hizo anotaciones e intercambió algunas ideas—. Nos pondremos en contacto contigo para mostrarte una lista de sugerencias. Tú solo tienes que marcar las que te gusten y nosotras nos encargamos del resto.

Terminó la llamada y le pasó la lista a Eva.

—Esto es para ti. Vete de compras.

—¿Me vas a pagar por ir a Bloomingsdale's? He muerto y he subido al cielo. ¿Os he dicho ya cuánto me gusta trabajar con vosotras, chicas? —Eva estudió la lista—. Puede que cambie la marca de la vela aromática. Y el aroma. Hay que tener cuidado con los aromas cuando se está embarazada.

—Por eso estás haciendo este trabajo. Haz lo que haga

falta para que esta mujer nos recomiende a sus amigas. Ahora tenemos que hablar de… —Paige se detuvo cuando su teléfono sonó al mismo tiempo que el de Frankie—. Bueno, a lo mejor no hablamos.

Contestó la llamada. Frankie hizo lo mismo y salió del despacho hablando de colores, pétalos y flores con la persona que estaba al otro lado de la línea.

—Sí, disponemos de un servicio de asistencia personal para nuestros clientes —explicaba Paige a la persona que la había llamado—. ¿Lista de espera? —miró a Eva y sonrió—. Está usted de suerte. Ahora mismo tenemos disponibilidad. ¿Qué le parece si me acerco a su oficina y hablamos de sus necesidades? Estoy segura de que Genio Urbano podrá ayudarle.

Cuando terminó la llamada, le habían encargado un curso de capacitación empresarial y contaba con la posibilidad de organizar un evento para el lanzamiento de un producto en otoño.

—¿Te lo puedes creer? —a Eva le brillaban los ojos—. Tenemos un negocio de verdad. Lo único que tenemos que hacer es no estropearlo.

—No lo vamos a estropear… —Paige actualizó su hoja de cálculo—, pero ahora estoy pensando que me gustaría haber dormido más de cuatro horas anoche —le sonó el teléfono y comprobó los mensajes de texto.

Era Jake.

Mi despacho. Ahora. Informe.

Al leerlo, el estómago le dio un vuelco y se levantó.

—Luego terminamos. Jake quiere un informe de la fiesta y después tengo una reunión en la Quinta. Tengo que irme corriendo —agarró el bolso justo cuando Frankie entraba en el despacho. Le preguntó—: ¿Quién te ha llamado?

—Una novia que estuvo en la fiesta de anoche a la que le encantaron los diseños florales. Quiere algo parecido para su boda.

Eva parpadeó atónita.

—¿Quiere andamiajes en su boda? ¿Qué temática va a tener? ¿*Prison Break*? ¿Acaso eso es romántico?

—Quiere un cenador, mandril —Frankie estaba ocupada tomando notas—. Y quiere caminar sobre pétalos de rosa.

—¿Me acabas de llamar «mandril»? Porque si me lo has llamado, pienso denunciarte a Recursos Humanos por acoso. Y alguien tiene que advertirle a la novia que los pétalos de rosa son resbaladizos. O eso o llama al hospital y ten un traumatólogo preparado.

El teléfono volvió a sonar y Paige miró a sus amigas con una mezcla de emoción e incredulidad.

—Tenemos que encontrar el modo de fusionar estas llamadas para que todas sepamos qué pasa.

—Tú siempre sabes qué pasa, eres la mujer de los detalles. Esta la contesto yo —Eva agarró el teléfono y respondió con tono simpático—: Genio Urbano. Sus deseos son órdenes… —perdió la sonrisa al escuchar—. No, esa clase de deseos no. No nos dedicamos a eso —colgó con las mejillas sonrojadas—. ¡Pero bueno!

Frankie la miró expectante.

—¿Nos lo vas a contar?

—¡No, claro que no! No pienso repetirlo —exclamó resoplando—. No se lo digáis a Jake. Nos diría: «Ya os lo dije». Nos advirtió que «sus deseos son órdenes» nos metería en problemas.

Paige se guardó el portátil en el bolso.

Tenía la sensación de que ella ya estaba metida en un problema mucho más grande de lo que cualquiera podría haber imaginado. ¿De verdad había pensado que el sexo con Jake no le traería complicaciones?

Preguntándose qué pasaría a continuación, fue hacia el despacho de Jake y lo miró a través del cristal.

Estaba caminando de un lado a otro mientras hablaba, increíblemente guapo con esos vaqueros ceñidos y la camisa con botones en el cuello. No era de extrañar que Jake Romano tuviera todas las mujeres que quisiera.

En ese momento, él se giró y la encontró mirándolo.

–Luego te llamo –sin más, colgó el teléfono y le indicó a Paige que pasara–. Bueno, entonces podemos elegir… –dijo con tono profesional y ella se obligó a controlar los pensamientos indecentes que estaba teniendo y a responder del mismo modo.

–¿Elegir?

–Puedo practicar sexo contigo aquí… –Jake apoyó la cadera en el borde del escritorio– o puedo llevarte a casa y hacerlo allí, pero eso supondrá que tendré que esperar y soy bastante impaciente por naturaleza. Cuando quiero algo, voy a por ello. No tengo suficiente fuerza de voluntad para esperar y resistir la tentación.

–Pen… pensé que querías un informe del evento –tardó un momento en reaccionar–. ¿Me estás dando a elegir si nos volvemos a acostar o no?

–No. Nos vamos a volver a acostar. Te estoy dando a elegir dónde.

Ella emitió un sonido que fue mitad grito ahogado mitad carcajada.

–Tienes un despacho con la fachada de cristal.

–Lo sé –respondió él con cierto tono de disgusto–. Una decisión de diseño que ahora lamento. Pues entonces tendrá que ser en mi casa. ¿En quince minutos?

La recorrió una ráfaga de excitación.

–Tengo una reunión en la otra punta de la ciudad.

–Pues cámbiala.

–¡Jake, no puedo! Este es mi negocio y gracias a ti el teléfono por fin está sonando.

–Jamás debí haberte dejado organizar esa fiesta –dijo pasándose la mano por la nuca–. Bueno, vale, ve a tu reunión. Pero después ve directamente a mi casa. No pases antes por la tuya.

Ella no podía respirar.

–Pero si vamos a quedar, entonces quiero cambiarme primero y…

–Te pongas la ropa que te pongas, te la voy a quitar, y te pongas el maquillaje que te pongas, te lo voy a quitar a besos, así que no pierdas el tiempo.

Le palpitaba el corazón aceleradamente. Ese era Jake; Jake hablándole como si fuera una mujer. No se estaba conteniendo y, mucho menos, la estaba protegiendo.

–Pensé que… no íbamos… –estaba dividida entre la euforia y la confusión–. Fue una noche increíble, Jake, pero pensé que habíamos quedado en que sería solo una noche.

–Eso lo dijiste tú. Yo no.

–Di por hecho que era lo que querías.

–Pues no es lo que quiero. Me he vuelto loco protegiéndote y manteniendo las distancias. No quieres eso y yo tampoco lo quiero.

A Paige le latía el corazón con fuerza.

–Entonces…

–Entonces ya está decidido. Luego te veo. En cuanto puedas. Ah, y Paige… –su voz la hizo detenerse en la puerta–. No habrá otras personas.

–¿Cómo dices?

–Dijiste qué éramos libres para salir con otras personas, pero cuando estoy con una mujer, estoy con una mujer. Es mi entrante, mi plato principal y mi postre. No hay platos de acompañamiento ni guarniciones.

De pronto, Paige se quedó sin aire en los pulmones.

–No sabía que tenías un lado tan posesivo.

Él se metió las manos en los bolsillos y se encogió de hombros con gesto irónico.

–Supongo que no lo sabemos todo el uno del otro. Hay ciertos aspectos en los que no me gusta compartir y este es uno de ellos.

—A mí tampoco me gusta —podría haberle dicho que no tenía que preocuparse por compartirla ya que no solo nunca tendría una relación que no fuera exclusiva, sino que su vida amorosa era más una dieta baja en calorías que un festín—. Iré a mi reunión —dijo con tono ronco—, y después te veré en tu casa.

El viernes siguiente, Jake entraba en Romano's para hablar con Maria cuando se encontró a Paige en su mesa habitual del rincón, charlando con Frankie y Eva.

Solo la veía a ella.

El sol de última hora de la tarde desprendía una luz que danzaba sobre su cabello oscuro y ella se estaba riendo con esa amplia y generosa sonrisa que siempre le contagiaba las ganas de sonreír también.

Había pasado en San Francisco los dos últimos días y no había dejado de pensar en ella ni un solo momento. Tanto era así que había estado desconcentrado y la gente había tenido que decirle las cosas dos veces.

Durante años había mantenido las distancias sin saber cómo lo había logrado.

Le extrañaba que en ese tiempo no se le hubiera fundido algún que otro circuito mental.

Quería tomarla en sus brazos y recuperar el tiempo perdido a pesar de que habían pasado cada momento libre de la semana anterior haciendo exactamente eso.

—Hola, Jake —Matt se levantó y Jake comprobó impactado que ni siquiera se había percatado de que su amigo también estaba allí.

Paige había ocupado todo su campo de visión.

Estaba a punto de decir algo cuando Maria salió de la cocina.

—¡Jake! —siempre afectiva, se acercó para abrazarlo justo cuando Paige se giró y lo vio.

Sus ojos se encontraron y al instante ella se giró de nuevo hacia sus amigas.

Jake soltó a su madre mientras pensaba que el modo en que Paige le sonreía había cambiado. Ahora todo tenía un nuevo color, más íntimo y cercano.

Maria le lanzó una mirada inquisitiva.

—¿Te vas a sentar con tus amigos o esperas a alguna invitada? Matt me ha dicho que estás saliendo con alguien.

En ese momento deseó no haberle confesado a Matt que estaba viendo a alguien. También deseó que Paige no fuera tan testaruda y que accediera a que su hermano supiera que su relación había cambiado.

No obstante, mientras una parte de él pensaba en modos de convencerla, otra parte se preguntaba cómo reaccionaría Matt, que le había hecho prometer que jamás tocaría a su hermana.

Pero eso había sucedido hacía casi una década y por entonces ella era una adolescente vulnerable. Esto era distinto.

—No traigo invitada. Esta noche no —y la persona con la que estaba «saliendo» estaba justo delante de él.

Se sentó al lado de Paige, sorprendido por lo animado que se sentía.

Estar con ella siempre le provocaba esa sensación.

Aunque todos se movieron para hacer más sitio, el espacio se quedaba pequeño.

—¿Qué tal el viaje a San Francisco? —el tono alegre y risueño con que Eva le hizo la pregunta le dijo que sabía lo que estaba pasando y no le sorprendió. Las tres mujeres eran como hermanas y lo compartían todo, desde maquillaje a confidencias, así que había pocas probabilidades de que no se hubieran enterado de la nueva situación.

Como alguien que nunca había sentido la necesidad de ocultar sus relaciones, no se molestó. Lo único que le molestaba era que Matt no lo supiera.

Iba a tener que ocuparse de ese asunto.

Por otro lado, ¿de qué servía contarle algo que probablemente terminaría pronto?

Maria le puso delante un plato repleto de espagueti con albóndigas que le despertó recuerdos de la infancia. Por un momento volvía a tener seis años, le dolía el estómago y estaba asustado. Su vida se había desarmado como una bola de lana en las pezuñas de un gato. Su mundo se había venido abajo y su futuro era oscuro e incierto.

Aquella noche había aprendido muchas cosas. Había aprendido que los adultos hablaban en voz baja cuando no querían que los niños los oyeran; había aprendido que Maria, su vecina, era la mejor cocinera y la persona más buena que había conocido nunca, y había aprendido que el amor era la emoción en la que menos se podía confiar.

Miró el plato y miró a Paige.

Su sonrisa abierta y sincera de pronto le hizo dudar y replantearse la situación.

Paige había dicho que era fuerte para asumir su relación, pero ¿podría hacerlo?

¿Y si la hacía sufrir?

—¿Qué tal el negocio? —preguntó Matt acercándole una cerveza con naturalidad, con actitud amigable.

El hecho de verlo tan cercano y simpático hizo que se sintiera aún peor.

Había llegado el momento de ser sincero con su amigo.

—El negocio bien —agarró el tenedor—. ¿Qué tal marcha Genio Urbano?

—Estamos muy ocupadas —Frankie había dejado de comer pizza y estaba garabateando unas notas en la libreta que tenía junto al plato—. Ahora mismo tenemos más trabajo del que podemos abarcar.

—Pero lo estamos abarcando —añadió Paige levantando el tenedor—. Tenemos buenos contactos, y no fuimos las únicas de las que se libró Cynthia. Llevo al teléfono los dos últimos días.

Ya que no podía esperar un momento más para tocarla, Jake bajó la mano hasta su muslo y descubrió su piel desnuda.

—Hoy alguien me ha preguntado si tenemos página web —dijo Eva—. Supongo que necesitamos una, algo que diga lo que hacemos. ¿Qué te parece, Jake?

Él no podía pensar en otra cosa que no fueran Paige y la suavidad de su piel. Subió los dedos un poco más.

¿Qué llevaba puesto? ¿Pantalones cortos? ¿Una falda que apenas le cubría el trasero?

El cerebro le iba a estallar.

Matt enarcó las cejas.

—¿No se te ocurre ninguna idea?

—¿Idea? —era incapaz de pensar, se estaba volviendo loco. No podía formular ni una frase—. ¿Idea sobre qué? —bajó la mirada.

«Falda», pensó. Era una falda, aunque no muy larga.

Tenía unas piernas increíbles.

—Una página web —repitió Matt con mirada de curiosidad—. ¿Qué te pasa?

—Tengo muchas cosas en la cabeza —Paige desnuda y sus largas piernas rodeándolo. Esas eran las cosas que tenía en la cabeza—. ¿Cuál es el problema?

Paige dio un trago de su bebida.

—El problema es que recibimos muchísimas llamadas y algunas son para cosas insignificantes como encargos para la tintorería y cosas así. No trabajamos porque estamos al teléfono todo el tiempo. Necesitamos filtrar las llamadas de los clientes.

Frankie enroscó unos espaguetis con el tenedor.

—A lo mejor necesitamos una recepcionista.

Jake se obligó a concentrarse.

—Lo que necesitáis —dijo— es una aplicación.

—¿Por qué necesitamos una aplicación?

Aunque sentía que Paige estaba mirándolo, no levantó

los ojos del plato. Si la miraba, estaba seguro de que la besaría y tendría que enfrentarse a las consecuencias.

—Sois genios, ¿verdad? —con suerte, un poco de humor disimularía su torpeza—. Pues entonces la gente querrá frotar vuestra lámpara —hundió el tenedor en la pasta.

—No es una idea tan mala —dijo Matt agarrando la cerveza—. ¿Podrías hacerlo por ella?

Jake tragó la comida antes de atragantarse.

—¿Hacer qué por ella?

—Diseñar la aplicación —dijo Matt con impaciencia—. ¿Qué te pasa?

—Tengo hambre, no puedo pensar cuando tengo hambre —y tampoco podía pensar con el muslo de Paige desnudo contra el suyo. Se planteó poner alguna excusa, desaparecer en el baño de caballeros y después, al volver, sentarse al otro lado de la mesa.

—¿Quieres que acepte a tu hermana como cliente? ¿Es una broma? Preferiría frotarme la piel con un armadillo.

Frankie sonrió, pero Paige emitió un pequeño sonido de protesta.

—Soy una persona genial con la que trabajar.

Él tenía los ojos clavados en el plato.

—Eres una controladora compulsiva, Paige.

—Soy una perfeccionista —vaciló—. Aunque admito que hay veces en las que me gusta estar al mando de todo. No tendrás miedo de las mujeres fuertes, ¿verdad, Jake?

Pensó en ella, sentada a horcajadas sobre él, moviéndose lentamente y con esa pícara sonrisa en la cara.

—Una cosa es ser fuerte y otra ser controladora. Ni siquiera puedes pedir comida en un restaurante sin querer ir a cocinarla tú misma.

—Me gusta que las cosas estén tal como me gustan. ¿Qué tiene eso de malo?

—Nada. Excepto que a mí también me gusta que las cosas estén tal como me gustan. Trabajar juntos sería como un carril rápido hacia la frustración –y también un carril rápido hacia el desenfreno sexual. Lo sabía porque ya había conducido por ese camino–. No quiero trabajar contigo, me entrarían ganas de matarte. Aunque sí que puedo darte algunos consejos.

Matt frunció el ceño.

–¿En serio te estás negando a ayudar a mi hermana pequeña?

¿Pequeña? ¿Pequeña?

Pensar en lo que habían hecho juntos hizo que un calor le subiera por la nuca.

–Sí. Me estoy negando muy en serio. Ya dejé que organizara mi fiesta.

–Lo cual hicimos de maravilla –dijo Paige y él inclinó la cabeza.

–Lo cual hicisteis de maravilla, pero es a lo que os dedicáis. Me niego a aceptaros como cliente. Arruinaría nuestra bonita relación y no quiero estropearla –aunque ya la había estropeado. O ella. Ya no podía recordar quién era el responsable de lo que había sucedido entre los dos. Sus recuerdos eran como un batiburrillo ardiente de química y momentos cargados de pasión.

–No estropearás nada. No quiero nada complicado –dijo Paige–. Aunque a lo mejor no te ves capaz de asumirla.

Él se preguntó si estaba hablando de la aplicación o de su relación.

–Lo complicado no es la tecnología. Eso te lo podría solucionar hasta borracho.

–¿Entonces cuál es el problema?

¿Por qué se lo preguntaba? Ella sabía cuál era el problema.

–Hablaré con alguien de mi equipo para que se pongan a trabajar en algo.

Matt parecía desconcertado.

–¿Por qué no lo haces tú?

Porque las cosas se estaban complicando con Paige. Solo

había pasado una semana y la relación ya lo estaba inquietando. Y eso que sus relaciones nunca lo inquietaban, eran la parte más sencilla de su vida.

—No mezclo el trabajo con la amistad…

—Vas a diseñarle una aplicación —dijo Matt con tono suave—, no vas a acostarte con ella.

A Eva se le cayó el vaso y mojó la mesa, y Paige se levantó bruscamente; las piernas le brillaban bajo un pegajoso líquido.

Frankie le pasó una servilleta y Jake se levantó antes de verse tentado a secarle las piernas a lametazos.

—Diseñaré tu puñetera aplicación —murmuró—. Y Dani podrá encontrar a alguien que os ayude con las labores de recepción hasta que os vaya mejor.

Paige pasó por delante de él de camino al cuarto de baño y por un instante Jake sintió el calor que desprendía su cuerpo.

Lo había dejado desorientado.

¡Joder!

Se quedó allí de pie un momento, preguntándose cómo iba a solucionar la situación.

Frankie, siempre tan práctica, había terminado de limpiar la mesa y Matt se había vuelto a sentar.

Jake vio a Paige moverse hasta la parte trasera del restaurante en dirección a los lavabos.

—Te pediré otra bebida —le dijo a Eva y siguió a Paige.

La alcanzó justo antes de que ella entrara en el baño, la agarró por el brazo y la llevó afuera, al estrecho callejón que se extendía por un lado del restaurante.

La llevó contra la pared, arrinconándola.

—¿Qué estás haciendo? ¿Qué te pasa? —preguntó ella con los ojos abiertos—. No tienes que diseñarme una aplicación si no quieres. No hay necesidad de…

—Me estás volviendo loco —olía el aroma de su pelo y captaba la suave fragancia de su perfume. Quería desnudarla y besar su delicioso cuerpo. En lugar de eso, le besó los labios, con fuerza, con exigencia, y la sintió gemir contra su boca.

—Jake... —dijo Paige hundiendo los dedos en su pelo para sujetarle la cabeza mientras él la besaba.

Jake sintió el roce de sus uñas sobre sus hombros cuando ella le devolvió el beso.

En la distancia oía los murmullos de las conversaciones y las risas, y el aroma a ajo se mezclaba con la humedad del aire de verano, pero ahí fuera solo estaban ellos dos.

La acercó más contra la pared, deslizó las manos por sus muslos desnudos y la sintió tensarse contra él.

—Te he echado de menos —murmuró.

—Solo has estado fuera dos días.

—Demasiados —la acarició entre las piernas y la sintió gemir contra su boca—. Tú también me deseas.

—Sí...

Quién sabe lo lejos que habría llegado ese beso si el estruendo de los cacharros proveniente de la cocina y entremezclado con una sarta de improperios en italiano no hubiera provocado que Paige se apartara.

Se quedaron mirándose el uno al otro y Jake pensó que si no volvían pronto a la mesa, alguien iría a buscarlos.

Retiró la mano y, con renuencia, se apartó de Paige.

—Tenemos que volver. ¿Qué haces este fin de semana?

—Eh... Nada. Trabajar, supongo.

—Pasa el fin de semana conmigo.

Jake no se podía creer que hubiera dicho eso. Nunca había pasado un fin de semana entero con una mujer. ¡Dos días seguidos!

Paige sonrió.

—Suena bien. ¿Qué quieres hacer?

—¿Hace falta preguntarlo?

Capítulo 16

«Si crees que el amor es la respuesta, entonces probablemente no estés haciendo las preguntas correctas».

–Frankie

–¿Te vienes con nosotras este fin de semana? –Frankie cerró el portátil y se levantó–. Eva y yo vamos a hacer un picnic mañana en Central Park.

Paige sacudió la cabeza.

–Tengo trabajo.

Frankie se la quedó mirando.

–¿Tu «trabajo» tiene por casualidad unos bíceps como rocas, una sonrisa muy sexy y además es el dueño de este lugar?

Se sentía eufórica y nerviosa al mismo tiempo.

–¿Crees que estoy loca?

–¿Sinceramente? Sí, lo creo –Frankie guardó el portátil en la bolsa–. Aprecio mucho a Jake, pero es famoso por jugar con las mujeres.

–Yo también estoy jugando. Me estoy divirtiendo.

–¿Sí? Pues me parece genial con tal de que no te enamores de él.

Paige sintió cómo todo su cuerpo se tensó.

–No lo haré.

–¿Seguro? Porque ya llevas con él cuatro semanas seguidas y si estás soñando con carruajes y vestidos blancos, olvídalo porque Jake no es de esos.

–Sé que Jake no es de esos. Lo conozco desde antes de que lo conocierais vosotras.

–Sí, la diferencia es que yo no llevo enamorada de él la mayor parte de mi vida –Frankie se guardó en la bolsa un montón de papeles y Paige tragó saliva.

–Yo no… Tal vez lo estuve, pero ahora no y…

–Bien –Frankie se subió las gafas–. Así que tu otro único problema es Matt. ¿Se lo has dicho ya?

A Paige la invadió la culpabilidad.

–No. Solo era cosa de una noche y…

–Y ahora ya van unas cuantas –añadió Frankie con tono monótono–. Deberías decírselo, Paige. Llevar una relación a escondidas no es nada bueno. Créeme, lo sé. Yo crecí rodeada de relaciones así. Al final, siempre, siempre, salen a la luz y es espantoso.

Paige sabía que estaba pensando en su madre.

–Esto es distinto. ¿Qué le voy a decir? Nos estamos divirtiendo, nada más. Ninguno tenemos ataduras. Lo más probable es que acabe pronto así que no hay nada que contar, Frankie.

–Te estás acostando con su mejor amigo. Eso es algo que debería saber. ¿Qué opina Jake?

Era el único motivo de desacuerdo entre los dos.

–Quiere decírselo, pero le he hecho prometerme que no lo hará.

–Debe de ser duro para él. Lo estás poniendo en una posición muy difícil.

Paige suspiró.

–Frankie…

–Te quiero, eres mi mejor amiga, pero estoy preocupada por ti. Esto se va a volver en tu contra. Si Matt se entera, se va a sentir dolido y después tú también te sentirás mal.

No quiero que eso pase. Aprecio a Jake, pero eso no va a impedir que lo mate si os hace daño a los dos.

Paige se frotó la frente.

—Pensaré en ello, veré qué pasa este fin de semana. Y antes de que te marches, ¿hay alguna novedad que deba saber?

—Todo está bajo control. La boda está organizada. Querían que les recomendara un fotógrafo y he llamado a Molly.

—Buena elección —todas habían trabajado con Molly en Eventos Estrella y era una fotógrafa de gran talento—. Deberíamos preguntarle si le gustaría ser una de nuestros proveedores preferentes. ¿Algo más?

—Matt me ha preguntado si puedo presupuestarle el diseño de un jardín para una azotea. Victoria, que es quien suele hacérselos, está de trabajo hasta arriba —Frankie se echó la bolsa al hombro—. Me gustaría ayudarlo, pero lo entenderé si prefieres que no solapemos trabajos.

—Somos socias —dijo Paige—, no tienes que pedirme permiso. Si te apetece hacerlo, entonces hazlo. Además, no se me ocurre nada mejor que compartir contactos con mi hermano.

—Dijiste que no querías favores.

—Esto no es un favor. Está contratando nuestros servicios. Se lo cobraré.

Frankie sonrió.

—Te estás convirtiendo en una magnate de los negocios despiadada. Le diré que sí y después iré a ver el espacio con él. Es un sitio grande en el Upper West Side y cuando esté preparado quieren celebrar una fiesta allí. Una especie de inauguración de la azotea. Me aseguraré de que Genio Urbano pueda hacerse con el encargo.

Frankie se marchó y Paige se dispuso a trabajar.

Pasó la tarde sin cometer grandes errores. Elaboró dos presupuestos para dos eventos, concertó las citas para visitar dos nuevos locales y recibió las llamadas de dos personas que buscaban trabajo. Las añadió a la lista y les prometió que se pondría en contacto con ellas si necesitaban contratar personal.

Hasta que estuvieran asentadas, no se sentía segura contratando a gente. No quería tener que despedir a nadie.

Se puso a trabajar en un gran evento de publicidad y para cuando levantó la mirada, el cielo ya había oscurecido y se habían encendido las luces de toda la ciudad.

Se levantó y se estiró; le dolían los huesos de llevar tanto tiempo sentada en el mismo sitio.

—Trabajas hasta muy tarde —dijo Dani en la puerta; el pelo le caía alrededor de sus estrechos hombros—. Jake me ha pedido que hable contigo sobre lo que necesitas. Me ha dicho que querías a alguien para responder las llamadas y cosas así. Laura puede hacerlo. Es inteligente. Lleva con nosotros un par de semanas.

—¿A qué se dedicaba antes de estar aquí?

—Estaba en casa con sus hijos. Perdió mucha seguridad en sí misma y le costó mucho volver al mercado laboral, pero ahora está trabajando para nosotros.

—¿La contrataste tú?

—Yo, no. Fue Jake. Era arriesgado contratarla, pero a Jake nunca le da miedo correr riesgos. Vio algo en ella que otras no tenían. Casi nunca se equivoca —dijo Dani apartándose de la puerta—. Mañana te presentaré a Laura y podrás explicarle lo que necesitáis. Antes de tener familia fue recepcionista en uno de los grandes hoteles. Cuando recupere la confianza en sí misma, va a ser genial. ¿Te irás a casa pronto?

—Sí. Bueno, no. Probablemente no —respondió Paige atónita al darse cuenta de que tenía la cabeza en otro lado—. Aún me queda un rato. Tengo trabajo que hacer.

La joven sonrió.

—Estoy empezando a comprender por qué Jake te dio el despacho aquí. Encajas bien.

Paige siguió trabajando hasta que comenzó a dolerle la cabeza y después, por fin, apagó el ordenador.

Era casi medianoche y parecía ser la última persona que quedaba en el edificio.

El equipo de Jake solía trabajar hasta tarde, pero sabía que en ese momento muchos de ellos estaban en la oficina de San Francisco preparando un trabajo importante.

Bostezando, agarró el bolso y salió del despacho que compartía con Eva y con Frankie.

–Paige.

La voz de Jake sonó tras ella, profunda y segura. Sintió una ráfaga de excitación seguida de un gran regocijo.

Ocultando sus sentimientos tras una máscara de indiferencia, se dio la vuelta.

–Hola. No me había dado cuenta de que seguías aquí. Es tarde.

–Es medianoche. Lo cual significa que ya es fin de semana y tenemos una cita.

–Pensaba que la cita empezaba mañana.

–Empieza ahora mismo. Llevo trabajando toda la semana y tú también. Entra en mi despacho. Tengo que enseñarte una cosa.

La mirada que Jake le lanzó hizo que se le acelerara el corazón.

–Ya lo he visto. Y es bastante impresionante.

Él se rio.

–Eso no es lo único que tengo impresionante.

Ella enarcó una ceja.

–Ahora estoy intrigada –cruzó el umbral del despacho y él cerró la puerta.

–Ha sido una semana larga –le dijo Jake con una mirada tan profunda que hizo que se le acelerara el corazón.

–Sí.

Él le posó la mano en la nuca y bajó la frente hasta la suya.

–He ido a buscarte antes, pero estabas al teléfono con un cliente. Si no, te habría arrinconado contra el escritorio y te habría hecho cosas indecentes –su voz sonaba cargada–. ¿Qué te dice eso de mí?

–Me dice que eres un temerario y que no tienes respeto por el mobiliario de oficina.

–¿Y tú qué…? –le preguntó con la boca peligrosamente cerca de la suya–. ¿Tú también eres una temeraria?

Ella le enganchó la pechera de la camisa con el dedo.

–Creo que podría serlo.

Jake agachó la cabeza y la besó; tenía las manos hundidas en su cabello y la besaba con actitud ardiente y exigente. Ella se le acercó más y con un gemido Jake la llevó al otro lado del despacho, hasta que sus hombros tocaron una pared.

Tras ella, abrió una puerta que Paige desconocía que estuviera allí y la llevó adentro. Vagamente, ella alcanzó a ver unas encimeras brillantes y más puertas.

–¿Qué es este lugar?

Sin soltarla, Jake abrió la puerta.

–Almacén, vestuario… Aquí dentro hay incluso una cama por si me quedo trabajando hasta tarde, pero no la suelo usar.

–¿Una cama?

–Sí –le tiró del vestido y ella emitió un grito ahogado al sentir la calidez de su mano sobre su piel, buscando, encontrando… Y entonces lo único que pudo sentir fueron las hábiles caricias de sus dedos y el arrebato de deseo que se extendió por ella con un delicioso y almibarado calor.

–Jake…

–Eres preciosa –le dijo sin apartar la boca de la suya, la mano de la suya; arrastrándola hasta la excitación con cada íntimo roce de sus dedos hasta que ella gimió y se retorció contra él.

Sintió la rigidez y solidez de su miembro contra ella y le bajó la cremallera.

Ninguno se movió. Se quedaron allí de pie, contra la puerta, perdidos en su mundo privado de ardiente deseo. Y entonces ella sintió la mano de Jake deslizarse por su muslo y moverse con urgencia hacia arriba. Lo rodeó por la espalda con la pierna sin dejar de mirarlo a los ojos.

Cuando Jake se adentró en ella, dejó escapar un grito que él amortiguó besándola; tragándose el sonido para que solo hubiera sensaciones. La sensación de él llenándola, poseyéndola, tomando todo lo que tenía que darle hasta que el orgasmo la invadió tan rápido que no le quedó tiempo ni para respirar. Lo oyó maldecir suavemente al aferrarse a él, lo sintió más adentro en respuesta a las seductoras sacudidas de su cuerpo, sintió el momento en que él llegó al límite.

Y después solo sintió el ardiente palpitar de Jake, el calor de su boca y la increíble sensación de intimidad que le producía estar a su lado. Fue más profundo y más intenso que nada que hubiera experimentado antes.

Tal vez se debía a que lo conocía desde hacía mucho tiempo, a que llevaba deseándolo mucho tiempo.

Finalmente, Jake se apartó de ella y se quedó allí un momento, recuperando el aliento, con la frente apoyada en un brazo mientras la abrazaba con el otro.

Ella tenía la frente apoyada en su hombro; cerró los ojos al inhalar su perfume, absorbiendo cada momento y cada textura. De hombre. De músculos.

—Acabamos de practicar sexo en tu despacho.

—Sí. En su momento me pregunté si era un desperdicio de espacio, pero ahora me alegro de haberlo construido.

Paige se sentía débil y temblorosa.

—Yo también me alegro. Nunca había practicado sexo contra una puerta.

Jake soltó una ronca carcajada y se apartó para mirarla.

–Digamos que entra dentro de tu proceso de formación –alzó la cabeza y le acarició la cara con un gesto posesivo e íntimo–. ¿Estás bien?

–Eso creo, pero me parece increíble que hayamos hecho esto.

Había practicado sexo con Jake en su despacho. De pie.

–Aunque a lo mejor tú lo haces constantemente.

–Nunca. Estoy empezando a pensar que tal vez no haya sido tan buena idea compartir oficina contigo –respondió Jake con voz algo temblorosa. La soltó y con delicadeza le bajó el vestido.

–Has dicho que tenías que enseñarme algo –dijo ella intentando sonar indiferente, como si estar con él no la hubiera vuelto loca de satisfacción–. ¿Era esto?

Él se la quedó mirando algo extrañado y al momento su expresión se aclaró.

–No, no era esto. Te he diseñado una aplicación.

Paige se sintió conmovida y emocionada.

–¿En serio?

–Sí, iba a enseñártela, pero me he distraído con algo. Es culpa tuya.

–Podrías enseñármela ahora.

–O podría esperar hasta el lunes y enseñárosla a las tres –bajó la cabeza y la volvió a besar–. Ya es fin de semana. El trabajo puede esperar.

–No quiero esperar. Quiero que me enseñes la aplicación.

–Te la enseñaré durante la cena.

–¿Ahora? Es tarde.

–Entonces por eso tendré tanta hambre –le respondió con una pícara y sexy sonrisa–. Y esto es Manhattan, aquí nunca es tarde. Hay un restaurante griego fantástico a la vuelta de la esquina. Está abierto a todas horas.

–¿Sabe tu madre que comes comida griega?

–Mi madre no sabe la mitad de las cosas que hago –le

agarró la mano y la sacó del despacho. Pasaron por delante de las mesas vacías y llegaron hasta el ascensor.

Descendieron envueltos en una silenciosa atmósfera de vibrante química y deseo sexual liberado. A Paige el corazón le dio un pequeño brinco. No pensaba que hubiera emitido ningún sonido, pero debía de haberlo hecho porque él le lanzó una ardiente mirada que elevó la temperatura del pequeño espacio en varios grados. Apartó la mirada rápidamente, sabiendo que si no lo hacía, terminarían practicando sexo en el ascensor.

Llegaron a la calle y sintió el suave roce de su mano en la espalda mientras recorrían las dos manzanas hasta el restaurante.

A pesar de la hora que era, estaba abarrotado. Una pequeña y amigable multitud llenaba un pequeño espacio cargado de deliciosos aromas y sonidos que la transportaron directamente al Mediterráneo.

Jake ignoró las cartas, pidió por los dos y sacó su tableta.

—Prepárate para alucinar.

Su entusiasmo la hizo sonreír.

—Estoy preparada. Y, por cierto, sé pedirme mi propia comida.

—Ya lo sé, pero como mucho aquí y sé lo que está bueno. Acércate más —dijo tirando de su silla—. ¿Lo ves? Esta es tu aplicación.

—Es una monada —comentó ella sonriendo—. Una lámpara mágica. ¿Tengo que frotarla?

—Hay que darle con el dedo —él tocó la pantalla y ella miró intrigada mientras le mostraba las distintas características—. Es fácil de usar, así que incluso la gente que no esté muy ducha en tecnología la encontrará sencilla. Vuestros clientes pueden usarla para enviaros solicitudes de servicios y Laura puede filtrarlas y enviarlas a la persona apropiada. Eso significa que no tendréis que ocuparos de solicitudes sencillas. Si hay que sacar a pasear a un perro o llevar ropa a la tintorería, Laura puede asignarle la solicitud a la persona más indicada. Así os deja libres para ocuparos de los eventos y de los encargos más complicados.

Ella le hizo unas preguntas y después la probó.

–Es increíble. Me encanta. ¿La has programado tú?

–Sí.

–Pero has estado muy ocupado con esa cuenta en San Francisco y… Además, pensaba que ya no te ocupabas del trabajo manual exceptuando los de seguridad cibernética. Creía que solo te ocupabas de tratar con los clientes.

–Y eso hago.

Ella le devolvió la tableta.

–¿Entonces por qué has programado nuestra aplicación?

–Porque era para vosotras. La necesitabais –la miró fijamente y a ella la embargó una intensa sensación de calidez.

–Gracias. Te pagaremos, por supuesto.

–No quiero que me paguéis. Y, además, ya que estoy durmiendo menos de lo habitual, tengo que hacer algo con mi tiempo –esperó mientras la camarera les servía la comida, una variedad de platos con pan de pita recién hecho, y después añadió–: ¿Qué hacemos este fin de semana?

Ella sonrió.

–Voy a mantenerte despierto.

Capítulo 17

«Que un hombre no pregunte por una dirección no significa que no esté perdido».

–Paige.

Aquel sábado pasearon por el High Line, la histórica vía de tren en desuso transformada en uno de los mejores parques públicos de Manhattan. Con una longitud de dos kilómetros y medio, serpenteaba por los barrios de West Manhattan y era una senda colorida y frondosa de jardines, flores, zonas de césped y arbustos que suavizaban las formas angulosas de los edificios circundantes.

Cuando se cansaron de andar, compraron unos cafés y se sentaron en un precioso rincón a la sombra justo encima de West Fifteenth Street. Desde ahí tenían unas vistas magníficas del río Hudson, del Empire State Building y de la Estatua de la Libertad.

–Me encanta este lugar –dijo Jake entrecerrando los ojos por el sol–. Me recuerda que las cosas no tienen por qué mantenerse siempre iguales. Que pueden cambiar, renacer y regenerarse.

Paige apoyó el café sobre su regazo, estiró las piernas y giró la cara hacia el sol.

–En eso consiste tu trabajo, ¿verdad, Jake? ¿En encontrar formas nuevas de hacer las cosas? ¿En actualizar lo viejo?

—Yo no actualizo. Yo innovo.

Ella cerró los ojos y sonrió.

—Don Susceptible.

—Es la primera vez que una mujer me llama «susceptible».

—Conozco todas tus partes sensibles y susceptibles —en ese momento a Paige le sonó el teléfono. Abrió los ojos y lo sacó del bolso—. Debería ver quién es... —era su madre.

Contestó la llamada lanzándole a Jake una mirada de disculpa.

—¿Mamá? —se giró ligeramente, sonriendo mientras escuchaba a su madre ponerla al día emocionada sobre sus últimas aventuras por Europa—. Qué maravilla. Me alegro mucho de que lo estéis pasando tan bien. Sí, por aquí todo muy bien. El trabajo genial. No podría ir mejor —habló con su madre un poco más y después terminó la llamada—. Lo siento.

—No lo sientas —dijo Jake antes de terminarse el café—. Tienes una madre que quiere saber cómo estás. Os lleváis bien. Tienes suerte.

Ella jugueteaba con el vaso de café.

—¿Alguna vez se te ha ocurrido contactar con tu madre, con tu auténtica madre? Cuando hablamos del tema aquella vez, hace años, me dijiste que no tenías pensado hacerlo.

—¿De qué serviría? Supuse que si ella hubiera querido saber dónde estaba y qué hacía, habría mantenido el contacto. Ella era la adulta, yo era el niño. Sabía perfectamente dónde estaba viviendo.

Paige se acercó más a él, que giró la cabeza y sonrió.

—No me mires así con esos ojos tan tristes. Pasó hace mucho tiempo. Puedo decir con toda sinceridad que ya apenas pienso en ello.

Tal vez era cierto, pero esa experiencia lo había marcado y ella lo sabía.

—Si alguna vez quieres hablar de ello…

—No hay nada de qué hablar. Maria es mi madre y es mi madre desde que tenía seis años. En mi vida no hay lugar para otra madre, y menos para una que dejó muy claro que no me quería. Además, ¿te puedes imaginar lo que sería tener dos madres? —se estremeció—. Dos mujeres preguntándote cuándo vas a sentar la cabeza y darles nietos. Ahórrame eso —se levantó y alargó la mano—. Vamos a caminar. Y después tal vez deberíamos irnos a casa porque esta noche te voy a preparar la cena.

Paige dejó que la levantara. Deseaba poder sanar todo ese dolor. Ella tenía cicatrices por fuera, pero las de Jake no eran menos importantes solo por el hecho de no ser visibles.

—¿Sabes cocinar?

—Oye, me crio una mujer italiana. Cuando hayas probado mi lasaña, me vas a suplicar más —la llevó contra él y la besó—. Y eso no es lo único que me suplicarás.

Una vez en casa, Jake abrió una botella de vino y preparó la cena bajo la atenta mirada de Paige. Se sentía cómoda y le resultaba algo natural estar en su piso, mirándolo mientras caminaba descalzo por la espectacular cocina.

—Este es uno de los primeros platos que me enseñó mi madre.

Troceó los ingredientes, los sofrío y luego los fue colocando en capas en la fuente.

—Es impresionante —dijo Paige, que lo ayudaba a recoger mientras él cocinaba—. Pareces un chef profesional.

—Será mejor que lo pruebes antes de darme tu opinión. ¿Tu madre cocina?

—Sí. Tomábamos comida casera todos los días. Y como Puffin Island es un lugar pequeño, solía ir a casa a almorzar cuando iba al colegio.

–¿Cuál era tu plato favorito?

–Es fácil. Pastel de langosta en la playa –dio un sorbo al vino que le había servido–. Nos sentábamos con los pies descalzos hundidos en la arena y veíamos cómo se ponía el sol. Qué maravilla.

Charlaron, intercambiaron historias y fueron aprendiendo más el uno del otro; cada pequeño detalle afianzaba más los cimientos de su relación.

Cuando la cena estuvo lista, se sentaron a la mesa y vieron el sol ponerse sobre el río Hudson.

–Maria te enseñó muy bien –dijo Paige al soltar el tenedor y mirar su plato vacío–. Delicioso. Bueno, dime, ¿qué tal fue todo en San Francisco? ¿Les gustó lo que les hiciste?

–Sí. ¿Quieres verlo?

–¿Hace falta que lo preguntes?

Jake sonrió y abrió el portátil.

Paige miró la pantalla con atención y él le mostró el diseño. Su hermano siempre le había hablado de lo inteligente que era Jake, y desde que compartían oficina había podido comprobarlo por sí misma. Veía cómo su equipo le pedía opinión y cuántos clientes potenciales lo llamaban. Él nunca tenía que llamar a nadie. Los demás siempre acudían a él.

Tenía más trabajo del que podía abarcar porque era bueno en lo que hacía. El mejor.

Ella debía asegurarse de que Genio Urbano se ganara la misma reputación.

Durante la siguiente media hora él le mostró el diseño y lo que podía hacer.

–Jake, esto es increíble –lo exploró fascinada–. Va a transformar su negocio.

–Eso piensan ellos también –cerró el portátil–. Me alegro de que te guste. Siempre se me olvida que estoy saliendo con una friki de la tecnología. Es genial.

–No soy una friki de la tecnología. Soy una chica increíble y guapísima a la que además le encanta la tecnología.

–Eres una friki. ¿Podrías llevar las gafas puestas mientras hacemos el amor?

–¿Te resultaría más sexy?

–Nada podría hacerte más sexy –la sentó sobre su regazo y ella sonrió.

–Cuidado con el ordenador.

–Me encanta tu *hardware* –Jake deslizó la mano por su cuerpo–. Y tu *software* tampoco está mal.

–¿Esto es sexo para los frikis de la tecnología? –murmuró ella contra su boca–. Es como sexo telefónico, pero friki. ¿Y eso que noto ejerciendo presión contra mí es un pincho USB?

Él se rio a carcajadas.

–Eres la mujer más sexy que he conocido en mi vida.

–Tú también eres bastante sexy para ser un tipo que se comunica con códigos. Me encanta que sientas tanta pasión por lo que haces –lo besó–. Supongo que podría pedirle las gafas a Frankie si crees que así el sexo sería más apasionado.

Él la levantó, la llevó a la cama y la soltó encima.

–¿En serio crees que el sexo que tenemos podría ser más apasionado aún?

No más apasionado, pero sí estaba cambiando. Ese modo de practicarlo frenético y loco, como si tuvieran que recuperar el tiempo perdido, que los había cegado al principio, ahora parecía entremezclarse con algo distinto. A veces más íntimo, personal. Aún había cosas por descubrir, pero también había cierto conocimiento.

Paige le lanzó una mirada sugerente.

–Podríamos probar algo más ardiente. ¿Qué te parece? –comenzó a desabrocharse el vestido y vio cómo a Jake se le oscurecieron los ojos.

–Creo que eres una guasona –dijo él quitándose la camisa y sentándose en la cama con ella.

–Si lo fuera, no te seguiría, y tengo toda intención de hacerlo –deslizó la mano por su abdomen hasta la bragueta del pantalón y lo oyó contener el aliento–. ¿Aún quieres que le pida las gafas a Frankie?

–No. Además, no podrías ver con ellas puestas. ¿Es miope o hipermétrope?

Paige vaciló. La razón por la que Frankie llevaba gafas no era algo que tuviera intención de discutir.

–No estoy segura –dijo finalmente y agachó la cabeza–. Por suerte para ti, mi visión es perfecta y veo algo que me interesa. Ven aquí para que pueda mirarlo más de cerca.

El fin de semana se convirtió en una mezcla de risas, conversaciones y sexo.

El domingo desayunaron en una pequeña cafetería cerca de Central Park y pasearon de la mano por los serpenteantes caminos; vieron a los patinadores, a familias con cochecitos de bebé y a corredores entregados.

Cuando llegaron al lago de las barcas, Jake se detuvo.

–¿Qué? –ella lo miró, siguió su mirada hasta el lago y empezó a reír–. ¡Estás de broma!

–No estoy de broma.

–¿Quieres que me suba a una barca contigo?

–Es lo único que no has hecho conmigo –se preguntó cómo era posible que Paige pudiera seguir sonrojándose después de todas las cosas que habían hecho juntos–. Eres una monada.

–No soy una monada –le contestó ella con una mirada desafiante–. Soy sexy y soy la directora ejecutiva de Genio Urbano. Probablemente habrás oído hablar de la empresa. Ahora somos muy famosas.

–He oído que la directora ejecutiva está tremenda –la acercó a sí y la oyó emitir un pequeño grito cuando perdió el equilibrio–. Eres sexy. Y vas a estar más sexy aún cuando haya volcado la barca y te haya hundido en el agua porque entonces estarás mojada.

—Lo que quieres es verme con la camiseta mojada, como la noche que me presenté en tu puerta el mes pasado después del evento.

¿El mes pasado?

¿En serio había pasado tanto tiempo?

Jake se sorprendió.

—¿Qué? —preguntó ella ya sin sonreír—. ¿Qué pasa?

—Nada. Estoy bien —respondió Jake con voz ronca—. Solo recordaba aquella noche en la que te plantaste en mi puerta toda mojada. Eso hace que me entren ganas de tirarte al agua ahora mismo para que puedas recrear el *look* de aquel día.

—Hace años que no remo. Matt nos trajo a Eva, a Frankie y a mí la semana siguiente a que llegáramos a la universidad. Nos divertimos mucho.

Y la situación con Matt era otra cosa más que él había intentado ignorar por el momento.

Se había dicho que el hecho de que la relación con Paige fuera a terminar en cualquier instante era razón suficiente para no contárselo a su amigo. Sin embargo, no había terminado.

Es más, era la relación más larga que había tenido con una mujer.

Y la razón era obvia: el sexo con ella era espectacular. ¿Por qué iba a ponerle fin a algo tan genial? Sobre todo cuando su relación era tan… intentó encontrar la palabra adecuada para describirla. Era tan… sencilla. Esa era la palabra. Era sencilla, probablemente porque se conocían muy bien. Y, por alguna razón, el hecho de conocerla hacía que el sexo con ella fuera aún más ardiente.

Era cierto que pasaban mucho tiempo juntos haciendo otras cosas, pero lo hacían porque no podían pasarse todo el tiempo en la cama. Además, Paige parecía estar divirtiéndose y a él le gustaba verla divirtiéndose. Se lo merecía después de los momentos tan duros que había vivido de pequeña y él se sentía muy bien siendo la persona que le estaba poniendo una sonrisa en la cara.

Ligeramente relajado, le tomó la mano.

–Vamos a por una barca.

Eso hicieron y después de muchas risas, de salpicarse agua, de un incidente con los remos, que casi hizo que los echaran, y de que varios miembros de una familia de patos hubieran estado a punto de perecer, se tumbaron en el Sheep Meadow a mirar las nubes.

–Deberíamos quedar para cenar esta semana. ¿El martes? Mierda, no puedo –él frunció el ceño–. Tengo que ir a Chicago. ¿Qué te parece el miércoles?

–Tengo un evento.

–¿El jueves? No, tampoco me viene bien –lo invadió la frustración–. ¿Y el viernes?

–Es la noche que quedas con Matt. Ya has cancelado las últimas tres semanas, si cancelas de nuevo te hará preguntas. Y, de todos modos, el viernes también tengo un evento.

–Estoy empezando a desear que no tuvieras tanto éxito en el trabajo –entre su agenda de trabajo y la de ella no podría verla–. Quedaré con Matt el viernes por la noche y tú y yo podemos vernos después. Puedes venir a casa después del trabajo.

–No sé a qué hora terminaré y tú no sabes a qué hora volverás a casa.

–Te daré una llave.

¿Qué demonios estaba diciendo?

¿Cuándo había invitado a una mujer a su casa y mucho menos le había dado una llave?

Pero esa no era una mujer cualquiera.

Era Paige.

La conocía desde hacía mucho tiempo y ella no interpretó la sugerencia como algo fuera de lo común. No lo estaba mirando como si acabara de cumplir un sueño, simplemente asintió como si le pareciera una solución práctica.

–De acuerdo. Supongo que podría funcionar. Lo más probable es que llegue antes que tú.

Jake se relajó. Solo era una llave, por si acaso. La recuperaría en cualquier momento. Lo único que tendría que hacer sería pedírsela. No era para tanto.

Capítulo 18

«Que la vida vaya bien es lo que sucede justo antes de que vaya mal».

—Frankie.

–¿Entonces va en serio? –preguntó Eva dándole los últimos toques a la torre de *cupcakes* que sería la atracción principal de una fiesta solo para chicas que habían organizado con motivo del trigésimo cumpleaños de una de ellas. Habían reservado la terraza de un exclusivo hotel boutique en Chelsea–. Has pasado con él cada momento libre que has tenido en el último mes y cuando los dos estáis juntos la química es tan poderosa que podría abastecer de energía a toda la ciudad de Nueva York.

–Eh… No, no es nada serio. Y, admitámoslo, tampoco hemos tenido tantos ratos libres desde que abrimos la empresa –Paige tenía la cabeza agachada mientras comprobaba su lista. Era su quinto evento y hasta el momento todos habían ido muy bien. No quería que ese fuera distinto–. Jake y yo nos estamos divirtiendo, nada más.

–Jake no tiene la costumbre de «divertirse» con la misma mujer más de un par de veces. Habéis estado viéndoos a escondidas y activando alarmas de humo por toda la ciudad.

–Por toda la ciudad no. Además, éramos amigos antes de ser amantes, así que es distinto –y había descubierto que los límites se desdibujaban. Se reían en la cama y sus conversaciones solían terminar en sexo. ¿Cómo se podían separar ambas cosas? No lo sabía.

Le había dado la llave del piso simplemente porque eran amigos, porque había querido que pudiera entrar en su casa aunque él no estuviera.

Eva espolvoreó delicadamente una pizca de azúcar sobre los *cupcakes*.

–Estar enamorado es distinto. ¿Qué se siente, Paige?

–No tengo ni idea. ¿Por qué me lo preguntas a mí? No es que sea… No es… Quiero decir, no estamos… Yo no… –Paige miró a su amiga; se le había revuelto el estómago–. Oh.

–¿Oh? –Frankie enarcó una ceja–. ¿Qué significa eso?

–Sé lo que significa –Eva colocó el último *cupcake* y se apartó–. Bueno, ahora te lo volveré a preguntar. ¿Qué se siente, Paige?

–Miedo –demasiado miedo como para pensar en ello. Ya había sentido eso por Jake antes y él la había rechazado. Le había hecho daño. ¿En qué había estado pensando? ¿De verdad había creído que esta vez sería inmune a él? ¿Que podría soportar esa situación hasta que los dos…? ¿Hasta que los dos qué?–. Es aterrador. Me siento como si estuviera a punto de saltar de un avión sin paracaídas.

Como si estuviera corriendo el mayor riesgo de todos.

–¿Se lo vas a decir?

–¡No! –ni en un millón de años tendría el valor de volver a exponerse de aquel modo.

–Pues deberías –dijo Frankie tajantemente–. Deberías decírselo.

–Ya se lo dije una vez y no salió bien.

–Aquello fue diferente, pasó hace años. Eras prácticamente menor de edad.

–¡No era menor de edad! Y todo salió fatal. Esta vez me voy a guardar mis sentimientos –se lo había prometido, ¿no? Le había prometido a Jake que podría sobrellevar la situación y no era justo para él que de pronto cambiara de opinión–. Tengo que… Tengo que pensar en cómo llevar la situación. Tengo que pensar en las opciones.

–¿Y la opción obvia no es decírselo directamente? –Frankie la miró exasperada–. ¿Y luego os preguntáis por qué evito el amor? ¡Por esto! Es como uno de esos crucigramas crípticos. Nadie dice lo que de verdad siente.

–Si le digo lo que siento, lo perderé. Es un riesgo demasiado grande.

–Pero siempre dices que quieres correr riesgos. Que quieres vivir.

–Quiero, pero… –Paige pensó en las consecuencias que tendría estar equivocada. Pensó en cuánto le había dolido la última vez–. Esto es distinto –podría seguir adelante con la aventura, seguir practicando sexo y divirtiéndose sin tener por qué ponerle un nombre.

La puerta se abrió y ella levantó la mirada.

–Luego podremos seguir hablando de esto. Vamos a actuar con profesionalidad, chicas. Nuestra clienta está aquí.

–Y parece que nuestra clienta ya se ha tomado unas cuantas copas –murmuró Frankie–. Será mejor diluir el champán con agua. Y avisad a la ambulancia porque si se cae con esos tacones se va a hacer mucho daño.

Paige cruzó la sala con una sonrisa cálida y sincera para ir a recibir a la clienta.

–Feliz cumpleaños, Crystal.

–No estoy segura de estar feliz –la mujer se tambaleaba sobre unos tacones imposiblemente altos–. Treinta. ¿Te lo puedes creer? Estaba intentando ocultarlo en el trabajo, pero han abierto una botella de champán para mí. Puede que haya bebido demasiado deprisa y, además, no había comido.

–Nosotras tenemos comida –discretamente, Paige le hizo un gesto a Eva y llevó a Crystal a una de las mesas que estaban preparadas para la cena–. Deberías comer algo antes de que lleguen tus amigas.

–Ni siquiera sé por qué lo estoy celebrando, la verdad. Y si me decís que aparento veinte, sabré que estáis mintiendo, así que no lo hagáis.

–No aparentas veinte. Estás mucho mejor que si tuvieras veinte –Paige estrechó la mirada–. No sé tú, pero a los veinte yo era desgarbada, no sabía ni quién era ni qué quería, e incluso aunque lo hubiera sabido, no habría tenido el valor de ir a por ello. A los treinta, te sientes segura de quién eres. Además, Crystal, estás increíble.

Crystal la miró asombrada.

–¿En serio?

–Sabes que sí. Tú elegiste el vestido. Seguro que te pusiste frente al espejo y pensaste: «Es este» –la sonrisa de Paige era sincera–. Es perfecto. Estás perfecta.

Crystal se miró.

–Sí que me enamoré del vestido. Es mi premio de consolación por haber cumplido los treinta y no haber logrado nada de lo que quería lograr.

–¿Y qué querías lograr?

–Bueno, ya sabes, las cosas típicas… –Crystal se encogió de hombros–. Quería cambiar el mundo y hacer algo importante, pero no soy más que una pequeña pieza del mecanismo.

–No siempre se tiene que cambiar el mundo –murmuró Paige–, solo una pequeña parte y a veces esos cambios son pequeños, pero no por ello menos importantes. Sin esa pieza, el mecanismo no funciona.

Crystal la miró detenidamente.

–Qué bonito. Me gusta.

–Esta noche es para que te diviertas con tus amigas. En eso debería consistir un trigésimo cumpleaños, en divertirse. Has dejado atrás tus angustiosos veinte y no tienes la responsabilidad de los cuarenta. Los treinta giran únicamente en torno a ti.

–En torno a mí. Me gusta cómo suena eso –suspiró–. A veces echo la vista atrás y me pregunto si habré tomado decisiones equivocadas; si fui a lo seguro cuando debería haberme arriesgado un poco –agitó la mano con gesto de disculpa–. Escuchar mis penas no forma parte de tu trabajo. Lo siento. No tenía que haber tomado champán. Beber siempre me hace hablar demasiado, o tal vez es que tú eres muy buena escuchando.

–Mi trabajo es asegurarme de que esta noche te diviertas todo lo posible –Paige vaciló y le preguntó–: ¿Qué riesgos habrías corrido?

–Sobre todo en lo referente a mi vida amorosa –Crystal bajó la mirada hacia las manos; no llevaba alianza–. Fui demasiado cauta. Mis padres se divorciaron cuando yo tenía doce años y eso influyó en el modo en que me relacioné con los hombres. Cuando salía con alguno quería garantías y seguridad. Jamás di un paso sin estar segura de que pisaba suelo firme. Tenía mucho miedo a caer. Soy consciente de ello, pero eso no cambia nada. No sabía cómo actuar de otra forma.

Paige se la quedó mirando; se le había secado la boca. Entendía muy bien esa sensación, con la diferencia de que en su caso esa necesidad de seguridad y control era fruto de haber estado enferma durante su infancia y del hecho de que otros hubieran tomado decisiones por ella. Necesitaba tanto controlarlo todo que temía dejarse llevar y correr riesgos.

Eva dio un paso adelante y puso un plato de canapés delante de Crystal.

–Come. Están deliciosos. Y si quieres mi opinión, creo que a veces hay que dar ese salto –dijo con firmeza– y confiar en que todo irá bien. Confía en ti misma.

Paige miró a su amiga.

¿Eva le estaba hablando a ella o a su clienta?

Crystal se sirvió un canapé.

—¿Como si saltas de un avión sin paracaídas?

—Creo que el paracaídas lo llevas dentro —apuntó Paige pensando en lo que Jake había dicho aquella noche en la azotea—. Tus habilidades. Quién eres. Tienes que confiar en que, pase lo que pase, podrás hacerle frente. Creo que a veces estamos tan ocupados aferrándonos al presente que no alzamos la cabeza para ver qué puede haber fuera. Creemos que la seguridad es lo que conocemos, pero a veces lo desconocido resulta ser la mejor opción.

Cuando Paige perdió el empleo, se había sentido como si hubiera perdido la estabilidad, y sin embargo ahí estaba ahora, en un lugar mejor y más feliz. Con Genio Urbano corría un gran riesgo, pero además se llevaba recompensas. No económicas, aunque también esperaba que eso llegara, sino recompensas en lo que se refería al control de su vida. Ya no tenía que trabajar conforme a las malas decisiones de otros. Ella tomaba las decisiones.

Y, aun así, sabía que no habría creado Genio Urbano en ese momento de su vida si no se hubiera visto forzada a hacerlo por las circunstancias.

Odiaba que otros la protegieran, pero ¿no había estado haciendo lo mismo consigo misma?

Había vivido de un modo seguro. Había tomado decisiones seguras. En su trabajo. En su vida amorosa.

Y esas elecciones se asentaban en el miedo.

—Es natural querer protegerte cuando ya te han hecho daño antes —dijo Crystal—. Hay mucho que perder, pero una parte de mí se pregunta si se pierde más al no ser valiente y no correr riesgos. Hace unos años había un hombre... —se encogió de hombros—. Lo estropeé todo. Me protegí tanto que dio por hecho que no me interesaba. No hay ni un solo día en que no me despierte deseando haber actuado de otro modo. Y ahora es demasiado tarde. No me puedo creer que os esté contando esto. Decidme que cierre la boca y no me deis más champán o me pondré a llorar encima de los canapés.

—¿Seguro que es demasiado tarde? —a Paige le palpitaba el corazón como si estuviera intentando alertarla de algo—. Nunca es demasiado tarde para decir lo que sientes.

—En este caso sí. Conoció a otra persona, alguien que no era tan cauta como yo. Llevan un año casados y están esperando un bebé. Ojalá hubiera hecho las cosas de otro modo, pero no lo hice. Tenía miedo y ahora estoy pagando el precio. Pero, bueno, los treinta son un nuevo comienzo, ¿no? Es demasiado tarde para esa relación, pero podría conocer a alguien. No es demasiado tarde para eso.

—Nunca es demasiado tarde para vivir con valentía —dijo Paige.

Esperaba que no lo fuera, porque eso era lo que pretendía hacer.

Y, sí, tal vez sufriría, pero al menos no acabaría celebrando un cumpleaños deseando haberse arriesgado por algo importante.

—Me siento mejor —Crystal se sirvió más comida—. Deberías ofrecer tus servicios como oradora motivacional.

Paige le pasó un vaso de agua mientras pensaba que ya era hora de seguir sus propios consejos.

—Disfruta de tu fiesta y, en lugar de mirar atrás, mira hacia delante. Te está esperando un panorama brillante y resplandeciente. Si necesitas gafas de sol, avísame.

Crystal se bebió el vaso de agua.

—Os necesito a las tres en mi vida todo el tiempo. Genio Urbano ha hecho un trabajo maravilloso y vuestro servicio de asistencia personal es una genialidad —abrió los ojos de par en par al ver los *cupcakes*—. ¡Vaya! Es increíble —se giró al oír unas risas—. ¡Ya están aquí! Mis amigas.

Salían del ascensor cargadas con regalos, globos y brillantes sonrisas. Un grupo de mujeres con un mismo objetivo: darle a su amiga el mejor cumpleaños que había tenido nunca.

Crystal las recibió con abrazos y risas y Paige esperó a que se saludaran antes de ir a ofrecerles champán.

–Amigas –murmuró Eva cuando Paige volvió a reunirse con Frankie y con ella–. Todo está bien si tienes amigas. Espero que las dos me traigáis regalos con envoltorios preciosos cuando cumpla los treinta.

–Vamos a hacerte tragar margaritas hasta que no puedas recordar cuántos años tienes –Frankie vio a las mujeres mostrar su asombro y admiración al ver los *cupcakes*–. Están encantadas. Esas mujeres tienen mucho gusto. Gran trabajo, Ev.

–Sí. Gran trabajo –añadió Paige–. ¿Os podéis creer que perdiera al hombre que amaba?

–Yo sí puedo –respondió Frankie tajantemente–. Como ya os he dicho, el amor es un crucigrama críptico.

Paige respiró hondo.

–Pues no quiero que sea críptico. Voy a decirle a Jake lo que siento. Voy a decirle que lo quiero.

Eva miró a Frankie.

–¿Cómo crees que reaccionará?

–No lo sé –pensó en el tiempo que habían estado juntos. En las veces que se habían reído y las horas que habían pasado hablando.

Genio Urbano no existiría de no haber sido por Jake.

Él era el que la había animado a dar el paso y seguir su sueño.

La conocía mejor que nadie.

–Creo que también me quiere, pero si no, entonces lo sobrellevaré –ya lo había sobrellevado antes, ¿verdad? No muy hábilmente, tal vez, pero había seguido adelante con su vida–. No quiero mirar atrás y desear habérselo dicho. Eso sería horroroso.

Si iba a vivir con valentía, tenía que empezar a hacerlo ya.

Jake se movía alrededor de la mesa de billar en el estudio de Matt estudiando su tiro.

–Estaría muy bien que tiraras en algún momento de este siglo –dijo Matt abriendo una botella de cerveza y pasándosela a Chase–. Me han dicho que te has comprado un barco nuevo.

–Sí, y es una preciosidad.

–¿Y va a estar parado en el muelle mientras lo admiras o lo vas a mojar?

–Lo voy a navegar –Chase se llevó la cerveza a los labios–. He tenido lo que se podría llamar «un reajuste de prioridades».

Matt enarcó una ceja.

–¿Y tiene Matilda algo que ver con ese reajuste?

–Tal vez.

–Ahí tenemos una prueba más de que las mujeres son criaturas peligrosas –Jake tiró y coló la bola–. Te estás divirtiendo y al minuto la vida, tal como la conoces, se acaba –razón por la que una de sus habilidades era poner fin a las relaciones. Había aprendido a elegir el momento perfecto, antes de que las emociones entraran en juego. Por eso sus relaciones siempre eran breves.

Excepto con Paige.

Frunció el ceño.

Le resultaba imposible describir su relación con Paige como «breve».

Por otro lado, llevaban mucho tiempo siendo amigos y eso complicaba el cálculo.

Además, ella era distinta. Lo entendía. Entendía que a él no le emocionaban ni los corazoncitos ni los finales de cuento.

–Pues resulta que prefiero mi nueva vida a la antigua

–apuntó Chase con tono suave–. Matilda es más divertida que una jornada laboral de dieciocho horas.

–Deberías traerla una noche –dijo Matt preparándose para su turno–. Las chicas han hablado mucho de ella. Estaban preocupadas.

–Ella también me habló de ellas –Chase dio un trago–. Cree que Paige tiene todo lo necesario para hacer que esto sea un éxito.

–Y así es. Es increíble –Jake vio a Matt mirarlo y se encogió de hombros–. ¿Qué? Tu hermana tiene la capacidad de hacer multitud de cosas a la vez y su atención al detalle es asombrosa. Se estresa un poco, nada más. Deja el teléfono junto a la cama y toma notas en mitad de la noche.

Matt lo miró con curiosidad.

–¿Y cómo sabes que deja el teléfono junto a la cama?

–Me lo ha dicho –dijo Jake intentando disimular su error–. Compartimos oficina, ¿lo recuerdas?

–Le cediste espacio en tus oficinas, pero no sabía que pasabais juntos tanto tiempo como para estar familiarizados con vuestros hábitos de trabajo.

–De vez en cuando me consulta cosas.

–En ese caso, tienes que decirle que se calme un poco. Genio Urbano no se derrumbará si se toma una noche libre. Está trabajando demasiado. Apenas la veo y se ha perdido la noche de películas durante tres semanas seguidas. Ahora que lo pienso, tú también.

–He estado ocupado.

Chase se terminó la cerveza y dijo:

–Después de lo que pasó, me gustaría verla triunfar con esto. Y no solo porque Eventos Estrella se merezca tener competencia seria. ¿Necesita ayuda? Porque estaría dispuesto a…

–Ni se te ocurra –dijo Matt colando la bola–. Mi hermana lleva la independencia a otro nivel. Si no lo ha hecho sola, cree que no cuenta.

—Matilda se quedó horrorizada cuando se enteró de que habían perdido el trabajo. ¿A quién se le ocurrió que abriera una empresa propia?

—A Jake. En su momento no estuve de acuerdo, me parecía que era demasiado pronto —Matt miró a Jake—. Pero tenías razón.

Jake se sirvió otra cerveza.

—Siempre tengo razón.

—No siempre, pero esta vez sí. Nunca la he visto tan feliz. Va saltando por la casa y sonríe desde que amanece hasta que anochece.

Jake cambió de postura; se sentía incómodo. Estaba seguro de que sabía por qué sonreía Paige y Genio Urbano no era el único motivo.

—Me alegra que esté feliz.

—Le has dedicado mucho tiempo. Has sido paciente —la expresión de Matt era seria—. No te he agradecido lo suficiente todo lo que has hecho por ella. Le has prestado mucho tiempo y atención.

Saber cuánto tiempo y cuánta atención le había prestado en realidad lo hizo sudar. Sentía la culpabilidad recorriéndole el cuerpo y raspándolo como si fuera papel de lija.

—Olvídalo.

Había llegado el momento de ser sincero con Matt. Ojalá se lo hubieran contado todo tras aquella primera noche, tal como él había querido hacer. ¿Qué iba a decirle ahora?

«Me estoy acostando con tu hermana».

Si decía eso acabaría con un ojo morado antes siquiera de llegar a terminar la frase.

La culpabilidad y el enfado se entremezclaban.

Ella era feliz, ¿verdad? Seguro que Matt se alegraría por ello.

Le contaría la verdad. Además, tampoco es que hubiera pasado tanto tiempo, solo llevaban viéndose unas cuantas semanas.

–¿Y tú qué, Jake? –Chase se levantó y soltó la botella de cerveza, preparado para tirar–. ¿Qué mujer está ocupando tu tiempo ahora mismo?

–Es una buena pregunta –dijo Matt con mirada especulativa–. Últimamente ha sido muy discreto con su vida amorosa. Sea quien sea, está absorbiéndole más atención de la habitual.

Jake se movió.

–No tengo vida amorosa. Tengo vida sexual.

–Llevas un tiempo viendo a la misma mujer.

–Eso no significa que esté enamorado. Solo significa que el sexo con ella es genial –lo que fuera que había tenido con Paige había durado más que cualquiera de sus otras relaciones. ¿Y qué? ¿Por qué narices tendría que dejar la relación si el sexo con ella era genial? Dio un paso al frente para prepararse para tirar y clavó la mirada en la bola mientras intentaba racionalizar sus actos. Paige lo entendía.

Entendía que se estaban divirtiendo.

Es más, se acercaba a su idea de mujer perfecta. Sexy, con buen humor, alegre y dispuesta a vivir el momento.

Matt bordeó la mesa.

–Sea quien sea, capta tu atención. Está claro que tiene que estar buena, eso sobra decirlo. ¿Rubia o morena? Danos una pista. ¿Y por qué no la has llevado a Romano's?

Porque ya pasaba en Romano's tanto tiempo como él. Y porque cada vez que iban allí en grupo les resultaba más difícil comportarse como si no hubiera cambiado nada. Ya no recordaba lo que era «normal», no recordaba cómo se había comportado antes de que hubieran llevado la intimidad a un nuevo nivel.

Lo cierto era que no había imaginado que duraría tanto. Normalmente, cuando comenzaba una relación ya empezaba a planear cuándo le pondría fin.

Pero ninguna de sus relaciones le había hecho sentir tan bien como esa.

Jake tiró. Falló y miró a Matt.

—Venga, ¿por qué no te ríes?

—No te preocupes, me reiré —respondió Matt sonriendo—. Tienes la cabeza en otra parte, lo cual es una suerte para nosotros. Sea quien sea, la alabamos. Por el bien de mi cuenta bancaria, espero que lo vuestro no termine nunca. Y ahora, vamos, a pagar los dos.

¿Qué pasaría cuando la relación terminara?

¿Seguiría viéndola? Por supuesto que la seguiría viendo.

Eran amigos.

Es más, desde que había dejado de intentar mantener las distancias, estaban tan unidos como lo habían estado cuando ella era adolescente. Más unidos incluso, porque el sexo le había dado a todo una dimensión distinta.

Y cuando se hartaran del sexo, seguirían siendo amigos.

De todos modos, ya que no se iba a hartar del sexo con Paige, no valía la pena pensar en ello.

Protestando, Chase agarró su chaqueta.

—Si sigo quedando con vosotros voy a necesitar volver a trabajar dieciocho horas al día. Por cierto… —dijo lanzándole a Matt un puñado de billetes—, necesito que me diseñes una azotea para un edificio en Tribeca. Es un proyecto grande. ¿Te interesa?

—Depende. ¿Esperas que me cobre la tarifa de ese puñado de monedas que me acabas de dar?

—No.

—En ese caso, sí. Me interesa.

—Bien —Chase volvió a dejar la chaqueta sobre la silla—, porque quiero que tu empresa haga el trabajo. ¿Estás ocupado este fin de semana? Te invito a que vengas a la playa con Matilda y conmigo.

—Un fin de semana navegando por los Hamptons. Eso sí que es tentador —Matt se guardó el dinero en el bolsillo—. ¿Jake?

–Yo no. Estoy ocupado –respondió con la cabeza agachada y con cuidado de no revelar que era la hermana de
Matt la que lo tendría ocupado.

Ahora mismo estaría esperándolo en su casa.

Le había dado una llave.

Pero ese gesto no significaba nada. Lo había hecho por
comodidad, nada más.

Capítulo 19

«La vida es una mezcla impredecible de sol y chaparrones. No olvides llevar siempre un paraguas».

—Paige

Paige saludó al portero del edificio de Jake y fue hacia el ascensor cargada con tantas bolsas que apenas podía ver por dónde iba.

Sintió el peso de la llave en el bolsillo. No solo el peso del metal, sino de lo que representaba. Saber que Jake se la había dado la abrumaba.

Estaba segura de que nunca le había dado su llave a ninguna mujer.

Y eso tenía que significar algo, ¿verdad?

Era prueba de que confiaba en ella, de que era importante para él, y estaba dispuesta a averiguar cuánto. Tal vez Jake no le había expresado sentimientos más profundos, pero su relación había cambiado. Lo sabía. Y lo sabía no solo por las confidencias que habían compartido, sino por cómo estaban juntos.

Lo que hacía especial su relación era el hecho de que se conocían muy bien. Ya sabían todo lo que había que saber del otro.

Y una cosa que sabía de Jake era que le encantaba la comida italiana, razón por la cual llevaba las bolsas llenas de hermosos tomates maduros, albahaca fresca y una botella de aceite de oliva del bueno.

Había pasado en Romano's tiempo suficiente como para haber aprendido alguna que otra cosa de Maria y ahora estaba dispuesta a demostrar sus habilidades. Él no era el único que podía preparar una comida deliciosa. Cargada con las bolsas, salió del ascensor, abrió la puerta y entró en el espacioso loft de Jake. Era un lugar absolutamente masculino, donde la suave piel y los suelos de madera pulidos estaban enmarcados por ventanales de suelo a techo que ofrecían unas vistas tan espectaculares que harían que hasta el neoyorquino más acostumbrado a ver la ciudad se detuviera y dejara escapar un grito de admiración.

Sabía lo mucho que había trabajado Jake para llegar hasta ahí y admiraba todo lo que había logrado.

Se detuvo un momento para contemplar el brillo plateado del Hudson y el centelleo de las luces del Puente de Brooklyn. Después, soltó las bolsas en las encimeras de la cocina y comenzó a sacar la compra. El amor de Jake por la tecnología era evidente en el salón. Las luces, la temperatura y el sistema de sonido se conectaban desde un panel de control que se podía programar desde cualquier parte del mundo.

Era una suerte que compartieran ese amor por la tecnología, pensó, porque de lo contrario no habría sabido cómo encender la luz y mucho menos encender el fuego para preparar una salsa de tomate y albahaca que acompañaría a la pasta fresca que acababa de comprar en el supermercado.

Metió una botella de champán en la nevera.

Sería una noche romántica. Especial.

Y cuando viera el momento adecuado, le diría lo que sentía.

Estaba cortando ajo y albahaca cuando la puerta se abrió y Jake entró.

La luz se reflejaba en su cabello negro y sus ojos resplandecían con un tono gris plateado. A pesar de verlo con frecuencia, Jake seguía dejándola sin aliento.

Él soltó las llaves, se quitó las botas y al instante Paige supo que algo iba mal.

–¿Un mal día?

Jake la miró y después miró la comida a medio preparar sobre la encimera.

–¿Estás cocinando? ¿No íbamos a salir a cenar?

–Pensé que sería agradable quedarnos en casa. Ha sido una semana muy larga y los dos estamos cansados. Además, te debo una cena. Tú cocinaste para mí la semana pasada –sabía bien que no debía presionarlo. Era bien consciente de que había cosas de su pasado de las que no quería hablar, y lo respetaba–. También hay champán enfriándose.

–¿Celebramos algo?

–Un encargo más para Genio Urbano y una fiesta con mucho éxito que hemos celebrado hoy –añadió los tomates troceados a la sartén–. Los dos trabajos salieron de la fiesta que te organizamos. No puedo agradecértelo lo suficiente.

–Fuisteis vosotras las que hicisteis el trabajo, pero si quieres darme las gracias, se me ocurren unas cuantas cosas que significarían mucho.

–¿Qué tal la partida de billar con Matt y Chase?

–He perdido.

–Tú nunca pierdes.

–Pues esta noche he perdido.

¿Qué pasaba?

–¿Estabas distraído?

Jake la miró fijamente y asintió.

–Tenía unas cuantas cosas en la cabeza. Bueno, ¿de qué trataba la fiesta de hoy?

–Era el trigésimo cumpleaños de una chica –miró la sartén y bajó el fuego–. Ha ido bien. Eva y Frankie lo han hecho casi todo. Yo solo he calmado los ánimos.

Y también había soñado y decidido cosas sobre su futuro.

Un futuro que esperaba que incluyera a Jake.

Él abrió el champán y lo sirvió.

–¿En qué consiste calmar los ánimos en una fiesta de cumpleaños?

–Básicamente en asegurarle a la víctima que no tiene arrugas, que a partir de ahora las cosas no van a ir de mal en peor y que su vida no se acaba aquí.

–¿A los treinta? ¿Y eso le preocupa?

–Hay cosas que quería haber hecho y que no ha hecho. Cosas que temía hacer. Yo no quiero llegar a sentirme así nunca. Escucharla ha hecho que me sienta aliviada de haber seguido adelante con Genio Urbano. Y eso es gracias a ti.

–Lo habrías hecho igualmente sin mí. Lo único que he hecho ha sido acelerar el proceso –se movía por la cocina, parecía inquieto–. Paige, tenemos que decírselo a Matt.

–Estoy de acuerdo –interpretó el hecho de que Jake quisiera decírselo a su hermano como una señal positiva; significaba que no tenía pensado terminar la relación en breve. Y ahora entendía por qué estaba tan intranquilo. Matt era su mejor amigo y no sería una conversación sencilla–. ¿Cuándo quieres decírselo? ¿El domingo? Eva va a hacer la comida. Estamos invitados.

–Creo que no es algo que debamos hacer en público. Hablaré con él en privado. Así cuando me derribe de un puñetazo ningún testigo inocente resultará herido.

–¿Por qué iba a pegarte?

–Por lo que estoy haciendo.

Jake la llevó contra su cuerpo y sus muslos se rozaron. Le dio un beso que hizo que le fallaran las piernas. No importaba cómo la besara; ya fuera un beso lento y sensual o brusco y voraz, la sensación la recorría de la cabeza a los pies invadiendo todo lo que encontraba a su paso. La desestabilizaba y hacía que la cabeza le diera vueltas. Esa noche veía en Jake una desesperación que no había sentido antes. Le desabrochó los botones de la camisa y dejó expuestos sus duros músculos y los fuertes contornos de su cuerpo.

–¿Tenemos prisa?

–Sí, sí que la tenemos –la besaba por la barbilla y el cuello.

Ella cerró los ojos.

–¿Por algún motivo en particular?

–Te deseo. ¿Te parece suficiente motivo? El sexo contigo es… es… –hundió las manos en su pelo y la besó–. ¿Tenemos que hablar de esto?

–No… –a Paige le fallaban las piernas–, pero se me va a quemar la comida y después pensarás que soy una cocinera espantosa.

–No lo pensaré, pero si te preocupa eso, apaga el fuego.

Lo hizo y al instante sintió las manos de Jake sobre ella, desnudándola con tanta rapidez que se preguntó si les daría tiempo a salir de la cocina.

–Si me distraes, la cena se va a retrasar.

–No me importa –Jake la tomó en brazos y la llevó al dormitorio como si no pesara nada.

–Puedo andar.

–Lo sé, pero eso me estropearía la diversión y, además, hoy no he podido hacer ejercicio.

–No estoy segura de que me guste el hecho de que eso implique que peso lo suficiente como para servirle a alguien para hacer ejercicio.

Él la soltó delicadamente en el centro de la cama y se tendió sobre ella, hundiéndola en la cama con su peso.

«Te quiero».

Paige tenía esas palabras en la cabeza, pero no podía pronunciarlas.

Aún no.

–¿Entonces has dejado ganar a Matt?

–No. Ha ganado por sus propios medios –Jake le desabrochó la camisa con manos impacientes.

Paige apenas lo oyó. Él le estaba besando el hombro y el pecho y su piel parecía estar viva con tantas sensaciones. Le quitó el sujetador con pasmosa facilidad y después le recorrió la silueta con las manos.

Ella gimió.

–Jake…

–Eres tan preciosa –Jake agachó la cabeza y tomó uno de sus pezones; lo saboreó y excitó hasta que a ella le resultó imposible quedarse quieta–. Se me ha olvidado preguntarte… –levantó la cabeza; le brillaban los ojos bajo la luz del atardecer–. ¿Te ha llamado un tipo de una inversora? Porque le he dado tu tarjeta.

Era imposible centrarse sintiendo el peso de Jake sobre ella y su mano recorriéndole el cuerpo.

–¿Esperas que te hable de trabajo cuando tienes la mano donde la tienes ahora mismo?

–¿Quieres decir aquí? –Jake subió la mano y la posó entre sus muslos–. ¿O tal vez aquí? –deslizó los dedos sobre ella con íntima maestría, tocándola como solo él sabía hacerlo.

Paige estaba sin aliento.

–¿Podemos hablar del trabajo más tarde?

–Claro. O podemos dejar de hablar directamente –la besó con actitud posesiva y con una maestría devastadora.

Le levantó los brazos por encima de la cabeza, entrelazó los dedos con los de ella y la dejó atrapada. Agachó la cabeza poco a poco, provocándola con la boca y la mirada.

–Te tengo donde quiero. No puedes escapar.

–No quiero escapar.

Paige lo miró a los ojos y lo que vio en ellos hizo que se le acelerara el corazón. Sabía con absoluta seguridad que la amaba. Lo veía en su mirada. En sus caricias. En todos esos pequeños detalles, como el modo en que la escuchaba y le prestaba atención. En los millones de formas en que intentaba hacerle la vida más fácil.

Le importaba.

Jake le coló la mano bajo las caderas para llevarla contra él justo cuando se adentró en su cuerpo. Paige gimió desde lo más profundo de la garganta y todos sus pensamientos se fundieron de forma incoherente.

No se podía concentrar cuando hacían el amor. No podía pensar en otra cosa que no fueran su duro grosor y el delicioso placer que le producía cada vez que se hundía en ella. No dejó ni una sola parte de su cuerpo sin tocar o explorar. Con dedos habilidosos y suma maestría la descubría, experimentaba y se tomaba unas libertades que ningún hombre se había tomado antes. Y ella lo instaba a hacerlo porque era Jake, su Jake, y no podía recordar ni un solo día de su vida adulta en el que no hubiera estado enamorada de él.

Aturdida, le puso las manos en los hombros antes de deslizar los dedos ligeramente sobre sus duros músculos. Solía olvidar lo fuerte que era porque con ella siempre era muy delicado.

Él se detuvo y la miró fijamente.

—¿Estás bien? —su voz sonó áspera y sexy; su respiración, igual de entrecortada que la de ella.

—Siempre estoy bien cuando estoy contigo.

Jake bajó la boca y la besó con clara intención mientras se cambiaba de postura y la hacía gemir de nuevo. Se hundió en ella y Paige gimió, se movió y se retorció con cada movimiento de su cuerpo y cada roce de sus hábiles manos. La tocó, la provocó, la inundó de sensaciones hasta que ella solo pudo concentrarse en el placer y sintió cómo su mundo estallaba.

La conexión que tenían era tan real, tan pura y profunda, que sus sentimientos se negaban a dejarse contener. Era como si algo se hubiera desbloqueado. Liberado.

–Te quiero –le había preocupado cuándo decirlo, pero finalmente se le habían escapado las palabras sin pensarlo. Lo rodeó por el cuello–. ¡Te quiero tanto!

–Sí –él sonrió y cerró los ojos–. Me alegro de que a ti también te haya ido bien.

Era una respuesta típica de Jake.

–No estoy hablando de sexo. Estoy hablando de lo que siento por ti.

–Cielo, algunas mujeres ven a Dios, otras ven amor, pero al final todo se resume en lo mismo. Un sexo tan bueno puede hacer que cualquiera se emocione.

Ella frunció el ceño.

¿De verdad no entendía el motivo por el que todo funcionaba tan bien entre ellos?

Con frustración, se incorporó y se apoyó en un codo.

–Te quiero, y quererte no tiene nada que ver con el hecho de que seas muy bueno en la cama. Sí, el sexo ha estado bien, Jake, pero no estoy hablando de eso. Me encanta lo bien que estamos juntos.

Él abrió los ojos. Su sonrisa se desvaneció.

–Paige…

–Te quiero –dijo rápidamente, incapaz de contener más sus sentimientos–. Adoro todo de ti. Tu mente, tu risa y cómo escuchas. Adoro que contrates a personas a las que no quieren en otros sitios. Adoro que seas tan apasionado con las cosas. Adoro lo leal y protector que eres con tus amigos. Con Maria. Con mi hermano. Y sobre todo adoro cómo eres conmigo. Incluso adoro que me protejas, a pesar de que eso me pone enferma –solo cuando ese torrente de palabras se detuvo, se dio cuenta de que él no había dicho nada. Estaba tumbado, inquietantemente estático y con la mirada clavada en ella.

Y fue entonces cuando Paige sintió los primeros atisbos de duda.

Cuanto más se prolongaba el silencio, más crecían esas dudas.

Lo había asustado.

No debería haber dicho nada. Era demasiado pronto. Debería haber dejado que las cosas avanzaran un poco más y haber dejado que él mismo llegara a esa conclusión en lugar de agobiarlo. Pero ¿cuánto habría sido el tiempo suficiente? Cuando una estaba tan segura como ella, ¿de qué servía esperar? La vida era impredecible, lo sabía, y había que aprovechar el momento.

Aunque, por otro lado, ¿lo habría echado todo a perder por aprovechar el momento?

—¿Jake? Di algo.

—¿Algo? Los dos sabemos lo que quieres que diga, Paige. Así funciona este juego, ¿no? Tú me dices que me quieres y o no digo lo mismo y rompemos, o digo lo mismo y seguimos juntos hasta que uno de los dos decida que ya no quiere al otro y rompemos. De cualquier modo, acabamos rompiendo. Y por norma general prefiero que eso suceda más pronto que tarde. Resulta menos dañino para los implicados.

—¿Menos dañino?

—Sí. Cuanto más profundas son las raíces, más complicado es arrancarlas.

—Las raíces son positivas. Te mantienen seguro.

—En el amor no hay nada seguro —apartó las sábanas y salió de la cama como un tigre que acababa de descubrir que alguien se había dejado la jaula abierta—. El amor es lo más impredecible que puede haber. Es solo una palabra, Paige, y las palabras se pronuncian con facilidad.

—No es solo una palabra. Es una palabra que acompaña a muchos sentimientos. Sentimientos importantes —se detuvo y respiró hondo—. No has tenido un buen día, lo entiendo. Debe de haber sido difícil estar con Matt, así que se lo diremos el domingo y nosotros hablaremos de esto en otro momento.

—No hay nada más que hablar. Y no hay nada que contarle a Matt –se puso los vaqueros–. No sé qué esperas de mí, pero sea lo que sea, no te lo puedo dar.

La frustración dio paso a los primeros momentos de pánico.

–No esperaba nada –una pequeña parte de ella sabía que eso no era del todo cierto porque había estado esperando algo, había tenido esperanzas, y había estado segura de que él sentía lo mismo. Habían pasado tiempo juntos, él le había dado una llave de casa. Hizo un último intento de animarlo a analizar sus sentimientos–. Lo que tenemos es especial. Nos hemos divertido las últimas semanas.

–Sí, y por eso no entiendo por qué has hecho lo que acabas de hacer. ¿Por qué estropearlo todo?

Ella respiró hondo.

–Tal vez porque no creo que el amor estropee una relación. Y tampoco considero que el amor sea lo peor que le puede pasar a una persona –se le rompió el corazón, por él y por ella–. El amor es un regalo, Jake. El más importante y valioso de todos. No lo puedes comprar, no lo puedes generar a tu antojo, y no lo puedes apagar o encender. Te lo tienen que entregar libremente y eso es lo que lo hace tan valioso. Eso es lo que te estoy ofreciendo.

–Te equivocas. Sí se puede apagar y encender. Y «te quiero» son las palabras más sencillas de pronunciar del mundo –la miró; el rostro de Jake era como una máscara inexpresiva–. No quiero lo que me estás ofreciendo, Paige. Y deberías irte ya.

Aquello le dolió tanto como si la hubiera abofeteado.

–¿Qué? –preguntó atónita–. ¿Te digo que te quiero y me dices que quieres que me vaya?

–No quiero que me quieras. Lamento que creas que me quieres.

–No es que lo «crea». Sé que te quiero.

Él maldijo en voz baja.

–Exactamente por esto no había tenido una relación contigo hasta ahora.

–¿Qué? ¡Espera!

–Debería haberle puesto fin antes. No deberíamos haber seguido viéndonos durante tanto tiempo –lo dijo con la emoción de alguien informándola de que le había caducado el tique de la biblioteca.

Era por su madre.

Sabía que era por su madre.

–Jake, lo que siento por ti no es nuevo. Llevo enamorada de ti casi toda mi vida –dijo con tono calmado–. O eso es lo que siento, al menos.

–Entonces me mentiste porque me dijiste que esto no pasaría.

–No te mentí. Yo solo… –respiró intentando no dejar que sus emociones fueran en aumento–. Simplemente subestimé cuánto sentía.

–Lo sé. Eres como Eva. Crees en el amor y en los finales de cuento. Eso es lo que quieres.

–Sí, lo quiero. No voy a fingir lo contrario, y no me disculparé por quererlo.

Y él también lo quería. Lo sabía.

Pero temía confiar en esos sentimientos.

–Pues yo no lo quiero y tampoco fingiré lo contrario –contestó Jake con tono cortante. Decidido–. Pensé que lo sabías. Pensé que lo había dejado claro. Cuando empezamos esto, estuvimos de acuerdo en que solo sería sexo.

–Lo sé, pero las cosas cambiaron. Pensé que tú también lo sentías –intentó razonar con él–. Este tiempo que hemos pasado juntos… no ha sido solo sexo. Nos hemos divertido. Nos hemos reído. Hemos charlado.

–Hemos pasado algo de tiempo juntos, pero no es que estuviéramos buscando algo más. Tú misma dijiste que te parecía bien –su voz era baja, tensa–. Dijiste que podías sobrellevar una relación que solo fuera física y ahora me estás diciendo que no puedes.

—No te estoy diciendo eso. Te estoy diciendo que te quiero, nada más —respiró hondo y decidió lanzarse. Llegados a ese punto, ¿qué tenía que perder?–. Y creo que tú también me quieres —a pesar de que ahora mismo no veía amor en él; veía verdadero pánico.

Se produjo un silencio excesivamente largo, tan tenso que se podría haber cortado con un cuchillo.

—Te equivocas. No te quiero —su gesto fue inexpresivo. Inamovible. Serio.

Costaba identificarlo como el tipo risueño y sexy con el que había pasado las últimas semanas.

Había pasado de una actitud cálida y relajada a mostrarse frío e inaccesible, y ella sabía que era un mecanismo de defensa.

—¿Estás seguro? Porque me parece que esto no tiene nada que ver con nosotros, Jake. Tiene que ver con tu madre.

—Maria es mi madre.

Ella cerró los ojos.

—Jake…

—Tienes que marcharte, Paige.

—No me puedo imaginar qué tuvo que suponer para ti aquella noche cuando no volvió a casa. Me dijiste cómo te sentiste y nunca he olvidado esa conversación. Se me parte el corazón de pensar en lo perdido y confundido que debiste de estar y en cuánto te habrás preocupado y cuántas preguntas te habrás hecho.

—Pasó hace mucho tiempo.

—El tiempo cura algunas cosas, pero no las borra. Pasó hace mucho tiempo, pero sigue contigo. No puede ser de otro modo. Una cosa así se arrastra para siempre. Sí, claro, te adaptas y aprendes a vivir con ello, pero deja una cicatriz y en ocasiones esa cicatriz duele y te recuerda que tienes que tener cuidado. ¿Es eso lo que te está pasando, Jake? ¿Estás siendo cauto? –salió de la cama y fue hacia él, aliviada de que al menos Jake no se hubiera apartado.

Le tocó el brazo con delicadeza.

Sus bíceps eran duros y estaban tensos. Todo su cuerpo estaba rígido.

–No hay nada más que hablar, Paige. No quería que te enamoraras de mí. Eso no era parte del trato. Hice todo lo que pude para evitar que esto pasara.

Era como si ella no hubiera dicho nada.

Como si Jake hubiera ignorado cada una de sus palabras.

–Me enamoré de ti hace años, así que si pensabas que podías hacer algo para impedirlo, ya era demasiado tarde –se le entrecortaba la voz–. Te quise en el momento en que entraste en el hospital con Matt aquella primera noche y te he querido desde entonces.

–Lamento oír eso.

–Y creo que tú también me quieres.

–No –la miró. Sus ojos eran fríos. Inexpresivos–. Siento hacerte daño, pero no te quiero.

Era como intentar perforar un muro con una horquilla.

Se le llenaron los ojos de lágrimas y lo agarró del brazo en un último intento de atravesar esa fría capa que lo aislaba de la emoción.

–Jake…

–Tienes que marcharte. Quedándote lo único que consigues es hacerte daño.

–Que me alejes de ti es lo que me hace daño. Que rechaces mi amor es lo que me hace daño.

–Y lo siento –él miró sus dedos, que lo agarraban del brazo, como dándose fuerzas para hacer algo que le resultaba increíblemente difícil. Después apretó la mandíbula y, con delicadeza, le separó los dedos del brazo–. Probablemente lo mejor sea que no nos veamos durante un tiempo.

Podéis seguir usando mi oficina. Me iré a Los Ángeles durante unas semanas.

–No quiero que te vayas a Los Ángeles. No quiero dejar de verte. ¿De qué tienes miedo, Jake? ¿De qué tienes tanto miedo? Te quiero.

Tras un largo silencio, él levantó la mirada hacia ella.

–Ella me decía eso. Me lo decía todos los días. Empleó esas mismas palabras la mañana que se marchó para no volver jamás. «Te quiero, Jake. Somos tú y yo frente al mundo». La creí y por eso me quedé sentado en los escalones, esperándola, tal como la esperaba cada noche. Pero esa vez no volvió. Le dejó una nota a nuestra vecina, Maria, pidiéndole que me acogiera hasta que las autoridades pudieran encontrarme un hogar. No dejó nada para mí. Ni una nota. Ni una explicación. Nada.

Paige sintió el escozor de las lágrimas.

–Oh, no, Jake…

–No sabía si Maria me acogería. Podría haber terminado en cualquier sitio y ella nunca lo habría sabido porque no se molestó en comprobarlo. Ni una sola vez. Eso era lo que «te quiero» significaba para ella. Y lejos de ser los dos contra el mundo, resultó que estábamos enfrentándonos al mundo por separado, lo cual es abrumador cuando tienes seis años. Aprendí muchas cosas de mi madre biológica, pero la lección más importante fue no confiar en esas palabras. «Te quiero» no significa nada, Paige. Son palabras vacías pronunciadas por millones de personas cada día. Millones de personas que, aun así, rompen, se divorcian y no vuelven a verse –parecía cansado; su precioso rostro estaba pálido y demacrado. Verlo así hizo que se sintiera como si alguien le hubiera colocado un pesado ladrillo en el pecho.

¿Qué debía decir?

¿Qué podía decir?

–Tal vez esas palabras se pronuncian fácilmente –dijo

en voz baja–, pero yo solo se las he dicho a un hombre y ese eres tú. Y si de verdad crees que mi amor no significa nada, entonces no eres el hombre y el amigo que sé que eres.

Jake la miró durante un largo momento.

Después, se giró.

–Deja la llave en la mesa cuando te marches. Jamás deberíamos haber empezado esto. Lamento que lo hayamos hecho.

El dolor que Paige sintió fue indescriptible.

–Yo no lo lamento. Jamás lo lamentaré. Sí, fue un riesgo, pero fuiste tú quien me enseñó a correr riesgos. Fuiste tú el que me enseñó a perseguir lo que quiero en la vida. Por ti me mudé a Nueva York. Por ti abrí Genio Urbano. Tú me enseñaste a correr riesgos, pero te da demasiado miedo hacer lo mismo.

–Yo me arriesgo todo el tiempo.

–Pero no en las relaciones. No con tu corazón. Tú nunca te arriesgas con tu corazón –lo miró conteniendo toda la pena que la invadía–. Te quiero. Y no son solo palabras, Jake. Son una descripción de lo que siento con todo mi ser, desde las pestañas hasta los dedos de los pies. Siempre te querré, y quiero que estemos juntos, pero sobre todo quiero que te dejes querer. Quiero que confíes en ese sentimiento y dejes de alejarte de él y de apartarlo. El amor puede durar, Jake. Tienes ejemplos a tu alrededor. E incluso si esto es el fin, jamás lamentaré ni un solo momento de las últimas semanas.

Sintió como si el pecho se le estuviera partiendo en dos.

Obligándose a no perder la calma, fue hacia el baño.

¿Cómo habían pasado de tener un sexo increíble a eso?

¿Cómo había sucedido?

¿Por qué?

Pero sabía por qué. Había puesto nombre a los sentimientos que compartían y había hecho que fuera imposible que Jake los ignorara. Le había dicho lo que sentía y aunque una parte de ella no lo lamentaba, la otra sí. Si no hubiera dicho nada, seguirían juntos en la cama. Si no hubiera dicho nada, si hubiera esperado unas semanas más...

Llorando, entró en la ducha y abrió el grifo al máximo. El sonido del agua amortiguaba el de sus lágrimas.

Si estaba sufriendo, era culpa suya. O tal vez de él. O de la madre de él. No sabía de quién era la culpa. Solo sabía que dolía. Dolía tanto que para cuando salió de la ducha ya no le quedaban lágrimas.

Estaba agotaba. Se veía incapaz de sentir nada.

Y eso era bueno porque la ayudaría a superar la siguiente hora. Recogería su ropa, las pocas cosas que había dejado en el apartamento, se subiría al metro y después se desahogaría con sus amigas.

Eso era lo que necesitaba ahora mismo. A sus amigas. La habían rodeado con una manta de amor y apoyo como solo podía hacerlo alguien que la conociera por dentro y por fuera.

Eva le recordaría que había muchos más peces en el mar, y Frankie le diría muy poco e interpretaría lo sucedido como una prueba más de que no se podía confiar en los hombres.

Llorarían y reirían juntas. Probablemente abrirían una botella de vino y comerían chocolate.

De un modo u otro, lo superaría con la ayuda de sus amigas.

Lo único que tenía que hacer era llegar a casa.

Y fue entonces cuando se acordó de que tenía la ropa en la cocina.

Respirando hondo, abrió la puerta del baño y se quedó aliviada al ver que Jake no estaba allí.

Esa ausencia era una prueba más de que lo había asustado y ahuyentado.

Tardaría dos minutos en vestirse y después saldría de allí. Así él recuperaría su piso. Recuperaría su vida.

Estaba recogiendo la ropa del suelo de la cocina cuando oyó la voz de Jake.

–No te esperaba. No es buen momento…

Se quedó quieta. Seguía en el apartamento. ¿Y tenía visita? ¿Quién iría a verlo tan tarde?

Dado que había dicho que no era buen momento, lo más probable sería que esa visita fuera una mujer. Y por ello, la tristeza la volvió a invadir.

Le haría un favor y le dejaría claro que no se quedaría allí.

Y en cuanto al hecho de que tuviera a una mujer envuelta en una toalla en su casa… bueno, dejaría que él explicara esa parte.

Después de recoger la ropa, salió al salón y se quedó paralizada.

Se había esperado encontrar a una mujer, pero no era una mujer.

Era Matt.

Y ella estaba en el apartamento de Jake, con la piel empapada, ataviada únicamente con una toalla y con el tanga colgando de los dedos.

Capítulo 20

«No guardes trapos sucios en el armario a menos que estés segura de que nadie te va a pedir que le prestes ropa».

—Eva.

Matt la miró de arriba abajo, fijándose en el rubor de sus mejillas y en el hecho de que estuviera desnuda bajo la toalla.

–¿Qué está pasando? –su voz sonó baja y sepulcral; su hermoso rostro no sonreía–. ¿Jake?

Deseando que el suelo se abriera bajo sus pies y la engullera, Paige dio un paso al frente. Había creído que las cosas no podrían empeorar.

No había pensado cómo contárselo a Matt, pero lo cierto era que no había querido que se enterara de ese modo.

Lo último que quería era hacer daño a su hermano y ahora mismo apenas lo reconocía. Él siempre era tranquilo y comedido. Fuerte. La clase de hombre que resolvía los problemas con palabras muy meditadas y elegidas con cuidado, no con furia.

–Matt…

–Estoy hablando con Jake –la frialdad de su voz la hizo estremecerse. Él nunca la ignoraba de ese modo. Siempre era amable y protector con ella.

–Matt, te lo puedo…

–¿Te estás acostando con mi hermana? –tenía toda su atención centrada en Jake–. ¿Tienes a todo Manhattan a tus pies y decides entretenerte con mi hermana? ¿Cuánto tiempo lleva sucediendo esto?

–Un tiempo.

Matt palideció.

–¿Has estado tomándote una cervezas conmigo y echando unas partidas al billar y has olvidado mencionarme que te estabas tirando a mi hermana?

–No lo he olvidado –el tono de Jake fue rotundo. Él no se estremeció ni tartamudeó. No puso excusas. Y tampoco mencionó que había intentado convencerla para que le permitiera contárselo.

–¿Quién más lo sabe? ¿Frankie? ¿Eva? –cuando miró a Paige un instante, una expresión de dolor le atravesó el rostro–. Se lo has dicho. Lo saben. Todo el mundo lo sabe menos yo.

Ver que le había hecho daño a su hermano era lo peor de toda esa situación.

–Se lo imaginaron, pero…

Matt no estaba escuchando, tenía toda la atención puesta en Jake.

–Te has aprovechado…

–No se ha aprovechado. No soy una adolescente vulnerable –Paige se situó frente a su hermano obligándolo a mirarla–. Pensé que no querrías saber los detalles, pero ya que estás sacando conclusiones que no se basan en la realidad, te daré datos. Jake se ha mantenido alejado de mí. Todos estos años se ha mantenido alejado de mí. Fui yo la que se acercó. Me planté en su puerta. No le di elección.

Matt emitió un sonido de indignación.

–Y seguro que te echó a patadas.

–No, pero le preocupaban todas las cosas que te preocupan a ti. Que soy vulnerable, que me haría daño… –tragó saliva–, y le dije todo lo que te estoy diciendo a ti. Que soy una adulta. Que no necesito que me protejan.

–Te conozco –dijo Matt mirándola fijamente–. Quieres amor y un final de cuento, pero a Jake eso no le va. Él sale con una mujer distinta cada semana. No te puede ofrecer la clase de relación que quieres y mereces.

Paige no se molestó en señalar que lo que habían compartido había durado más de una semana.

–Esto es asunto mío, Matt.

–Te hará daño –dijo Matt con dureza–. Se aprovechará de ti y después te abandonará como hace con todas las mujeres porque él no quiere compromisos. Ya lo ha hecho antes. La diferencia es que antes no me importaba porque no era mi hermana a la que se estaba tirando. Te romperá el corazón, Paige.

¿Cómo podía discutirle eso cuando se sentía como si le hubieran partido el pecho en dos?

Desde el otro lado de la habitación, Jake la miró.

–Vístete, Paige. Esto es algo que tenemos que solucionar Matt y yo.

Ese comentario encendió su ira.

–No entiendo que nuestra relación sea algo que tengas que solucionar con mi hermano. Por si lo has olvidado, estoy desnuda bajo esta toalla, Jake, y me he quitado la ropa yo solita.

Jake se pasó la mano por la nuca y su hermano emitió un gruñido.

–Pregúntale cómo ve vuestro futuro –el tono de Matt sonó áspero–. Pregúntale cuánto cree que seguiréis juntos.

Ella ya conocía la respuesta.

–No estamos juntos. Ya no. Ha terminado –logró decir con calma, agradecida de haber llorado hasta quedarse sin lágrimas en la ducha–. Estaba a punto de marcharme cuando has llegado.

–¿Marcharte? –Matt posó la mirada en la ropa que llevaba en los brazos y después volvió a mirarla a la cara, prestándole atención por primera vez–. Tienes los ojos rojos. ¿Has estado llorando? Joder, ¿te ha hecho llorar?

Al ver a su hermano apretar los puños, Paige se apresuró a decir:

–No ha sido culpa suya.

Matt respondió con tono burlón:

–Ya, ya, no me lo digas. ¿A que le has dicho que lo quieres y él ha puesto fin a la relación? Es el procedimiento habitual de Romano.

–Es asunto mío, Matt.

–Si te hace daño, es asunto mío.

–No. Si me hace daño, entonces es mi problema y me encargaré yo.

–Estás dolida –le dijo mirándola fijamente y con gesto sombrío–. Estás enamorada de él.

–¡Sí! Estoy enamorada de él. No te lo voy a negar.

–Y él no te quiere. Por eso estás llorando –Matt estaba pálido y se giró hacia Jake con un bramido de furia–. ¡Me hiciste una promesa! Hace años me prometiste que no tocarías a mi hermana. ¿O es que lo has olvidado?

Paige frunció el ceño.

¿De qué estaba hablando?

–Espera un minuto…

–¡No lo he olvidado! –respondió Jake tajante–. Nunca lo he olvidado.

Paige sacudió la cabeza en un intento de pensar con claridad a través del dolor que le nublaba el pensamiento.

–¿Qué promesa? No lo entiendo.

Los dos hombres estaban frente a frente, como si hubieran olvidado que ella estaba allí.

Matt le clavó el dedo en el pecho a Jake.

–Estaba enamorada de ti. Los dos lo sabíamos y me prometiste que no harías nada.

Paige los miró a los dos y comenzó a entenderlo todo.

Por fin todas las piezas encajaban.

–¡Dios mío! –miró a Jake. Su voz era apenas un susurro–. ¿Hablasteis de mí? ¿Le hiciste una promesa?

–Paige…

Ella se giró hacia su hermano.

–¿Tú fuiste la razón por la que Jake me rechazó aquella noche?

–¿Qué noche?

Ahora era Matt el que parecía confuso, y Jake maldijo para sí.

–Eso no… Él no… mierda…

La mirada de Matt se oscureció.

–¿Entonces sí que te dijo que te quería?

–Sí, pero… espera un minuto. Esperad los dos –Jake se pasó la mano por la mandíbula y respiró hondo–. Paige, es verdad que le prometí a tu hermano que no te tocaría, pero fue decisión mía. Sabía que querías algo que yo no podría ofrecerte.

–¿Cómo sabías lo que quería? ¿Me lo preguntaste? ¿Os molestasteis alguno de los dos en preguntarme? ¡Tenía dieciocho años! No estaba preparada para tener una relación seria y casarme, arrogantes de… –el insulto se le quedó en la punta de la lengua–. Fue mi primer amor, nada más. Les pasa a los adolescentes continuamente. Forma parte de la vida. A la gente se le parte el corazón, pero sobrevive y sigue adelante. Yo lo hice, con la diferencia de que lo que aquel episodio me enseñó no fue a recuperarme de que me hubieran roto el corazón, sino a no confiar en mi propio instinto. Pensé que sentías algo por mí y por eso te lo ofrecí todo.

Matt frunció el ceño.

–¿Qué quieres decir con «todo»?

Paige lo ignoró, tenía la mirada clavada en Jake.

–Me desnudé. Me humillé. Y desde entonces me he protegido porque temía volver a equivocarme. Tú te dijiste que me estabas protegiendo, pero lo que de verdad te estabas diciendo era que no me veías capaz de tomar una decisión sobre mi propio futuro.

—Eso no...

—No pensabas que tuviera derecho a decidir lo que era mejor para mí. Tal vez me habría conformado con el sexo. ¿No se te pasó por la cabeza? —había pasado de la tristeza a sentirse culpable y después furiosa.

—Eras vulnerable —interpuso Matt—. Estabas viviendo un infierno.

—Y Jake hizo que sufriera menos. Y tú... —miró a su hermano; ahora estaba verdaderamente furiosa—. Tú mejor que nadie deberías haber entendido lo que fue para mí. Lo viste. Viste cómo todo el mundo opinaba sobre mi futuro excepto yo. Los médicos, nuestros padres... Pensé que al menos podría elegir de quién me enamoraba, pero al parecer tampoco.

Los primeros atisbos de duda se reflejaron en la mirada de Matt.

—Paige...

—¡No! —dio un paso atrás con piernas temblorosas—. Ahora mismo no puedo hablar contigo. No puedo hablar con ninguno. Me marcho y así los dos podréis hablar porque eso es lo que mejor se os da. Decidid lo que queráis, pero a mí no me metáis en esto.

—No puedes marcharte así...

—Sí que puedo. No soy frágil, Matt. Puedo sufrir sin llegar a romperme. Te quiero y me encanta que te preocupes tanto por mí, pero no necesito que me protejas. ¿Quieres saber por qué no te conté lo de Jake? Precisamente por esto. Porque sabía que te meterías en algo que no es asunto tuyo.

—Soy tu hermano. Mientras viva, siempre te protegeré.

–No me estás protegiendo. Estás tomando decisiones por mí. Y eso se acabó.

–No sé a quién matar primero, si a Jake o a mi hermano –Paige estaba tumbada en la cama de Frankie, se sentía agotada de tanto llorar–. ¡Estoy tan enfadada! Tengo un gusto terrible para los hombres.

–Pero un gusto genial para las amigas –Eva le dio un puñado de pañuelos de papel y Frankie se acercó más a ella.

–¿Estás segura de que estás enfadada? Porque a mí me parece que más bien estás triste. Y no es que yo sea una experta en el terreno emocional del *Homo sapiens*.

–¿*Homo sapiens*? ¿En serio? –Eva le dio más pañuelos a Paige–. No es momento para soltarnos palabras en latín que sacas de tu enciclopedia de plantas.

–Es una nomenclatura binomial, género seguido de especie. Además, un *Homo sapiens* no es una planta. Por favor, dime que lo sabes.

Paige se incorporó.

–Seguid hablando. Necesito distraerme y me estáis animando.

–¿Sí? Pues no pareces muy animada –le dijo Frankie no muy convencida–. ¿Te estás arrepintiendo?

–No –Paige se sonó la nariz–. Ha sido el mejor mes de mi vida. No solo porque el sexo era increíble...

Frankie se puso colorada.

–Demasiada información.

Eva la apartó y se sentó junto a Paige.

–Ni por asomo es suficiente información.

–Estaba diciendo que no solo el sexo era increíble, sino que además nos divertíamos. Nos reíamos. Charlábamos. Estábamos unidos. Exceptuándoos a las dos, nunca he podido hablar con nadie como hablo con Jake –la invadió la frustración–. Si ahora entrara por esa puerta, lo mataría.

–Espera… ¿Qué? –Frankie parecía confusa–. Pensé que lo querías.

–Y lo quiero. Por eso quiero matarlo. Por renunciar a esto. Por negarse a ver lo que teníamos.

–¿Qué te ha dicho cuando te has marchado? ¿No ha intentado detenerte?

–Me ha dicho que me traería en la moto y me he marchado mientras se quedaba discutiendo por eso con Matt.

Eva se acomodó en la cama y le pasó a Paige la caja de pañuelos.

–¿Entonces no ha habido una escena final como tal?

–La escena final probablemente aún continúe –Paige le devolvió la caja–. No los quiero. Ya he llorado todo lo que puedo. Y será mejor que llames a tu novio el policía. Sospecho que puede haber dos cadáveres en un loft de Tribeca.

–El policía no es mi novio. Y creo que tienes razón al decir que Jake te quiere. Pero tiene miedo.

Frankie la miró frunciendo el ceño.

–Por mucho perfume que le eches al estiércol, seguirá siendo estiércol.

–¿Qué significa eso?

–Significa… –dijo Frankie con paciencia– que todo este asunto apesta y que aunque intentes que huela mejor, eso no cambiará el hecho de que apesta. Es un dicho, como los tuyos. Puedes incluirlo en tu blog si quieres.

–No, no, gracias –contestó Eva–. No solo no es nada optimista, sino que además ninguno de mis dichos contendría nunca la palabra «estiércol». Es un blog sobre comida y estilo de vida.

Frankie continuó, impertérrita.

–Y tanto si Jake quiere a Paige como si no, es un cobarde, y Paige está mejor sin él.

Paige deseaba poder creerlo.

¿Estaba mejor sin él?

Tal vez algún día llegaría a pensarlo, pero ahora mismo no se podía imaginar cómo sobreviviría al siguiente minuto. A la siguiente hora.

—Estoy furiosa y me siento fatal, pero sobre todo lo echo de menos, y eso que solo han pasado unas horas —la tristeza la invadía—. Tal vez ha sido un error. Es muy doloroso.

—Has sido sincera sobre tus emociones y eso nunca es un error —dijo Eva—. Si no quiere pasar el resto de su vida contigo, entonces es que está como una cabra. Sé que ahora te duele, pero se te pasará, y al menos cuando tengas noventa años no estarás sentada en tu sillón preguntándote qué habría pasado si te hubieras presentado en su casa y te hubieras desnudado. A veces hay que lanzarse. Si les dejásemos a los hombres las decisiones importantes, el mundo se detendría. Piensa en todas las mujeres increíbles que no dejaron cosas en manos de los hombres: Boudica, Marie Curie, Lady Gaga…

Frankie la miró atónita.

—¿Esa es tu lista de mujeres increíbles?

—Es lo primero que se me ha venido a la cabeza.

—Pues tu cabeza es una cosa muy rara.

Paige agarró un vaso de agua deseando beber algo más fuerte.

—Lo que más me molesta es el hecho de que al final también me ha estado protegiendo todos estos años.

Frankie estiró la almohada.

—Estoy de acuerdo. Eso es una mierda.

Eva vaciló.

—A mí no me parece que sea una mierda. Me parece adorable.

—¿Adorable? —Paige se frotó la frente; le dolía la cabeza—. ¿Cómo puede ser adorable enterarte de que la gente ha estado tomando decisiones por ti? ¿Decisiones en las que tú no entrabas y que ni siquiera sabías que se estaban tomando?

–Esa parte no es adorable, pero el sentimiento que esconde sí lo es. Te quieren, Paige –Eva le dio un pellizco cariñoso en la pierna–. Tal vez no te lo hayan demostrado del mejor modo, pero tenían buena intención. ¿Dónde dice que la gente que te quiere nunca se equivoca? Todos nos equivocamos. Somos humanos. O, como diría Frankie, *Homo sapiens*. Y a veces el *Homo sapiens* tiene el sentido común de un *Ocimum basilicum* –miró a Frankie con gesto triunfante–. ¿Estás impresionada?

–Estoy estupefacta.

–¿Cómo se dice «estúpido» en latín?

–*Plumbeus*.

–Entonces Jake es un *Homo plumbeus*.

Paige sabía que estaban intentando hacerla sonreír.

–De ahora en adelante tomaré mis propias decisiones y van a tener que acostumbrarse.

–¡Bien dicho! Eres una *Homo decisivus* –ignorando el gesto de estremecimiento de Frankie, Eva salió de la cama–. Y puedes empezar desde ya mismo. ¿Palomitas o helado? No es que esté intentando influenciarte, pero tengo galletas con doble relleno de chocolate que es posible que haya adulterado con unos toques extra de azúcar.

Paige se levantó y se miró en el espejo de Frankie. Tenía los ojos rojos y la máscara de pestañas corrida.

–Helado. Sin cuenco. Dame directamente el tarro y una cuchara.

–¿Estás segura? –Eva miró a Frankie y se aclaró la voz–. Claro que estás segura. Tú sabes lo que quieres. ¡Helado con cuchara marchando! Y si me dijeras que quieres un camión de helado, me parecería bien también. Jamás cuestionaré ni una sola decisión que tomes. ¿Frankie?

–Lo mismo. Tarro grande. Cuchara grande.

–Tú no acabas de perder al amor de tu vida.

—No, pero estoy absorbiendo toda la tensión de Paige, así que también voy a comer por ella.

Eva subió las escaleras hasta su cocina y apareció unos minutos más tarde con el helado.

Estaban sentadas en la cama de Frankie, con las cucharas dentro de los tarros, cuando Matt entró.

Frankie se atragantó, salió de la cama y agarró las gafas de la mesilla de noche.

—¿Qué estás haciendo aquí? Te tengo alquilado el apartamento, pero eso no significa que puedas entrar cuando te plazca —su voz sonó más gélida que el helado—. Ahora mismo no eres bienvenido aquí. Esta es zona libre de hombres.

Matt no se movió.

—Tengo que hablar con Paige. ¿Podéis darnos un minuto?

—No —Eva se levantó también. Por una vez no estaba sonriendo—. ¿Por qué tienes que hablar con ella? ¿Has tomado alguna otra decisión sobre su vida de la que tengas que informarla?

Matt se estremeció.

—Me lo merezco. He venido a ver si mi hermana está bien, pero dado que está comiendo helado en la cama, supongo que no lo está, así que no me pienso marchar y vais a tener que asumirlo.

Paige estaba exhausta.

—¿Le has dado una paliza?

—No. Hemos hablado —se acercó a la silla que había en un rincón de la habitación, quitó las revistas de jardinería que había encima y se sentó—. Tienes todo el derecho a estar enfadada conmigo, pero hay algunas cosas que necesito decirte.

Frankie se cruzó de brazos.

—Puedes hacerlo con tal de que tengas claro que, si vuelves a hacerla llorar, seré yo la que te dé una paliza a ti.

—No voy a hacerla llorar —Matt se inclinó hacia delante

y apoyó los brazos en los muslos. Tardó un instante en comenzar a hablar–. Desde que naciste, mamá y papá siempre me han estado diciendo: «Cuida de tu hermana pequeña. Vigila a Paige. Échale un ojo, Matt…». No sé en qué punto cuidarte y vigilarte se acabó convirtiendo en tomar decisiones por ti. Ni siquiera me lo había planteado nunca hasta esta noche.

Las emociones amenazaban con invadirla.

–No, Matt…

Frankie se movió.

–Has dicho que no la disgustarías…

Matt la ignoró y miró a Paige.

–Siento haber tomado decisiones por ti. Siento haber sido un cretino excesivamente protector hasta el punto de haber provocado que no puedas contarme tus cosas, pero sobre todo siento haberte hecho daño. ¿Me perdonarás?

Esa sentida disculpa la conmovió mucho más que nada que le hubiera dicho nunca.

Salió de la cama y sintió a Frankie quitarle el helado de las manos un segundo antes de que su hermano se levantara y la abrazara.

–Yo también lo siento. Siento no habértelo contado.

–No te disculpes –respondió Matt acariciándole el pelo–. No estás obligada a contarme nada. Es tu vida. Tienes que compartir solo lo que quieras, tomar las decisiones que quieras, hacer lo que quieras, elegir a quien quieras. No intentaré tomar decisiones por ti, pero siempre estaré a tu lado. Pase lo que pase.

Eva dejó escapar un pequeño sollozo y Matt la miró por encima de la cabeza de Paige.

–¿Por qué estás llorando? ¿He dicho algo malo?

–No –apuntó Frankie toqueteándose las gafas–. Has dicho lo correcto, idiota. Eva llora siempre, ya deberías saberlo. Hace que un malvavisco parezca robusto a su lado.

Paige se apartó y Matt la miró.

–¿Estoy perdonado?

–Tal vez –respondió ella con una media sonrisa–. Si te dijera que me voy a pasear por el Puente de Brooklyn desnuda y subida en la parte trasera de una moto, ¿qué dirías?

Matt abrió la boca y volvió a cerrarla.

–Diría que adelante. Y después me prepararía para recibir una llamada de la policía.

Paige le quitó el helado a Frankie.

–Si no has matado a Jake, ¿entonces qué has hecho?

–Le he dicho que era un idiota –Matt sonó cansado y ella se sintió culpable.

–¿Por no haberte dicho la verdad?

–No. Por no querer lo que le estabas ofreciendo.

En ese momento sintió un inmenso amor por su hermano seguido de un sentimiento de culpa todavía más grande.

–Él quiso decírtelo desde el primer momento y fui yo la que le supliqué que no lo hiciera. Lo puse en una situación imposible –y eso aún le preocupaba–. No quiero estropear vuestra amistad.

–La amistad no es algo que se pueda conectar o desconectar cuando las cosas se complican. ¿Que ahora las cosas son distintas? Sí, supongo que sí. Pero lo vamos a solucionar. Todos lo vamos a solucionar.

Matt tenía razón, lo que estaba sucediendo no solo la afectaba a ella.

Tomó una decisión.

–Hablaré con él. Me aseguraré de que sepa que no tiene que evitarnos. Quiero que sigamos yendo a cenar a Romano's y viendo pelis en la azotea.

–¿Estás segura? Si verlo te va a hacer daño… –Matt la miró y se aclaró la voz–. Por supuesto, si es lo que quieres.

–Es lo que quiero.

Matt miró el reloj.

–Tengo que irme. Tengo una reunión mañana a primera hora y, además, tú también deberías dormir –vaciló–. ¿Noche de pelis mañana? Podemos ver películas de chicas, si quieres. Una maratón de películas románticas. Lo que sea. Tú eliges. Y podemos pedir pizza. Así Eva se librará de cocinar por una noche.

Lo último que le apetecía hacer era ver películas románticas. Era irónico que Matt, que nunca había propuesto algo así, lo hiciera ahora.

¡Hombres!

Por otro lado, ¿podría algo hacerla sentir peor de lo que se sentía ahora? Probablemente no. Y además, la conmovía que su hermano hubiera propuesto ese plan cuando sospechaba que lo detestaría.

–Claro –se plantó una sonrisa en la cara–. ¡Por qué no!

Frankie soltó el helado.

–¿En serio te estás ofreciendo a celebrar una maratón de cine romántico para dos mujeres sentimentales y otra sentimentalmente atrofiada? Sin duda, te sientes muy culpable.

Eva parecía interesada.

–Define «maratón».

–Tres películas, podéis elegir una cada una. Pero la botella de tequila es solo mía.

Todos se estaban esforzando tanto por distraerla y animarla que Paige no se vio capaz de decirles que no se molestaran.

–Tres películas. ¡Genial! –la voz le sonó tan animada que se preguntó si habría exagerado–. ¿Elegimos nosotras?

–Sí, pero que no sea de dibujos –Matt sacó las llaves del bolsillo–. Y necesito saber los títulos con antelación para poder calcular la cantidad de alcohol que voy a necesitar para sobrevivir.

Eva ya las estaba enumerando contando con los dedos.

–No estoy segura de poder elegir tres.

–Solo puedes elegir una –le recordó Paige–. Una cada una.

–*Mientras dormías* –dijo Eva, y Frankie se quedó horrorizada.

–Esa es una película de Navidad. Estamos en verano.

–Es romántica y optimista. Sandra Bullock está adorable y la parte en la que el chico le da el anillo al final es la mejor proposición de matrimonio que se ha hecho nunca.

–Es la proposición de matrimonio más surrealista que se ha hecho nunca.

–No es verdad.

–¡El tipo está en coma!

–Ese es el hermano. Tienes que prestar más atención. ¿Qué eliges tú?

–*El silencio de los corderos.*

–Esa es de miedo.

–Lo sé, pero Hannibal Lecter está colado por Jodie Foster.

–¡Es un asesino en serie! ¡Se la quiere comer! Esa no la vamos a ver. ¿Paige?

Paige se dio cuenta de que ni siquiera los estaba escuchando, pero le parecía haber oído algo sobre la mejor proposición de matrimonio. A ella cualquier proposición de matrimonio le habría servido.

–Pues… La mejor que se ha hecho nunca es sin duda la de Richard Gere subiendo por la escalera de incendios con las flores entre los dientes.

Eva resopló con desdén.

–¡Eso sí que es surrealista!

–Todo es surrealista –dijo Frankie soltando la cuchara–. Esperar que sean felices para siempre es surrealista.

Paige se vio tentada a asentir, pero no, no lo haría. Se negaba a pensar que el miedo a las relaciones de Jake se extendía a todos los hombres. Sabía que no era así.

–Elige una peli, Frankie. Pero que no sea de miedo.

–*Crazy Stupid Love* –murmuró–. Porque al menos el título es sincero y puedo ver a Ryan Gosling desnudo de cintura para arriba. Eso siempre es un extra.

Paige intentó pensar en algo, lo que fuera.

–*Cuando Harry encontró a Sally*.

–Y esa la has elegido porque Billy Crystal te hace reír, ¿verdad? –Frankie se apartó el pelo de la cara y le lanzó una dura mirada–. ¿No la habrás elegido porque es un tipo con fobia al compromiso que al final ve la luz?

–La he elegido porque los diálogos me hacen gracia –y porque la verdad era que no le importaba qué fueran a ver–. Esos dos tienen química.

–Vale. Pero solo con la condición de que sepas que la vida real no es como una película y que Jake no se va a presentar aquí subido a un corcel blanco y blandiendo su espada.

–Lo sé –y sintió como si un enorme peso le estuviera aplastando el pecho. Unas semanas atrás se habría puesto su «cara de valiente», pero ahora ya no le importaba. Lo echaba de menos. No estaba segura de cómo iba a sobrevivir a las próximas horas, y mucho menos a los próximos días y semanas.

Matt la estaba mirando.

–Vamos a distraerte y, con el tiempo, lo habrás olvidado.

–A lo mejor podrías dejarme inconsciente de un golpe y despertarme cuando haya pasado ese tiempo. O también podrías dejar a Jake inconsciente con la esperanza de que cuando despierte entre en razón.

–Pensé que no querías que lo golpeara.

–Y no quiero –suspiró–. Ignórame. Estoy hecha una pena.

–El lugar más cómodo en el que estar hecha una pena es en la azotea, viendo pelis y bebiendo tequila –Matt fue hacia la puerta–. Llámame si me necesitas. Y no porque vaya a darte ningún consejo ni nada por el estilo, sino porque podría escucharte.

Él cerró la puerta y Frankie se quedó mirando hacia ese lado.

—Para ser un hombre, tu hermano no es tan horrible.

Jake no había pegado ojo.

No podía recordar haberse sentido tan mal nunca.

O tal vez sí podía.

Tenía seis años y estaba esperando a que su madre llegara a casa. El sol se había puesto, el cielo era de un tono oscuro profundo y seguía sin haber ni rastro de ella. En lo más profundo de su corazón, Jake sabía que se había marchado para siempre, y se había quedado allí sentado, preguntándose qué había hecho o dicho, sintiendo un profundo vacío y una dolorosa sensación de pérdida.

Ahora sentía lo mismo.

Cuando los primeros rayos de sol atravesaron las ventanas de su piso, renunció a intentar dormir y se levantó pensando en lo último que le había dicho Matt antes de marcharse la noche anterior.

«Mi hermana te ha ofrecido lo mejor que se puede tener, algo que no tiene precio. Tal vez deberías pensártelo bien antes de rechazarlo».

Tenía la nuca cubierta de sudor.

Tal vez para algunas personas el amor era lo mejor del mundo, pero él sabía que también podía ser lo peor.

El amor era una lotería.

Unas veces funcionaba, y otras veces no.

Por experiencia sabía que había pocas probabilidades de que lo hiciera. Y cuanto más te importaba alguien, más sufrías.

Y Paige le importaba.

Caminó de un lado a otro intentando encontrar el modo de librarse del dolor que le oprimía el pecho, y al final hizo lo que siempre hacía cuando la vida se ponía difícil: subirse a la moto e ir a Brooklyn para ver a Maria.

Era la única persona que entendería lo que estaba sintiendo.

Ella le ofrecería su compasión y en ese momento era lo que necesitaba porque Paige lo había hecho sentirse como un cretino y Matt también.

Tenía claro que Maria no lo haría sentirse así.

Y, además, le prepararía el desayuno.

A pesar de que aún era pronto, el restaurante ya estaba lleno; el público de la mañana tomaba café en las mesas moteadas por la cálida luz del sol.

Jake fue hacia la parte trasera y se encontró a su madre en la cocina, cortando tomates.

Le resultó una imagen familiar y reconfortante. Los olores del ajo tostado y del orégano fresco lo transportaron de vuelta a la niñez.

Maria lo miró y soltó el cuchillo. Sin decir ni una palabra, le preparó un café bien cargado y lo llevó a la mesa más cercana.

–¿Qué pasa?

Fue una muestra de cuánto lo conocía que solo con verlo hubiera sabido que algo iba mal.

–¿Por qué tiene que pasar algo? Tengo hambre y he decidido que necesitaba empezar el día con una *granita* y un bollo. Y un café, por supuesto.

–Cruzas el Puente de Brooklyn por una *granita* y un bollo cuando donde vives hay más restaurantes buenos que gatos callejeros. Sin duda, pasa algo. Y supongo que se trata de una mujer.

La voz de Maria resultaba tan suave como la miel cálida y entonces Jake supo que había hecho bien en ir.

Dejó de fingir.

–Es una mujer.

Ella asintió y esperó antes de añadir:

–¿Y?

–Es Paige. He estado saliendo con Paige.

En el gesto de Maria hubo una sonrisa, pero no sorpresa.

–Llevaba mucho tiempo esperándolo. Cuando os vi juntos la otra noche, me lo pregunté. Sentí que las cosas habían cambiado. Me alegro por vosotros. Hacéis una pareja perfecta.

No era la reacción que se había esperado.

–Hemos estado saliendo un tiempo, nos estábamos divirtiendo.

–Claro que sí. Siempre lo hacéis. Le importas –se sentó frente a él y observó con paciencia mientras su hijo bebía el café y decidía cuánto contarle.

–Me ha dicho que me quiere –recordarlo hizo que se le acelerara el corazón–, pero esas palabras no significan nada.

Su madre lo miró fijamente.

–Para una mujer como Paige, esas palabras lo significan todo. No es de las que dan su amor a la ligera. Es una mujer fuerte y tiene un corazón inmenso. Sea cual sea el problema, lo solucionarás.

Se refirió únicamente a él, no a los dos, lo cual implicaba que para ella la culpable no era Paige.

–Es demasiado tarde. He terminado la relación.

–Habéis estado saliendo un tiempo, habéis estado disfrutando de la compañía del otro… ¿y por eso terminas la relación?

–No puedo darle lo que quiere, no puedo ser lo que necesita y no quiero lo que me está ofreciendo.

Maria lo miró fijamente.

–Si no lo he entendido mal, te está ofreciendo amor incondicional, una vida de lealtad, amistad, apoyo, aliento, risas y, supongo, un sexo magnífico. ¿Por qué no ibas a querer eso, Jake?

Él abrió la boca para responder, pero como no se le ocurrió nada sensato que decir, volvió a cerrarla.

Lo hizo sentirse como un cretino.

Ya iban tres veces en menos de doce horas. De pronto lo invadió algo que podía catalogarse como frustración o desesperación.

—Pensé que lo entenderías.

—Entiendo que te asuste el amor, que no confíes en las emociones, pero solo porque te dé miedo algo y no confíes en ello no significa que no lo sientas. La quieres, Jake.

Tenía las manos húmedas.

—No estoy seguro de que…

—Ha sido una afirmación, no una pregunta. Siempre la has querido. Lo he sabido desde la primera vez que la trajiste aquí. Desde la primera vez que os vi juntos. Os sentasteis en la que luego se convertiría en vuestra mesa habitual, los cinco, y la cuidabas como si fueras su guardaespaldas. Recuerdo que me alegró que Matt no tuviera que pasar tanto tiempo preocupándose por su hermana gracias a que podía compartir esa carga contigo.

—Discutíamos todo el tiempo.

—Jake… —dijo Maria con tono paciente—, los dos sabemos por qué.

Jake empezó a desear haber parado en otro restaurante a desayunar en lugar de haber ido a casa. La tensión le recorría la nuca.

—Es verdad que por entonces me gustaba, pero…

—La protegías y seguiste protegiéndola. Eso es lo que hacemos todos cuando amamos a alguien.

—Todos excepto mi madre —pronunció esas palabras sin darse cuenta y maldijo en voz baja—. Olvida lo que he dicho. Me refería a mi madre biológica. Tú eres mi verdadera madre. Sabes que te veo así y siempre te he visto así.

—Lo sé, y no tienes que darme explicaciones ni disculparte, Jake. Ella era tu madre biológica —alargó la mano y

agarró la suya–. Y tu madre no se marchó porque no te quisiera. Se marchó porque no creía que pudiera darte lo que
necesitabas. Solía decirme «Es inteligente, Maria. Necesita
más de lo que yo puedo darle». Y yo le dije que lo que un
niño necesitaba de verdad es amor, pero ella no lo veía así.
Solo veía todas las cosas que no podía darte, las cosas que
no te podía comprar y los estudios que no se podía permitir
darte. Pensó que estaba haciendo lo mejor para ti –se detuvo–. Del mismo modo que tú crees que estás haciendo lo
mejor para Paige.

–No es lo mismo.

–¿No? ¿Acaso Paige quiere tu protección? ¿Te la ha pedido?

–Lo odia –respiró profundamente–. Necesita algo que
perdure y los dos sabemos que el amor no perdura. El amor
es un riesgo.

–¿Y por qué la gente elige correr un riesgo? –Maria le
apretó la mano–. Paige corrió el riesgo porque te quiere,
porque cree que merece la pena arriesgarse por lo que com-
partís. Ha expuesto su corazón y sus sentimientos a pesar
de que probablemente sabía que existía una alta probabilidad de que tú se los pisotearas.

Jake se estremeció porque eso era exactamente lo que
había hecho.

Ella había expuesto sus sentimientos y él los había pi-
soteado.

Maria le soltó las manos.

–Hizo una elección y ahora tú tienes que hacer la tuya.
Tienes que decidir si la quieres lo suficiente como para
arriesgarte. ¿Estás dispuesto a hacer lo que haga falta?
¿Merece la pena o preferirías vivir sin ella?

–¿Sin ella? ¿Quién ha dicho nada de estar sin ella? –
Jake se levantó bruscamente deseando haber encontrado un
rincón tranquilo donde lamer sus heridas en privado en lugar de haber ido a ver a Maria–. No estaré sin ella. Seguire-

mos siendo amigos, seguiremos viéndonos. ¡Es la hermana de Matt, por favor!

—Sí, seguiréis siendo amigos hasta que ella conozca a alguien. ¿Cómo te sentirás cuando conozca a un hombre que no tema al amor como lo temes tú? Porque eso va a pasar, Jake. Una mujer como Paige sin duda conocerá a alguien. Y sabiendo la clase de mujer que es, leal y cariñosa, no será una relación endeble y fácil de romper como las que tú prefieres tener.

Imaginarse a Paige con otro hombre le provocó ganas de dar un puñetazo a la pared.

—¿Qué es esto? ¿El día de «Ataca a Jake»?

La expresión de Maria se suavizó, pero la mujer no se echó atrás.

—Creo que más bien es el día de «Intenta persuadir a Jake para que entre en razón». ¿Cómo te sentirás cuando Paige deje de llorar por ti y encuentre a alguien?

No quería imaginarla llorando por él y no quería imaginarse lo que sería entrar en el restaurante y verla con otro tipo a su lado agarrándole la mano, haciéndola reír; imaginarse a otro hombre acurrucándose a ella por las noches.

Un sudor frío le cubrió la nuca.

—Si crees que estás protegiendo a Paige alejándote de ella, entonces te estás engañando a ti mismo. No quiere que la protejan, Jake. Nunca lo ha querido. Quiere vivir su vida, cada minuto, con sus risas y sus golpes, porque sabe que en eso consiste vivir. En buenos y malos momentos. En risas y lágrimas. Tienes que decidir si quieres formar parte de esa vida o no y tienes que tomar la decisión. Tu madre tomó la suya. Ahora tú tienes que tomar la tuya, pero sobre todo tienes que dejar de relacionar esas dos cosas.

—He venido aquí pensando que me darías un abrazo, me darías de desayunar y harías que todo fuera mejor.

—Te daré un abrazo y te daré de desayunar, pero la única persona que puede hacer que todo vaya mejor eres tú. Al final hacemos nuestras propias elecciones –Maria suspiró–. ¿Crees que me gusta verte sufrir así? Me mata. Pero eres mi hijo y cuando una madre ve a su hijo cometer una estupidez, se lo dice. Es un deber. Y ahora ve y habla con Paige.

–Seguro que no quiere hablar conmigo.

–No tiene que hablar, ya te ha dicho todo lo que te quería decir. Ahora necesita oírte hablar a ti y más te vale asegurarte de emplear las palabras adecuadas.

Capítulo 21

«Los finales felices no están solo en los cuentos de hadas».

—Eva

Una de las mejores cosas de llevar tu propio negocio era que podías trabajar siempre que quisieras, incluyendo las madrugadas y los sábados, reflexionaba Paige.

El trabajo le anestesiaba el dolor de corazón.

Eva estaba arriba probando una receta y actualizando su blog, y Paige y Frankie habían decidido trabajar en la mesa de la cocina de Frankie en lugar de ir a la oficina.

De pronto le sonó el teléfono.

Como sabía que no era un cliente, lo ignoró.

Frankie miró y vio el número.

—Es Jake. Otra vez. La quinta. ¿Quieres que le diga adónde se puede ir?

—No —respondió tecleando con dedos temblorosos—. Deja que salte el buzón de voz.

—¿Estás segura? Está claro que tiene que decirte algo.

—Que se lo diga a mi buzón de voz. Hablaré con él cuando me sienta preparada —y eso sería cuando estuviera segura de poder hablar sin ponerse en ridículo. Tocó la pantalla de la tableta para acceder a la lista de tareas pendientes—.

¿Te ha llegado la solicitud sobre el envío de flores para un aniversario de bodas?

–Sí. Me ha llegado por la aplicación, que, por cierto, es genial. Ya están enviadas y ellos van a ser la pareja más feliz de Manhattan.

La aplicación era genial, pero no quería pensar en la aplicación porque pensar en ella le hacía pensar en Jake y estaba intentando no hacerlo.

–Uno de nuestros clientes ha solicitado un servicio de mantenimiento para el jardín de su azotea.

–Iré el lunes a hablar con ellos y me llevaré a Poppy. He trabajado con ella un millón de veces.

–¿Poppy? ¿La Poppy inglesa con un acento monísimo y una sonrisa tan luminosa como una bombilla?

–La misma. Necesita el trabajo y es buena.

–¿Por qué necesita el trabajo?

–Porque quiere quedarse en Nueva York. Supongo que quiere estar a un océano de distancia de la rata de su novio, que se acostó con su amiga.

–No hace falta que digas más. El trabajo es suyo –Paige volvió a la lista y Frankie vaciló.

–¿Dormiste algo anoche?

–No mucho. Me he pasado la noche ensayando lo que le diré a Jake la próxima vez que lo vea. Tengo que comprarme un pintalabios nuevo para que me dé seguridad en mí misma.

–Tal vez pueda ayudarte con eso –Frankie le entregó un paquete.

–¿Me has comprado un pintalabios?

–Siempre te animan –dijo Frankie como quitándose importancia–. No lo entiendo, pero oye, para ti lo que haga falta. Eva y yo revisamos tu cajón de maquillajes para intentar encontrar un color que no tuvieras. Por cierto, la mayoría de la gente tiene una bolsa. Eva y tú sois las únicas personas que conozco que necesitan un cajón entero.

Conmovida, Paige lo abrió.

–¿Cuándo lo has comprado?

–Estaba en la puerta de Saks antes de que abrieran.

–Odias Saks.

–Sí, pero a ti te quiero –aunque el tono de Frankie fue áspero, conmovió a Paige.

–Eres la mejor –murmuró–. Tengo las mejores amigas del mundo –miró detenidamente el pintalabios–. Me encanta, es perfecto. Y ahora ya me siento casi preparada para hablar con Jake.

Había ensayado el encuentro mentalmente y sabía cómo se comportaría cuando lo viera. Él se esperaría ver lágrimas, pero no habría lágrimas. Se esperaría verla herida y dolida, pero se mostraría fuerte. Mantendría todo su dolor bien oculto y, con dosis de voluntad y fortaleza femenina, evitaría que esas heridas sangraran.

Su prioridad era asegurarse de que ese contratiempo no interfiriera en su relación.

Eso era lo más importante ahora. Era más importante que sus propios sentimientos, que ya sanarían con el tiempo. Y si no sanaban, entonces aprendería a vivir con un corazón un poco más dañado. Una cicatriz más, con la diferencia de que esa no sería visible.

La siguiente vez que le sonó el teléfono fue por la llamada de un cliente; respondió y le dedicó toda su atención. Y lo mismo hizo con la siguiente.

Lo superaría, llamada a llamada. Minuto a minuto. Día a día.

La siguiente llamada las emocionó a las tres.

Eva entró corriendo en el apartamento con el teléfono en la mano.

–¡Matilda se casa y quiere que lo organicemos nosotras!

–¿Quiere que lo organicemos nosotras? –Paige cerró el documento en el que estaba trabajando–. Nunca hemos organizado una boda.

—Es como cualquier otro evento —dijo Frankie agarrando su bote de refresco—. Comida, bebida, invitados, música, flores y un follón que recoger al final, aunque al menos esta vez es para una amiga. ¡Claro que podemos hacerlo! A menos que te resulte difícil.

—Claro que no. ¿Por qué me iba a resultar difícil?

—Porque se va a casar y eso implica romanticismo y es probable que Jake esté allí…

—Y yo estaré demasiado ocupada como para fijarme en los invitados. Acepta el encargo. Claro que lo haremos.

Eva reanudó la llamada, felicitó a Matilda de parte de todas y discutió algunas ideas con ella.

—¿En los Hamptons? ¿Una boda en la playa? —preguntó con gesto de ensoñación—. ¡Será perfecto!

Era trabajo, se dijo Paige controlando una puñalada de envidia. Otro trabajo que la ayudaría a superar un día más.

Cuando terminaron de trabajar, se dio una ducha, se puso un alegre vestido de tirantes que esperaba que compensara su estado de ánimo, estrenó el pintalabios y se reunió con sus amigas y su hermano en la azotea.

El sol se estaba poniendo sobre Manhattan, rayando el cielo de oro entre torres de cristal y acero relucientes.

Matt tenía la pantalla preparada.

Y el tequila.

Paige miró las botellas.

—¿Eso es lo que necesita un hombre para aguantar seis horas de pura emoción femenina?

—Es lo que necesita un hombre para aguantar veinte minutos de emoción. Hay más abajo —echó hielo en los vasos y sirvió la bebida—. ¿Por qué brindamos?

—Es la noche de pelis románticas —dijo Frankie tomando su vaso—, así que brindamos por los cuentos de hadas, los finales felices y todas esas chorradas.

Eva volteó la mirada.

—No es casualidad que estés soltera.

—Tienes razón… no es casualidad. Me esfuerzo mucho en que así sea.

Preguntándose por qué había accedido a celebrar una noche de pelis románticas, Paige agarró un vaso.

—Esta noche brindamos por la amistad, lo mejor de todas las cosas.

Eran sus amigas quienes la ayudarían a superarlo, tal como la habían ayudado a superar cada momento malo de su vida.

De pronto oyó pisadas en las escaleras y vio la expresión de su hermano cambiar.

Matt bajó el vaso lentamente.

—Jake…, no te esperábamos.

—Los sábados toca noche de pelis —dijo Jake al acceder a la terraza. Su cabello oscuro resplandecía y tenía la mirada cansada—. ¿Aún soy bienvenido?

A Paige la invadió el pánico.

No estaba lista para eso aún. Necesitaba más tiempo para prepararse.

Los sentía a todos mirándola, esperando a ver qué hacía, y supuso que así serían las cosas a partir de ahora.

Era ella la que tendría que asegurarse de que no se generaran situaciones incómodas.

—Por supuesto que eres bienvenido —esbozó una sonrisa tan amplia que la cara casi se le resquebrajó—. Me alegro de verte. No estábamos seguros de si podrías venir, pero nos alegramos de que lo hayas hecho. Siéntate. Hay pizza…

Garras salió a la terraza. Sin mirarlos a ninguno, eligió el asiento más grande y más cómodo y se estiró.

Jake ignoró la pizza.

—Antes de que empecemos con la noche de pelis, tengo que hablar contigo, Paige. He intentado llamarte, pero no has contestado.

–Hemos estado tremendamente ocupadas con el trabajo.

–Me alegra saberlo, pero eso no cambia el hecho de que necesite hablar contigo.

–Creo que ya nos hemos dicho todo lo que había que decir, Jake. Dejémoslo atrás. Pertenece al pasado, ya está olvidado –hizo un ademán con la mano–. Siéntate, aunque hemos elegido tres películas románticas y no creo que vayas a quedarte mucho tiempo.

Contaba con ello.

–Tal vez tú has dicho todo lo que querías decir, pero yo no. Y no pertenece al pasado, Paige. No está olvidado. No he pensado en otra cosa desde que te marchaste anoche y estoy seguro de que tú has hecho lo mismo.

–No. Tenemos que empezar o amanecerá antes de que hayamos terminado las tres películas. Si después aún quieres hablar, hablaremos. ¿Matt? Dale al «Play» –había desesperación en su voz y sintió un gran alivio cuando Matt hizo lo que le había pedido.

Calculaba que Jake aguantaría allí cinco minutos, diez como mucho. ¿Se vería reflejado en *Cuando Harry encontró a Sally*? Tal vez. Y si eso no hacía que saliera corriendo, entonces *Mientras dormías* sin duda lo haría.

De cualquier modo, cuando terminara la noche de pelis, se habría ido. Estaba segura de ello. Y la próxima vez que se vieran, estaría más entera.

Se sentó en el asiento más cercano y posó la mirada en la pantalla.

Vieron *Crazy Stupid Love* aunque Paige no oyó ni una sola palabra. Lo único en lo que podía pensar era en que Jake estaba sentado a su lado, esperando.

¿Esperando a qué? ¿A darle más motivos por los que jamás podría quererla?

No quería oír más motivos.

Deseaba que las películas no acabaran nunca por mucho que la estuvieran deprimiendo.

Matt abrió el tequila.

–¿Eso es lo que quieren las chicas? ¿En serio? –tenía la mirada en la pantalla–. Me desnudo de cintura para arriba en el trabajo cuando hace mucho calor y nadie me presta atención. A lo mejor debería recrear esa escena de *Dirty Dancing*.

–Si te desnudaras de cintura para arriba, te garantizo que alguien, en alguna parte, prestaría atención. Además, estamos hablando de Ryan Gosling –dijo Eva señalando a la pantalla–. Podría desnudarse de cintura para arriba y recrear cualquier cosa. O nada. De cualquier modo seguiríamos babeando y pensando que es la mejor película del mundo.

Paige sabía que estaban intentando disipar la tensión que había entre Jake y ella, pero no tenía energía para sumarse a los comentarios. Por primera vez no le importaba lo que estuviera haciendo Ryan Gosling.

Lo único en lo que podía pensar era en Jake.

Iban por la mitad de *Cuando Harry encontró a Sally* cuando él se levantó.

¡Y se quitó la camisa!

Matt se atragantó con el tequila y Frankie se colocó las gafas.

–Muérete de envidia, Ryan.

A Paige se le secó la boca. Tenía un cuerpo perfectamente musculoso, pero eso ya lo sabía porque había deslizado las manos por él.

–¿Qué estás haciendo?

–Estoy haciendo lo que haga falta para llamar tu atención y ahora mismo parece que esto es lo que hace falta. En esas películas que tanto te gustan un tipo suele quitarse la camisa en la última escena y se pone en ridículo delante de todo el mundo.

Eva silbó y agarró las palomitas.

–Tienes unos abdominales fantásticos. ¿Te has planteado hacer una audición para *Magic Mike*?

Paige no dijo nada, estaba centrada en Jake. Y él en ella.
Solo en ella.

Su mirada de color gris acero fue intensa cuando le dijo:

–Hay algunas cosas que necesito decirte.

Frankie se levantó corriendo, puso de pie a una reticente
Eva y tiró algunos cojines al suelo en el proceso.

–Nos vamos de aquí.

–¿Por qué? –él las detuvo–. Le diga lo que le diga, Paige os lo contará, así que ya que estamos podríais oírlo de
primera mano.

–Me parece bien –dijo Eva sentándose otra vez.

Frankie, por el contrario, parecía horrorizada.

–Si es privado…

–Lo «privado» no existe entre vosotras tres y no me
supone ningún problema. Me parece genial que estéis tan
unidas –sacudió la cabeza cuando Matt se levantó–. Tú
también puedes quedarte. Así puedes decidir si me tienes
que dar una paliza o no.

–Es la noche de películas –dijo Paige–. Nadie le da una
paliza a nadie en una noche de pelis románticas. Y, además, aún nos queda una por ver –no quería hacerlo. No
estaba preparada para esa conversación.

–¿Es *A Manhattan con amor*? ¿Tenéis esa?

Paige tragó saliva.

–Querrás decir *A Roma con amor*.

–No. *A Manhattan con amor* es otra –dijo Jake mirándola fijamente–. ¿Quieres que te diga cómo termina?

–Eh…

–El tío es un idiota, como todos los de esas pelis que te
gustan. Le cuesta darse cuenta de lo que de verdad quiere
y tarda un tiempo y necesita un poco de ayuda de sus amigos para establecer sus prioridades –su tono era autoritario.
Alargó la mano hacia Paige–. Levántate.

—¿Qué? No creo que…

—He dicho que te levantes.

Eva se estremeció.

—Sé que no es políticamente correcto decir esto, pero me encantan los hombres fuertes.

—Si no te callas, te voy a retorcer el pescuezo —murmuró Frankie—. Así sabrás lo que es ser fuerte.

Paige estaba atrapada por la mirada de Jake. El corazón le palpitaba con fuerza.

—¿Quieres que vaya corriendo hacia ti y salte para que me levantes en el aire como han hecho en la peli? Porque si pierdes el equilibrio caeré de culo en Brooklyn desde tres pisos de altura y no será agradable.

—Solo por esta vez, ¿podrías hacer lo que te dicen? ¿Es demasiado pedir? —Jake se inclinó hacia delante y la puso de pie—. La primera vez que te vi, estabas en esa maldita cama de hospital intentando ocultar lo asustada que estabas y en ese momento supe que eras la persona más valiente que había conocido en mi vida.

Paige tenía el corazón acelerado. Intentó apartar la mano de la de él, pero Jake la agarraba con fuerza.

—Estaba asustada, así que está claro que no era tan valiente.

Y ahora también estaba asustada.

Asustada por lo que él podría decir. Y, lo más importante, asustada por lo que podría no decir.

—Sí, sí que eras valiente. Todos los que te rodeaban estaban aterrados y tú fingías estar bien, como si lo que te estaba pasando no tuviera importancia. Me pareciste increíble. No dejaba de decirme que eras una niña, pero sabía que no lo eras. Nos reíamos, charlábamos, bromeábamos. Te llevaba comida al hospital…

—Galletas. Lo recuerdo.

—Llenábamos la cama de migas. Hablaba contigo como nunca había hablado con nadie. ¿Sabes que eres la única persona con la que he hablado sobre mi madre biológica? –respiró hondo–. Aquella noche que me dijiste que me querías… estaba aterrado. Yo también sentía algo por ti, pero le había hecho una promesa a Matt y sabía que él tenía razón. Te habría hecho daño.

–Jake…

–Así que te rechacé. Lo hice con la esperanza de acabar con los sentimientos que tenías por mí y después intenté asegurarme de que no volvieras a tenerlos.

Matt frunció el ceño.

–¿Por eso siempre estabas discutiendo con ella?

Jake seguía mirando a Paige.

–Me has dicho que me quieres en dos ocasiones y no he sabido actuar en ninguna de ellas.

–Estabas siendo sincero.

–No era sincero. No era sincero conmigo mismo y no era sincero contigo. Pero ahora sí lo estoy siendo. Te quiero.

Paige se quedó sin aliento.

¿Cuánto tiempo llevaba soñando con oírle decir esas palabras?

–Jake…

–Ya sabes que te quiero, aunque tal vez no sepas cuánto. Aún tengo que demostrártelo y lo haré. He sido un cobarde y un idiota, pero eso termina aquí.

Paige oyó a alguien emitir un sonido. Pudo haber sido Eva. Pudo haber sido Frankie. O pudo haber sido ella misma.

No lo sabía porque Jake seguía mirándola y había esperado tanto para ver esa mirada que no quería perderse ni un instante.

–¿Me quieres?

–Siempre te he querido, pero para mí el amor era lo más aterrador que podía pasarle a una persona. Para mí, si amabas, acababas perdiendo. Y yo no quería perder. He corrido muchos riesgos en mi vida, pero nunca he arriesgado mi corazón. Me dije que te estaba protegiendo, pero sobre todo me estaba protegiendo a mí mismo. Me dije que no merecía la pena sufrir por arriesgarme a amar, pero cuando te marchaste anoche descubrí que el dolor y el sufrimiento estaban ahí de todos modos porque te había perdido. Y descubrí que quererte y estar contigo es más importante que nada. No pensé que fuera a encontrar una mujer por la que valiera la pena arriesgarse. Me equivocaba.

Paige se había prometido que, independientemente de lo que le dijera Jake cuando se vieran, esbozaría una sonrisa y se marcharía a su habitación antes de echarse a llorar.

Sin embargo, no se había esperado que le dijera lo que le acababa de decir.

—¿Estás seguro de que me quieres?

—Muy seguro —él esbozó una media sonrisa—. Te quiero verdaderamente, locamente, profundamente. Te quiero tanto que hasta vería contigo *A Manhattan con amor*.

A Paige la embargó la emoción.

—Ya te he dicho que eso no es una película.

—Pues debería. Es un título estupendo. Por cierto, te he comprado algo —dijo Jake metiéndose la mano en el bolsillo y sacando una bolsa pequeña—. Espero que te guste. Es una pena que no estuviéramos viendo *Desayuno con diamantes*.

Ella reconoció el envoltorio característico de la famosa joyería y el corazón le latió un poco más deprisa.

No se atrevía a hacerse ilusiones…

Ya lo había hecho antes y…

Miró con cautela dentro de la bolsa y vio algo que resplandecía en el fondo.

—¿Un anillo? —con la mano temblorosa, lo sacó. ¿Por qué lo había dejado suelto?

—La última vez que te regalé una joya en una caja pensaste que tal vez era un anillo, pero no lo era y vi la decep-

ción en tu cara. Esta vez no quería que tuvieras ninguna
duda de lo que era. La caja está en mi casa si la quieres.
Cásate conmigo… –su voz sonó ronca– y te prometo que te
abasteceré de pintalabios durante el resto de tu vida.

Paige dejó de mirar el resplandeciente diamante para
mirarlo a la cara.

–¿Que me case contigo?

–Sí. Te quiero. Eres la única mujer que quiero. La única
mujer que querré nunca. Y correría cualquier riesgo por
estar contigo.

El silencio que la rodeaba lo rompía únicamente el dis-
tante sonido del tráfico.

Frankie estaba callada.

Matt no se movía.

Ni siquiera Eva dijo nada.

Paige tragó saliva.

–Jake…

–Siempre has sido solo tú, Paige. Y sé que voy a necesitar más que palabras para convencerte, así que he diseñado
algo para que te ayude a decidirte –se metió la mano en el
bolsillo y sacó el teléfono–. Te he diseñado una aplicación.
Se llama «¿Debería Paige casarse con Jake?». Es bastante
intuitiva y además tú, como buena friki de la tecnología, no
tendrás problemas con ella, pero puedo ayudarte si quieres.

–¿Me estás llamando «friki»? –estaba exultante de felicidad–. ¿Has diseñado una aplicación para pedirme matrimonio?

–No, pero ahora que lo mencionas, es una idea interesante porque créeme cuando te digo que proponerle matrimonio a alguien resulta aterrador. ¿Una rodilla, dos rodillas, ninguna? ¿Con la camisa puesta, sin camisa? Las
opciones son ilimitadas.

–Definitivamente sin camisa –apuntó Eva y Paige soltó
una suave carcajada.

–No me importa si te pones de rodillas o si estás desnudo. Lo único que me importa es que me quieras –la emoción se apoderó de ella. ¿Cómo podía una persona pasar de tanta tristeza a tanta felicidad?–. ¿Me estás pidiendo que me case contigo? ¿Estás seguro?

–Sí, y quiero que tú también estés segura, así que antes de responderme, será mejor que mires la aplicación. Has dicho que querías tomar tus propias decisiones, así que he diseñado algo para ayudarte. Esta elección es importante. No querrás tomar la decisión equivocada.

Frankie se levantó y se inclinó sobre su hombro, fascinada.

–¡Qué chula! Responde las preguntas, Paige.

–Puedes marcarlas con el dedo –le dijo Jake mostrándoselo–. ¿Cuál es tu bebida favorita por las mañanas? Café. La mía también, ¿lo ves? Hacemos una pareja perfecta.

–Espera un minuto… –Paige dio una respuesta, después cambió de idea y probó con una respuesta distinta. Frunció el ceño–. No importa qué respuesta dé, sigue diciéndome que hacemos una pareja perfecta.

Jake esbozó una tímida sonrisa.

–No quería correr riesgos.

–¿Está trucada? –preguntó ella con un brillo en los ojos–. Creía que eras un temerario.

–Hay cosas que no estoy dispuesto a arriesgar y tú eres una de ellas.

Paige sabía que jamás olvidaría esa mirada de Jake.

Era todo lo que necesitaba ver.

–No necesito esto para hacer mi elección.

Le guardó el teléfono en el bolsillo y él la llevó hacia sí con expresión seria.

–Antes de que me des tu respuesta, debería advertirte de que nunca dejaré de protegerte. Te quiero y me preocupo por ti, y protegerte forma parte de eso –le apartó el pelo de la cara con delicadeza–. Pero sí prometo no tomar decisiones por ti. Decidas lo que decidas, lo respetaré.

Paige tenía la visión borrosa y necesitó parpadear varias veces.

Se puso el anillo y lo miró sabiendo que todo lo que ella sentía se reflejaba también en la mirada de Jake.

—Yo también te quiero. Sabes que siempre te he querido, eres todo lo que siempre he deseado. Me casaré contigo tanto si la aplicación dice que debería hacerlo como si no. Y puedes protegerme con tal de que no te importe que yo te proteja a ti también.

Jake agachó la cabeza y la besó.

—Noche de pelis románticas... en directo —murmuró Matt.

Paige se apartó de Jake sonriendo y le respondió a su hermano:

—Me prometiste una noche llena de finales felices y esto ha superado mis expectativas.

—Pues aún no ha terminado —dijo Jake sentándola en el sillón—. Aún nos queda una película por ver, ¿no?

—*Mientras dormías* —respondió Paige acurrucándose a él. El anillo que llevaba en el dedo destellaba bajo las luces de la luna y de Manhattan—. ¿Crees que eres lo bastante hombre como para soportarlo?

—Por supuesto —Jake la llevó contra su cuerpo y miró a Matt—. Pásame el tequila.

AGRADECIMIENTOS

Hace poco he descubierto que he escrito setenta y cinco libros para Harlequin. Perdí la cuenta hace tiempo y descubrí la cifra cuando me regalaron un precioso llavero de Tiffany en reconocimiento.

He tenido mucha suerte en mi carrera y probablemente penséis que mis primeras, y enormes, gracias van dedicadas a mi editorial (que, por cierto, son GENIALES), pero la verdad es que van dedicadas a mis lectores.

Si los lectores no compraran los libros, no podría dedicarme a escribir. Podría escribir, por supuesto, pero se trataría de una afición, lo cual no sería tan divertido, y tendría que conseguir un «trabajo en condiciones», ¡que sería mucho menos divertido! Muchos escritores son introvertidos, pero no es mi caso, a mí me encanta la interacción con los lectores. Mi comunidad de Facebook es la mejor del planeta y si tengo un mal día, paso un rato por ella y vuestros comentarios y estímulo siempre me levantan el ánimo. Así que quiero mandarle el mayor de los agradecimientos a cualquiera que haya comprado uno de mis libros, que los haya recomendado a sus amigos, que haya hablado de mí en las redes. Podéis encontrarme en Facebook, Twitter, Instagram, Pinterest y Goodreads. Todos los links están en mi página web. Me encanta saber de vosotros, compartir opiniones sobre libros y leer vuestros correos. Me conmueve que algunos os veáis capaces de compartir detalles sobre los aspectos más duros de vuestra vida y me siento honrada de que mis libros os hayan ayudado de algún modo, por pequeño que sea. Sé que cuando en mi vida ha habido algún problema, las cosas que me han ayudado han sido la familia, los amigos, escribir y leer.

Gracias por hacerme un hueco en vuestra estantería o libro electrónico.

ÚLTIMOS TÍTULOS PUBLICADOS EN HQN

Amor en V.O de Carla Crespo

Siempre en mis sueños de Sarah Morgan

Tú en la sombra de Marisa Sicilia

Enamorada de un extraño de Brenda Novak

El retrato de Alana de Caroline March

Gypsy de Claudia Velasco

Un beso inesperado de Susan Mallery

El huerto de manzanos de Susan Wiggs

El tormento más oscuro de Gena Showalter

Entre puntos suspensivos de Mayte Esteban

Lo que hacen los chicos malos de Victoria Dahl

Último destino: Placer de Megan Hart

Placer prohibido de Julia London

En mi corazón de Brenda Novak

Está sonando nuestra canción de Anna Garcia

Siempre un caballero de Delilah Marvelle

Somos tú y yo de Claudia Velasco